未発選書

新編 言葉の意志
——有島武郎と芸術史的転回

中村三春 著

ひつじ書房

序　言葉の意志

日本近代を代表する作家の一人、有島武郎（一八七八〜一九二三）の業績は、小説・戯曲・評論・翻訳などの文業のほか、教育や社会・文化運動などの多方面に及んでおり、その全体像は容易に汲み尽くすことができない。本書は有島の小説（童話を含む）と思想を、主としてテクスト様式論（後述）の立場に基づき、特に次の四つの柱に重点を置いて論じたものである。

(1) 創造的生命力

有島は「本能的生活」や「芸術的衝動」の主張者であり、「芸術は個性の表現である」と「芸術についての一考察」（『中央公論』大9・4）において断言している。有島の文芸が、「本能」「衝動」あるいは「個性」などと呼ばれる生命力を中心課題とする芸術論の実態と、それをどのように作品化したかというプロセスに主眼を置いて検討されてきた理由はそこにある。しかし、それらの言葉の外見に災いされ、一般にそのような有島の生命力に基礎を置いた芸術論は甚だ気分的にのみ理解されてきた。のみならず、それが創作史の展開において微妙かつ決定的な変化を遂げたことについても、綿密な追究が十分になされたとは言い難い面がある。本書は、有島の生命力論的芸術論を一種の〈自然法的思想〉としてとらえ、初期におけるウォルト・ホイットマンの受容から、中期における「本能的生活」論、さらに後期における「芸術的衝動」論への発展を検証し、その世界観および芸術観的な意義を究明しようと試みる。その記述は、個々のテクスト分析においても一貫して底流に据えられるだろう。

(2) 小説構造論

他方、有島は「雑信一束」第十一信（『我等』大10・4、中川一政宛）において、「言葉といふものは本当に不思議なものです。あれは死んだものゝやうだが生きてゐますね。言葉には意志がありますね。擅（ほしいま）まに逆用しようと企てる人には言葉はどこまでも不従順だが、言葉をその内在的な力に於て受取り、それを素直に用ひようとする人に対しては、実に抜目のない、自動的な、忠実な、友達となつてくれますね」とも述べている。有島が、言葉の「意志」や「内在的な力」、すなわち表意作用への細心な配慮に努め、文芸の言語的構築に取り分け意識的な作家であったことを忘れてはなるまい。有島の約三十編の小説において、文体・構成・形式に関して、書簡体・日記体・発見原稿型・内的独白など、西洋流の近代小説の歴史に現れたほとんどすべてと言ってよいほどの多様な形態が利用され、労働者・農漁民・女性・こども・学生など、社会のあらゆる階層にわたる人物像が鮮やかに躍動している。

これほどまでに多彩な小説群を、適切に理解するために必要な手法は何か。すなわち、作者というコンテクストから自由な地点に立ち、個々のテクストの多様性を掬い取る読解――テクスト様式論こそ、これまでの有島研究において最も脆弱であった領域と言えるだろう。テクスト様式論の詳細は、拙著『修辞的モダニズム―テクスト様式論の試み―』（ひつじ書房）に譲るが、それは、文芸様式を作者による芸術意志の表現と単純に見なしてきた伝統的な様式論に対して、文体・レトリック・語りなど、テクスト自体の表意作用に徹底的に拘泥しようとする、様式論の拡張にほかならない。それは、有島における言葉への意志から、有島の構築した言葉そのものの意志へと、対象自体を変更する操作でもある。本書の目標の一つは、記号学からポスト記号学までの理論水準を以て、テクスト様式論の観点から、有島の小説テクストの再評価という課題に取り組むことである。

（3）芸術史的転回

さらに有島文芸は、一九二〇年代を一大画期とした、近代から現代への文芸史的・芸術史的な転回を拭い難く刻印されている。「芸術について思ふこと」（『大観』大11・1）に言明される「印象主義」から「表現主義」への主導権の委譲は、有島自身のさして長くはない作家生活のうちの転変を指示するだけではない。それと同時に、それは言葉が、表現によってそれ自身以外の何物かを運搬・伝達する道具となるとする〈表象＝代行〉（representation）の性質を帯びたリアリズムやロマンティシズムなど芸術の十九世紀的傾向から、言葉の不透明性という事態に依拠しテクストの表意作用自体を最大限に解放せしめようとした、いわゆる言語論的転回（人間の営為の根幹を言語に求める哲学思想史上の変化）以後の二十世紀的なパラダイムによる、芸術の王位簒奪をも物語っている。それはまた、言葉によるコミュニケーションへの安直な信頼と、それを保証する社会的共同性への確信の崩壊でもあった。本書は、個々のテクスト様式論にとどまらず、このような芸術史的転回に立ち会い、それを身を以て示した作家としての、有島武郎の文芸史的・芸術史的な位置付けを試みようとする。

（4）表象のパラドックス

そしてまた、後期の有島が放った文化・芸術批判の矢は、それが〈表象＝代行〉の概念を主たる標的としていたがために、プロレタリア革命運動とともに文芸・芸術を含めた表象文化全般をも射程とする重要な提言として理解しなければならない。プロレタリア文学の勃興期に行われた「宣言一つ」（『改造』大11・1）の発言は、ブルジョア知識人の存在理由を自己否定したものとして理解され、革命運動のモラルを問う規範として、太平洋戦争後の「政治と文学」論争において取り沙汰された。だが、今やそれを右のような芸術史的転回の一徴表として理解することができる。有島後期の思想は、知識人が「民衆」を〈表象＝代行〉することの否定であると同時に、高度な表現水準に突入した結果、シニフィアンが独立して大きな強度を獲得し、それを表現する「個性」の主体からも切断されてしまう点において、現代において表象が抱え込まざるをえないパラドックスを体現している。本書は、そのような表象の不可能性と可能性とに挟撃された有島の営為を、芸術史的転回の観点から再評価する。それは、もはや芸術が普遍的な価値を主張することができなくなった時代において、表象が持ちうる新たな意義の端緒を開くものだろう。

言葉への意志から、言葉じたいの意志へ――有島の文芸様式は、芸術における近代の総決算でもあり、現代の出発点であるような限界的な姿を呈示している。本書は、そのような限界的状況を、敢えて芸術史における生産力として再評価しようとするものである。「独り行く者」としての「ローファー」に憧れた有島は、孤立を望んだが孤立しえなかった。なぜなら、そのようなことは、反復を本質とする言葉を糧として生きる人間主体には、端的に不可能だからである。テクストとして読まれ、書かれるたびに、その都度、断絶と同じ形での交通、孤立とほぼ同義の連帯が出現する。本書もまた、そのような有島のテクストとの対話の一つにほかならない。

目次

新編について

本書は、旧版『言葉の意志　有島武郎と芸術史的転回』（一九九四・三、有精堂出版）の増補改訂版である。

一、増補について

旧版の全十五章のうち、「結論」を削除し、新たに序論に二章、本論に四章を加え、補論を付して全二十一章とした。この結果、章番号・章題・章の配列順序に旧版から改めた箇所がある。増補した章は次の計七章である。

Ⅰ　「色は遂に独立するに至つた」

Ⅲ　係争する文化

5b　楕円と迷宮

8b　無限の解釈項
8c　〈考証〉『或る女』はいつ始まるか
14　客

補論　反啓蒙の弁証法

二、改訂について

旧版を引き継いだ章においては、論述を推敲し、表現を整えた。また、注の出典情報をできる限り更新し、必要な注を補った。ただし、わずかな例外を除いて、旧版から論旨を大きく変更した箇所はない。論旨を変更した場合には、その旨を注に記載した。

I

「色は遂に独立するに至つた」

有島武郎文芸の芸術史的位置

1 アヴァンギャルド芸術の出現

芸術にかんすることで自明なことは、もはや何一つないことが自明になった。芸術のうちにおいても、芸術と全体との関係においても、もはや何一つ自明でないばかりか、芸術の生存権すらも自明ではないことが。〔…〕芸術はその伝統の全体を通して芸術の地層として保証されていたかに思われていたものに手をつけることで質的に変り、それ自体が異質のものとなる。芸術が異質のものとなることができるのは、芸術が既存のものを構成する要素を形式化するものとして既存のものを援助してきたと同様にさまざまな時代を通じて形式の力により、ただ単に存在し存続してきたにすぎないものに背を向けたためであった。芸術は一般的な公式を用いて慰めであると割り切るべきでもなければ、慰めではないときめつけるべきでもない。

芸術の概念はさまざまな契機の配置の歴史的変化に応じて変化する。芸術の概念は定義に抵抗する。芸術の本質をその起源から、あたかも最初のものはそれに続くすべてのものがその上に築かれる地層であって、地層が揺り動かされるならたちまちその上に立つすべてのものも崩壊するかのように、演繹的に導き出すことは不可能なのだ。

（テオドール・W・アドルノ(1)）

アドルノは『美の理論』の冒頭においてこのように述べている。有島武郎という作家の業績について考える際に最も重要な問題は、文芸や芸術というジャンル、あるいはその本質としての表象や様式とは何かという根元的なパラダイムそのものの大きな変革に、彼が立ち会ったことである。それは、近代から現代への文芸史的・芸術史的な大変動であり、全体として、表象・文体における近世から近代への変革を、二葉亭四迷が『浮雲』（明20・6〜22・8）において成し遂げた事業にも匹敵するものである(2)。本書を通底する根本的なモチーフはこれである。

この近代から現代への芸術史的な大変動とは、象徴的に言うならば、美術史における印象派からポスト（後期）印象派への飛躍、音楽史におけるシェーンベルク楽派の登場、哲学思想史における言語論的転回などに相当する。それは右にアドルノが指摘したように、芸術の自明性が失われ、長い間芸術の本質と見なされてきた調和の幻想が失墜し、芸術がいかにも定義困難で、常にパラドックスや両義性に満ちたモンタージュとなることを余儀なくされる時代への突入ということになる。そのような観点からすると、有島においては、一九二〇年の「惜みなく愛は奪ふ」（『惜みなく愛は奪ふ』、有島武郎著作集第十一輯、大9・6、叢文閣）よりも後の、後期の諸テクストが決定的に重要となる。だがもちろん、それら後期のテクストの固有の意義は、それ以前のテクストとの間の連続や変化、そして転回において理解されなければならない。本書は、出発期から晩年に至るまでのテクスト様式を総体として掌握することにより、この問題に接近しようと努めるものである。

ところで、有島や彼の同時代人たちは、それらの新興芸術にどのように関わり、どの程度理解していたのだろうか。東珠樹は雑誌『白樺』の美術雑誌としての性質を検証し、有島生馬を中心としてセザンヌ、ゴッホらポスト印象派の紹介が多いものの、それ以外の作家に関する美術記事も非常に雑多に含まれることを指摘して、「初期の白樺同人の絵を見る目というものは、決して美術史的ではなく、文学者［…］のそれから一歩も出ていなかったのではないか、と思われ」るとし、また「セザンヌの絵画理論が立体派を生み、ゴッホやゴーガンの個性表現が、表現主義に発展したというような近代絵画の方向なぞは、彼等には、とても予測さえ出来なかったのである」と述べている(3)。確かに『白樺』派は、少しでも自分たちの感覚に合うものであれば何でも自由に取り入れていた節もあるが、武郎の評論類を見れば、生馬や光太郎にひけを取らぬほど、ポスト印象派から未来派に至る動向をよく咀嚼して自分のものとし、さらには批評もしていたことが分かる。近年、資料の編纂・刊行が進み、一九二〇年代前後の芸術・文化動向の理解のための便宜は、飛躍的に向上した(4)。これらを通観すると、右に東が指摘し、またこれまで想像されていた以上に、当時の人々は一九〇九年のマリネッティの「未来派宣言」の後、海外のアヴァンギャルド芸術に対して関心を持ち、活発に論議していたことを認識せざるを得ない。これは平野謙の言う、日本文学の「世界的同時性」の顕著な実証とも言える(5)。そして、この動向に絶大な関心を寄せていた有島の芸術的営為は、このような潮流を無視して語れるものではない。

他方、このようなアヴァンギャルド芸術に対して、日本のアヴァンギャルド文芸はどのような特徴を持ちえたのか、またそこにおける有島の位置づけはどうであったのだろうか。一九二〇年代の有島の小説『星座』(有島武郎著作集第十四輯、大11・5、叢文閣)には、内的独白と複数視点を組み合わせた立体派的な構成法が見られ、「或る施療患者」(『泉』大12・2)には未来派的なレトリックや文体を認めることができる。だが同時に、一九二三年に世を去った有島の最終的境地である「酒狂」(『泉』大12・1)、「或る施療患者」、「骨」(『泉』大12・4)、さらには「卑怯者」(『現代小説選集』、大9・11、新潮社)、「断橋」(『泉』大12・3)、「親子」(『泉』大12・5)、「独断者の会話」(『泉』大12・6)などは、アヴァンギャルドな様式的飛躍とは全く別の、暗鬱な表情を湛えている。

これまでこれらのテクストは、作家人生の終末期としての個人的な頽廃や、「宣言一つ」で公表された自己否定との関連で読まれてきた。しかし、そのようなデカダンス・主観主義・枯淡なスタイルは、辻潤・武林無想庵・高橋新吉・尾形亀之助ら、ダダや未来派とともに無政府主義・虚無主義の要素をも分有した日本型アヴァンギャルディストたちにも、極めて顕著に見られる事柄でもあった。この事情については、神谷忠孝が既に指摘している。神谷は、「日本のダダ運動に関係した人たちが仏教や農本主義に傾斜していったこと」や、「日本のダダ運動が現代詩の中に自我を究極にまで追求する契機をもたらしたこと」の事例を明らかにする(6)。神谷は有島とも関わりの深い新吉のほか、辻・無想庵・吉行エイスケらについても、同じ観点から論じている。

創造的生命力に基盤を置いた有島最盛期の様式とも、また、芸術史上、まさしくそのような様式理念に相当するポスト印象派や、その飛躍的延長線上に出現した各種アヴァンギャルド芸術の様式とも異なるこのような様式には、どのような必然性や意義があったのだろうか。本章では、そのような有島最終の境地を見据えつつ、そのテクスト様式を概括的に展望してみよう。

2 「魂に行く傾向」の変奏

さて、評論「草の葉（ホイットマンに関する考察）」（『白樺』大2・7）において、有島は芸術の理想を「魂に行く傾向」と定義する。「芸術を生む胎」（『白樺』大2・7）で、「芸術を生むものは愛である」と述べるように、有島の表現の理論は、「魂」「本能」「個性」「衝動」「愛」などと呼ばれる人間の根源的な生命力を、文芸テクストが表現することを基本とした。ここで文芸表現としての表象は、「魂」を転写して読者に媒介する手段となる。

「魂」は、進化成長する主観であり、それは個人的なものでありながら、同時に人類に共通の属性を帯びていて、だからこそ表象は普遍的な価値を持ちうるものとなるのである。「惜みなく愛は奪ふ」で展開されるように、他者を奪い、他者の生活・行動を描くことが同時に自己の表現でもあり、さらに人類全体に寄与しうるとする表象理論は、この発想によって成立した。徹底した他者の描出こそが自己の主観の描出となり、同時に人類的な意志の表現ともなるとするこの表象観は、有島の作家的道程の初期に確立し、その後の創作活動の根幹に据えられた。その結果、専ら作家自身の身辺に題材を採る私小説的な作風とは異なり、有島の小説には、多様な職種・階層にわたる個性的な人物が登場し、波瀾に富む虚構的な物語が構築され、また、それらはテクストごとに独自な文体・様式として形成されることになったのである。

美術史に関する有島初期のまとまった評論として、「新しい画派からの暗示」(『小樽新聞』大3・2・23、3・2付)がある。

断つて置くが新しい画派の人々は創造の気分に生きた人々である。彼等の製作は過去の回憶ではない。その律呂は私共の耳には始めて響く律呂である。夫れ故過去の形式を尺度として、之れに臨むのは、自分の眼に塵を蓄へて、他の塵を除かんとするやうなものである。然しながら私が始めに云つた、近代の喘ぎ求めつゝあるその動向を心に感じて之れに臨むならば、彼等は忽ち頼み甲斐ある力と変じて、私共の胸の奥に沁込んで来る。

私は又彼等が事業を成就したとは云はぬ。反対に彼等の総ては大なる事業の一齣づゝを演じ去つたに過ぎぬ。是れは彼等の悲しみであり又誇りであるだらう。アポロのみに額づくものは或る終結に達し得よう。デオニソスのみに香をたくものも亦或る解決に至り得よう。然しながらアポロの上にデオニソスを築き、デオニソスの上にアポロを築かんとするものは、常住の動揺、無終の躍進を覚悟せねばならぬ。マネからセザンヌとゴーガンとゴッホとに、又マチスとピカッソとウヰスビアンスキーとに、又更にカリリとロッソロとボッチオニとに、やむ時もなく変り遷る生命の流れを覚悟せねばならぬ。

ここで有島は、アポロン対ディオニュソスという、彼自身「二つの道」（『白樺』明45・5）以来愛用した人間精神の二分法を基に、美術史における「近代の喘ぎ求めつゝあるその動向」を論じ、最終的には、ロダン、ミレー、ホイットマンらと並び、「マネからセザンヌとゴーガンとゴッホと」を結ぶ「常住の動揺、無終の躍進」の線を繋いでみせている。印象派からポスト印象派への飛躍が、再現から表出へという芸術史における近代から現代への切断を画したとする通説に、有島もまた従っている。徹底した主観と生命力を尊崇する有島が、ポスト印象派に対して敬意を払うのは、前述の『白樺』とそれとの関係に照らして自然と言うべきだろう。しかし、有島はこれに続けて、「又マチスとピカッソとウヰスビアンスキーとに、又更にカリリとロッソロとボッチオニとに、やむ時もなく変り遷る生命の流れを覚悟せねばならぬ」と書いている。

文中の表記は現代のものとは些か異なるが、カルロ・カッラ、ルイジ・ルッソロ、ウンベルト・ボッチョーニはイタリア未来派を代表する画家たち、またスタニスワフ・ウィスピヤンスキは、二〇世紀初頭ポーランド・ネオロマン派の劇作家・画家・詩人である。もっとも、ウィスピヤンスキ（一八六九～一九〇七）は未来派登場以前に没しているので、確かに東が述べたような、『白樺』美術史の雑多な性質も多少は見られるかも知れない。だが、基本的には、ポスト印象派からさらに、フォーヴィスムやキュービスム、そして未来派への展開を、「近代の喘ぎ求めつゝあるその動向」の潮流として認めていることになる。ここにおいて印象派から未来派へという、有島の文芸様式における芸術史的なスケールの総体が明らかとされるのである。

一九一六年五月六日、有島は、一時期未来派に傾倒し、実際にマリネッティを始めイタリア未来派のメンバーとも会っていた画家、東郷青児の展覧会を見学し、その印象を同日の日記『観想録』に書いている。そこでは「He is a sole one artist who paints futuristic picture. I saw his work last year at Hibiya, and was struck with his peculiar talents. And I found this time his art was depend in spirit and technique.」[7]（「彼は未来派絵画を描くただ一人の芸術家である。私は昨年、彼の作品を日比谷で見て、彼の特殊な才能に震撼された。そして今回は、彼の芸術は魂と技巧によることを発見した」）と、ほとんど絶賛に近い評価をしている。東郷自身は、未来派からは離れて独自の作風へと移っていくのだが、当時、幾つも美術展を見たはずの有島が、まとまった印象記を東郷について残していることは念頭に置いてよいことだろう。

さらに、有島が未来派について、より明確に論じたのは「惜みなく愛は奪ふ」の一節である。そこで有島は、創造的生命力の横溢した芸術として、詩および音楽という大きな芸術ジャンルと同列に、美術史上の一潮流に過ぎない未来派を殊更に取り上げている。「而して印象派の勃興はこの固定概念に幽かなゆるぎを与へた。即ち絵画の方面に於て、色と色との関係に価値をおくことが考へつけられた。色が何を表はすかといふことより、色と色との関係の中に何が現れねばならぬかといふことが注意され出した。これは物質から色の解放への第一歩であらねばならぬ。而しこの傾向は未来派に至つて極度に高調された。色は全く物質から救ひ出された。色は遂に独立するに至つた」と、その「高調」がまさしく高調した調子で揚言される。ここで有島は「美術の世界に於て、未来派の人々が企図するところも、またこの音楽の聖境に対する一路の憧憬でないといへようか」と、〝すべての芸術は音楽の状態をあこがれる〟風の評価をする。

同じようなことを、日本未来派の先駆者の詩人・平戸廉吉が、「私の未来主義と実行」においで述べていた。平戸は、「未来派から第一に与へられるものは、やはり『まづ何よりも音楽』です。この音楽状態はありとあらゆる生きんとするものに与へらるゝ力であり、動であり、動作を通じて表はるゝ内の声であります。そして、未来派の音楽状態は、更に進んで、一切の霊と霊とのシンフオニイとなり、一切のものを流し込んだ自由にして且つ有機的関係に結んだ一大オオケストルとなります。此一大器楽化の運動を全うすることに依つて、吾々は吾々に生き、吾々の環境を作り、そして不断の生命の流れに浸ることが出来るのであります」と、こちらはヴェルレーヌ風の表現でこれを「一切の霊と霊とのシンフオニイ」として称えるのである(8)。ここにある共通性を、どのように理解すべきだろうか。

3　有島武郎の未来派評価

このような有島による未来派評価の要点は、次のような二点に集約できるだろう。

(1) シニフィアンの独立

「色は遂に独立するに至つた」ということ、すなわち、「形象の模倣再現」つまり各種リアリズムによる代行表象(representation)を否定し、芸術記号の一局面としてのシニフィアン(表意体、能記、記号表現)がそれ自体としての存在を認識されたということである。シニフィアンの自立は、文芸史においては新吉、平戸、萩原恭次郎ら大正アヴァンギャルドの詩人たちや、『葡萄園』の久野豊彦、そして横光利一と『文芸時代』の様式に見られる言語記号の自立として、一九二〇年代前半の同時代的コンテクストを有する(9)。詩人マリネッティに先

ボッチョーニ「同時的なヴィジョン」(1912 頃)

導されたイタリア未来派は、一九〇九年の発足後、一九一二年一二月になって、ボッチョーニとカッラがパリに赴き、パリに滞在していたセヴェリーニの紹介でピカソを訪問し、本格的にキュビスムを学び、それを彼らの主張である速度・運動・ダイナミズム・機械・都市などの要素と融合させて独自の様式を獲得した(10)。シニフィアンの自立の観点からすれば、続くカンディンスキー、クレー、モンドリアン以後の、もっと徹底したアヴァンギャルドも登場する。だが、確かに印象派から未来派に至る動向は、有島が知り得た限りでは、シニフィアン独立の最も顕著なムーヴメントだったのだろう。

『或る女』(有島武郎著作集第八輯・第九輯、大8・3、6、叢文閣)を書いた有島は、日本を代表する本格的リアリズムの作家と呼ばれるが、これらの理論を率直に受け入れるならば、彼は芸術史的な観点から、リアリズムを批評・否定し、ポスト・リアリズムの芸術思潮を擁護したのである。有島を単純にリアリズムの作家などと呼ぶのは、もはや不十分な評価であると言わなければならない。

(2)「個性」との切断

もう一つの要素はより複雑である。一九二〇年代に入ってからも、「芸術について思ふこと」という重要な評論において、有島は同様の主張を基本として、さらにそれを敷衍している。ただしこちらでは、未来派のみならず、立体派・表現派も含めて広義の表現主義とし、広義のリアリズムである印象主義と対比して論じるのである。

自然とはかく人を笑はすものだと見るのが印象主義ならば、自然はかく笑ふといふのが求められつゝある芸術主義である。即ち求められつゝある芸術とは表現の外ではない。固より印象主義の芸術にあつても、表現なしには芸術は成り立たない。然しながらその場合にあつては、表現は印象を与へる為めの一つの手段であつた。象徴であつた。然しながら表現主義の芸術にあつては表現の外に何者もない。表現がそれ自身に於て芸術を成すのである。［…］

誰れでもたやすく察することが出来るやうに、これらの凡ての流派の目指す所は、在来のあらゆる軌範に対する個性の反逆である。長い間現象の一分子と見做されてゐた個性が、独立した存在として、一個の有機的な統合の中に厳存し得ることを主張するその叫びである。個性に君臨しつゝあつた軌範に対して、逆に個性が君臨せんと企てた反逆である。

約言すれば、印象主義は外界の印象を表現に変換して象徴とするのだが、表現主義では表現のほかに何もないということになる。それを「在来のあらゆる軌範に対する個性の反逆」と見なすのは、「惜みなく愛は奪ふ」の論旨とそう変わりはない。しかし、これと第一の観点を組み合わせると、表現主義の様式は、微妙かつ決定的な軋みを抱え込むことになる。すなわち、シニフィアンが完全な独立を遂げた時、それは果たして「個性」の表現と言えるのだろうか。シニフィアンがシニフィエ（表意内容、所記、記号内容）から切り離された時、記号は一義的な意味を失ってしまう。そのとき、芸術記号はまた、「個性」の表現ともなりえないことになる。

前述のように有島も平戸も未来派を〝音楽の状態をあこがれる〟ものとして称賛したのだが、未来派が実践した音楽は、ルッソロが作った雑音調楽器（イントナルモーリ）、すなわち箱にラッパをつけた〝楽器〟を用いて、金属素材の軋る音を拡声するというような代物であった(11)。これは、楽音を否定し、雑音が取って代わるという意味では究極の前衛音楽であり、その限りにおいては時代を先んじていた（あるいは、登場があまりにも早過ぎた）とも言えるだろう。シェーンベルクの無調性・十二音音楽、ピエール・ブーレーズらのセリー主義、「四分三十三秒」（一九五二）の沈黙から成るピアノ曲で有名な、ジョン・ケージの偶然性（不確定性）の音楽など、後続の現代音楽史は、いわゆる「個性」の表現からの脱却の歴史であったのである。これらは、オルテガ・イ・ガセーが「芸術の脱人間化」と名付け、ハンス・ゼードルマイヤーが「中心の喪失」と呼び、国安洋が「芸術のテクノイト化」として分析したのと同じ事態である(12)。それは、現代芸術が概略、歩んできた道にほかならない。

もちろん、シニフィアンの自立は、純粋化された一種の理想郷に過ぎず、有島が知っていた一九二〇年代までの未来派・立体派・表現派は、未だ十全に純粋にはそのようなものではなかった。ピカソの『自画像』（一九〇七など）の対象はピカソ以外の何物でもなく、セヴェリーニの『武装列車』（一九一五）が描くのはやはり武装列車である。また、シェーンベルクでもケージでも、それらは、各々の様式として、なお「個性」の表現であると言えないことはない。ただし、少なくともシニフィアンの自立と純粋な表現との間の対立、いわば、記号と表出に関わる表象のパラドックスを、現代芸術は可能性として抱え込んだのである。

4　テクスト様式の展開

次に、有島の創作の展開をこの方向性に従って検証してみよう。有島の文芸表現の出発は、「かん〳〵虫」（『白樺』明43・10）の印象派的文体である。この表現は、陽光と色彩に重点を置き、句読法や語りの技巧を用いて描写を一体化させる。港湾労働者の反抗を描きながらも、文章の半分は情景描写に割かれ、人と環境とは表現において融合するように導かれる。そしてリアリズム最後の段階とされるこの印象主義から、有島のテクスト様式は変容を遂げてゆく。

続く「お末の死」（『白樺』大3・1）、「カインの末裔」（『新小説』大6・7）、「生れ出づる悩み」（『生れ出づる悩み』、有島武郎著作集第六輯、大7・9、叢文閣）など、労働者・農民を主人公とした作品群において、有島は人間の成長の欲望と、その障害となる環境との対決を追求した。それらの重点は、既に人と環境との素朴な融合にはなく、内在する「魂」そのものの突出の様態に置かれている。特に「カインの末裔」は、比喩表現において制度・秩序・構造の系列と、違反・放縦・混沌の系列が対比され、全体として動物の比喩を中心とする隠喩的世界として構築され、主人公をその両者が火花を散らす場に置くように造形された。悠揚たる自然の力をその背景に措定しつつも、主眼となる生命力と環境との対決を鮮明に描き出すことに成功したと言えるだろう。

また『宣言』（『白樺』大4・7、10〜12）、『迷路』（大7・6、叢文閣）、「石にひしがれた雑草」（『太陽』大7・4）、『或る女』など、恋愛や人間関係を主題とする作品群においては、主語・述語の明記、無生物主語、受動態、強調構文、同族目的語などの欧文直訳体が頻用されている。この文体は、行為者と行為の対象とを常に明示する点において、それらを曖昧なままにとどめる在来の描写方法とはまさしく逆行する。中でも『或る女』は、身体性と関係性の結合点において、個人と共同体との軋轢を表象している。主人公は性的・身体的価値において自らを評価し、その基盤の上に他者との関係を自在に操作しようと試み、そして挫折する。ここでは、ジェンダーとレトリックが、あい拮抗した強度を確保する。語彙・構文は非常な緊張を与えられ、比喩表現が、重く身体性と関係性を表出するのである。その核心をなすのは、環境そのものの再現ではなく、環境と対決しようとする生命力の表現を重視するポスト印象派に準えうる様式にほかならない。

『星座』は、およそ日本近代において初めて創作された、本格的な「意識の流れの小説」(stream of consciousness novel)である。人物の心理内容を読者に直接呈示する内的独白や、語り手と人物の境界線を曖昧化する自由間接文体を縦横に用い、章ごとに焦点人物が交替する並列視座(複数視点)と併せ、学生群の心理と関係とが、立体画的・交響曲的に織り上げられる。マルセル・プルースト、ジェイムズ・ジョイス、ヴァージニア・ウルフ、あるいはウィリアム・フォークナーらのテクストに匹敵するこの文体は、人物の心理に直接肉迫する方法により、伝統的な小説様式を、表象・文体において乗り越えようとする挑戦であった。さらに、各々にルンペン・プロレタリアを取り上げた「酒狂」、「骨」、「或る施療患者」、『或る女』の一節を自己翻案した戯曲「断橋」、シニカルな政治・倫理批評である「独断者の会話」など、一九二〇年代のテクストは、いっそうユニークである。特に「或る施療患者」は、破格の擬人法・隠喩、穿孔・疾駆などの破壊的イメージ、機械的・無機質的形容、脈絡の意図的錯乱などの修辞法を用い、自暴自棄すれすれのところで略奪的に生きようとする主人公の心理内容を尖鋭に表現した。これは、ダダイズム・未来派・表現派などと歩調を共にする、大正アヴァンギャルドの先端をなし、すぐ目前にまで迫っていた、横光利一らの新感覚派による小説様式の革新を先取りするものでもあった。

今日の目から見て、この「或る施療患者」などはもっと評価されるべきだが、実体に比して研究は遅れている。その理由は、有島を「カインの末裔」『或る女』流の、いわゆるリアリズム作家と見なす固定観念と、そもそもリアリズムを後生大事にする文芸伝統、そして文芸作品を作家に還元し、自己批判を行って女性と心中した作家の晩年に、〝末期の眼〟で書かれたデカダンスの作品でしかないとする偏見のためだろうか。しかし、後期のテクストを評価しないのは、有島研究としては不十分の誹りを免れない。もっとも、「芸術について思ふこと」の論旨から、アヴァンギャルド芸術としての表現主義に親近感を抱きながらも、自分はその担い手としての第四階級者ではないという観念から、表現主義的実践を徹底することはできなかったとする有島評価は成り立つだろう。だが、その内実もまた精査してみる必要がある。

5　表現主義と表象のパラドックス

「宣言一つ」は、自己の階級的な不可能性と、それを根拠とした表現の不可能性を論じたエッセーであるが、今日、このエッセーの重要性はますます高まっていると思われる。これは有島の芸術思想にとっては、人類的・普遍的な「魂」に対する信頼の否定であると同時に、代行としての表象の否定の表明でもある。そこでは、社会主義などあらゆるイデオロギーについて、第四階級が、自ら主体的に生み出したのではない規範によって行動することが批判され、また、ブルジョア知識人がその規範を先導・流布する啓蒙行為そのものが批判されている。これは、知識人の社会責任を問うた戦後の「政治と文学」論争の争点となるのだが、今日的な意義としては、決してそれにとどまるものではない。すなわち、階級の絶対性に自己を局限し、それを表象の不可能性と結びつけたことにより、有島は結果的に、表象とは何かという理論パラダイム自体を露出させたと言うべきなのである。

先に触れた「芸術について思ふこと」は、印象主義から表現主義への転回を論じただけでなく、表現主義の担い手は第四階級者以外にないと明確に規定してもいる。これは、アナーキズムがアヴァンギャルドと同居していた大正アヴァンギャルドの特徴と合致し、あるいは、ロシア革命初期のロシア・アヴァンギャルドの動向なども想起できるだろう。いずれにしても、ブルジョアには未来がなく、未来はプロレタリアのものだという感覚には抜きがたいものがある。ただし、有島はそれを手放しで楽観しているのではない。

然し私は一歩を進める。現在あるところの表現主義の芸術が将来果して世界的な芸術の基礎をなすであらうか如何だらう。こゝまで来ると私は疑ひをさしはさまずにはゐられない。私には今の表現主義は、丁度学説宣伝時代の社会主義のやうな感じがする。ユートピヤ的な社会主義から哲学的のそれになり、遂に科学的の社会主義が成就せられたとはいへ、学説としての社会主義は遂に第四階級自身の社会主義であることは出来ない（「宣言一つ」を併読されたし）。それがどれほど科学的になつたとはいへ、実際の第四階級者に取つては全く一つのユートピヤに過ぎないであらう。それは新興階級に対する単なる模索の試みに過ぎない。それと同様にわが表現主義も第四階級者ならざる畑に、人工的に作り上げられた一本の庭樹である。少くともさういふやうに私には見える。[…]偽ることの出来ないものは人間の心だ。その人でなければその人のものは生まない。

有島は、「私には今の表現主義は、丁度学説宣伝時代の社会主義のやうな感じがする」とし、現今の「ユートピヤ」的な理論先行の表現主義は、結局、知識人エリートによる啓蒙の域を出ない恐れがある、と論じている。すなわち、「クロポトキンが労働者そのものでない以上、彼れは労働者を活き、労働者を考へ、労働者を働くことは出来なかつたのだ」という「宣言一つ」の論理が、ここでも貫徹されているのである。

しかし、そうであるとすれば、第四階級者によるあの「個性の反逆」は、表現主義芸術においてもまた不可能だということになるだろう。セザンヌもピカソもマリネッティもマティスも、いずれもプロレタリア出身ではない。ここには、表象の主体性の倫理にあまりにも拘泥した結果、純粋に潔白な立場からの表象以外は、すべて拒絶するというような純潔主義が見られる。実のところ、「政治と文学」論争における平野謙らによる知識人問題の提言も、このような有島の純潔主義の尾を引いていたのかも知れない。しかし、芸術を単純に政治と陸続きのものと見なす思考を採らない限り、このような純潔主義は、多分に芸術の可能性を否定する部分があるとも言える。すなわち有島・平野の言に反して、ある次元において、表象は常に可能であると言わなければならない。

表象を何物かの代表や再現としてとらえる発想は、それを主体と切り離すことができないために、このような倫理の軛につまづき、表象は不可能だと見なしてしまう。しかし、表象がそれ自体で機能する何物かである場合には、もはや主体の倫理などは関係がなくなるだろう。もちろん、作家の実社会における行動が、人間の倫理として常に問題となることを妨げるものはない。しかし、作家の人間性や所属階級そのものが、テクストにおいて倫理のコードとなるというのは、囚われた考えと言わなければならない。実際、後続の横光利一は、「文壇時事問題批判会」(『新潮』昭3・4)において、「だから僕は人が匿名でプロレタリア作品を書くと云ふ場合、それはその作品と見るべきだと思ふ。其人がブルジョアの生活をして居ようと其人の生活に入る必要はないと思ふ」として、プロレタリア作家でなくともプロレタリア文学は書ける、それは一つの実践に過ぎないという意味のことを述べ、事実、工場を舞台とした「機械」(『改造』昭5・9)のような作品を書いたのである。

実際のところ、「色は遂に独立するに至つた」とシニフィアンの自立を宣言した有島は、本来、このような作家主体の階級的倫理性などにこだわる理由はなかったはずなのである。しかし、シニフィアンを最後まで「個性」の直接的表現と見なした彼は、結局は「個性」(そしてそれは「階級」でもあった)から切断された純粋なシニフィアンを容認しえなかった。

二十世紀芸術が行ったのは、過激な技術によってシニフィアンの自立を企てることであり、だが同時に当面それは芸術家主体の表現でもあった。さらにシニフィアンの自立が強化され、一定の強度を超えると、意味が切り離され、そして主体なるものも不明確となる。ルイス・ブニュエルの映画『アンダルシアの犬』(一九二八)や、ブーレーズのセリー音楽(一九五〇年代)などを思い浮かべてみよう。しかし、それでもなお、それらはブニュエルやブーレーズの個性の表現と言うこともできなくはない。いずれにせよこのような記号・意味・主体に関わる現代的表象のパラドックスこそ、一九二〇年代の有島芸術論が、その限性そのものによって明らかにした事柄なのである。このような現代的表象のパラドックスを身をもって演じ、白日の下にさらした作家としては、有島を措いてほかにはない。

6　芸術史的転回

そのような観点から、有島晩年の不可能性の表現として理解されてきた一九二〇年代の有島のテクストを見直すと、次のようなことが言える。「酒狂」「骨」「断橋」「或る施療患者」に描かれているのは、どれもこれも社会から除け者にされ、人生に自信を失った人物たちであるが、ある意味ではそのような人生に居直ってもいる。彼らは、彼ら自身であってそれ以外の何物も代行していない。特に、未来派的な語彙と修辞にあふれた「或る施療患者」の場合、そうした人物の強度は、テクストの文体の強度と一致、あるいは一体化している。彼らは、「独断者の会話」で糾弾される言行不一致の無政府主義者ではなく、ひいてはどのような主義者でもなくて、それは自分の生それ自体と同一化した人間である。従ってそれはシニフィアンそれ自体としての人物と言えるだろう。そしてそれらのテクストは、直接的な意味では有島個人の個性の表現ではない。いわば自立したシニフィアンとなっている。その意味でも、「或る施療患者」は典型的と言える。

そのような実質と表現との間に区別のない、いわばそれ自体としての記号の状態こそ、日本のダダイストたち、あるいは亀之助らが、こぞって、特に仏教的な悟達の境地を追求した理由でもあったのではないだろうか。ただし、それらは有島も含めて、もちろん自己充足した状態ではない。そのような表現の状態は、そのものの内部にパラドックスを抱えていて、その結果としてかどうか、彼らはいずれも生涯にわたって、確定した場所に安住することが不可能だったのである。つまり、有島が明らかにした表象のパラドックスを、彼らは少しずつ、分かち持っていたということになるのではないだろうか。

二葉亭四迷の『浮雲』は、冒頭の近世戯文体めいた文章が読み進むにつれて洗練され、自由間接文体や内的独白などの小説言語が次第に現れてくる。すなわちそれは、小森陽一が明らかにしたように、小説テクストそれ自体が、近世から近代への小説言語の革新のプロセスを、葛藤をはらみながら体現したテクストである(13)。現代、アドルノの言うような困難性が常に芸術を彩り、その観点なしには芸術を語ることができないとすれば、二葉亭が行った事業に匹敵する、今度は近代から現代への転換を、表象のパラドックスとして身をもって示したのが有島武郎という作家にほかならない。アドルノは、「芸術が死に絶えることがあるならば、それは唯一、人類が平和に満ちたりた場合であろう」と述べている[14]。現代における様々な危機を、間接的ながらも他の分野以上に鋭敏に問題化する芸術の局面に目を向けないとすれば、文学も人間も、恐ろしく平板で粗野なものに退化してしまうことだろう。有島の業績を正しく評価するためには、彼が体現しようとした芸術史的な転回の様相を、総体として見極めることが是非とも必要となるのである。

II 「魂に行く傾向」

有島武郎におけるウォルト・ホイットマンの閃光

私の魂は荘厳である。今まで人は言葉を尽くし心を傾けてその荘厳を説いた。然しその人々の思ひ設けなかつた程魂は荘厳だ。私の魂は過去と現在との総和であり、未来の凡てゞある。未来に現はるべきあらゆる偉大な思想と偉人とは、私の魂が子孫に残して行く形見である。私は各瞬間に進化し各瞬間に蓄積する。神といふ字を用ゐよとならば、私は憚る所なく大胆に私の魂を神と呼ばう。

（「草の葉（ホイットマンに関する考察）」）

1 キリスト教離脱とホイットマン

有島武郎における、芸術史上の転回と呼応した文芸様式の成立と展開は、アメリカ合衆国の詩人、ウォルト・ホイットマン（Walt Whitman、一八一九〜一八九二）の作品および思想の受容・理解と深い関わりがある。有島の文芸観・人生観・社会観は、概ね、初期（明43・4〜大6・6）、中期（大6・7〜大9・6）、後期（大9・7〜大12・6）の三期にわたって段階的に発展しており、それらの間、特に初期・中期と後期との間には、明確な差異が認められる。このような展開において、ホイットマンの受容とその解釈は、有島の人生観・世界観・芸術観、そして創作理念の形成とどのように結びついたのか。ここでは、ホイットマンのテクストを有島が演奏し、自らの旋律とした過程を追究してみよう。

最初、それは一筋の閃光のようなものだった。有島は、明治三十六年八月から三十九年八月までのアメリカ留学中、二年目にハーヴァード大学選科に入学し、ボストンで弁護士ピーボディと約半年間の同居生活を送った。このとき有島は、彼からホイットマンの詩を紹介され、非常に強く感銘を受けた。当時の日記（明38・1・13付）に、「Peabody 氏遅ク皈ル。夕食後九時頃マデ社会問題及ビ宗教ニ就テ語ル。彼レ Whitman ヨリ所々面白キ節ヲ抄読ス。余ハ黙シテ聞キヌ。余ハ彼ヲ味フ可シ。彼ハ余ガ長ク長ク遙カニ望ミツヽアリシ一ノオアシスナリ」（傍線原文＝以下同、原文横書）と書かれている。これにより、有島はホイットマンの作品を知り、心酔するに至る以前から、既にホイットマン的なるものを待望する心理状態にあったことが分かる。そのような受容者側の素地と発動者側の特質との契合によって、ホイットマンへの熱烈な共鳴が招来されたのである。その素地とは何であったのだろうか。

まず、初期有島の言説を検証してみよう。有島のテクストのうち最も初期に属するものの一つ「日記より」（『文武会々報』明41・6、同年12）は、米欧留学の折の都市の回想を交えたエッセーであるが、そのエピグラフとしてホイットマンの詩編「この瞬間、あこがれの物思はしき」（"This Moment Yearning and Thoughtful"、後掲の有島訳『ホヰットマン詩集』第一輯の訳に従う）が採られている。これは後年、有島武郎著作集の扉に欠かさず掲出することになるホイットマンからのエピグラフの嚆矢となった。また文中でも、「詩に於てはワルト、ホヰットマン」と敬意が表明されている。次いで、『白樺』初年度のロダン特集に寄稿した「叛逆者（ロダンに関する考察）」（『白樺』明43・11）の末尾には、ホイットマンをロダン、イプセン、トルストイ、マネ、セザンヌらと並び、「居然たる反逆者の頭目」と見なす一文が見られる。

さらに、「ホイットマンの一断面」（『文武会々報』大2・6）は、前述の有島とホイットマンとの邂逅と、この詩人の略伝とを述べた、有島最初のホイットマン論である。それによると、彼は若き日に、内村鑑三や高山樗牛の文章によってホイットマンのテクストに接した経験があるが、それらには興味を引かれなかった。にもかかわらず留学時のピーボディの朗読には、啓示とも言うべき印象を覚えたというのである。その理由は、有島が留学中にキリスト教の信仰から離れ、「生れた当時のやうな渾沌とした心の状態」にあったためとされる。「その頃ホイットマンは突然その大きな不遠慮な手で悪戯者らしく私の肩を驚くほど敲いたのだつた」。このように見てくると、有島のホイットマン受容の素地としては、留学前後から決定的に動揺し、やがて明治四十三年五月の札幌独立教会退会に至るところのキリスト教信仰からの離脱と、その直後の精神的混迷を挙げることができるだろう。

そもそも、有島におけるキリスト教とは何だったのか。有島は、二十一歳の頃の日記（明

32・12・17付）に「我ハ天職ヲ択フ前ニ我ノ人格ヲ択ハザル可ラズ」と書き、また二十八歳の日記（明39・1・6付）にも「早ク自分ノ人格ヲ確定シタキモノナリ」と述べている。キリスト教を含む有島の宗教観の根底にあったものも、これらの言葉と同じく青年期における人格追求の意志だったと見るのは、概ね妥当な線だろう。そのようないわば人格的宗教観は、「御嶽山の中教正となつた祖母─白い黶（ほくろ）、愛の表象─」（『中央文学』大8・2）で述べられた、「一心」の徳を説く祖母の影響下に形成された、彼の原初的な精神性に根ざしていたと思われる。それに対して、教義に囲繞されたキリスト教は、この人格的宗教観を抑圧する要素を持つものと感じられたのである。有島におけるキリスト教問題に関してよく言及される「第四版序言」（森本厚吉との共著『リビングストン伝』の序、『東方時論』大8・2〜4）によれば、キリスト教の罪の観念に苦悩する親友森本に対して、有島は「寧ろ基督の愛心の方にのみ心が牽かれた」と告白している。これは有島が宗教に求めたものが信仰による贖罪ではなく、人間的・人格的な指針、一種の精神修養であったことを示す言葉にほかならない。だからこそ彼は、「第四版序言」に列挙した棄教理由の一つに、「基督教の罪といふ観念および之れに附随する贖罪論」への反発を挙げたのである。

こうして信仰を離脱した後の有島は、「も一度『二の道』に就て」（『白樺』明43・8）によれば、「絶対観念」の喪失により特有の二元論的思考に陥り、「相対界の彷徨」を経験するものの、生来の人格確立への意志のため、「矛盾を抱擁した人間全体としての活動、自己の建設と確立」へと向かったという。前述の「ホイットマンの一断面」においても、なお内部の二元分裂を実感しながらも、ホイットマンの恩恵によって、「少しづつでも自分の本真に帰りつゝある事」に光明を見出すようになったことを表明する。このように当時の有島は、信仰離脱後の精神的混乱から脱出するために、自己の生に立脚した主体的な人生観を構築する志向を持ち、それがホイットマンを受け入れさせた大きな理由なのである。

このような志向を抱く有島の目には、ホイットマンは何よりもまず巨大無辺な〈自然〉として映ったと言える。ホイットマンは、何よりも「自然と人類と自己といふものと全く融合した」人物と見なされるのである。「見給へ、念々刻々向上してやむ時なく発展し行く人の群れの勇ましい歩み、永世を暗示して、人の耳には余りに高い歌を奏でながら、私等を囲む無際の自然、それがホイットマンその人だ」。ロダンを取り上げた前掲「叛逆者」や、「ミレー礼讃」（『新小説』大6・3）など、有島は自分の敬愛する芸術家の研究において、彼らと自然との関係に論を絞ることを常としていた。彼らの芸術的才能は、「個性」や「一番奥深い一番正しい自己の姿」（「ミレー礼讃」）と自然との間の契合として評価されている。有島の人生観には、人間性の自然、あるいは内的自然への極めて強力な希求が、一貫して認められると言わなければならない。

なぜ、自然なのか。後年、「教育者の芸術的態度」（『帝国教育』大11・7）において、有島は幼年時代、父の厳格な朱子学的教育により「本来の性格傾向」を損なわれた結果、「先づ歪められた方向から自分を正しい方向に持返す」努力を並々ならず必要としたと述べている。また、有島壬生馬宛書簡（明36・8・8付）では、「君よ今の所謂宗教を見よ、そは宗教にあらずして道徳教なり、人情の自然を顧みずして形式の不自然を偏重す。こは生が求むる宗教と何の関りもなきものなり」と、現今の宗教を攻撃する。すなわち、教育・宗教など、文化・社会における「不自然」を嫌悪する有島にとって、それとは逆の自然が待望されたのであり、ホイットマンは「念々刻々向上」するという特性を帯びた自然を謳歌したものと見えたことによって、そのような理想的自然の体現者と考えられたのである。その結果、以上のような素地の上にホイットマン受容がなされたことにより、有島の人生観追求は、例えば「魂」「個性」「本能」などと呼ばれる根源的自我の自然性を、発展向上・進化成長する性質において究める方向に指針を定めることとなった。これを、自然法（自然権）的な思想と呼ぶことができるだろう。中でも「ホイットマンの一断面」は、その予告編であったと言うことができる。

2　進化する「魂」

次いで有島は、独自のホイットマン解釈から、自らの思想を形成する糸口をつかむ。「ホイットマンの一断面」に至る道程において形成された初期のホイットマン観は、「草の葉（ホイットマンに関する考察）」によって集大成される。むしろ、これは単なる紹介敷衍ではなく、既に有島自身の思想として血肉化されたものと見なければなるまい。そこで有島は、「外部が内部の承認を持たずに、高慢な先走りをしてゐる」生き方を退け、「いゝ事であらうが、悪い事であらうが、あるがまゝを痛感する事が、私の生活を徹底する唯一不二の道だ」と述べる。これは、人間の自我の深層、有島のいわゆる「魂」の絶対的優位性から構想された人生観であり、概略、次のような要素から構成される。

（1）「魂のみが真だ、規矩だ、進化する実在だ」として、「魂」を進化・成長する「実在」としてとらえる（「魂」の進化・成長観）。

（2）生の全体像を見失わせる分析的な科学の破産を説き、「魂」の実相、すなわち荘厳と醜悪、糜爛と健全の同時存在、あるいは霊肉一致などの現在がそのままで完全であると主張し、また生の極致として死を賛美する（「魂」の完全性）。

（3）芸術の理想を「魂に行く傾向」とし、「魂」の即位を謳歌して結ばれる（「魂」による芸術観）。

このような有島の「魂」一元主義への傾斜は、「内部生活の現象（札幌基督教青年会土曜講演会に臨みて）」（『小樽新聞』大3・7・8～8・4付、断続連載）においては、さらに一層鮮明に打ち出される。そこでは、「魂に立ち帰れ」、「お前が魂の全要求に応ずるなら、その時魂は甫(はじ)めて生長を遂げるであらう」と、生長する「魂」への回帰の必要性が主眼とされている。外界に対する過度の顧慮を「内部の分裂」の原因と考え、「絶対観念」に代わる、矛盾を包括した全体的人生観を求めた結果として、内的自然を能動的な自己伸張の作用を本質とするものとして把握し、それに「魂」と命名したのである。

この「魂」の絶対的優位性、およびそれに伴う三項目の「魂」中心思想は、有島がホイットマンから学び取ったものである。ウォルト・ホイットマンは、十九世紀アメリカ合衆国の詩人である。一八一九年五月、ニューヨーク州ロングアイランドに生まれ、九二年三月、ニュージャージー州キャムデンに葬られている。民主党系の週刊誌・日刊紙・政党機関紙の主筆を務め、政治ジャーナリストとしてのキャリアを積んだ。一八五五年七月、主著となる詩集『草の葉』(*Leaves of Grass*)を刊行、自己・肉体・愛・自然・宇宙への心奥からの賛美を、伝統的道徳観を打ち破る天衣無縫の感覚と、在来の詩的形式に拘束されない自由な言葉遣いによって表現し、囂(かまびす)しい賛否両論の渦を巻き起こす一方、その思想および文芸様式は、その後、世紀末芸術から一九二〇年代アヴァンギャルドなどに至るまで、全世界に多大な影響を及ぼした。詩集のほか、アメリカの将来に対する危機感に満ちた、一八七一年出版の『民主主義の未来像』(*Democratic Vistas*)等、民主主義思想と時事に関する評論が有名であり、一般には〝民主主義詩人〟と呼び習わされている。

日本には、夏目漱石「文壇に於ける平等主義の代表者『ウォルト・ホイットマン』Walt

Whitmanの詩について」(『哲学雑誌』明25・10)が初めて紹介し、以後、金子筑水「米国の新文豪ヲルト、ホイットマン」(『早稲田文学』明27・7)、内村鑑三「米国詩人」(『月曜講演』、明31・3、警世社)、高山林次郎(樗牛)「ワルト、ホイットマン」(『早稲田学報』明31・5)などによって解説が加えられ、大正期に至ると、『白樺』派や民衆詩派の作家たちによって、活発に翻訳吸収が試みられている。詩集『草の葉』は初版刊行後、多くの改版を重ね、その都度詩編の追加添削が行われた、それ自体成長する詩集である。有島が用いた版は、主にデイヴィッド・マッケイ(David Mckay)編の一九〇〇年版とされる。

評論「草の葉」にも、そこから多くの詩編が引用され、その引用の様態には、有島の受容展開の傾向が鮮明に示されている。引用された英語の詩句を、有島自身による『ホヰットマン詩集』全二輯(大10・11、大12・2、叢文閣)の翻訳によって抽出すると、例えば次のようなものがある。まず、「自己」そのものの自然性に対する賛美としては、「私は善悪にかゝはらず自己に即する、而して思ふがまゝに物を言はう、/本然のエネルギーによる無拘束の自然」(「自己を歌ふ 二」"Song of Myself")、あるいは、自己称揚の思想としては、「どこに行かうと、私は全然的に絶対に私自身の主」(「大道の歌 五」"Song of the Open Road")など。これらは、有島の「魂」中心主義に基礎を提供したと考えられる。また、進化成長観の表明としては、「人は行く! 人は行く! 私は人々が行くのを知つてゐる、然し何所に彼等が行くのかを知らない、/けれども彼等が最上へ、——何か偉大なものゝ方へ行くのだとは知つてゐる」（「大道の歌　一四」）などの引用があり、これらが「魂」論にも取り入れられるのである。

ホイットマンにおける成長の概念の根本には、人間と大自然とを包含する、宇宙全体の進化に対する確信が存在している。評論「草の葉」中の訳文を用いると、「何処に歩いて行くのか自分でも知らないが、歩く事のいゝ事なのは分つてゐる。／全宇宙もさうだと教へてゐる。／過去も現在もさうだと教へてゐる。／［…］植物も鉱物も共に完全だ。又重量のない流体も完全だ。静かに確かに凡てのものは現在の有様に進んで来た。／而して静かに確かに尚遠く進んで行く」（"To think of time"）とホイットマンは高らかに歌う。清水春雄が、「ホイットマンの宇宙観によれば、世界万有は永遠無窮の霊魂の分身を荷って最高善に向って進む動的な有機的な段階をなしている」と評する所以である(1)。すなわち、霊魂の不滅、霊肉一致、死の賛美など、有島がホイットマン解釈によって獲得した人生観の根底にある事柄は、この、いわば汎神論的な宇宙観に基づく万象進化の観念なのである。

3　人類的・超階級的創作理念

この観念は、有島の「内部生活の現象（札幌基督教青年会土曜講演会に臨みて）」に大きく取り入れられ、自己意志の自由を肯定する論理として変換されている。それによれば、「魂」が自己必然の要求にのみ従い、外界への顧慮を全く必要としないのは、個々の「魂」の実現が、究極的に社会の成長に貢献するものと見なされるからである。「私の意見は即ち宇宙の意志である」（!）。この簡明で極端な一文の主張を信ずるならば、「魂」の必然性は、自然法則を思わせる「宇宙の意志」との同一性に負うものと言える。なぜなら、表面上はどうであれ、他者および社会の「本統の要求」は、自己と同様に〈成長〉以外の何物でもないからである。〈成長〉概念が、有島において生物の生育を意味する「生長」という表記を与えられるのは、それが一種の自然法則として理解されているからだろう。ちなみに、武者小路実篤の評論集もまた『新編　生長』（大2・12、洛陽堂）と題されていたことが想起される。

有島の「自己と世界」（『新小説』大7・8）では、「自己と世界との因果的一致」なるものへの確信すら言明される。内的自然において自己と他者とを同一視し、〈成長〉において自己の行為と社会の発展とが直結されることにより、「魂」の自己伸張を正当化することが可能となる。これは、後述のいわゆる「同情」の原理と軌を一にするものにほかならない。従って、初期有島の人生観は、単純な自我主義もしくは自己中心主義と言うよりも、ホイットマンに学んだ進化する宇宙観の正当性、またはそれ以上に、甚だ逆説的ながら、人間の普遍的生命力が持つと考えられた、いわば社会的正当性に依拠していると言ってよいだろう。

この思想は、「カインの末裔」の成功などにより、有島が本格的な創作活動を開始した大正六年頃には、芸術観および創作理念として展開する。まず、短文「惜しみなく愛は奪ふ」（『新潮』大6・6）では、他者を自己内部に摂取する作用である「愛」により、自己が自己保存のみならず、「進んで自己を押し拡げ、自己を充実しようとし」、「絶えず外界を愛で同化する事によつてのみ成長」する活動、すなわち、外界の摂取と自己の拡充とを連動せしめる「愛」の運動として、いわゆる「愛己主義」の思想が定式化される。「愛」により、有島はあたかも全人類を自己内部に摂取し、それと協調できると考えるのである。この気宇壮大な発想が、自己と他者とは〈成長〉において同一視可能であるという、前述の思考に根拠を置いていることは言うまでもない。

次いでこの「愛己主義」は、「芸術を生む胎」において芸術観の主張へと発展する。それによれば、事物の実相と見える「真」とは、実はむしろ仮象に過ぎず、それに生命を与えるのは強力な自己の主観である「愛」の方である。この「自己を対象として自己を表現しようとする」純粋に主観的な活動のみが芸術であるとされる。ただし、他者摂取と自己拡充とを本質とする「愛」の表現は、それが〈成長〉に徹する限りにおいて、主観的であればあるほど、同時に人類的な意志をも実現することになるのである。「若し私が説くやうに芸術が愛によつて生れるものだとすれば、芸術はその窮極に於てます〳〵人類的となつて行かねばならぬ運命にある」と主張する所以である。この主観と人類との逆説的一致にこそ、有島初期の芸術観の最重要部が存するのである。その結果、有島は「予に対する公開状の答」（『新潮』大7・10）に見るように、主観的芸術である芸術が、外ならぬその主観を徹底することにより、社会の階級を越えて、そのまま人類の「健全性」に貢献する「民衆的芸術」となりうるという、いわば人類的・超階級的な創作理念を形成するに至るのである。

この人類的・超階級的創作理念は、有島が初期・中期の多くの作品を生産した原動力となった。小説「かん〳〵虫」「お末の死」「カインの末裔」「凱旋」（『文章世界』大6・9）『死』を畏れぬ男」（『新時代』大7・3）「生れ出づる悩み」は、それぞれ港湾労働者、理容師、小作農民、御者、相場師、漁師を題材として取り上げたテクストである。「自己を描出したに外ならない『カインの末裔』」（『新潮』大8・1）において、「私の作物には、世評ではてゐるけれども、私としてはさう区別された二つの種類のどちらを書き現はす場合にも、自己を主題とした主観的のものと、他を主題とした客観的なものと、二つあるやうに言はれ己を書き現はしてゐるのだ」と述べるのは、自分と異なる階級に属する人間の姿をも、自分のこととして表現することが可能であるとする創作理念の表明にほかならない。『迷路』「An Incident」（『白樺』大3・4）「幻想」（同・大3・8）「潮霧」（『時事新報』大5・8）「半日」（生前未発表、大8・2執筆と推定）「小さきものへ」（『新潮』大7・1）などの、自分自身の経験に題材を採ったテクストから、前掲の小説群や特に『或る女』に代表される他者志向の作品群へ発展と振幅は、有島の場合、この創作理念の介在によって支えられていたのである。

以上のように、有島の思想形成は、ほぼ全面的にホイットマンの影響下に出発し、独自の解釈を交えて構築され、人生観・芸術観・創作理念の基軸として据えられたと言うことができるだろう。

4 「ローファー」思想の成立

有島のホイットマンに対する関心はその後も根強く、大正六年三月からの一高生を中心とする「草の葉会」における講読、原詩選集 *Whitman's Poetical Works* の出版（大8・4、警醒社）、またこれを途中からテクストに用いた同志社大学での講演「芸術論およびホイットマンに就いて」（大8・4〜5）など、旺盛な研究・紹介活動が続けられた。また、ホイットマンから「性格の力」を学んだという「余の愛読書と其れより受けたる感銘」（『中央文学』大8・4）を初めとして、中期・後期にも多くの評論・感想にホイットマンへの言及が現れる。なかでも、まとまった論説として、大正九年十月に東大新人会で行った講演の記録「ホイットマンに就いて」（『新社会への諸思想』、大10・3、聚栄閣）がある。その内容は、「ローファー」（loafer）論、ホイットマンの略伝、有島とホイットマンとの出会い、ホイットマンの詩風、それに基づいたホイットマンの詩の紹介など多岐にわたっている。特に、ホイットマンを「ローファー」として規定した最初の文章であることに注目したい。なぜなら、後期有島のホイットマン観、およびそれと関係の深い有島自身の思想の展開が、この「ローファー思想」によって方向付けられたからである。

「ホイットマンに就いて」において、「ローファー」は「主義の人」との対照によって性格付けされる。人間の歴史は、「主義の人」、すなわち自らの理想のために「吾々の社会に一つの制度的約束即ちインスティテューションを創立して、それを働かして生活の動力となし基調としようとする傾向」のある人々によって発展してきた。この「主義の人」は、初めは既存の制度を転覆するがゆえに被迫害者として出発するものの、ひとたび成功すれば、やがて逆に迫害者の側に回ってしまう。その好例はキリスト教史において認められる。これに対して、「ローファー」は「謂はゞうろついて歩いてゐる人」である。「ローファー」は自己と他者とに同等に絶対の自由を許し、ある目的を完遂するや否や、すぐに新たな目的へと向かい、しかも決して制度を通じず、常に端的・直接的な人間関係を求め続ける、永遠の被迫害者である。そしてロシア革命を例に引き、「私の造語に従へば社会主義者は主義の人と云ふ型に属し、無政府主義者はローファーであるんです」と述べ、そのうえでホイットマンを「可なり顕著なLoaferの一人」として規定するのである。

ここで「ローファー」の性質として挙げられた規範からの自律、絶対的な自由、もしくは自己中心主義などは、有島初期の人生観においても既に主張されていた内容とほぼ変わりがない。ただし、「常習的叛逆者」とも言い換えられる「ローファー」に付与された、反体制的で無政府主義的な永久革命性は、以前の文章には見られなかった要素である。専らキリスト教史とロシア革命とが引き合いに出されていることからも、この「ローファー」思想は、初期の人生観よりも、はるか濃厚に歴史的・政治的な色彩を帯びていると言えるだろう。

もっとも、初期においても、「叛逆者（ロダンに関する考察）」にホイットマンを「叛逆者」

とする記述があり、また、「平凡人の手紙」（『新潮』大6・7）にも「Loafer」の語が見られるが、いずれも後期と同じ意味を与えられた言葉とは受け取れない。しかも、そのような新たな「ローファー」思想の記述は、講演の題目が示している内容としての、ホイットマンの伝記・詩風・思想の研究を、分量的にも凌駕するほどなのである。

そのホイットマンの伝記は、彼の「不思議な一面」について付け加えるなど、以前より具体性が増し、より詳細に記述されている。また詩風についても、エドワード・カーペンターの研究を参照して「個性」「具象」を挙げ、さらに「健全性」「心（情的側面）」「神秘的方面」を含めた五つの要素を主要な様式特徴として抽出し、それを実証するために多くの詩編を引用している。このように、確かに文芸研究としての精密度は著しく高められているものの、有島によるホイットマンのテクスト解釈そのものは、初期とそれほど大きく変化しているとは思われない。むしろ問題は、これらの評伝・詩論をも、ホイットマンの「ローファー」性を包括原理とするものとして説明しようと試みていることである。このようなことから、「ホイットマンに就いて」は、何よりも「ローファー」思想の宣言の意味を持つ講演であったと言わなければならまい。

しかも、この「ローファー」思想は、厳密にはホイットマンの思想ではなく、有島特有のホイットマン解釈に基づいてはいるものの、それ以上に独自の人生観・社会観を大幅に盛り込んで構築された、明白に有島自身の思想と見るべきものだろう。ただし、「ローファー」

という語は、次のようにホイットマン自身の文章中にも見出される。

私はローファーを限りなく愛する。あらゆる人間のなかで、あの純粋な、生れつきの、いくら経つても変ることのないローファーに匹敵するものは何もない。今日十二時間から十四時間も働いたと思ふと、明日はもうぼやけて怠けてゐるといつた風な――そんな気まぐれな怠け者の手合を指すのではない。そんなどつちつかずの日程は御免を蒙る。落着いた、着実な、哲学者風な無精者が好いのだ。彼の如きは、踏み馴れた道から外れることもなく、又、完全な獣として通るものである。さういふものに対して私は帽子を脱ぐ(2)。

このようなホイットマンの「ローファー」は、人生観として怠惰が血肉化した「無精者」(son of indolence) であり、その実例としてディオゲネスとアダムとが挙げられている。この属性は、確かに有島の言う「ローファー」の基本と通じないこともないが、ホイットマンが続けて「私は我々ローファーは組織的に団結すべきであると思う」として「ローファー」たちの居住する孤島を思い描いていることから見ても、明らかにホイットマンの原文では、いわば世捨て人であっても、それ以上の反体制的な永久革命者として歴史的・政治的に位置付けされてはいない。ホイットマンの「ローファー」は、むしろ『草の葉』の汎神論的宇宙進化観と関係が深いものだろう。吉武好孝は、ホイットマンの詩編群に現れた「ローファー」的人生観を論じて次のように述べる(3)。それは、「万物が不滅の魂をもちながらひとつの行列をなしつつ進行をつづけるという考え」(process theory)を基礎とし、「自分の心が欲し求める内面の自我の声をよく聞き、それを忠実に守って行き、自己の内なる呼び声の神聖さを貴び、それを至上命令として守る態度にほかならない」。この解釈が正しいとすれば、これは「宇宙の意志」により成長の行進を続ける「魂」という、有島の初期以来の持論とは一致しても、やはり後期の「ローファー」思想とは一線を画すものと言うほかにない。

しかしその反面、鈴木鎮平のように、差異の側面を過大に問題視し、「ローファという言葉に、叛逆者、無政府主義者などという性格を与えたのは、今にしてみれば、有島の阿世的付会であって、到底ホイットマン論の範疇には属すものでないことを知るべきであろう」(4)と批判するのも、極端な説だろう。なぜなら、解釈に正解などは存在しないからである。ハロルド・ブルームの主張するように、後代に影響を与えるのは、常に〝強い誤読〟であったとすら見なしうる(5)。差し当たりは、有島の「ローファー」思想は、彼がホイットマンから汲み取った「ローファー」性を彼独自の方向へ大幅に拡大したものであると言うことで十分である。次は、この思想の形成に大きく寄与したと推測される、初期以来の人生観の発展過程を、遡行して跡付ける作業が必要となるだろう。

5 「芸術的衝動」論

有島の人生観が「本能的生活」論として一応完成を見、長編評論「惜みなく愛は奪ふ」として集大成される時期、すなわち中期は、彼がまた華々しい創作活動を繰り広げた時期でもある。この評論において主張されたのが、いわゆる生活三段階説である。彼にとって理想とされた「本能的生活」なるものは、「個性」が「外界の刺戟によらず、自己必然の衝動によつて自分の生活を開始する」一元的生活であり、それに達しない「習性的生活」「智的生活」よりも上位に置かれる。「本能」の概念は、同時期の「生活と文学」―(『文化生活研究』大9・6所載部分)において、「単に自己の存在を持続するのみならず、これを拡充し強固にしようとする要求」、あるいは「進化の原理」として定義されている。従って基本的には、「本能的生活」論は、初期の「魂」を「本能」と言い換えて踏襲し、さらに実際の生活理論として再構築したものと見なすことができる。

ただし、初期と中期とを比較すると、論の細部において、微妙ながら歴然たる相違が認められる。すなわち、自己意志の自由を、宇宙的意志との合致、および社会成長への貢献に根拠を置くものとする従来の立場に加え、さらに「本能」には、新たに社会的な道徳・善悪・努力を超越する権限までもが与えられた。「本能」の権能がいっそう強化されたのである。その理由は、「本能的生活」の自己完結性を明確化するために、「自由は sein であつて sollen

ではない」と断言されたことにある。その結果として、一方では「本能的生活」の理想的な例として、男女の恋愛や子供の遊戯など、それこそいかにも本能的な調和の世界を挙げている。そしてまた他方では、「本能」のこのような絶対的正当性に基づき、個人の自己伸張の一環としての社会革命が是認されることになるのである。すなわち、社会主義と無政府主義とを「個性の要求［…］と社界の要求との間にある広い距離」に対して反発する「二つの見方」として評価し、「個性の要求の前には、社界の要求は無条件的に変らねばならぬ」と述べるのである。これは、「自己と世界との因果的一致」という、初期の予定調和的な社会観とは真向から対立する。これ以後、後期の有島は著しく無政府主義思想へと接近することになるが、その理由のなかで最も重要な事柄は、革命志向の要素を含むこのような社会観の転換にほかならない。

この傾向をさらに発展させた思想が、「ホイットマンに就いて」とほぼ同時期に展開された、いわゆる「芸術的衝動」論において見られる。「芸術的衝動」論は、大正九年十一月に行われた講演「泉」（『私どもの主張』、大10・5、文化生活研究会）においてまとまった形で公表された。これはド・フリースの突然変異説に着想を得て、人間における突発的な衝動の存在を中核として展開されている。それ以前から、有島は進化論の突然変異説を人間論として拡大解釈し、自説の核心を占める「本能」の有力な属性のうちに、この突発的衝動を数え入れていた。「内部生活の現象」（『婦人之友』大9・1）では、「本能的生活」を説明するために「ドフリスの突発変生説（ミューテーション・セオリー）」を例に挙げ、「人間にあつてもこの強い要求なり本能なりは、一人々の人間の内部に、積極的に外界を創造しようとする衝動となつて現はれてゐます」と述べている。ここで「衝動」こそが、外界創造の原動力であると規定されたのである。これにより、それまでの有島思想においては、たかだか「本能」と同義か、「本能」の能動的側面とのみ位置づけられていた「衝動」概念が、社会革命を是認し、むしろ推進する理論の根拠として、一躍重要な意味を帯びることになったのである。例えば社会主義の登場について、「美を護るもの」（原題「ラヘル・バルンハーゲン女史のこと」、『新人』大10・2〜3）において、「私は矢張りマルクスの個性的の力、個性的の要求が時代の思潮を打破つて働いてゐたと考へざるを得ません」と述べ、マルクスの内的衝動が社会主義理論を成立させたと理解し、それに大きな共感を示している。

この講演「泉」は、人間の生命力を、イタリアの泉アックワ・アチェトーザの滾々と湧き出る水に準えた論説である。そこでは、そのような「衝動」を基礎とし、労働などを含む広い意味での芸術的表現を伴い、外界を創造的に破壊し再建設する「本能」を、一般に「芸術的衝動」と命名し、次のように述べている。

> そのやうに私達の生活が、どれ程固定化し習俗化しても、芸術的な力がその中にかすか乍らも動いて居ればこそ、この地上生活は腐敗しきらずに残つていくのです。この芸

術的衝動即ち創造の能力となる本能の力が、固定化し死灰化した既成道徳を破壊し、信仰そのものゝ威力を失つた宗教を破壊し、ある時には政治を破壊し、社会制度を破壊して、新しいものを始終注入していくので、私共の生活は有機的に成長しますが、この芸術的衝動を純粋に現したいといふ欲求は、誰の心にも自ら植ゑつけられて居るのです。

そして、この欲求は誰にもある中で、特に「芸術家」とは、その欲求の実現を至上命令とする人々の謂にほかならない。私見によれば、「泉」およびその「芸術的衝動」論は、生命力論的無政府主義思想家、有島武郎の主張としては、その極致とも言うべきものである。既成の道徳・宗教・政治・制度を破壊し、不断に新鮮な改革を施す「芸術的衝動」の破壊的創造性は、内的自然の自己伸張する性質を、一種の無政府主義的永久革命の実践として究極的に規定したものである。その意味で「泉」は、長編評論「惜みなく愛は奪ふ」の発展的延長線上にあり、初期・中期の人生観を正統的に継承している。他方、「芸術的衝動」論は、「ホイットマンに就いて」によって代表される有島の「ローファー」思想とも、深い関係を結ぶ主張にほかならない。すなわち、有島の「ローファー」思想とは、ホイットマンの言説および風貌における「ローファー」性を、有島独自の芸術観・革命観である「芸術的衝動」論の視点から解釈し、練り直し、再度ホイットマンに託した人生観であると考えられる。談話「独り行く者（ローファーと主義者との争闘）」（『小樽新聞』大11・7・21、22付）では、「ホイットマンに就いて」よりもさらに明確に、「ローファー」を「人生の無政府主義者」と呼び、キリスト、ジョルダノ・ブルーノ、トマス・ペイン、あるいはゴーリキーら、キリスト教史やロシア革命における反体制派の人々を、一括して「ローファー」であったと規定している。有島の「ローファー」思想に、初期のホイットマン論には見られない歴史的・政治的な反制度性が現れた理由は、その基盤に「芸術的衝動」論が組み込まれたためと言えるだろう。従って、有島のホイットマン受容以来独自のホイットマン観を代表する側面とされてきた「ローファー」思想は、初期のホイットマン受容以来独自の要素を大幅に加え、中期の「本能的生活」論を経て、後期に至って「芸術的衝動」論とともに初めて具体化した、有島固有の思想と見なすべきなのである。

6 「生活即芸術」と自己省察

ところで、ホイットマンの影響下に成立した有島の創作理念は、中期以降、どのように展開したのだろうか。有島の人類的・超階級的創作理念が、外界の摂取による自己表現を媒介とした、自己と他者とにおける内的自然の同一視に基づいていたことは前に見た通りである。しかし、自己と他者との障壁を乗り超えようとする試みが創作技術的に大きな効果を挙げるとしても、それを完璧に遂行することなど、たとえ創作方法の領域に限っても、現実的には不可能な企てであることは誰の目にも明らかだろう。言うまでもなく物の見方は人によって様々であり、異なる概念図式間の交流には、究極的に共約不可能性(incommensurability)が障害となるからである。さすがに有島は、自分の作家としての存在理由を、余りにも楽天的に過ぎるこの論拠に求めることに、疑問を抱き始めざるをえない。特に、有島の自我追求の方向が、中期の「本能的生活」における「自由は sein であつて sollen ではない」という自己完結性の要求に傾斜した結果として、彼は必然的に作家自身の実生活における主体性・階級性の検証に迫られて行く。つとに「芸術家を造るものは所謂実生活に非ず」(『新潮』大7・2)という名詮自性の論文においてさえ、「芸術家は最も健やかな生活の所有者でなければならぬ」と述べていた。だが、「sein」(自然的・必然的に〈在る〉こと)への信念は、作家における健全性の要求の域に収まるものではなかった。講演「文学は如何に味ふべきか」(『女学世界』大8・11~12)においては、「本能的生活そのものが芸術である。生活即芸術である」という「生活即芸術」観が表明される。生活そのものが芸術であるとはいかなることか。これは、「本能」が芸術的な表現欲求をも含むものとされたために、それに基づく「本能的生活」もまた、「自由なる創造の世界」であるはずだという脈絡となる。

しかし、そのような理想的な「本能的生活」は、絶対に不可能とまでは言えないかも知れないが、実際には相当に実現困難な、一種のユートピアと言うべきだろう。それはそれを目指す生身の人間にとっては、「sein」どころではなく、厳格な「sollen」(義務的・努力的に〈せねばならぬ〉こと、あるいは、義務・努力によってそのように〈成る〉こと)を自らに課す以外にない。「生活即芸術」観もまた、後期以降において、一躍、「sollen」的色彩を帯び始める。まず一般論的には、「芸術家の生活に就いて」(『文章倶楽部』大10・11)において、「どの職業であれ、それに携はる人が自分の仕事を最上に為し遂げるためには、どうしても、その生活と仕事との交渉する点に就いて、深い考察を巡らさなければならない」と断言している。特に芸術家については、その「考察」なしには、「衆俗的」な「特権」や「気取り」に陥る危険を警告する。他方、個人的には、有島は北海道ニセコの有島農場主であり、父の莫大な遺産を相続していた。彼は「生活といふこと」(『文化生活』大10・11)に告白する通り、「自分だけが楽な生活が出来るといふのは一つの矛盾だ」という自責の念にさいなまれる。また「今のやうな生活から本当によい仕事が生れ出る余地があるか」という疑問に駆られ、自己の従来の作品の価値への疑念と、生活改造の必要性を痛感するに至るのである。

彼の作家としての拠点であった人類的・超階級的創作理念は、このような彼の論理構成において、もはや人類的でも超階級的でもないと判断されたときに、崩壊してしまう。これこそ、大正九年九月の出来事と推定される小説「運命の訴へ」の執筆放棄、それに続く創作意欲の減退の理由である。さらに、自らの一大転機を告知する「宣言一つ」の発表、そして大正十一~十二年に決行された財産処分と農場解放……。これら有島後期を印象付ける一連の事態において、主体性と自己完結性を徹底する「生活即芸術」観の登場は、それらすべての遠因をなしていたのである。

その意味で、先述の「芸術的衝動」論は、このような中期までの思想の難点をも克服する位置にあった。中期において、「本能」の自己完結性の強調のために、「本能的生活」は社会に対して極めて閉鎖的な性質を与えられていた。内的自然は一切の義務と必要とを超越した「sein」なのだから、それ自身によって独裁的に正当化されるほかにない。また、社会を無視した非現実的な「遊戯の世界」を理想とする極端な一元化も、ともすれば独善に陥りかねない。だが時期を下ると、「文芸に就いて」(『婦女新聞』大11・8・13付)において、「私は、私共の芸術衝動は経済生活即ち実生活と内生命の一致を図らうとする所に起因すると思ふのでありまず」と述べるようになる。ここで「芸術的衝動」論の構想は、表現欲求である「本能」の表現そのものが生活であるとする「生活即芸術」の観念と、「経済生活」にも波及するような社会革命志向へと大きく転換した、彼の社会観とが結合したところに現れたのである。これが単なる「衝動」ではなく、「芸術的衝動」とした所以である。しかも、有島は講演「泉」において、現代世界における「更新」の運動に触れ、「この機運は、勢ひ私共の生活の根拠をなす生命そのもの〻の検察にまで赴かねば止みません」と述べ、「生命の本質の検察」をあらゆる「改革の源」と見なしている。

この「検察」とは、専ら世界へ働きかける力であった「衝動」に対して、新たに付け加えられた自己洞察の要素であり、そこには主体的自己批判としての「生活即芸術」観念の投影を認めることができるだろう。「泉」の結末近くでは、現代の流動の中で、「人間の持つて居る芸術的衝動、即ち、本能が人間の生活、延いては人間をとり囲む大自然に対して、如何に働きかけ、如何にそれを変化するかを、見極めようとする努力が始まつたのです」と述べられる。この「生命の本質の検察」あるいは「自己の内部に対する考察」は、それじたい「芸術的衝動」の一機能として、その能動的実践である永久革命を「見極めようと」自己省察し続ける。従って「芸術的衝動」論は、破壊的創造と自己省察とを弁証法的に止揚し、果てしもなく歴史を切り開くための思想である。このような形で「生活即芸術」観念と「衝動」観念とが統合されたことにより、「本能的生活」論の閉鎖性は、「芸術的衝動」論においては解消される可能性に対して開かれたと言うことができるのである。

とすれば、有島後期の思想は、「誰の心にも自ら植ゑつけられて居る」普遍的な「芸術的衝動」を基礎とし、作家の自己「検察」を有効に生かす方向に沿って、再び、新たな創作理念を形成する可能性を孕んでいたと見なければなるまい。例えば「宣言一つ」は単なる絶望の宣言ではなく、「第四階級者以外の人々に訴へる仕事」として自らの進路を示している。また談話「第四階級の芸術　其の芽生と伸展を期す」（『読売新聞』大11・1・1付）に述べるように、「生活を沈潜させ、深く自然を省察し、人間性の本能に徹すること」によって他階級との「融合点」を見出そうとする希望も失われてはいない。しかし、晩年の有島は、自分が崩壊すべき階級に属すという信念に固執し、「想片」（『新潮』大11・5）の言葉を借りれば、自己の「衝動の醇化といふ事が不可能である」ことを以て、それ以上の展開をむしろ意図的に断念してしまった。「芸術的衝動」論に初めて本格的な評価を与えた森山重雄による、「芸術本能説の地盤にがっちりと据えられている芸術論ではあったけれど、自己の創作の根源力としてはまだ根を生やしていたとは言えなかった」(6)とする見方は妥当だろう。有島は、「芸術的衝動」論に基づいた創作理念を、講演「泉」以上に豊かな形で明文化することはできなかった。ただし、テクストは作者に従属しない。個人雑誌『泉』に掲載された「酒狂」、「或る施療患者」、「骨」のいわゆるアナーキスト三部作など、実際のテクストの内実については、当然ながら別の問題である。

7 〈自然法的思想〉の限界

さて、有島武郎におけるホイットマンの運命について見届けなければならない。「ホイットマンに就いて」の後、有島はアン・ギルクリスト原著の「ホヰットマンに対する一英国婦人の批評」(『学芸』大11・5)を翻訳したほか、幾つかの談話においてホイットマンに触れ、また『ホヰットマン詩集』全二輯を翻訳刊行している。ただし、有島自身の人生観に関わるものとしては、評伝「ワルト・ホヰットマン」(『ホヰットマン詩集』第二輯所収)が注目に値するだろう。この文章において注意すべきは、以前と比べて「ローファー」観に微妙な変化が認められる点である。中心とされているホイットマンの伝記は、多くの研究者の言説を参照しながら、その臆病さや弱点、特に恋愛関係について大きく紙幅を割いている。そのようにホイットマンを実在的にとらえ、初期のように英雄視して称賛することはない。

特に「ローファー」に関しても、前掲のホイットマン自身の文章を、出典を明記して引用し、それに比較的忠実に従おうとしている。亀井俊介は、この引用元の原書であり、またホイットマンの恋愛関係の記述も含まれるエモリー・ハロウェイ編の未刊行作品集（一九二一）を、その際有島が参照した可能性を指摘している(7)。ホイットマン自身の「ローファー」論を有島はこれによって初めて知ったのかも知れない。すなわち、有島は「ローファーとは怠けもの〻ことだ。約束の出来ない人間、誓ふことをしない人間だ。主義と節度とを所有しない人間だ」と述べ、むしろ"loafer"の原義である「のらくら者」に近く、反制度的叛逆者という有島の過激な「ローファー」観からは後退した説明となっている。反面、ホイットマン自身について次のように集約する論評は、有島におけるホイットマン観の終着点を暗示するものだろう。

後年彼れはいかに種々なる人間生活の諸相に当面したらう。而かもそれを表現する彼れの言葉の後ろには、大自然の中に悠遊するパンの懶惰な姿が滲み出る。結局太陽の光と離れ住むことの出来ない自然、結局自分の制約以外のものには絶えず反抗して倦むことのない自然、黙つて憎み叫んで愛する自然、それ自身以外には誰れにも本当に理解され得ない自然、それが死に至るまで彼れの基調をなしてゐた。

本章冒頭に述べた通り、「ホイットマンの一断面」に示された有島の最初のホイットマン観は、ホイットマンにおける巨大な自然の発見であったが、この最後の評伝においても、彼はホイットマンに一個の完全な自然を感得したのである。しかし、それは初期の成長の勢い漲る、いわゆる能産的自然（nature naturante）ではない。所産的自然（nature naturée）というほどではないにしても、不可能性の象徴のような、いかにも静的な自然である。「ローファー」は甚だ弛緩した人間とされ、しかも「生得不変」であるから、あの「本能的生活」のように「個性の緊張」によって段階的に到達するものでもない。ここに示唆されるのは、その資質を負った「ローファー」は生得的なものであり、その出現は蓋然性次第であるという発想にほかならない。これと同様の発想は、既に「ホイットマンに就いて」の時点でも、「主義の人」と「ローファー」との差を「性格の根本的相違」とか、「その人の性分だから仕方がない」とする記述として現れていた。「ワルト・ホヰットマン」では、「ローファー」は完全な自然ではあるものの、「それ自身以外には誰れにも本当に理解されない」孤独の極にある。それが蓋然的な存在として規定された瞬間から、もはや人生を新たに開拓する技術としての、人生観における能動的な機能は閉ざされてしまう以外にない。

ただし、ここには、階級的不可能性に固執しながらも、なお自然を自らの理想とすることは放棄しない、有島晩年の思想的境涯が看取されるとは言えるだろう。「内部生活の現象」

において、「自然の行く所と同一」な「調和の状態」を究極目標とすると述べたように、有島の思想追求は内的自然の徹底的な把握の道程であった。「芸術的衝動」論を自ら「醇化の不可能」のゆえに葬り去った後に、有島は生涯の理想であった調和的自然を、再度ホイットマンに託したのである。だが、そのような調和的自然は、そこへ外から入ることもできず、そこからどこへも行くことのできない、まさしく「sein」のみとしての、「ローファーとへばローファーだ」というトートロジー（自同律）的な世界に過ぎない。これは鈴木鎮平の批判するように「ニヒリズム」(8)なのだろうか。否、そうではあるまい。

ここに露呈されているのは、初めから自然を包括概念として前提とし、以後の論理構成の枠組みをも全面的にそれに依存するところの、いわば〈自然法的思想〉の限界にほかならない。この概念図式に従えば、すべての対象は絶対的・超越的な自然に照らして、その真偽を判断される。例えば、他者は可視か不可視かのいずれかであり、責任は無限か不可能かのいずれかである。それぞれ可視・無限であれば有島初期の、不可視・不可能であれば後期の思想が帰結することになる。しかし、他者は可視でも不可視でもなく不透明なのであり、責任は無限でも不可能でもなく有限なのだという物の見方もあってよいだろう。それは、自然にせよ何にせよ、絶対的・超越的な基準は存在せず、そもそも自然なるもの、階級なるものも、ある種の概念図式によって浸透された文化的生成物と見なす思想である。そのとき、自然が文化を、ではなく、文化が自然を包括することになる。それは、〈自然法的思想〉に対して、いわば〈人工的・虚構論的思想〉と呼ぶことができるだろう。それに基づく芸術論は、有島没後、特に昭和初期モダニズムの陣営に属する文士たちによって、活発に模索されることになる。また有島自身も、未来派や表現主義などの新思想を摂取し、『星座』や「或る施療患者」などの後期作品において、応用実践を試みたのである。

結論として、有島武郎におけるホイットマンの受容と展開は、この作家が文芸史において果たしたパラダイム転換の意義と深く共振すると言わなければならない。すなわち、「彼れをして彼れの道を行かしめよ。それを妨げるな。私達は私達の道を行かう。彼れをしてそれを妨げしめるな」という「ワルト・ホヰットマン」の棹尾の言葉は、それ以上でも以下でもないだろう。有島は、思想や芸術の、思想たる所以、芸術たる所以自体を常に問題とし、それを根元的に反転・転覆して見せた点において、いわば〝根こそぎの思想家〟であった。その意味は、『白樺』派的な、ひいては明治・大正的な、あるいは西洋十九世紀的な枠組みによる〈自然法的思想〉を論じ尽くし、その限界的な姿をさらすことによって、それに決定的な引導を渡し、新たな時代のパラダイムを準備したということにほかならない。そして、ホイットマンからの閃光は、有島の人生観と芸術理念の根源に深く射し込み、増幅もしくは転調されることによって、このような芸術史的転回の問題系を開いたのである。

III　係争する文化

「文化の末路」と有島武郎の後期評論

1　想像力についての想像力

個性の要求のあるところには英雄と天才とが出現する。さういふものが民衆とは全く飛び離れた或る天啓的能力として承認される。彼等は生活の指導原理を設定する。民衆は自分等自身の力に依頼することを捨て、酔うたものが更らに酒を求めて更らに酔はんとするやうにこの異邦の力に牽きつけられてゆく。こゝに私の謂ゆる第二の時期に於ける文化即ち個性的文化が燦然として生れ出る。人々はかゝる文化に対して驚異の眼を見張り、彼等の生活の復活を讃嘆し、所謂 rejuvenescence が成就されたかの感を抱く。

けれどもそれは一時の幻覚に過ぎないだらう。何故なら天才や英雄によつて一段の高所に引き上げられたと思つた民衆は、いつかその思ひ謬りを悟らなければならないから。即ち彼等は眼前の障壁を実は一歩も踏み越えてはゐなかつたと覚らねばならないから。天才や英雄によつて築き上げられた文化が、段々彼等の理解と享楽から遠ざかり、遂には煙の如く彼等の視界から離れ去るのを民衆は発見せねばならないから。［…］

かくして一つの民衆の破滅が来る。文化の末路が結果される。

（「文化の末路」）

有島武郎の作家としての活動期間は、『白樺』創刊から死までの間と考えても、一九一〇年四月から一九二三年六月までのほぼ十四年間に過ぎない。その間に、主要な創作の対象ジャンルであった小説と戯曲、それに童話を合わせて四十編前後のテクストを残したのは、それほど多くはないが、一概に少ないとは言えないかも知れない。それより、そこには途方もなく多様な職業と境遇の人物が創造され、それらを中心として、近代社会の様々な問題が描き出された。すなわち、人物・職業としては、船長・港湾労働者・夫人・理髪店・少女・農民・修道僧・医師・将軍・御者・留学生・教授・漁師・学生・浮浪者その他、問題・題材としては、労働・貧困・小作制度・恋愛・結婚・姦通・家族・子ども・性・科学・死などが含まれる。また、特に小説ジャンルに関しては、およそ西洋近代小説の歴史に現れた数々の小説形式を実に意欲的に試みている。『或る女』や「カインの末裔」のような、いわゆる客観小説ばかりではない。日本では数少ない『宣言』の往復書簡体、日記体を取り入れた『迷路』、「石にひしがれた雑草」の絶縁状形式、メタフィクション的布置の顕著な「生れ出づる悩み」、典型的な発見原稿型額縁小説となるはずであった「運命の訴へ」、内的独白と複数視点を導入し、意識の流れの小説の先駆となった『星座』、「独断者の会話」の対話体など枚挙に暇がない。

さらに、思想面においても、文芸テクストと評論とにまたがって、包括的な芸術観・社会観・宗教観を表現したほか、とりわけその過程で、同時代までの西洋の文化・芸術・文芸に関わる豊かな思潮を導入し、独自に昇華した。思想・思潮としては、リアリズム・ロマンティシズム・印象主義・未来主義・ダダイズム・表現主義・マルクス主義・無政府主義・フェミニズム・キリスト教・仏教など、西洋の作家・思想家としては、ホイットマン・トルストイ・ベルクソン・ミレー・クロポトキンほか、極めて多数に上る。特筆すべきこととして、『白樺』派本流的とも言える自我主義・生命主義から出発し、それを発展させたものの、やがてその立場を厳しく自己批判することとなった。彼は、『白樺』派グループと活動を共にすると同時に、大正アヴァンギャルド運動、特に勃興期のプロレタリア文学運動に物心両面から支援を与え、さらにはアヴァンギャルド＝プロレタリア運動の主体性に関して、根本的な問題提起を行うに至った。そしてこの問題提起は、後年、太平洋戦争終結後のいわゆる「政治と文学」論争において、重要な契機として再評価されることになる。

小説「生れ出づる悩み」の語り手は書き手（小説家）でもあって、彼は「私が私の想像にまかせて、こゝに君の姿を写し出して見る事を君は拒むだらうか」と自問しながら、他者の生活を言葉で創出しようとする。ここで問題とされているのは作者の想像力の本質に対する問い直しであり、そのための実験こそ、想像力によって「他者の生活」を如実に再現することにほかならない。その実験は、さしあたり順調に進むように見える。だが結末に至り、「この上君の内部生活を忖度したり揣摩したりするのは僕のなし得る所ではない。それは不可能であるばかりでなく、君を潰すと同時に僕自身を潰す事だ」と、その実験は自ら停止することを宣せられる。この停止は、そこではそれ以上の傷口を開かないものの、想像力の倫理を問題として導く回路を確実に開いたのである。この事態に示唆されるように、有島の文芸の根本にあるのは、想像力の根源を問い直す想像力、想像力についての想像力であった。対象の内容を把握すること以上に、その対象の存立の根拠そのものを根底から再検証しようとする、いわば〝根こそぎの思想家〟として、有島を規定することができる。

そして、自らの属する文化の存立そのものもまた、この追究の枠の外に出るものではない。特に、「宣言一つ」に代表される晩年の有島による一連の自己批判は、単に一作家のそれにとどまらず、近代の文化、特に表象の総体に投げかけられた批判でもあった。右のように豊かで多彩な業績を挙げながらも、それらはこの宣言によって相対化され、相対化されることによって肯定と否定との間に宙づりにされたとも言える。有島は生涯をかけて、このような批判を身を以て実践したのである。常に二項を対立・葛藤の渦中に置く有島の分裂的思考と、それに基づく批評の過程と限界とを、特に後期評論を題材として考えてみよう。

2　文化批判

有島は、労働者・女性・子どもの問題を現今喫緊の課題と見なしていた（「信濃日記」、『新家庭』大9・6）。特に労働問題は、当事者自身の主体性において解決を模索すべきであると主張し、階級闘争を論じた「宣言一つ」では、「どんな偉い学者であれ、思想家であれ、運動家であれ、頭梁であれ、第四階級的な労働者たることなしに、第四階級に何物をか寄与すると思つたら、それは明らかに僭上沙汰である」と、局外者がそれに参与することを厳しく難じている。それは有島自身の主体論であると同時に、啓蒙家知識人の前衛的意義を否定する啓蒙批判でもあった。

この主体論は、有島の文化批判にも基盤を提供している。有島の評論「文化の末路」（『泉』大12・1）は、人間の文化の発展を二期に区分する。かつて、「第一の時期」には、文化は民族の若さを背景とした「民衆が合同した力」によって「外界の障碍物」を突破して伸び伸びと発展することができた。だが、「民族も亦いつかは老境に向はねばならぬ」。すなわち「第二の時期」、それが民族の老いた現在なのだが、この時期には、「特殊な突破力を外界の障碍物に対して有するところの、一種の専門的人物を必要とするに至るのだ」。文化は、この天才・英雄等の「専門的人物」の手に委ねられるしかない。しかも、この衰退期にも、初めは天才・英雄が障碍を取り除けば、後は民衆の「合成力」に従って生活を進めることができ、すぐに無用のものとなる。だが、衰退が募ると、民衆は天才・英雄の「常住の指導を必要とする」状態が待ち受け、ますます「民衆的合成力」は衰退するという悪循環に陥る。そしてこの「第二の時期」こそ、まさに「個性」の要求が叫ばれることになる。なぜなら、「個性」とは、これらの「専門的人物」の「天啓的能力」としての「指導的原理」のことにほかならないからである。しかしその「個性」は、当然のこと次第に民衆と乖離してゆく。

そして、あらゆる自己実現の方途を失った結果として、「一つの民衆の破滅が来る」。これが「文化の末路」である。なお、この評論でいう「民族」とは、具体的な民族というよりは、国家や地域なども含む社会生活を営む人間の集団全般のことであり、「民衆」とは、文中でも定義されているように、その社会生活において実際の支配力を握っている集団のことを指している。

この現状認識は、幾つもの点にわたって、驚くべきものだと言わなければならない。

(1) 自己批判

まずこれは、有島自身の作家的出発を強力に支えた、「魂へ行く傾向」の自己否定にほかならない。有島は「内部生活の現象(札幌基督教青年会土曜講演会に臨みて)」などの初期以来の評論やホイットマン論などにおいて、「個性」の徹底を要求し、それによって人間と世界とを統括する生命力論的自我主義を主張した。そして「文化の末路」は、明白にこの思想に対しての自己批判であり、反転的な展開である。「個性の独立と要求とを極端に徹底的に要求したのは私だつた」。それは「民衆の合成力」が新境地を開拓するとは信じられなかったための「叛逆者」としての立場であったと、「文化の末路」では回顧的に書かれている。

（2）英雄主義の否定

また、これは天才・英雄の「個性」が民衆から乖離することを断言し、天才・英雄が創造した表象が他者の代行となることをも、明確に否定している。有島は、「個性」すなわち生命力が万人に普遍的に与えられていることを根拠として、芸術を、個人の主観と社会・人類とを直結する媒体と見なしていた。「予に対する公開状の答」などの芸術観がこれである。それはいわゆる人類的・超階級的創作理念として、他者を描くことと自己を描くこととは常に同一であるとする信念を支え、本章の冒頭に述べたような、多彩で豊かな帰結を生み出す原動力となったのである。しかし、「文化の末路」はそのような芸術観を、苦渋の表現によって自己否定している。

（3）啓蒙の限界

さらに、この論旨は、容易に政治・社会論としても準用できる。天才・英雄を知識人と言い換えれば、クロポトキンやマルクスの理論と労働者との乖離を述べた「宣言一つ」の論旨に接続する。「縦令クロポトキンやクロポトキンの所説が労働者の覚醒と第四階級の世界的勃興とにどれ程の力があつたにせよ、クロポトキンが労働者そのものでない以上、彼れは労働者を活き、労働者を考へ、労働者を働くことは出来なかつたのだ」。要するに、前衛的啓蒙の限界である。このように、「文化の末路」は、多岐にわたる有島自身の文化論全般を全面的に自己否定している。それを文化史における二つの時期という歴史的展望において論述した点において、「宣言一つ」とは異なる方向からの、しかし決定的な批判であり、自己批判であると言えるだろう。そして、いずれの論点に関しても、「文化の末路」は具体的な対処方法を示していない。もはや解決の方途は何もないかのようであり、代わりに、「私の生活は崩れて行かねばならぬ」という暗澹たる予言だけが残されている。

ちなみに、同時期の有島の評論「『静思』を読んで倉田氏に—同時に自分の立場を明らかにするために—」(『泉』大11・11〜12)にも、同様の思考が表明された箇所がある。そこには、階級闘争の時代の前衛的指導者が階級とともにあり、「即ち一つの階級が一つの人格的存在となつて、その力によつて働かねばならぬのは当然です」と述べ、レーニンを例に論ずる一節がある。小森陽一はこれをとらえて、その問題意識の継承を、「意識革命による、労働者階級以上の革命性の獲得。戦闘的唯物論の外部からの注入という形での、階級闘争の指導」を唱えたという福本和夫の前衛党主義に見ている(1)。また、それが組織や個人の崇拝に陥らないためには、「集約的〈知識人〉は民衆自身の声との、不断の弁証法的かかわりの中で、内なる『軌範』、あらゆる既存の『約束』を脱構築していかねばならない」とも小森は付け足している。

この主張は、確かにレーニンの役割を論じた「『静思』を読んで倉田氏に」のこの箇所の説明にはなっているのかも知れない。だが、反面、この時期における有島の自己否定の根幹にあるものを、完全に捨象していると言わなければならない。すなわち、「意識革命」や「弁証法的かかわり」は、現にやむをえず前衛的指導者が介在して革命を指導する場合には必須のこととして要請されるだろう。しかし、有島は、それを根本では望ましくない事態とし、原理的には知識人による「民衆」の代行を否定したのである。『静思』を読んで倉田氏に」においても、前衛知識人の出現は、「この運動にあつては決して常道と称すべき現象ではないので、明かに首尾顚倒の病的現象です」とはっきりと述べられている。なぜならば有島は、根底においてそのような知識人の「かかわり」は、端的に不可能とのみと見るからである。「労働者はクロポトキン、マルクスのやうな思想家をすら必要とはしてゐないのだ」と「宣言一つ」は断言していた。また「文化の末路」によれば、天才・英雄に依拠した「第二の時期」は、どうあがいても衰退に向かうしかない。その発想の適否の議論は措くとしても、この問題に関して有島は全く楽天的ではない。初めに〝前衛知識人ありき〟では、この有島の発想は理解できないのである。

3　表象における係争

「文化の末路」に述べられた自己否定は、ある意味では「宣言一つ」よりもいっそう激烈なものである。江種満子が克明に分析するように、出発期から始めて、死の前年の『芸術と生活』（有島武郎著作集第十五輯・大11・9、叢文閣）に至ってもなお、有島は「芸術的天才的個性による世界変革構想」（江種）(2)を抱いていたのにもかかわらず、最後にそれを投げ捨てたのである。もっとも、有島初期の思想が、素朴に他者の代行と表象を絶対化していたわけではない。「人は相対界に彷徨する動物である。絶対の境界は失はれたる楽園である」という「二つの道」の相対主義、すなわち対立項の双方を必ず斟酌し、その両義性から逃れることのない、あるいはできない態度は、一貫してこの作家の体内に巣食っていた。むしろ、対立図式を根幹とし続けたことにこそ、有島の様式的先鋭性が萌したと言うべきである。

なるほど、表面上は、ホイットマンやベルクソンの影響下に、短文「惜しみなく愛は奪ふ」や「芸術を生む胎」までの時期に形成された理論では、確かに「魂」（「個性」）一元論への統一と、それを他者・人類と共有すること、またそれを芸術において表現することの正当性が主張されている。それについての分かりやすい標語を挙げるならば、「私の心は私の心であると共に貴方の心でもあります」（「内部生活の現象（札幌基督教青年会土曜講演会に臨みて）」）ということになる。このような他者・人類を巻き込む自己表現という理念にこそ、多様な人物と問題を造形する、比類のない創造が根拠付けられたのである。

このような極端に飛躍した自他同一視の理念は、右のように階級論を深化した後年の有島自身を納得させるには到底不十分なものとなるが、そのような変化は、構造的には当初から準備されていた反転に過ぎないとも言える。一般に「個性」理論の集大成と見なされる長編「惜みなく愛は奪ふ」では、既に、主張するメッセージと言葉遣いとの間に修辞法上の奇妙な分裂が見られ、それは拡大されて後期の思想へと導かれる。すなわち、「私の個性は私に告げてかう云ふ。私はお前だ」という時、明らかに私に命令する「個性」は私自身ではなく、既に他者であるというほかにない。その他者が「私」なる自己と同一であるという発想によって、見かけ上の自己一元論が成立している。だがこれは、構造的には自己一元論ではない。自己の確証が、常に他者の介在によってのみ可能となっているのである。いわば、自己内部に自己と他者との対立・葛藤が常に生じ、それら両者間の係争が常態となる条件を有島の自我論は備えていたのである。このような条件を造形的に言語化したものが、有島の小説群にほかならない。その好例である『或る女』や『星座』の人物像は、各々、内部に屈折した葛藤を抱えるものとして描かれている。この、私に命令する「個性」の位置に「労働者」を代入し、その場合に「私はお前だ」とは決して言えないということに気づいた時に、「宣言一つ」や「文化の末路」など有島後期の評論群が出現することになるのである。

ところで、佐藤泉は「宣言一つ」の核心を〈表象＝代行〉批判の主題としてとらえ、「政治と文学」論争の文脈において見通しよく解説している(3)。佐藤は、平野謙が「政治と文学」論争の際に、小林多喜二の『党生活者』に絡めて追及の材料として用いた、ハウスキーパーを務め、自殺した女性党員の遺書について問題にする。佐藤は「彼女の遺書は哀れな部分と党員の文体とを混在させたところでこそ絶望的にラディカルだった。彼女の声は分裂し、彼女の表象は彼女に対して脱臼しているが、この分裂を隠さずにいることは重要である」と述べるが、この指摘は言説における「分裂」を注視する点において鮮烈である。佐藤はさらに踏み込んで、有島は表象における他者の代行の可能性を否定したが、自己表象の可能性の方は、「不問に附されたまま理想として純化された」と分析する。そして佐藤は、有島が他者の代行否定の先に、この自己表象という理想をも糾明していれば、「一つの声で語る個人という幻想を解除することもできたはずだ」と批評するのである。

内部的に係争する主体の、分裂的な言説に価値を置こうとする佐藤の批評は傾聴に値する。確かに、初期・中期はもとより、「文化の末路」などの最晩年のテクストにおいても、有島が「個人」や「個性」という概念から完全に自由になったとは言い難い面があるからである。だが、逆にそこから逸脱する要素も確固としてあるのではないか。「二つの道」以来の分裂的思考や、「惜みなく愛は奪ふ」における他者としての「愛」のレトリックを見るならば、他者の代行のみならず自己表象についても、有島の言葉遣いは、内に係争をはらんだものと見るべきなのではないだろうか。いわんや、小説テクストにおいて、『或る女』や『星座』の人物（群）は、事実、複数の声の持ち主であったと言うべきなのである。

4　実在論と概念主義

このような分裂的係争の様相は、「個性」に関する理論だけでなく、有島による現実認識や現実的実践に関わる態度にも現れている。彼は原則的に、主体と客体（現実）とが、主体に基礎づけられる形で一致することを念願した。「思想家はまづ現実に堅く立脚せねばならぬといふことを私は主張しました。現実が関はる範囲に於て明確な思想、即ち価値なるところの真理を求め出すことに力を尽さねばならない」（「『静思』を読んで倉田氏に」）とする立場は、出発の当初から抜きがたい定言命題として存在していたのである。これに加えて、後期に至って現れた新たな言葉遣いとして、有島は同じことを「即実」と呼ぶようになる。「即実」（『名古屋新聞』大11・10・31、11・2〜7付）などで、「即実」あるいは「即実主義」とはリアリズムのことを指し、過去を志向するセンチメンタリズムや、未来に憧れるロマンティシズムと区別して、現在そのものに立脚する態度として規定されている。「思想家は時代を超越すべきではなく、実に時代を包含しなければならない」、「正しい思想はその時代を中核として発想されねばなりません」（「『静思』を読んで倉田氏に」）との観点も、これと同根の発想に基づくのだろう。「即実」の立場によってこそ、現今の主要課題としての労働問題や階級問題が喚起され、「即実」の理念を忘れた科学者や哲学者は批判されることになるのである。

一般論として、思想が現実を基盤として立脚することは、当然ながら思想が有効性を持つためには必須の事柄と言えるだろう。ただし、有島の場合には、この一般論だけでは割り切れない要素がある。この発想は、「現実」や「時代」が、主観に先立って存在するという実在論（realism）を基礎としている。ところが他方で有島は、現実とは常に何らかの強力な枠付けの結果に過ぎず、その枠は文化・社会・階級・教育によってあらかじめ決定されているとする見方を、並行して表明しているのである。例えば「描かれた花」(『改造』大11・7)では、「人間とは誇大する動物である」から、「自然は再現され得ない」と述べている。表象された自然から「誇大」性を剥奪しようとする科学者に対して、「君は人間の夢を全くさまし切ることは出来ないだらう」と「警告」を発する。「誇大」と名付けられたこの枠付け原理は、芸術のみならず、政治思想における階級的な枠付けとも通底するものだろう。「宣言一つ」において、「私は第四階級以外の階級に生れ、育ち、教育を受けた。だから私は第四階級に対しては無縁の衆生の一人である」と述べる時、「階級」は、認識のすべてを支配する一種のパラダイムを提供する枠としての意味を付与されている。

それが正しいとするならば、「即実」の信念に従って現実に就いたとしても、見えてくるのは現実の対象なのではない。それをそのように見せているのは、枠付け原理としての「階級」や「教育」でしかなく、見れば見るほど、それはもはや「即実」の実効性を懐疑に導く要因としかならない。人間の表象は常に何らかの枠付けから自由ではないとする発想は、一種の概念主義(conceptualism)であり、パラダイム論に繋がるものにほかならない。「階級」や「教育」を不動の絶対的存在と見なすならば、そこから逃れる術はいかにしても獲得できず、現実をとらえる真偽の基準も、そのような強固なパラダイムに全面的に依拠せざるを得ない。実在論と概念主義とは、根底において共約不可能であるはずだが、この矛盾する両要素が同時に存在するところに、有島の分裂的思考の所以がある。有島後期の自己批判は、このように実在論と概念主義とが決定論的に結合したところに成立したと言わなければならない。中期までの有島においては、決定論と自由論との相克が、代表的な二項対立の組み合わせであった。だが、晩年の有島思想には、「自己意志の自由」が参入する余地はない。なぜなら、実在はもとより、概念主義の枠組みさえ、自らならざる外界のフレーム、すなわち「階級」や「教育」によって与えられるものだからである。

ただ唯一、人間の観念を拘束するパラダイムを打破し、交替させるために有効なものとして有島が思念していたのは、進化論の突然変異説に学んだ衝動論であった。講演筆記「内部生活の現象」では、自説の「本能的生活」を説明するためにオランダの植物学者ド・フリースの「突発変生説（ミューテーション・セオリー）」を援用し、「変化は順次に寄せ来るのではなく、ある場合には突発的に生れて来る」と説明している。この方向は講演筆記「泉」において、「生命の本質の検察」を伴いながら、流動的に破壊と再建を持続して歴史と文化を創り出す「芸術的衝動」論へと結実した。森山重雄は、この「芸術的衝動」論を限界つきながらも、有島最後の思想的境地として高く評価している(4)。しかし、この理論もまた、「想片」においては、「ブルヂョア的文化教養」の所有主はそのような衝動を「醇化」することができないという理由で閉ざされてしまう。もっとも、最晩年の「永遠の叛逆」（『泉』大12・3）に示された永久革命志向から見て、パラダイム交替としての制度破壊の理想は潰えていない。すなわち、最終解決は否定されても、葛藤と対立の構造を解消しないままに、時間軸において統合と解体とを反復する運動である。この見方に従えば、文化とは「○○である」と語れるような何ものかではない。それは、内部的・外部的・時間的な係争の過程でしかないのである。

5 分裂・係争と多種多様化

しかしながら、〈表象＝代行〉主義と主体論に関する議論は、所詮、それらがいわば説話論的磁場として対象化される時代、つまり近代に固有のものでしかない。もちろん、大伴家持や紫式部の他者表象や主体性について語ることはできるだろう。しかし、それはあくまでも、『万葉集』や『源氏物語』というテクストの説明に寄与すべき附随的な要素である。近代文学研究が常に代行・表象・主体を問題とし、フェミニズムであれポストコロニアリズムであれ、言葉は違っても同じことを繰り返し語り続けてきたという事態は、それが二十世紀的表象システムの袋小路であることを指し示しているのではないか。そしてそのことは、有島的な文化批判論がいわば遺産として呈示した事態である。

もしも表象行為の主体が、自らの主体性を何らかの誠実性規則（メッセージに倫理を求める規則）(5)によって拘束し続けるとしたら、その主体は、ある一定限度内における表象の領域を決して逸脱することはできないだろう。現に、ここにないもの、ここにない印象を創り出すからこそ、想像は創造となりうるのである。その際の想像力は、自己ならざる到来者としての、他者的な力である。また、誠実性原理が主体の属する文化全体の原理でもあるとするなら、その文化もまた、そのような観点からは真に革新されることはない。それは同じことの繰り返しに陥る以外にない。表象行為主体の運動法則が、それ自体ならざる他者の要請に従うのが、有島的な他者としての「愛」の志向であった。それは自己にとっても統御しえない一種奔放な活動を行うはずであり、そこではむしろ、他者と自己という区別そのものが、問題としての意味を失うと言うべきだろう。「繰り返しの生活を憎む」(『夕刊報知新聞』大11・6・23、24付)を引くまでもなく、惰性的な反復による停滞は何よりも有島の嫌った事態であった。彼が「突発変生」を望んだ理由もそこにある。だが、そのような「変生」を純理論的には構想することができても、彼自身は誠実性原理というパラダイム、あるいは主体と代行の軛を完全に脱することはできなかったと考えられる。

有島は、山本芳明の執拗な研究によれば、純粋な表現と純粋な読者との繋がりを念願しながらも、出版資本主義の急激な発展の波によって、生前はもちろんのこと、死後に至ってもなお翻弄され続けた(6)。すなわち有島作品は有島の意図に反して、「〈市場社会〉によって商品として消費し尽くされた」(山本)のである。そのような消費者としての読者、特に円本ブームに向かう大衆社会状況の進展の途上における読者にとって、階級に関わる作者の主体性や現実の〈表象＝代行〉だけが関心事であったとは思われない。今日的な観点から評論「文化の末路」を批判することはいかにも容易だろうが、ただ一点だけこの状況から批判を述べておくならば、「民族」を代表する「民衆」というような人間集団論は、もともと観念的であるだけでなく、この時代以降、さらに決定的に意味を持たなくなる。サラリーマン層の増大に伴う生活形態や趣味の多様化、余暇・娯楽の発達、多メディア化の進展は、文芸ジャンル一つを取っても、いわゆる「純文学の危機」を受けた多彩な開花を帰結した。有島の死後、一九二〇年代中盤から三〇年代へと続く新感覚派や新興芸術派などを想起してみよう。それらのテクストに埋設された多様で雑多な要素、あるいは端的に、引用の織物としてのテクスト的要素の導入こそ、大衆社会の読者による趣味の多様化に対応する契機ではなかっただろうか。だが、有島の小説テクストこそは、何よりも他者と自己にまつわる分裂・係争を前景化し、その過程において、実際にはそのような多種多様化を実践していたとも考えられる。

パオロは思ひ入つたやうにクラ、に近づいて来た。［…］青年が近寄るなと思ふとクラ、はもう上気して軽い瞑眩に襲はれた。胸の皮膚は擽（くすぐ）られ、肉はしまり、血は心臓から早く強く押出された。胸から下の肢体は感触を失つたかと思ふほどこはばつて、その存在を思ふ事にすら、消え入るばかりの羞恥を覚えた。毛の根は汗ばんだ。その美しい暗緑の瞳は、涙よりももつと輝く分泌物の中に浮き漂つた。軽く開いた唇は熱い息気（いき）の為めにかさ〲に乾いた。

（「クラ、の出家」、『太陽』大6・9）

私も竹籠を背負つて歩かねばならなかつた。[…]神輿は毎日私を引きずつて町中をとほる。音なく天の玻璃天井が裂けて、粉砕した破片が私を目がけて冷たく落ちる日も、途方に暮れて大空がすゝり泣く日も、やさしい太陽が飴のやうなとろりとした光で安息へと凡ての人をあまやかす日も、昼月のあるのにもかまひなく、烈風が膚からぬくみをさらつてゆく日も、……私の踵は道路と共にわれ裂け、樹木の喉と共に私は渇いた。

（「或る施療患者」）

クリスチャニズムと欲情との、この目も眩むばかりの落差、無機質と人間との間の、この冷酷なまでの越境――これらのテクスト断片は、この作家の想像力の質と達成について、驚きをもって究明すべき要素が、まだ大いに残されていることを示唆する。先に引いた佐藤泉は、「政治と文学」論争の流れから、最終的に、広津和郎の散文芸術論に示された小説ジャンルの「不純さ」に可能性を認めていた(7)。現在の読者もまた、有島のテクストから、意想外の「不純さ」を掬い取ることができるのではないだろうか。そのようなノイズや多様性、対立や葛藤の様相を、有島武郎のテクストに見出すことこそが、今後とも引き続き必要とされる作業なのである。

1　過激な印象画「かん〱虫」

1　印象派的文体

ドゥニパー湾の水は、照り続く八月の熱で煮え立つて、凡ての濁つた複色の彩は影を潜め、モネーの画に見る様な、強烈な単色ばかりが、海と空と船と人とを、めまぐるしい迄にあざやかに染めて、其の凡てを真夏の光が、押し包む様に射して居る、丁度昼弁当時で太陽は真頂、物の影が煎りつく様に小さく濃く、夫れを見てすら、ぎら〱と眼が痛む程の暑さであつた。

八月の暑い午後、ケルソン港に停泊中の貨物船オデッサ丸の左舷につけた「大運搬船の舷」から、語り手の「私」が眺めたドゥニパー湾内の情景描写である。この引用は全体で一文である。通常ならば数個の文に分けられるべき描写を、読点を多く用いて修飾句ごとに文を短く分断し、それらを並列的に連続させる方法によって、言語形象としては一枚の画面を思わせるものとして生成している。文の内部で発話主体の視線は四方に小刻みに移動し、形象を細かい要素に切り分けて語り出す。語られた形象の断片群は、外山滋比古の言う「修辞的残像」[1]、すなわち言葉を構成している各単位の間にある意味的空間が消滅し、相互に共鳴し、交響する効果によって統一される。外山は言語のこの効果を「点描画法」(pointillisme)になぞらえているが、この文章はまさにその典型だろう。なぜならば、この描写には、一般的な言語学的理念の域を越えた、印象派絵画の「点描画法」の手法に通ずるような視覚的表現、特に陽光と色彩への執着が顕著に見られるからである。

すなわち、「照り続く八月の熱」「強烈な単色」「真夏の光」「ぎら〳〵と」など、ほとんどすべての文節に、陽光と色彩の範列から選択された語彙が現れる(傍点原文=以下同)。この描写は最終的には「暑さであつた」という温度感覚の述語へと収束するが、それもやはり「ぎら〳〵と眼の痛む程の」という、視覚的比喩によって回収されるのである。しかも、「押し包む様に射して居る」を境として二文に分かれるはずのところに句点がなく、いささか強引に次の文と読点で接着されている。こうして、視覚的表現として調整された言葉の群れは、点描的手法によって一旦は散布されるが、統辞法を逸脱しつつ、柔軟かつ強靭にそれらを連結する描写の一体化の原理に従って統合されるのである。

「かん〳〵虫」冒頭の一節に認められるこれらの修辞的特徴は、引用した冒頭部に続くヤコフ・イリイッチの風貌の描写を始めとして、登場人物の容貌や労働の場面など、詳細な描写の行われる箇所には顕著に現れる。特に高度の効果を発揮するのは、物語展開の枢軸的な核となる叙述を繋ぎ合わせる触媒の機能を果たす情景描写においてだろう。物語の前半と中盤を占める語り手の「私」とヤコフ・イリイッチとの対話の場面場面において、語り手は対話の相手から視線をそらし、陽光の下で風景が醸し出す色彩を追う叙述によって連絡するのだ。次の文章はその代表例だろう。

　殊にケルソン市の岸に立並んだ例のセミオン船渠（ドック）や、其外雑多な工場のこぢたい赤青白等の色と、眩（めまぐる）しい対照を為して、突き立つた煙突から、白い細い煙が喘ぐ様に真青な空に昇るのを見て居ると、遠くが霞んで居るのか、眼が霞み始めたのかわからなくなる。

まさに光と色との氾濫である。前後の文章を併せると、光に関しては「波の反射」「てら〳〵と」「白く光つた人造石」など、色に関しては「日の黄を交へて草緑」「印度藍を濃く一刷毛横になすつた様な海の色」などの語句もある。空と海の青を背景として、原色の補色効果により光輝を放つ物象が散在し、それらすべてに陽光が強く降り注ぐのだ。また、陽光は単に視覚的効果のみではなく、時間の推移を示す役割をも負っている。正午から夕刻までの時間経過が、「又日影が移つて」「照り付ける午後の日」「沈みかけた夕陽」など、専ら太陽の動きで暗示されるのである。

また、描写の一体化も、句読点の用法のみに限られるものではない。対話の際のイリイッチの言葉は、すべて会話文のかぎ括弧を省略し、二文字下げて記述されている。語り手「私」の語る地の文の中に、後述のごとくそれとはかなり性格の異なるイリイッチの言葉が、違和感なくはめ込まれているという印象を受ける。この場面では、「私」の語りの機能は後退し、イリイッチの物語の間々を連絡する触媒の役割を担っている。両者の言葉はこのようにして同居し、一つの流れに合流していくのである。

さらに、物語の核を統合する形象レヴェルの装置として、随所に暗示される自然と人間との一体性が機能している。風景と語り手の視線とは、「遠くが霞んで居るのか、眼が霞み始めたのかわからなくなる」という仕方で渾融する。計三回にわたって点綴される、船べりを叩く波の「ちゃぷり〳〵」という動揺は、「階律（リズム）の単調な音楽」よろしく、けだるい午後の人心に浸透し、「私」はこのリズムで自分の動きを計りさえする。結末近くに至っては、港湾の喧噪が「私の胸の落ちつかないせはしい心地としつくり調子を合はせた」とまで彼は述べるのだ。従って、テクストで展開される人間の営為は、背後に広がる自然から浮き彫りにされつつ、結局はそこに帰属する事象として特徴づけられていると言えるだろう。こうして、数層の審級にわたる堅固な組み込みの作用によって、テクストは全一体の形象として構築されていくのである。

上杉省和は、先に引用した「かん〳〵虫」冒頭の一節に関して、「後期印象派の油絵を思わせる濃密な感覚的表現と、理詰めな欧文脈がないまぜになった、有島独自の文体の確立を

モネ「アルジャントゥイユの橋」(1874)

見て取ることが出来る文章である」(2)と評価している。無論、この文章が有島文体の公約数的な属性を分有していることは言うまでもない。しかし、小説の文章は、作家の文体に一義的に還元することはできず、テクストの独自な設定に応じて柔軟に調整され、生成されるものである。文体はテクスト様式の大きな資産にほかならない。以上の検討の結果から明瞭に見て取れるように、「かん〳〵虫」の形象を生成する表現技法は、上杉の言う後期印象派よりも、むしろ美術史の時期としてはそれ以前の印象派絵画との類似性が強いと言えるだろう。この印象主義的造形が偶然に成立したものではなく、作者が意識的に採用したものであることは、テクストの冒頭部分早々に、「モネー」の名が登場する事実から推定できる。この固有名詞は、テクストの造形原理についてテクスト自身が漏洩した告知なのである。

クロード・オスカール・モネ(Claude Oscar Monet、一八四〇〜一九二六)が、一九世紀後半にフランス画壇を席巻した、いわゆる印象派(impressionisme)に属する代表的な画家であるのは周知のことである。石川公一の解説に従って概括すると、印象派の最大の個性は色彩の再現にあった(3)。物の固有色を否定し、影を独自の色と見て、陽光の効果を重視する。技法としては、パレット上の混色を避け、画面で色を区分し、寒色と暖色とを対比する、いわゆる筆触分割(touche divisée)をも試みた。筆触分割を微細化し徹底したものが点描画法であるとも考えられる。さらに、モネは一日のうちの時間的推移によって、対象の色彩が微妙に変化することに気付き、それを厳密に描写しようと努力したと言われる。

改めて繰り返すまでもなく、「かん〳〵虫」の情景描写は、このような印象派の様式とほぼ一致するものである。陽光と色彩の重視、原色の対象、それに陽光の時間的変化までもが、絵の具ではなく言葉によって表現されている。特に、陽光と水との配合を主要な対象とし、固定した視点からの写生を心がけたモネの画風は、この小説の場面および視点の設定と共通するものと言えるだろう。具体例を挙げれば、「アルジャントゥイユのレガッタ」（一八七二）や、「アルジャントゥイユの橋」（一八七四）など、一八七〇年代前半に、セーヌ河畔アルジャントゥイユの風景に題材を採ったいくつかの絵は、その画面の明るさと、空・水・船という道具立てにおいて、最も類似性が感じられる(4)。「かん〳〵虫」の形象生成の原理は、このような印象主義的技巧によるものとしてとらえられる。

2　異質性と同質化

短編小説「かん〳〵虫」は、明治四十三年十月発行の雑誌『白樺』に発表されたが、以後、有島の著作集には収められず、彼の死後、中西伊之助編集の『芸術戦線新興文芸二十九人集』（大12・6）に収録された。これ以前にも、有島は既に翻訳「西方古伝」（シェンケヴィッチ原作、『白樺』創刊号、明43・4）や、戯曲「老船長の幻覚」（『白樺』明43・7）を発表していたが、後に「自己を描出したに外ならない『カインの末裔』」の中で、「かん〳〵虫」を自ら「処女作」「世の中に発表したものでは［…］一番初めの作」と認定している。発表までに二度の改稿を経ており、初稿はアメリカ留学中、ワシントン滞在時の日記（明39・1・3付）に、「夜ハ図書館ニ至ル勇気ナク『合棒』ノ稿ヲ脱ス」と記載のある「合棒」と推定されている。第二稿は現在、翻刻されて全集にも収録されている本文である。末尾に「明治三十九年於米国華盛頓府」「明治四十年（一九〇七）六月於麹町浄書」と付記がある。第二稿で「かん〳〵虫」の題名が決定され、さらにこれが改稿されて発表されたのである。

この小説は従来、西垣勤によるゴーリキーの作風との関連(5)、山田昭夫による他階級の人々に注ぐ作者の「同情」（共感）の問題(6)、山田俊治による改稿の意義(7)、あるいは田辺健二による大逆事件の投影(8)などの観点から研究されてきた。これらには、作者の実人生や歴史的文脈に占める第一作としての位置を重視する傾向が強い。しかし、文芸においては何よりも、文体や語りに代表されるところの、テクスト自体から受ける虚心な感動をとらえ、それを十分に尊重することが肝要である。本書においては、以後これを第一の問題としよう。

さて、印象主義的表現のさらに根源に存在する装置は何か。ヴォルフガング・カイザーは、「知覚形式を様式論的に把握する作業は、文芸作品そのものの中にはっきりとした話者――具体的な対象性を知覚し、かつ対象性に対するかれの態度決定によって知覚形式を示唆してくれる話者――が存在することで、しばしば容易になる」(9)と述べている。「かん〳〵虫」の場合には、この論が典型的に当てはまる。しかもそのような語り手の機能自体へ読者の注意を喚起する用意もなされているのだ。実際、テクストの冒頭近くには、イリイッチが「私」に話し掛けることにより、物語の語り手自身の属性が問題とされる次のような設定が早々に配置されている。

　而して又連絡（とてつ）もなく、
　お前つちは字を読むだらう。
と云つて私の返事には頓着なく、
ふむ読む、文盲（あきめくら）の眼ぢや無えと思つて居た、乙う小しやまつくれてけつからあ。
　何をして居た旧来（もと）は。
と厳重な調子で開き直つて来た。私は、ヴォルガ河で船乗りの生活をして、其間に字を読む事を覚えた事や、カザンで麪包焼の弟子になつて、主人と喧嘩をして、其細君にひどい復讐をして、とう〳〵此所まで落ち延びた次第を包まず物語つた。
〔…〕
　探偵（めあかし）でせー無けりやそれで好いんだ、馬鹿正直。

語り手「私」は港湾労働者の一人であり、物語世界内に登場するが、自ら出来事に積極的に参加することはせず、物語内容を説明する機能を果たす、言わば「物語の証人」（ジュネット）(10)である。だが、この場合「私」の重要度は一般的な単なる証人の域にとどまるものではないだろう。特に中盤までは、雄弁をふるうイリイッチに対して徹底した聞き役に回っているために見過ごし易いが、この「私」もやはり物語内容に対して「態度決定」や「知覚形式」の点で関与しているのである。イリイッチの発言において、「私」の識字能力が「文盲(あきめくら)の眼ぢや無えと思つて居た」という、「眼」の特徴に変換されているのは偶然ではない。イリイッチが予め「私」の「眼」の差異性を認めることによって、事件の目撃という視覚の機能が、語り手を兼ねた人物「私」の属性として先取的に示唆されているのである。「探偵(めあかし)でせー無けりやそれで好いんだ」というイリイッチの発言は、字義通りには来たるべき凶行の予感に基づく警戒の表明であるが、「私」は事件の発端と経過、犯行の動機などの事情を聴取し、現場に立ち会う以上、ある意味では本当に「探偵(めあかし)」（目証し）的な人物なのだ。これは前述の視覚的表現の頻出とも関係するだろう。そして「お前つちは字を読むからには判るだらう」というイリイッチの言葉には、「私」に状況の理解を求め、一部始終を目撃することを期待する意思が示唆されているのである。これは後に見るイリイッチの「連帯(まきぞへ)」の論理に通じることとなる。

　さらに、先の箇所で「私」は文字を解する人間であることをイリイッチに見抜かれ、「文盲(あきめくら)」の多い他の労働者との明らかな異質性を暴露してしまう。イリイッチがイフヒムを「私」に紹介する際、「彼奴も字は読ま無えがね」と述べるように、識字能力の有無は同志か否かの判別基準なのである。だが、続いてイリイッチに問われるままに告白した「私」の過去の経歴は、彼が紛れもない下層人民であることを示している。松本忠司は、これが作家マクシム・ゴーリキーの経歴と酷似していることを指摘し、有島が英訳本の作者紹介を参照した可能性のあることを推定した(11)。イリイッチはこの告白を信じているが、「船乗りの生活」中に文字を覚えたなどというのは、いかにも弁明じみて聞こえる。そもそも、「字を読む」か否かがなぜテクストの冒頭近くで問題にされる必要があるのだろうか（そしてまたこの異様なまでの当て字・振り仮名の連続は何か）。これは、このテクストの語りの原理に関する物語自体の状況設定として理解できるだろう。すなわち、ほかならぬ語り手が、他の人物とは異なって特別に文字の遣い手であるというこの叙述は、物語の目撃者としての語り手の言語的優位性を明示することにより、《このテクストは、このような言説主体の異質性の上に立脚して成立しているのだ》という、物語の語り自体への注意を読者に促す読解のコードとなるのである。従ってこの経歴の告白は、物語内容としては告白によって「私」の異質性を弥縫するのだが、物語言説の性質に関しては、逆にこの異質性への注意を促す効果を発揮しているのである。

その異質性は、テクスト全体のディスクールの構造から具体的に明らかとなるだろう。語り手自身の言葉に属する地の文は、日本語の文章語として通用している共通語であり、その描写は前述の通り細やかで揺るぎがない。加えて、「モネーの画に見る様な、強烈な単色」

とか、「あの眼ならシヨウパンの顔に着けても似合ふだらう」、あるいは「ナポレオンが手下の騎兵を使ふ時でも」などの形容として、文中に散見する知識の引用は、告白された経歴にもかかわらず、語り手が単なる労働者階級の人間ではなく、高水準の教養を持つ知識人であるとの印象を与えるものである。それに対して、対話の相手であるイリイッチの会話文には、「探偵（めあかし）」「…と放言（こ）くから」「鼻梁（はなつばしら）」「逃（かす）んだのよ」「尼つちよ」などの語彙や、「てー見ねえ」「知れ無えや」「出やがらあな」「笑つてけつからあ」などの文末表現を中心として、東京の下町言葉と思われる卑俗な話し言葉がそのまま現れる。ミハイル・バフチンの、「小説における話者は歴史的な具体性を持ち、歴史的に規定された、本質的に社会的な人間である」(12)という見方からすれば、この両者の言語的な差異は、両者の階級的懸隔を共示するものと言えるのではないだろうか。そしてこの言語的落差は、直接話法の会話文で綴られたイリイッチの言葉とは異なり、語り手自身の会話がすべて間接話法的に語られることによって、一段と強調されるのである。

　このような異質性を内包しながら、語り手は他者の言葉をも単一の叙述に統合し、前述の多彩な言語的効果を実現している。従って、「かん〳〵虫」の語りは、語り手と語られる対象との異質性を前提とし、それを確保しながら距離を埋め、同質化を図る操作によって生み出されていると言える。だが、その詳細な検討は、さらに人物レヴェルのディスクールの分析をも併せて行わなければならない。

3 「連帯(まきぞへ)」の論理

四百字詰め原稿で三十数枚分の長さを持つ「かん〳〵虫」の構成は、物語の展開上、三部に区分できるだろう。まず第一部は、冒頭から、「ヤコフ、イリイッチは忘れた様に船渠の方を見遣つて居る」までの部分である。この部分の主要な物語の核は、「私」が語るヤコフ・イリイッチの人物像、「私」自身の経歴の告白、イリイッチの語る労働者ダビドガと巡査の挿話、それにスタニスラフの尼僧の挿話である。第二部は、この後から「而して大欠伸をしながら、彼れは臥乱れた労働者の間を縫つて、オデッサ丸の船階子を上つて行つた」までがそれに当たる。この部分は、「私」の語るイフヒムの人物像、イリイッチの語るイフヒムとイリイッチの娘カチヤとの恋仲に、会計グリゴリー・ペトニコフが介入した事件から成る。以上の二部は正午の休憩時間の二人の対話、特にイリイッチによる打ち明け話が主体となり、これら物語の核（挿話）の間を背景描写が触媒となって連絡する。これらが過去の回想に重点が置かれるのに対して、最後の第三部では、労働の再開と終了、会計ペトニコフ傷害の模様が、「私」の直接体験として語られ、結末を迎えるのである。

前半・中盤の二部は、「私」がイリイッチの聴き役に回り、イリイッチの話が言わば物語内物語となるような、一種の額縁構造（枠物語）として構成されている。ここでは、「私」の語りとイリイッチの語りとの連続の仕組みが、テクストの構成力の要部となる。イリイッチの人物像は、「親分」格の「不思議にも一種の吸引力を持つて居る」男として描写されるが、「私」が彼の「身の上話」を傾聴するのは、そのためばかりではない。「奇怪な流暢な口弁」と評される彼の巧みな話術こそ、「私」を魅了し、物語を進行させる原動力となるのだ。その話術の核心を成すのは、次のような強力な隠喩的ディスクールの使用である。

イリイッチは、まず「かん〳〵虫」の語義解釈から始め、それが卑語であることを明らかにする。

おい、船の胴腹にたかつて、かん〳〵と叩くからかん〳〵よ、夫れは解(げ)せる、夫れは解せるが、かん〳〵虫、虫たあ何んだ……出来損なつたつて人間様は人間様だらう、人面白くも無えけちをつけやがつて。

「かん〳〵」という語彙成分が、船体に付着した錆や貝類を除去する際の音響に由来する擬音であることは間違いない。しかし、「虫」に、船腹に取り付く工員の体勢という価値的に中性的な意味の外に、イリイッチの言う人間以下の境遇に生きる社会的欠陥者という否定的な意味との両義性が含意されているとしても、どちらかと言うと前者の意味が強いのではなかろうか。これをことさら後者の意味として解釈したイリイッチの言葉は、「出来損なつたつて人間様は人間様だらう」とする平等主義に裏付けられている。だが続いてこの解釈は、「だが虫かも知れ無え」とする自己卑下へと移動し、「人間」（資本家）対「虫」（労働者）という、以後テクスト内部で首尾一貫して使用される隠喩的図式が起動するのである。以後のイリイッチの言説は、この図式に基づき、アイロニーに満ちた社会観的な隠喩として次々に運用されていく。巡査へ吐いた悪態は、義務だけは「人間」なみで権利は「虫」同然という実態の告発であり、尼僧の説教の条りは、神が「人間」でも「虫」でもなければ「獣」かという隠喩的談議に託した、空疎な善悪基準を押し付ける宗教の皮相性への批判である。資本制社会の実態に関する体験的認識の表明として利用されるこの図式の意味内容は、要するに資本家と労働者の分化と対立にほかならない。が、そのディスクールは徹頭徹尾、隠喩的連鎖を中心とする修辞学的なレヴェルで展開されているのである。

　また、巡査の挿話の中では、第二の隠喩も現れる。平等主義に基づくイリイッチは、「飯もうんと食ふだらうし、女もほしからう」という基本的な欲望の水準において、敵である巡査にさえ「兄弟とか相棒とか」いう相互理解の可能性を認めるのだが、それが遮断されるのは、「帽子に附着(くっつ)けた金ぴかの手前」、「芝居」を相手が打つからである。この場合の「芝居」とは、剰余価値の収奪を目的とし、支配階級に属してその体制に迎合するか、あるいは資本制の社会的規範に服従し、処世術としてその規範を実践する行為の隠喩にほかならない。第一の隠喩が階級の分化と格差の表現であるとすれば、第二の隠喩はその機能あるいは作用のそれである。この二つの隠喩は、「畢竟芝居上手が人間で、己つち見たいな不器用者は虫なんだ」という一文において統合され、イリイッチの社会観を完成させる。さらにこの隠喩の系列は、既に上杉の指摘がある通り、第一部末尾において、一匹の甲虫が「絶大なる海の力に対して、余りに悲惨な抵抗を試みて居る」場面の描写へと流れ込み、第一部の隠喩連鎖を締め括る。この光景を「痛惨な思ひをして眺め」た「私」は、そこに下層労働者の窮迫した状況の暗示を見て取ったのだろう。

　イリイッチの社会観を示すこれらのディスクールにおいて、連鎖し交錯する二つの隠喩的解釈のレトリックは、いかなる機能を帯びているのか。まず、隠喩は常に両義的であり、線状的に連鎖することによって、それが適用される意味領域は自在に拡大あるいは縮小することができる。ヤーコブソン風に言えば、「結合」の軸に投影されている「選択」の軸が、柔軟に伸縮しうるのである[13]。「虫」の系列を見れば、職業名の「かん〳〵虫」（船体清掃工員）から、卑称としての「虫」（労働者一般）、さらにはそれらの寓意的表現である「甲虫」までの、複数の対象領域を覆っている。これはイリイッチの個人的実感を、一方では港湾工員一般、そして労働者階級全体の条件として、他方では権力（巡査）や宗教（尼僧）など社会全般に及ぶものとして呈示する、カテゴリー的あるいは論理学的な強化だろう。次いでそれは、レトリック一般の持つ「説得」（ペレルマン）[14]の機能により、聴き手である「私」へ語り掛け、説得し、時には強弁する。「私」はこの場合、イリイッチの物語の良き聴き手、つまりテクスト内部に設定された「虚構の読者」（イーザー）[15]として物語内容を媒介し、確証するのである。イリイッチが自分の物語に対する「私」の理解を実現すること、逆に「私」の側からもイリイッチの物語の十全な理解に協力すること、これらはいずれも先に布石された「私」の異質性の乗り越えとして、共犯関係的に設定されている。その目的は、直接には読者に対して物語内容を説得的に呈示することであるが、間接には、この異質性の乗り越え自体を暗黙の内に保証することなのである。この事情は、イリイッチの隠喩的思考の起源が暴露される後続部分において、より厳密に理解できるだろう。いずれにせよ、資本制社会における不当な階級格差への不満という発言内容の論理を強化し、それを聴き手の媒介によってより説得的に伝達するという、二重の効果を発揮する装置として、イリイッチの隠喩的ディスクールは機能しているのである。

　こうして設定されたイデオロギー的状況を背景として、続く第二部では初めて主要なプロットが出現する。財力を背景とした会計係ペトニコフがイフヒムとカチヤの恋愛に介入し、カチヤを妾に囲うことを請い、遂にイリイッチが受諾し、横恋慕されたイフヒムの欝憤を帰結して、第三部の復讐決行の前提となるのである。この内容は、「二三年以来」「不図(ふいと)」「一週間もすると」「半年も経つた頃」「其晩」「其翌日(あくるひ)」「三日計り経(た)つと」などの、時間進行を明記し、漸次緊迫感を高める口調（文体）により、イリイッチの回想として展開される。ここで注目すべきは、次のように告げられるイフヒムの欝憤の核心部分についてである。

イフヒムの云ふにや其、人間つて獣にしみ〴〵愛想が尽きたと云ふんだ。人間つて奴は何んの事は無え、贅沢三昧をしに生れて来やがつて、不足の云ひ様は無い筈なのに、物好きにも事を欠いて、虫手合の内懐まで手を入れやがる。何が面白くつて今日々々を暮して居るんだ。虫虫つて云はれて居ながら、夫れでも偶にや気儘な夢でも見ればこそぢや無えか……畜生。

ここでは再び、「人間」対「虫」の対立、「人間」の横暴という隠喩的社会批判が現れ、第一部の一般的状況へと送り返されている。これによって、イリイッチ父娘とイフヒムとを巡る個別的・個人的事件の意義付けは、労働者階級全体規模に関わる性質のものとして格上げされ、イデオロギー的な審判を下されるのである。ところで、イフヒムの意見がイリイッチの論理と全く同一であることに注目しよう。これは当然のことである。なぜならば、第一部で開陳されたイリイッチの階級観は、物語言説の配置上としては最初に置かれているが、物語内容の前後関係から見れば、それ以前に聴いたこのイフヒムの愁訴を自分なりに潤色したものなのだ。これはジュネットの用語を借りれば、一種の「錯時法」(anachronie)、それも「後説法」(analepse)にあたる(16)。従ってあの隠喩的論理の起源はイフヒムの言葉であり、全編を通じて基調を成す隠喩的社会認識は、物語内物語の主役であるイフヒムから、その語り手であるイリイッチへ、さらにイリイッチから物語全体の枠の語り手「私」へと伝達されるメッセージ内容なのである。

もっとも、この問題に関するイリイッチの心情には、山田俊治が指摘したように[17]、一方では資本家と妥協して娘をいわば売り渡すにもかかわらず、他方では「イフヒムに連帯してゆく」という「人物形象としての二重性」が存在することから、「このテクストの観念的な性格を露呈」せしめたとも言えるだろう。従って「私」はその二重性を十分に対象化できなかったのだが、このような二重拘束を解決しえないイリイッチの矛盾そのものが、人間性の理想と窮乏化の現状との格差という、労働者の境遇の表現とも考えられる。しかも、イリイッチは「イフヒムの言つた事を繰返して居るのか、己れの感慨を漏らすのか解らぬ程、熱烈な調子になつて居た」し、また「私」に対しても、「お前も連帯であげられ無えとも限ら無えが、『知ら無え〳〵』で通すんだぞ、生じつか……［…］宜いか、生じつか何んとか云つて見ろ、生命は無えから」と脅迫する。つまり、イリイッチは《実行》の役割をイフヒムに、《証人》の役割を「私」にそれぞれ託し、この二重拘束を解決しようとしているのである。ここで「連帯」とは、そのような意味での反抗の論理なのだ。従って隠喩流通の機能は、情報のレヴェルから実践のレヴェルへと流れ込んで行くのである。「かん〳〵虫」とは、コミュニケーションの経路における介在（「連帯」）そのものが、そこから《実行》と《証言》（「連帯」）の論理を導き出し、人物間の関係をつなぎとめるような、物語構成の全体的な統合力となっているテクストなのである。

続く第三部で、「私」はイリイッチの言葉を受けて、「虫の法律的制裁が今日こそ公然と行はれるんだ」として隠喩連鎖を最終的に完成し、その「私」の期待通り、凶行は成功し、未来のより大きな変革の可能性をも暗示する。《証人》の「私」は設定されたその役割を忠実に果たし、額縁と語りによる重層構造の機能は、こうしてようやくその全貌を現したのである。他方、顕著な三部構成から成るこのテクストは、〈問題性〉(pathos)を呈示し、その葛藤を漸次的な〈緊張〉(Spannung)として高め、結末に至って〈浄化〉(katharsis)を迎えるという流れから見て、明らかに劇的性格を帯びている(18)。実際、前半・中盤は、役者イリイッチと「私」により、甲板を舞台として演じられる対話劇、後半は「如何んな大活動が演じられるか」と期待する「私」を観客とする寸劇になぞらえることができるだろう。

4 ダイアローグの文学

本多秋五は、「『白樺』派主流の文学はすべてモノローグの文学であった。しかし、有島の文学は、最初からそれとは質のちがう文学であった」(19)と的確に指摘している。「かんかん虫」が一種の対話劇であり、『宣言』や「石にひしがれた雑草」が書簡体で書かれ、「生れ出づる悩み」が他者への賛歌であるように、有島文芸の叙述方法はすべてダイアローグ的な性質に満ちている。バフチンが芸術的散文の特性として挙げた、語り手が自己の言葉の中に性格の異なる他者の言葉を包含し、異物を抱えたまま統一するという小説言語の対話的な二声性は、有島様式にはあてはまると言えるだろう。そのような結果を可能としたものこそ、これまであまりに人間主義的にのみ理解されてきた「同情」の機能であると思われる。

有島文芸における「同情」の問題について、安川定男と山田昭夫が論じた次のような事柄は、半ば通説化している。安川によれば、アメリカ留学前後の時期に、有島は敬愛する作家・作品への称賛として「同情」の語を用い、これを作家としての自らの必須条件として念頭に置いた[20]。山田はこの見方を発展させ、有島から見て、下層階級に対する理解を「同情」、対等の人間に対する場合を「共感」と名付けて区別し、『かんかん虫』は、いわば観念的な〈共感〉の原理で書かれた作品」であり、この方法の「過失視」、すなわち偽善という自己認識に、「有島の晩年の悲劇」、つまり創作行為への自己懐疑が胚胎したととらえた[21]。これらの議論の有効性は現在でも失われていないが、具体的にテクストを検討する場合には、当然ながらいくつかの微調整が必要になってくるだろう。

たとえば、安川は「かん〳〵虫」に触れて、「作者は[…]自己をかんかん虫の立場と思考、心情に同化させてこの作品を書いている」と述べているが、主要な三人の工員はそれぞれテクストにおける明確に別の役割分担を付与されているのであり、単純に作者と人物との「同化」としてとらえることはできない。確かに、イフヒムからイリイッチ、さらに「私」へと伝達される隠喩情報は、「同情」と関連する「連帯(まきぞへ)」の基礎に支えられていた。だが、この過程は、テクストの構成要素の一部分に過ぎず、問題とすべきなのはテクスト全体の構成原理だろう。さらに、有島自身は「sympathy」の訳語として専ら「同情」を用いており、「共感」と区別しているわけではない。従って安川・山田は、有島の用語を用いて、有島が意図していなかった事態を批評していることになる。無論、そのことに問題があるわけではない。だが、もしその方法の厳密化を図るとすれば、むしろ有島的用語法から一旦離れて、純粋にテクストの実質に対処し、しかる後に作者への通路として「同情」の理念を配当する方が、順序としてより妥当な手続きとなるだろう。

それはおのずから本章の結論ともなる。マックス・シェーラーによれば、「同情（共同感情Sympathie）」には、「人格相互間の『距離』とこれらの人格の一方的ならびに相互的差異性の意識」が必ず伴うはずである(22)。対象との距離をを前提とし、それを感情的に縮める作用、言い換えれば疎隔と接近が「同情（共感）」の構成要素なのである。作家有島の文芸的営為の明暗は、階級を越えたこの主体・対象間の距離の把持と短縮との微妙な均衡の上に成立していたのであり、安川・山田の「同情」論はこの点を突いたものである。有島様式に「質のちがう」部分があるとすれば、作家に芸術的飛翔をもたらすと同時に、やがて作家を破滅にも追い詰めるこの宿命的資質を、彼が抱えていたことが原因なのである。ところでシェーラーの説明は、作家と作品内人物との関係の説明以上に、「かん〳〵虫」のテクストそのものの構成原理をも解き明かしてくれる。これまでの論旨の通り、その原理は、〈分割〉（疎隔）と〈統合〉（接近）であると言うことができるだろう。形象と描写の水準において、〈分割〉は点描的手法、〈統合〉は一体化の手法として機能し、テクストを印象主義的に形成する。また、人物と語りの審級において、〈分割〉は相互の異質性として現れ、それを隠喩的情報の伝達過程の生成と凶行の目撃という「連帯（まきぞへ）」の機構が〈統合〉していく。こうしてテクストは、離反する砕片として点綴された諸要素群から全一体の劇的物語へと、あらゆるレヴェルを横断して構造化を実践する意味生成性（signifiance）によって、一幅の過激な印象画として形成されるのである。「同情」はここでは、作者と対象、あるいは作中人物と人物との一方的あるいは相互の理解に単純化できるものではない。それは、異質な成分を内包しながら自己組織化するテクストの意味生成性の表象であり、またテクストの全要素の発信源として、そこから逆行的に再構成される発話行為の主体の属性なのである。

　有島は他の『白樺』派作家と同じく、かなりの美術愛好家だった。彼は「叛逆者（ロダンに関する考察）」や「ミレー礼賛」を筆頭として、大小の美術批評を著し、自らも油彩の筆を執った。だが、印象派のモネの名は全く現れず、わずかにその先駆者マネや、後期印象派のセザンヌについての感想が見られるのみである。各地の美術館見学の記事が多い明治三十九年後半のヨーロッパ歴訪中の日記にも、当時『睡蓮』の連作を制作していたはずのモネへの言及はない。有島の美術論の傾向としては、初期には「魂」の主張を重視する立場からポスト印象派を、後期はその主張の徹底である「生活即表現」への固執から表現主義的芸術を称揚し、「芸術について思ふこと」では、印象主義を「科学的精神」あるいは「自然主義」と同義として、それが単純な「人間そのもゝの投影に過ぎない」ところにその「破綻の芽」を認めている。美術史では一般に、印象主義はリアリズムの最終段階であり、それ以後は次第に表現主義的要素が芸術思潮として浸透していったと言われるが、有島の見方はこれと照応するものである。

　そしてまた有島のテクスト様式も、その美術潮流論と同様に、印象主義から出発し、表現主義・未来主義の色濃い「或る施療患者」へと流れ着いた。労働者・農民の生き方を描く作品として、後続の「カインの末裔」や「生れ出づる悩み」などが系列をなし、また晩年に至っても『星座』では金銭目的の妾入りが、「或る施療患者」ではルンペン・プロレタリアートの叛逆が描かれるなど、「かん〳〵虫」の物語要素は最後まで有島のテクストに残響を響かせた。しかし、「かん〳〵虫」の「連帯（まきぞへ）」の論理は、内部に異質要素をはらみながらも結局は調和的統一を帰結するものであるのに対して、以後の有島創作史は、このような比較的完全な調和を徐々に、しかし決定的に破壊して行く道程であったと言わなければならない。山田昭夫は、「有島は、遂に処女作に向かって成熟し得なかった作家であった」(23)と意味深長なことを述べている。それは、彼が第一作を結び目として円環を形成するような完成された作家ではなく、むしろ完成の完成性を常に問題とし、次々と破壊・革新を試み、結局自らを未完成のままに放置した、テクスト様式の探求者であったことを示している。彼の残した、総数としてはそれほど多くはない作品群に見られる多種多様な形式は、そのまぎれもない証にほかならない。「かん〱虫」の印象主義は、そのような有島のテクスト様式の鍵となる文体なのである。

2　生命力と経済

「お末の死」

1　弁証法的文体

お末はその頃誰れから習ひ覚えたともなく、不景気と云ふ言葉を云ひ〳〵した。「何しろ不景気だから、兄さんも困つてるんだよ。おまけに四月から九月までにお葬式を四つも出したんだもの」

お末は朋輩にこんな物の言ひ方をした。十四の小娘の云ひ草としては、小ましやくれて居るけれども、仮面（めん）に似た平べつたい、而して少し中のしやくれた顔を見ると、側で聞いてゐる人は思はずほゝゑませられてしまつた。

お末には不景気と云ふ言葉の意味は、固よりはつきりは判つて居なかつた。唯その界隈では、誰れでも顔さへ合はせれば、さう挨拶しあふので、お末にもそんな事を云ふのが時宜にかなつた事のやうに思ひなされてゐたのだつた。尤もこの頃は、あのこつ〳〵と丹念に働く兄の鶴吉の顔にも快からぬ黒ずんだ影が浮んだ。[…]さう云ふ時にお末は何んだか淋しいやうな、跡から追ひ迫るものでもあるやうな気持ちにはなつた。なつたけれども夫れと不景気としつかり結び附ける程の痛ましさは、まだ持つてゐよう筈がない。

北海道札幌の貧民窟にある理髪店「鶴床」を舞台とし、大正二年四月から十月までの時間に設定された事件を語った小説「お末の死」の冒頭部分である。わずか五百字程度の文章であるが、この中には「不景気」という社会事情、貧しい「鶴床」の生活、連続して家庭を襲った家族の死、それに主人公お末の性格設定など、物語の背景を構成するあらゆる事象が、界隈の人々や家事の描写を交えて具体的かつ凝縮的に語られている。冒頭の一文「お末はその頃誰れから習ひ覚えたともなく、不景気と云ふ言葉を云ひ〳〵した」は、ほぼ同一の文型が五章でも反復され、これらの二文がいわば枠を形成して、物語の一章から五章までを「その頃」の時期に括り込む。従って、全十一章から成るテクストは五章の終わりを境として前半と後半の二部に区分され、前半部では、物語全体の材料となるべき人物と状況とが展示されることになる。

この冒頭部ではまず、言葉の正確な意味も由来も分からないままに、「不景気」を吹聴して歩く少女の喧伝癖によって、未だ成長途上にあってそのような子供らしさを残す主人公の年齢的に不分明な境界性が設定される。それと同時に、そのお末の属性は、「不景気」という言葉によって暗示される不況の威力と対比的に語られるのである。生命力と経済という、このテクストの前景と後景とを成す二つの要素が、早くも予示されているのである。これは「唯」「もつとも」「なつたけれども」など、逆接や限定の条件が多用され、曲折に富んだ両義的世界としてテクストを構築する文章によって叙述されていく。冒頭部に顕著なこの文章の特色は、程度の差はあっても、このテクスト全体に見出すことが可能である。対立する二項、特に主人公の属性と外的環境とを対比的に並列し、その矛盾の解決を遅延化させることによってテクストの形象世界を徐々に形成するこのスタイルを、一種の弁証法的文体と呼ぶことができるだろう。

2　悲劇のミュートス

「お末の死」のこのような弁証法的構成方法は、文体にのみ限られるものではない。同様のパターンは、まずテクスト前半部の、より鳥瞰的な時間展開においても確認できる。ここでは、主要登場人物である「鶴床」の家族九人のうち、四人までの死が描かれることになる。「一年半も半身不随」であった父の死が四月、「心臓麻痺で誰れも知らない内に」死んだ兄の方は六月半ばのことである。店の「手にあまる重荷」であった父への愛憎半ばする家族の対応と、存在感の薄い次兄の追想は、そのまま「鶴床」の暗鬱な生活の説明ともなる。一章は、冒頭の描写に示された「不景気」の影と、二人の死とを重ね合わせて語った章である。反対に二章では、八月半ばの芸能や映画の興行など町の賑わいとともに、電灯を引き、店舗を改装した「鶴床」の繁盛が、その並行現象として描かれる。ただし、このかりそめの好景気の中にも、夫と息子を亡くして性格が変わり、「噪狂」となった母の姿を通して、来るべき重大事件の予兆が暗示されている。三章と四章は、八月三十一日の天長節に起きた、姉の赤ん坊と三男力三の疫病死が語られる前半部のクライマックスである。同時に、子守の際、胡瓜を彼らに食べさせた責任を問われるお末の姿や、後に彼女が飲む昇汞の存在を明らかにし、後半部の自殺の伏線を成す重要部分でもある。四人の近親者を立て続けに亡くし、強度のヒステリー状態になった母の姿は、事態の重大さを一層強く心に焼き付けるものである。五章では、その結果「鶴床」が陥った決定的な経営難と、その反映である家族同士の不和が描かれ、九月に入って涼夏による凶作や、「不景気」の声が再び囂しくなる状況の描写で締め括られる。

このように前半部では、四月から九月までの鶴床の経営の浮沈が、社会的な好・不況の変化との意図的な相関関係の下に描き出されていると言えるだろう。また各章ごとに月日と季節の推移とが明記され、北海道の天候の変化と人為的事実との符合も印象づけられる。すなわち父と兄の葬式の日は、「雪融けの悪路」や「五月雨じみた長雨」などの言葉で寒気が吹き込み、不景気が再び訪れる九月も、凶作を招いた涼しさに見舞われる。その反対に、景気の良かった八月には「暑気」が到来したとされる。「かん〳〵虫」「カインの末裔」あるいは「生れ出づる悩み」等、有島の他の社会派小説と同様に、自然と人事とは一定の関連性を有するものとして造形される。さらにそれにとどまらず、社会的現象は、家庭や個人へも密接に影響を与えるのである。

冒頭部を併せ、前半部で計四回反復されるお末の喧伝癖、つまり「不景気」を言いふらしたり、「鉄棒（かなぼう）を引いて歩いた」りする行動は、彼女の性格を示すと同時に、景気の波をテクストの支配的原理として基底化する効果を発揮しているだろう。

①而してお末は平気でその翌日から例の不景気を云ひふらして歩いた。（一）

②「家では電燈をひいたんだよ。そりや明るいよ。掃除もいらないんだよ」さう云つて小娘の間に鉄棒（かなぼう）を引いて歩いた。（二）

③お末はよくこの不景気と云ふ事と、四月から九月までに四人も身内が死んだと云ふ事を云ひふらしたが、実際お末を困らしたのは、不景気につけて母や兄の気分の荒くなる事だつた。（五）

お末の「云ひふらし」は、鶴床の家庭事情を世間にもたらす形で読者に告知し、それを語り手が引き受けて敷衍する。③に顕著であるが、「不景気」（社会）と「身内が死んだ」こと（家庭）とはお末の「云ひふらし」で並列され、社会事情が家族心理に強く波及する様子が鮮明に映し出される。この装置によって、鶴床における葬式や死が、不況に侵食された不幸の代表的事例とされるのだ。結局、前半部においては、社会の経済事情と呼応した鶴床の物質的ひいては精神的な状況が、自然時間的な展開に従う波状変化の形式で呈示されている。特にその中でも、お末の魅力と対照的に強調されるのは、死という形態を採って家族や個人の中に否応なく侵入する不況の不気味な影なのである。

ちなみにこのテクストは、生命力と経済のみならず、好況と不況、社会と家庭のほか、例えば電灯の設置にまつわる前近代と近代、明治と大正など、幾対かの対立あるいは変化の境界領域に設定され、地味な基調の物語に可能な限りの運動・精彩・広がりを与えている。最終的には、後に述べるように、未成熟と成熟の中間に位置する主人公の両義性が、それらの収斂点となるだろう。従って、瀬沼茂樹が「この作品は社会的視野を用意しながら、充分にこれにかかわるところがないために、いくぶん平板な慊いがないわけではない。武郎の小説としては、凡作に入る」(1)と評したのは、程度問題とは言え多少手厳し過ぎるだろう。瀬沼は不幸を招来した社会事情の根源的な把握と、その具体的描写の欠如を批判したのだろうが、社会的現実を全体的に再現することのみが傑作の要件ではない。この短編において、社会・家庭・個人の密接な連関が、弁証法的文体と主人公像によって形成された波状変化の運動に集約され、統一的にテクスト化された点をまず評価しなければなるまい。

続く後半部は、六章から八章までが力三の四十九日にあたる十月二四日、残りの九章から十一章までがその翌日の出来事を語る。勤勉に働いていたお末が、友人に誘われて遊園地に無限軌道を見に行き、遅い帰宅のために母と姉に叱られて自殺を決意し、翌朝服毒して長兄鶴吉らの奔走の効もなく絶命するまでの経過が、緊張感と速度感の溢れる筆致で綴られる。こうして、前半部が五カ月間の出来事を凝縮して呈示するのに対し、後半部では二日間のお末の行動へと焦点が絞られ、また特に前半部で重点が置かれていた社会的事情は後半部では後景へと退き、物語はお末と家族の動きに集中しこれを前景化している。従って、後半部の核心を成す一少女の悲劇は、前半部の中軸を形作っていた不況の威力の浸透力の呈示が収斂するところとなる。このテクストの物語展開における構成方法を、収斂的二部構成と呼ぶことができるだろう。弁証法的文体と収斂的二部構成の連携により、物語は終局を目指す強力な方向性を帯び、全体が統一されていくのである。これは「かんく虫」にもその萌芽が示されていたところの、悲劇のミュートス(筋立て)である。作家有島武郎の力量は、『或る女』等の長編よりも、むしろアルベール・ティボーデが要求したような短編群の緊密な構成に現れており、このような悲劇のミュートスこそ、その構成の核心を占めるのである(2)。

3 両義的な身体性

「お末の死」は、最初大正三年一月号の『白樺』に掲載され、大正六年十月に新潮社より刊行された有島武郎著作集第一輯『死』に、戯曲「死と其前後」並びに随筆風の短編「平凡人の手紙」とともに収録された。その際、本文に若干の改訂が加えられている。「あなたに私の最上の祈願を捧げる」という読者への献辞を添えて発刊された、有島個人の著作集の第一輯巻頭に置かれたこの小説は、彼の作家としての本格的な出発点であったとも言えよう。同じく初期に属する作品の中でも、第一作「かん〱虫」は初稿がアメリカ留学時代の所産であり、また「或る女のグリンプス」(『白樺』明44・1～大2・3、断続連載)は未定稿であった。これらは未だ習作に属する。佐々木靖章の述べた通り、著作集の発刊こそ有島武郎の作家的自覚の徴表であったのである(3)。

しかし、「お末の死」の研究史は、この小説の持つ、有島様式の始原としての意義を、十分に説明する方向には歩んでいない。このテクストに「或る女のグリンプス」や『星座』の「すぐれたリアリズムと同質のもの」を汲み取った安川定男(4)や、制作動機として下層人民に注ぐ「〈同情〉の原理」を認めた山田昭夫(5)の論をわずかな例外として、前記瀬沼の評に代表される通り、一般に評価は芳しくない。例えば佐古純一郎は、専ら「有島の作品としての『お末の死』であるがゆえに」との理由で、主人公の自殺に「虚無」を見出し(6)、また福本彰も、お末の死の決意の理由が作品内部において説明されていないとして、作者の「ナルシシズム」という作品外の要素を導入して批評している(7)。だが、争点となっている死の意味は、テクストの解釈次第で物語内容に対して必然的なものとして理解できる。また、作品を作者に帰属させる操作が必要であれば、テクストを綿密に分析した後でも遅くはない。そのような手順を踏むことが、何よりも「お末の死」というテクストの待ち侘びている作業なのではなかろうか。

そこで、テクストに戻ることにしよう。お末は「十四の小娘」である。この十四歳という子供から大人への過渡的な年齢こそ、彼女の人物像の中軸を形作るのだが、その内実は単純ではない。まず「不景気」にさらされた店の困窮を、無意識ながら敏感に察知する感受性を持ってはいるが、その実体は理解せず、力三と絵本を取り合ったり「無限軌道」を見に遊園地に出掛けたりする一面には、まだ幼さも感じられる。反面、「男から来る力を嗅ぎわける機能の段々と熟して来る」ことを自覚し、「エンゼル香油」に興味を示し、また鶴吉の目を通して彼女の肉体の「女らしい優しい曲線の綾」が描かれる箇所もある。これらの両者は別物ではない。お末の年齢は、女性としての発達において完全な未熟とも完全な成熟とも異なる、両義的で過渡的な状態にあり、それが彼女自身の心理と鶴吉の観察の両面から語られたものにほかならない。特に鶴吉は、主人公を描き出す語り手以外の代弁者、いわゆる「映し手的人物」（シュタンツェル）(8)として設定されている。以後、テクストはお末の両義的身体性を巡って、物語を構成していくのである。

この両義性とは何か。お末の身体は、第一には未来へ向かう発達・成長の相、すなわち子供から大人へと脱皮しようとする歴然たる生命力を刻印されたものとして理解することができるだろう。この点において、お末は鶴床という家族の運命と明瞭な差異性を付与されている。「内部からはち切れるやうに湧き出て来る命の力は、他人の事ばかり思つて居させなかつた」とは、直接には死んだ力三と対照する記述だが、間接的には家族全員との対比が含意されている。鬼籍に入った四人は論外としても、成人の兄や姉、前途に一片の希望もない母、また未知数だが障害を負った哲らに対して、輝くばかりの生命力を横溢させた彼女は異質な存在である。同じく胡瓜を食べたのにお末だけが生き残ったことから見ても、力三や赤ん坊と比べて生命力の属性は彼女にのみ集中されていることが分かる。鶴床にあっては、十四歳の過渡的年齢は、主人公を家族から疎隔させる原因なのである。だが、そこに短絡的にお末の自殺の動機が胚胎したと言うわけではない。さらにそのうえに、少女の生命力が、別の機構によって支配される過程が付け加えられていくのである。

4　生命力のパラドックス

生命力溢れるお末が、その生命力自体を自己否定するパラドックス的な事態へと、物語が転回していくのは七章においてである。遊園地に無限軌道を見に行き、うっかり帰宅が遅れたお末は、まず「何んだつてくたばつて来なかつたんだ是れ」と母の口汚い罵言を浴び、それに対しては「死ねと云つても死ぬものか」と反抗する。その後、訪れた姉の家でさらに姉に説教されて翻意することから、姉の言葉の真意とテクスト全体の関連を重要な誘因として見る必要がある。姉はここで生活苦から説き起こし、お末の怠惰をなじる。姉は、鶴吉の商売の「落目」、病気がちの母、不自由な哲らの貧しい家族の中で、「力三の命日と云ふのに、朝つぱらから何んと思へば一人だけ気楽な真似が出来るんだらう」と、お末の身勝手を非難する。この非難は、いわば経済的共同体としての家族の論理に基づいている。しかも、「毎日々々のらくらと背丈けばかり延しやがつて」という母の言葉や、「十四と云へば、二三年経てばお嫁に行く齢だ」という姉の小言は、この論理を専ら、また執拗にお末の成長と関連づけようとするものである。

ここで、彼女の最大の属性である成長を志向する生命力が、あたかも直接に難詰の的とされるように見えるのは偶然ではない。彼女の生命力はもはや彼女個人のものではなく、鶴床という家族の経済的論理体系の中では、この共同体の死活を左右する鍵となっている。従って、ここで生命力は経済の手中に掌握されているのである。だが、少女の生命力は、経済的論理によってたやすく支配されるほど単純なものではなく、むしろあらゆる秩序を逸脱していく混沌たる側面をも持っていたはずである。「価値の軽重やその序列を無化し、あらゆる差異を閑却するこの混然性にこそ、秩序の一元化を拒む女・子どものありようが露呈されている」（本田和子）(9)。お末は、そのような逸脱力によって自らの身体性を抹殺し、経済的論理を否定してしまう。

この難詰を聞いた後、お末は自分の置かれた立場を決定的に自覚する。その発端は、彼女自身が心の片隅でやましく思い続けていた胡瓜事件の責任を、姉に再び喚起されたことであった。この場面こそ、この小説における最高の山場と言うことができるだろう。

而してお末は一時間程ひた泣きに泣いた。力三のいたづら〳〵した愛嬌のある顔だの、姉の赤坊の舌なめずりする無邪気な顔だのが、一寸覗きこむと思ふと夫れが父の顔に変つたり、母の顔に変つたり、特別になつかしく思ふ鶴吉の顔に変つたりした。その度毎にお末は涙が自分ながら面白い程流れ出るのを感じて泣きつゞけた。［…］お末は泣きたいだけ泣いてそつと顔を上げて見ると、割合に頭は軽くなつて、心が深く淋しく押静まつて、はつきりした考へがたつた一つその底に沈んで居た。もうお末の頭からはあらゆる執着が綺麗に無くなつてゐた。「死んでしまはう」お末は悲壮な気分で、胸の中にふかぐとかううなづいた。而して「姉さんもう帰ります」としとやかに云つて姉の家を出た。（傍線引用者）

傍線部は著作集収録の際の増補部分であり、特に最初の箇所は改稿中最大の異同である。お末の自殺の決意は、自分を追及する母や姉への復讐や面当てや、あるいは貧家に生まれた運命への悲観などに由来するものではない。彼女は肉親の顔を次々と思い出し、彼らへの愛情を強く再認しているのである。だがその後で、その愛情はもはや有効なものではなくなってしまう。ここで「あらゆる執着」とは、結局は自分の生命力への執着に帰するだろう。生命力は、彼女を斜陽の家族から疎隔させる異質なポイントであり、それを追及する姉の小言と、自分の自責の念とを彼女が不可分にとらえるのは、この一点においてにほかならない。

本来、彼女は家族との異質性を払拭し、鶴床の共同体へと帰還することを願っていたはずである。だが、それは一面的な生命力の経済化による以外になく、少女の持つ生命力は、結果的に力三や赤ん坊の病死を招き、自らを家族からさらに疎外させる原因となった。彼女が家族との異質性を払拭しようと思うならば、この矛盾をはらんだ生命力を一挙に自己否定すること、すなわち死による以外にない。しかも、彼女が同化を図る鶴床の不幸の象徴も、ほかならぬ死であった。いわばここでお末は、早くも本質的には、生者の側から境界線を越えて死者の領域へと入ったのである。外尾登志美は、「この家の事情においてお末の健康体は歓迎すべきものでこそあれ、非難されるはずのないものであり、お末にしても十四歳という年齢そのものにもともとある生命力を自らの責めとして受けとめるようなことはありえない」[10]と述べる。しかし、現に、非難される謂れのないものが非難され、追及される理由のないはずの生命力が追及されているのである。

「お末の死」は、前にも述べた通り、好短編であるにもかかわらず研究者の評価が必ずしも高いとは言えない。福本彰は、お末の死の決意の理由が作品内部で説明されていない「飛躍」であるとし、作者の「ナルシシズム」がそれを押し通したと見ている[11]。だが、お末の死の動機は、家族という経済的共同体と自らの少女的身体との矛盾として、生命力という場において描き出され、しかも物語全体における死の意味によっても規定されている。鶴床は、いわば〝死の家〟なのであり、死こそが最も親しい家族なのである。また、坂田憲子が、お末の「人間の動かしようのない力を見通そうとする自覚的姿勢」を指摘しながらも、それをすぐに作者の運命観へと繋ぐのも一面的と言わなければならないだろう(12)。悲劇の根本は、自己救済の企図が自殺という自己破壊でしか実現されえなかったことにあり、その焦点となるのは、日常的論理を超えた形で救済と破壊とが混然と同居し、時としてそれを異常に逸脱させる少女性なのである。経済の威力が人間の生命力をいかに侵食するかを明示する収斂的二部構成は、ここでその意義の全貌を現すことになる。この事情は十分に了解可能な形でテクスト化されているのであり、もしもそれが研究史において看過されてきたとすれば、その理由は、性急に作品を作者に還元することのみを目指す余りに、テクストの細部も全体も素通りしてしまう、芸術的発条を欠いた読みのパラダイムにあると言うほかにあるまい。

昇汞を飲んだお末に対する家族の看病は親身であり、母や姉も例外ではない。特に、彼女の理解者であった鶴吉の徒労にも等しい奔走、また狂乱状態の母の一途な振る舞い、特に最後に晴れ着を着せ掛けて添い寝する場面は、この家族が再びお末をその一員として迎え入れたことを意味する。お末の行為は、成功を収めたのだ。だが、なんという成功だろうか。結末、鶴床の「五人目の葬式」の場面の、「降りたての真白な雪の中に小さい棺と、夫れにふさはしい一群の送り手とが汚ないしみを作つた」以下の記述は痛切と言うべきである。鶴床の家族関係は、経済的論理を忠実に遂行して非協力的なお末の少女的身体の排除に成功したが、お末の消滅により自らの構成そのものを決定的に崩壊せしめた。姉も鶴吉も「逆縁に遇つた」のであり、鶴床全員が被害者である。この結末の鳥瞰的記述は、より大きな加害者の存在を暗示し、それ以前の物語展開全体を逆行的に再規定し直すものである。

その暗示は、「かん〳〵虫」で資本家の論理が隠喩的レトリックで明示的に語られたのと比較して、かなり示唆的な段階にとどまってはいるが、テクスト全体の志向するところは明快である。お末の死を通して、テクストは当代の不幸の様態を鋭く突き、人間性のあり方を強く前景化しているのである。そのような意味で、このテクストは思想的にはヒューマニズムの小説とも言えるのだが、小説なるジャンルは、決して一義的な問題解決を提起しはしない。「完璧な捨子」(蓮實重彦)(13)とも言われる多種多様な表意作用を実現すべき、複雑な機構を有島のテクストは提供している。「お末の死」は、そのような有島様式における悲劇のミュートスの確立を告げるテクストとして規定することができるのである。

3 不透明の罪状
『宣言』

1 行為としての宣言

君がそれを徒らな出来心と取らうとも取るまいとも、N子さんさへ承知してくれるなら僕は結婚したい。是れは哀願ではない宣言だ。僕等の間に交はされる言葉は凡て宣言であらねばならぬ。宣言を取消す事が恥辱ではない。僕等は宣言をなし得ぬ事を恥辱とせねばならぬ。
（B発、2・14付）

君は何んだつてさう嵩にかゝつた物の云ひ方をするんだ。もつと対等に物を云つたつて、筋の通つた理窟なら僕にでも判るよ。君は又立派な宣言をする男だ。宣言を取消す事は、成程君のいふやうに恥辱ではない。但し一旦取消した宣言を、恥かしげもなく又宣言する事は、少し恥辱らしい事に君は思はないのか。
（A発、2・15付）

J・L・オースティン(1)やJ・R・サール(2)による言語行為論の主張を繙くまでもなく、言葉を話すこと、また話された言葉自体が行為となる場合がある。有島がこの小説のタイトルとして冠した「宣言」こそ、オースティンの言う行為遂行的発言（performative）、特に発語内行為（illocution）の典型にほかならない。発話行為の機能は、このテクストにおいて、独特の緊張感が漲る文体によっても最大限に保証されている。例えば次のようなディスクールが見られる。

①　僕の理窟は勿論第一の方法が常識的な安全な事だと僕に教へてゐるのに、僕は平気で、いゝ、いゝ、まつしぐらにその少女の方に急ぎ出した。（A発、10・15付）

②　製粉所の利益から君が頒つてくれた金は感謝して受取られた。（B発、2・3付）

③　狂暴な態度を示すものは君等だ。（A発、2・17付）

④　君よ、君の為めに恋愛の道徳を語らう。条理ある勿れ。躊躇する勿れ。唯燃えよ。燃えて愛せよ。是れだけだ。（B発、10・18付）

欧文脈は有島のテクストに共通する最大の文体特徴であるが、『宣言』の場合には『迷路』と並んで特に顕著であり、ほぼ完全な直訳体とすら言えるだろう。まず、主語・述語を明記する、小林英夫の用語に従えば「外顕文」(3)（①）。これに加えて、目的語や補語も明記されることが多い。また、無生物主語（①・②）、受動態（②）、強調構文（③）などの欧文脈は縦横に用いられ、時として絶叫調の域にまで達する短文（④）や、断定形・命令形の多用（④）とともに、発話の行為性そのものの強化に寄与している。さらに『迷路』では、同族目的語や自由間接文体なども現れる。『或る女』の文体を分析した原子朗が、「存在（ザイン）を超克しようとする意力［…］のみなぎり、いうなれば当為（ゾルレン）の意志が、ことばを増殖させ、文脈を撓曲にし、あえて饒舌にしてゆく」[4]と適切に述べた属性は、正しく『宣言』にも当てはまる。その印象は、目的に向かう自己超脱の意志を感じさせるものである。

　だが、この宣言行為への固執や文体の行為性は、彼らの誠実や情熱を共示するのみならず、それとともにむしろ偽善と欺瞞とを全くアイロニックに際立たせる効果をも上げている。右の引用例のような応酬においては、宣言はいくら行われても、発せられれば発せられるほど不透明を助長するばかりなのだ。冒頭に引用したBの手紙で、BはN子に対して求婚の宣言を行っているが、その宣言は言葉の受け手であるN子の兄のAに向けられたというよりも、Aの婚約者であるY子を愛してしまった自分自身の行動を規制するために発せられている。ここで宣言は、ほとんど嘘に等しい。だが、その嘘は、他者を欺くよりも自己を欺く嘘であり、発話主体の持つ情報とメッセージの情報とは分裂し、メッセージが発話主体を抑圧し、発話主体に代わって主体性を主張する。さらに宣言の発話は、この分裂を弥縫して真実らしさを身に装ってしまう。

ジャック・デリダがサールの言語行為論を完膚無きまでに論駁した流儀に倣うなら、このような宣言とは、端的に言って、虚構にほかならない(5)。しかも、この宣言が、物語内容の真実らしさを装うために、虚構のジャンルとしての小説史が残した、典型的な発話形式である、書簡体小説を構成する手紙の内部で行われている。従ってテクストは、宣言の虚構性と書簡の虚構性との間で、二重に虚構的となる。宣言および書簡という、言語行為の誠実性や真実性を尊崇する日常言語的な規範が、逆説的にその破綻を露呈し、二つながらに虚構性を暴露されるのである。書簡体小説としての『宣言』とは、言葉の不透明性を摘出する装置にほかならない。

2　書簡体小説の虚構性

有島武郎のテクスト様式の著しい特徴の一つに、小説の構成方法の多様性がある。そこでは、短編・長編・書簡体・日記体・並列視座・対話形式など、およそ小説ジャンル史に現れた形式が次々と試みられている。特に、こんにち注目に値するのは、最初の完結した長編小説『宣言』における往復書簡体形式だろう。このテクストは最初『白樺』の大正四年七月号と、十月号から十二月号までに連載され、大正六年十二月に有島武郎著作集第二輯として新潮社から刊行された。その際、本文全体にわたる改稿が施されたが、根本的な設定に影響するものではない。

この小説は、ストーリーの展開や三人の主要登場人物の性格・行動から、いわゆる主題を読み取るという方向においては、有島作品のうちでも研究の進んだものの一つである。まず本多秋五は、「恋人の心がすぐれた友人の方へ移るのを男らしくたえるというテーマ」[6]を抽出してAを主人公と見、また小坂晋は、「霊肉一致の恋愛である『本能的生活』に生きるBとY子の姿」[7]に中心があると述べた。しかし、「真の〈宣言〉の実行者は、実はY子なのではないか」[8]と論断した山田昭夫以降、現在はY子主人公説が通説化している。執筆の意図については、Y子の宣言に「作家として出発しようとする彼みずからの『宣言』を重ねること」[9]という内田満、過去のキリスト教体験からの脱却、特にパウロ批判のモティーフを重視し、Y子に「性と霊の一元化」[10]を託したとする佐々木靖章らの論が出された。また石丸晶子は、他者との対話を欠いた自己完結的な生活者であるA子に対して、Y子とBは「生活社会」から疎外された異邦人的性質において本質的に共通し、Bを触媒とするY子の覚醒とB自身の覚醒とにより、Y子は異質なAを離れ、Bと結び付くに至ると解釈した[11]。さらに植栗彌は、登場人物の造形にベルクソン哲学の影響が見られることを比較文学的に実証している[12]。いずれにせよ、安川定男の言う「近代個人主義の自覚を前提として初めて提起された運命的な恋愛と友情との葛藤の問題」[13]を背景とし、成長によって真実の愛に覚醒し、不自然な外的束縛である婚約を打ち破るY子の姿が鮮明に造形されているという評価は動かないだろう。

しかし、『宣言』が日本の近代文芸史において極めて類い希な形式を採用している点について、深く追究した論考は乏しい。この作品は、登場人物AとBとの間で相互に交換された、葉書三通、電報二通を含む三十七通の手紙によって構成された書簡体小説である。書簡体小説（epistolary novel）とは、特に十八世紀以降、ヨーロッパで流行した文芸の一ジャンルである。中世の『アベラールとエロイーズ』に始まり、イギリスではサミュエル・リチャードソンの『パミラ』（一七四〇）を嚆矢とし、彼の『クラリッサ』（一七四八）やスモーレットの『ハンフリー・クリンカー』（一七七一）などがあり、フランスではルソーの『新エロイーズ』（一七六一）やラクロの『危険な関係』（一七八二）などが有名である。F・G・ブラックの目録には、一七四〇年から一八四〇年までの百年間にわたる、イギリスを中心とする約八百編もの書簡体小説が数え上げられており、この形式の想像を絶する大流行の様相が窺われる(14)。

暉峻康隆によれば、フランスにおける書簡の公開朗読の習慣や、イギリスでの盛んな書簡文範の制作が、これらの創作活動の素地となったのだが、日本でも「往来物」と呼ばれる書簡文範の存在を基として、数多くの書簡形式の文芸が制作された(15)。平安末期の『堤中納言物語』中の「よしなしごと」や『堀河院艶書合』を先駆として、江戸期の仮名草子『薄雪物語』、近世小説『年八卦』『文伝授』などが残されている。特に西鶴の『万の文反古』（一六九六）は傑作として名高く、これを『危険な関係』と比較した赤瀬雅子は、「人間にたいする興味が何ものをも凌ぐ作家にあってはじめて用いることの可能な形式」としての必然性を持った書簡体小説として、高く評価した[16]。近代に至ると、小坂が『宣言』と比較考察した漱石の『こゝろ』(大3・4〜8)や武者小路実篤の『友情』(大8・10〜12)などのように[17]、告白手記的な書簡から成る、あるいはそれを含む作品は枚挙に暇がない。だが、『宣言』は多数の往復書簡の積み重ねによって構成され、しかもその形式自体が生む効果を十分に利用しえた点で、同時代の日本にはほぼ類例のない、本格的な書簡体小説であると言うべきだろう。有島はその着想を、小坂によればゲーテの書簡体小説『若きヴェルテルの悩み』(一七七四)から[18]、安川によれば本文中に引用されているメーテルランクの戯曲『アグラヴェーンとセリセット』(一八九六)から[19]得たと言われるが、こと形式に関する限り、ルソーあるいはリチャードソンの作品との類縁性が強いと思われる。いずれにせよ、有島の教養の質から言って、専ら西洋の書簡体小説を模範としたのは疑いのないところである。

そこで、書簡体小説の一般理論を概説してみよう。まず、暉峻は書簡一般の性格を「身辺的報告」であるとし、その文芸的効果として、(1)親愛の情を前提とし、自己の心境・動静・見聞の報告や、時には忠告・説諭などの内容を描き表す場合、(2)男女間の愛情の希求を、主観的・抒情的に表現する場合、(3)精神的・物理的援助を求める叙事的作品の場合の三種類を挙げている[20]。『宣言』はこれらいずれの要素をも含むものの、A・B・Y子の愛の力学が崩れる過程が、「こんな時に君がゐてくれたらば」(A発、9・15付)という親愛の情で結ばれたAに、BがY子の動静を逐一報告する形式を採って描かれることからすれば、恋愛小説であるにもかかわらず、本来的な（2）よりもむしろ（1）の性格に基盤を置くと言うべきではないだろうか。実はここにこそ、『宣言』の構造的な特異性が胚胎するのである。

次にジャン・ルッセは、書簡体小説の第一の特徴を、登場人物の行動や事件と物語との同時性にあるとする[21]。この同時的叙述により、生き生きとした現在の流動性・連続性・紆余曲折が形成され、それらは全体として忘我状態（extase）を呈する。特に語り手と登場人物が一致し、全知的・鳥瞰的視点が拒絶されるので、人物の内的意識が中心となり、内的独白の先駆とすら言えるほどである。その意味では日記形式とも似るが、そこに常に受信者への対他意識が介在するところが、日記体とは異なるとされる。さらに、作者は『新エロイーズ』や『危険な関係』のように編者の立場に立ち、手紙およびその内容の真実らしさを保証する設定となる。ルッセは人物の見地から書簡体小説の種類を、受信者が登場しない発信のみの単声型（à une voix）、二人の人物間の往復書簡から成る二重奏型（duo）、大勢の人物の書簡による交響曲型（symphonique）などに区別し、さらにそれら各々の下位区分をも吟味しているが、煩瑣にわたるので省略しよう。『宣言』は、A、B二人の人物の劇的な対話による二重奏型の小説であるが、Y子をも加えた視点の多様性の帰結である関係の交錯の中から、読者自身が真実を再構成しなければならないような交響曲型の性質をも帯びている。この種の書物では、同じ事柄を異なる人々が次々と物語っていく視覚の連続的変化によって、真の主題が形作られると、ルッセは『ハンフリー・クリンカー』を引いて述べている。

さらにツヴェタン・トドロフは『危険な関係』を材料として、書簡体作品の表意作用（signification）は、各書簡に内在し登場人物によって解釈される表意作用と、それらを構成要素とし、読者によって解釈される表意作用との二重構造を持つとの立脚点に立つ[22]。まず前者の表意作用としては、書簡中の言葉が現実を指し示す指示的アスペクト、言葉が書簡中の言葉そのものを指す字義的アスペクト、書簡の物質的形態を示す素材的アスペクト、それに書簡を行為と見た場合の発話行為のアスペクトがあり、また以上の機能には、高次の意味作用としてのコノテーション（connotation）が付随する。一方、読者による解釈として、（1）書簡は私的な発話を伝達するものであるから、直接話法と同一の効果を発揮する、（2）個々の書簡は物語の連続性を断ち切る単位＝統一体である、（3）書簡が配達されるものであるがゆえに、物語られる事件は時間的変形を被らざるを得ない、それに（4）書簡の配列順序には、作者の恣意が介入しうる、などの特徴を挙げた。

このうち特に『宣言』研究で注意すべきは、（1）の書簡の私的発話性だろう。人為的・虚構的に性格規定された発信者が、その性格に従って記述する叙述方法を採る書簡体小説の描写は、常に発信者の主観、特にルッセの言う受信者に対する心理が投影したものとなる。もちろん、他の小説における、語り手による描写も本質的に同様なのだが、書簡体の場合、この機能は著しく前景化されざるを得ない。書簡体小説は、発信者（作中人物）の対他意識を大きく斟酌せずには妥当な解釈を行うことのできない形式であり、その事情は同時に、トドロフの採用した表意作用の二重性という見方をも、必然的に要請することになる。書簡体小説は、語りの虚構性そのものを注視せしめる、特権的な文芸ジャンルなのである。

3 展示の引き延ばし

『宣言』中の書簡全三十七通を、発信された日付けと内容の展開から、次の四部に分けることができる。


【第一部】一九一二年九月十五日付け～十月二十二日付け。A発八通、B発三通、計十一通。

【第二部】一九一四年一月三日付け～一月十五日付け。A発三通、B発四通、計七通。

【第三部】同年二月三日付け～二月九日付け。A発二通、B発五通、計七通。

【第四部】同年二月十一日付け～三月二十三日付け。A発七通、B発五通、計十二通。


すべての書簡が発信日時の順序に従って配列されているので、特別そこに何らかの意図を見出す必要はないだろう。第一部の主役はAで、Aが少年期の「性的生活」の記憶とY子への恋慕を、Bに赤裸々に告白する。第一部と第二部との間にある約一年二カ月の空白は、「煮え切らない生活」の清算のためと称するBの小笠原島滞在の期間である。第二部では、帰京したBが小林家に下宿し、父の死に伴って郷里の仙台に帰省したAの許へ、Aと婚約したY子の動静の報告を始める。第三部はY子に愛を抱いたBが内面に動揺を来し、徐々にその激しさを加える時期である。第四部に至るとそれが次第に顕在化してAの焦燥を誘い、最後にBと愛し合うようになったY子が告白の手紙を携えて来仙し、結末で一切の事情が明るみに出される。このように、各々の部分は、まずAの性格形成を語って物語の状況を設定し、次にBとY子との接近に関する謎を凝集せしめ、さらにその謎を活性化し、そしてそれが頂点に達して破局を迎える、という仕組みで緊密に構成されている。これを便宜上、前提部―導入部―展開部―結末部の流れとして理解しよう。この小説は書簡の往復という細部の構成にもかかわらず、全体としても一貫したストーリーを構築しえているのである。

ボリス・トマシェフスキーは、プロット（芸術的に錬成された物語の筋。これはアリストテレス『詩学』のミュートスにあたるだろう）を構成する一方法として「展示の引き延ばし」を挙げている[23]。これは見慣れた対象を見慣れないものとして表現するという、ロシア・フォルマリズムの〈異化〉の理論の具体例の一つと言えるが、右に要約した『宣言』の構成はその好例だろう。すなわち、物語の主軸をなすのは、Aに求婚され婚約したY子が、Aとの性格の不一致に気付いてAから心が離れ、より理解し合える相手として巡り会ったBと暗黙のうちに愛し合うようになり、それをBはAに対して隠し続けようとするが、結局Y子から真相が暴露されるまでの展開である。これは、クライマックスに達するまで、読者および人物に対して重要な情報を各々小出しに提供し、情報の「展示」を引き延ばす手法である。Y子中心説に立つ石丸らが、二月二十日付けA信の文面に引用された「Y子の手記」を盛んに援用し、これを論拠としたのは同じ事情による。なぜなら、このテクストはY子の告白による謎の解決、すなわちトマシェフスキーの言う「逆行的な大団円」(24)を目標とする方向性を帯びており、「Y子の手記」から逆に読み直すことによって、物語の展望が極めて容易になるためである。ただし、物語言説の機構に小説の魅力を認める立場からすれば、真相そのものよりも、叙述の方向性に沿った受容のプロセスを重視しなければならないだろう。その準備として、まず前提部と導入部に現れたA・B両者の人物像を規定しておこう。

(1) Aの人物像

AとBとの性格は、二人が結果的に恋愛上の敵対者となるにもかかわらず、むしろそのためか、極めて似通ったところがある。まず、Aの人物像を最も忠実に表象するものは、彼における信仰のあり方だろう。AとY子との再会の場は教会であり、また見合いまがいの対面や婚約すら、牧師の介在なしには成立しなかった。Aにとって教会の果たす役割がいかに重大であったかは、「僕は教会を脱するなら、同じ理由で、家族の一員たることも、国家の一員たることも止めなければならないと思つてる。僕に力があつたら、教会を脱せずに及ばないまでもそれを改造する。力がなければその中に抱擁されてゐて徐ろに力を蓄へる」（1・12付）という文章からも明らかである。彼の人生態度は、生活に一定の規範を自ら設定し、その規範と現実の自己との距離を見定め、必要に応じて規範の「改革」か自己の変革かのいずれかを実行するというものである。その規範の代表例が教会であり、また家族や国家がそれに続くのである。この規範意識こそ、Aの「一本気な性格」や「物に拘泥する」癖の根源をなすものなのである。

石丸はAが自分の信条を「性格的」と評したことを理由に、Aを「他者との対話を欠いた自己完結的世界」(25)の住人と評しているが、確かにそのような閉鎖性は認められるものの、Aが恋愛においても終始「一本気」であり、最後までY子の真意を汲み取ろうとしていたこともまた事実である。石丸はまた、Aが父の死去に伴い、母と妹N子の扶養のために父の残した製粉所を経営し、「小さいにしても、妻と一緒に一つ領土を建て上げる生活」（1・5付）の夢想を未来への希望として、貧苦に耐える糧としていたことをも、Y子とは異質な「生活者」の意識であったと見なしている(26)。これもまた正論であるが、婚約中に突然の経済的困難に直面した者の願望として、Aの発想は無理もないヴィジョンであったと言わなければなるまい。「生活」に努力を傾注する彼の態度は、状況によって余儀なくされたのである。またY子への対応が独善的と見られるのも、それが結果的にY子の意思に添うものでなかったために、問題視されるのである。観念的理想像を除けば、いささかも独善のない人間など存在しないのであり、男女関係は、極言すれば独善と独善との何らかの調和によってしか成立しない。いかなる独善も、好結果を生むならば罪とはならない。何よりも、Aと比較してBが、より独善的でないと見なす根拠はないだろう。AとY子とは、互いに添う適性を持たなかったというに尽きる。それよりも重要な問題は、信仰観が端的な徴表であるところの、Aの規範意識に彩られた誠実が、彼のもう一方の性質を巧みに覆い隠していた点であろう。それは性の問題である。

十月六日付けでAは自分の「性的生活」の閲歴を、幼年時代に感じた強い性的興味や、少年時代の「肉の咀」、つまり女体に対する執着などを中心に綿々と告白し、その後に登別温泉でY子の性的吸引力に魅了された経験を語っている。彼は自分の恋を「人類の喘ぎ求めてゐた幸福」(10・10付)にすら譬え、「肉の誘惑も、僕の霊性を向上する一つの糧」(10・16付)であると並々ならぬ情熱を披露するけれども、その実、Y子への思慕は、全く肉欲のみに支配されたものではなかったか。Y子との最初の出会いが温泉場での入浴場面であり(10・6付)、婚約前後の事情に関しても、牧師や家族とのつき合いに関する記述の多い反面、ことY子については「あらゆる愛撫を彼女に与へたけれども、結婚の式によって普通導き入れられる関係を結ぶ事だけは避けた」(1・5付)などとしか書かれないのも偶然ではあるまい。どこに「霊性」が認められるのだろうか。両者の精神的交流が初めて芽生えたのは、Aの家庭の事情で別離を余儀なくされてからであり、それすら既に、遠隔地という物理的条件の下では、発展することは覚束なかったと言うべきだろう。すなわちAは、肉欲に支配された自己の内面を、「霊性」によって置換された規範意識で隠蔽し続けていたのである。婚約の際に牧師に仲介を頼み、それを嫌ったY子の継母と無用の確執を演じた（1・5付）ことなどは、婚約の精神的意義を重視したためではなく、自己の内面を形式によって糊塗する操作にほかならなかったのである。

(2) Bの人物像

他方、Bは外的規範を束縛と感じ、個性の自由な発露を求める性格を付与されており、その点ではAとは正反対であるが、その徴表は再び宗教観に求められる。一月十日付けでBは教会脱会を宣言し、その理由として六項目を挙げているが、中でも「僕は外界の規約によつて、心身の行動を律すべき凡ての梏桎を避けたい」という第二条に、他の五項目も結局のところは収斂するだろう。Bが内的欲求を全面的に解放したいと考えるに至った理由は、当時不治の病とされた結核に冒され、「当面には唯死といふ問題がある計りだ」（10・18付）というほどの限界状況に立たされたためである。Bの「性的生活」などは描かれていないが、少なくとも彼には「霊性」を装うAの偽善的な態度は見られない。自分を「消費せんが為めに消費する放蕩者」とか「徹底的な egoist」と呼び（1・14付）、ド・フリースの突然変異説を

「内部的要求」に基づいて支持し（2・3付）、「自由平等主義」を「悠久な人類生活」の尺度から熱烈に称賛する（2・9付）のは、いずれも生命力の解放を尊崇するBの人生観において根を同じくするのである。

しかし、Bは、果たして生命発露の願望を実現しえたのだろうか。むろん、明白に否である。第二部末尾以降、Bは急速にY子に接近し、自分の恋愛感情を次第に自覚していくにもかかわらず、それを実行に移そうとはしない。その障害となったのは、言うまでもなくAへの友情である。この友情こそ、自らの行動を律する明らかな「外界の規約」となって、宗教を離れたBも抜け出ることのできない、第二の規範として彼を戒めたのだ。植栗がAとBとを対照的人物とした上で、Bの方にベルクソンの「自由観」の投影を認めたのは概略として妥当だろうが、厳密にはBもそれを十分に実践することはできなかったのである(27)。友情を重んじる誠実は一般には美しいものとされるが、Bの誠実は自己の真実の隠蔽であり、現実を偽る偽善であり、しかもAに対する欺瞞である。従って誠実の底に肉欲を隠していたAと、自由を標榜しながら否定したはずの軛にとらわれたBとは、外面と内面との甚だしい逕庭という点で、結局、互いに著しく相似形をなす人物なのである。

そして、これこそ最も重要な事柄なのだが、『宣言』独自の書簡体小説としての芸術的構造は、A・B両者、殊にBの誠実と欺瞞という人物造形と密接に連携した、隠蔽と漏洩、秘密とその露見、不透明と透明との緊張関係を、プロット構成における〈引き延ばし〉の原理とするところにあるのである。この〈引き延ばし〉は、山田が「悲劇の必至的契機」(28)と呼んだBのY子の家からの別居問題が紛糾する第三部冒頭、すなわち二月三日付けB信から本格的に開始するので、作品はそこで前後に二分できるだろう。『宣言』の書簡体小説たるゆえんが存分に証明されるのは後半部であり、そこで繰り広げられるのは、人間の信と不信の物語なのである。

4　透かし彫りのテクスト

Y子の動静報告を義務づけられたBは、彼自身も一月十四日以降彼女への愛を自覚したがゆえに、真実を隠蔽しつつ事態を説明せねばならぬという、苦しい二律背反に陥ってしまう。これ以後、テクスト世界はA・Bの往復書簡の文面で展開される表層の意味と、その背後のBとY子との間で無言の内に取り交わされる深層の意味とに二重化し、次第にBの苦渋に満ちた行間にふと漏れる暗示から、表層の亀裂が拡大していくのである。これが書簡体小説の得意とする、登場人物と読者各々への二重の表意作用を最大限に活用して造形されていることは言うまでもない。読者はこの小説を、表層の模様の背後に深層の滲み出しを同時に認めるような、透かし彫りのテクストとして受容するのである。

一月十四日付けのBの書簡は、表向きは「消費者」と「生産者」、「科学者」と「生活者」との類型論に終始しており、「人生当面の要求」に頓着しない「消費者」にして「科学者」

としてのBの自己規定を述べたものである。だが、この一通はそれまでの書簡群の文体とは異質の熱気に包まれてはいないだろうか。それは続く十五日付けB信で明らかになる通り、Y子の不遇な過去を知り「眼が覚めた」心境が投影したためであり、実のところは、友人の婚約者に思慕の情を寄せた苦悩を、「エゴイスト」とか「消費者」という、一種自嘲的な表現の中にそれとなく暗示したのである。AとY子の「大きな生」に対して、自分は「傍観者」であるしかないという自己認識（1・15付）にしても、言わずもがなの卑下でしかない。これ以降、Bの書簡に現れる自己評価やAへの批評は、すべて多少なりともY子への愛と良心の呵責とを包蔵し、隠蔽したものとして見なければならない。試みに牧師の転居勧告の一見虚心な報告（2・3付）を例にとろう。ここでBはY子との同居を続けたい気持ちを押さえつつ、意図的にAの懇請を得て、危険な同居を正当化したのである。「僕は病気と戦つて居るのではない運命と戦つて居るのだ。この大胆な言葉を君が思ひ知る悪い時が来なければ幸甚だ」（2・6付）というBの言葉は、いったい何のことか。恐らくAには理解できなかっただろうが、一旦テクストの透かし彫り構造を認知した読者から見れば、BとY子との急速接近の暗示であることは一目瞭然である。このAのどうしようもない鈍感ぶりは、何よりもテクスト構造の水準で要請された性質にほかならない。

これはルッセが『危険な関係』の設定に認めた読者と登場人物との共謀（complicité）に近い状態であり[29]、またトマシェフスキーに従えば、「主人公の一部は知っているが、一部は知らない」ような「秘密の体系」ということになろう(30)(トマシェフスキーのいう「主人公」とは、ほぼ「登場人物」に相当する)。BがN子に求婚するのは、友人の婚約者への愛を自覚した男の取った、軽挙妄動というよりも何らかの活路を見出そうとする逃避の行動であり、しかもそれを取り消す二月七日付けの文面に散見する「皮肉家」「嘔吐」「慚愧して」等々の語彙に盛られた異常な切迫の度合いは、既に事態が容易ならぬ段階に達したことを明瞭に示している。しかし、Bは真実を語ろうとしない。N子に二度求婚し(2・6付、2・15付)、二度ながらに取り消す(2・7付、2・17付)Bの傍目にも明らかな動揺こそ、真実の欲求と他者向けの規範とに挟撃された人物の苦悶を物語るのである。

ところで、それにしても鈍感に過ぎるAが最初に不審を抱くのは、Aが言及し一部引用もしている、Y子からの来信の要領を得ない内容よりも、手紙の素材的アスペクトに対してである。二月五日付けでは、Y子からの来信が不規則的であることに加えて、B・Y子二人の発信の日付が同時であることを訝っている。また二月八日付けでは二人の筆跡の類似性と、封書に用いられる「薄緑色の封筒」の共通性を気にとめ、さらに二月十一日付けでも、封筒の色でY子の手紙と思い喜んだが、実はBからの手紙であったことへの強い落胆が表されている。「君には済まないけれども、僕はがつかりして、ほんとにがつかりして、崩れるやうにそこに坐りこんでしまつたよ」。これらは書簡の物質的側面を有効に利用した、細心な芸術的配慮である。BとY子との接近を如実に物語るこれらの物証にもかかわらず、偽善の誠実家Aは長きにわたってそれを疑おうともしなかった。しかし、さすがのAも募る疑惑を抑えられなくなってくる。Y子の手紙の内容が「非常に物足りない」（2・5付）と訴え、奇妙な動揺を繰り返すBに対しても、「君のこの頃の心の様子を、僕はどう判断していゝか分らない」（2・8付）と不審の念を告げるばかりでなく、自分とY子の間に「秘密を抱き合つた人と人との間に起るやうな不安と猜疑」（同）をさえ感じ、「彼女の手紙は事の真相を端的に言つてよこす事がない」（2・11付）として、不透明の不安に神経を苛立たせていくのである。

そして、BがAを「君は公明に拘泥する」云々と執拗に難詰し、独善的な建前主義を捨てて「今の君はY子さんさへ摑めばいゝのだ」と厳しく忠告するのは、まさにAが疑惑のために焦燥の度を加え、疲弊の色を見せ始めた頃、すなわち二月十四日のことである。石丸はこれを「的確なAの人物評」として踏まえ、前述の「自己完結的世界」の問題を立証したのだが[31]、Aを疑惑と焦燥の淵に追い込んで、「その中上京する」（2・8付）というAの意思や、どうにかして手紙から相手の真意を汲み取ろうとする努力を無に帰せしめたのは、Y子とBの方ではなかったか。Bの対他的心理に全面的に彩られたこの一通は、たとえそれがAの性格の一面を鋭く突いていたとしても、到底単に誠実な忠告として鵜呑みにすることはできない。Bは仮面と内心との「呪ふべき二重生活」に堪えかねて、自らの葛藤をAに転嫁している。そのうえ、Aへの批判に一抹の真理が含まれているとしても、Aに正論を突きつければ突きつけるほど、なおさらBは自分の良心の首を絞めるディレンマに陥る以外にないのである。「今の君はY子さんさへ摑めばいゝのだ」と言う言葉とは裏腹に、Bの方こそ、Y子を摑みたいという欲望を募らせていたのだから。Bの批判に対して、「僕は純粋に、正当に、僕の愛が要求し得るものだけを要求して行く」（2・15付）というAの反論は、Aの人生観に基づく限り、至極正当だろう。ついにAは、「僕は君に真相の告白を要求する」（2・17付）と絶叫するに至るが、その時にはいかに鈍感なAも既に、「是れまでの非礼な事実」を総合し、事態をほぼ掌握しつつあった。当然の、というよりも、むしろ遅すぎた成り行きである。その遅延は、人物のレヴェルでは欺瞞の誠実に纏わるコミュニケーションの不全であり、他方、テクストと読者との相互関係のレヴェルにおいても、あざといまでの〈引き延ばし〉の効果を発揮するものと言わなければなるまい。

このように、後半部は、報告の義務を負いつつ真実を語りえないBの自己隠蔽と、真実を欲しながらもそれをBやY子の通信からは読み取れないAの焦燥感とが、対位法的に相手を刺激し合うことにより、急速に緊張感を高めていく構造を主軸としている。最後に絶頂にまで昂揚せしめられた緊張（Spannung）が、「Y子の手記」の真相暴露によって浄化（katharsis）を迎え、幕を引かれるのである。これは典型的な劇的構成である。二月二十日付けA信に引用された「Y子の手記」によれば、運命の一月十四日の対話により、山田の指摘した肺病や(32)、あるいは石丸が指摘した被疎外者意識(33)の共有を確かめ合ったBとY子は、Aと彼女との間にはついぞ成立しえなかった精神的次元での共感を深めることができた。Y子が、自分を性的対象と見る以外に能のないAの許を去ったのは、けだし当然の結果だろう。その性欲にしても、Y子は最初Aの愛撫により「初めて性の欲望も目醒め」たものの、Bと出会ってから初めて「不思議に自然な感じ」に変化したという。これはBがAのように、常に何らかの規範を隠れ蓑とする不自然さを持っていなかったためである。肉欲でY子を愛し彼女の肉欲をも目覚めさせたAが、その同じ肉欲のために彼女から捨てられるというアイロニーが含まれている。Aの規範意識が家父長制的基準とも関係を持つとすれば、このテクストは家父長制から逸脱するY子を描くことにより、それを相対化する姦通小説のコードをも帯びていることになる。いずれにせよ、Y子は遅まきながら、佐々木の言う「性と霊の一元化」[34]を体現するヒロインとして登場するのである。

しかし、それだけではない。思想としての「性と霊の一元化」は、人物レヴェルにおいては、程度の差こそあれいずれも規範意識に左右され、内面と外面との乖離を生じ、自己および他者への欺瞞に陥ったA・B両者に対して、偽らざる真相を突きつけ、その両面の統一を図るという表意作用をも担う。またテクストの構文論的展開においては、長い〈引き延ばし〉の謎を解消してカタルシスを導く契機ともなり、結局複数のレヴェルを縦断して、テクストの書簡体小説的な二重構造による不透明を透明に転換する役割をも果たすのである。これだけ貴重な恩恵をもたらしたY子を、山田の言うように「真の〈宣言〉の実行者」[35]として認めるのにやぶさかではない。だが、この小説の面白さは、真の宣言なるものよりも、むしろ冒頭で検証したところの、偽の宣言の活用にあるのではないか。ここで言葉の価値は、虚構性の領域に置かれている。その理由は、一方ではこのテクストが虚構性を旨とする芸術(文芸)としてのコードとなるジャンル(書簡体小説)によって自己規定していることによることは言うまでもない。だが、他方では、そもそも日常言語の行為遂行的発言なるものが、いかなる場合でも常に、必ず虚構であることをも含意しているのである。このテクストに見出された二重の虚構性は、言葉の可能性を前景化せしめるアヴァンギャルドな機能を発揮するのである。

『宣言』の登場人物A・Bは、主として規範意識の罪状により、それぞれ内面と外面とが著しく分裂した性格を付与されている。人物と読者各々への表意作用という書簡体小説独特のテクストの二重性は、後半部、テクストの表層で展開される世界へ、その裏側に隠蔽された深層の事件を少しずつ漏洩させて、プロット構成における長い〈引き延ばし〉の原理とする。この〈引き延ばし〉はしだいに緊張を高められ、「Y子の手記」に至って「逆行的な大団円」のカタルシスを迎える。ルッセが『新エロイーズ』に触れて書簡体小説の一特徴として描出した、「長い心情の隠蔽(occultation)の後の、その突然の暴露(révélation)」[36]の手法である。その様相は、人物のまさに肉声により事件と同時進行的に語られる書簡体小説の叙述方法によって、臨場感溢れる現在として迫る。

主題構成のレヴェルにおいて、A・B・Y子はそれぞれ肉欲を隠した偽善者、友情で自らの自由を縛った欺瞞家、「性と霊の一元化」を遂げる覚醒者の機能を担う。また構文論的展開においては、Aは真実を欲求する焦燥感の出所であり、Bは報告の義務に苛まれる隠蔽、そしてY子はカタルシスを導く暴露者の機能を付与されているのである。彼らは正―反―合の形で有機的な作品構成に寄与しており、いずれに優劣をつけるべきでもなく、従って主人公を特定する必要もないだろう。敢えて言うなら、この作品には主人公が存在しない。透かし彫り的なテクスト、もしくは不透明の罪状そのものが中心的役割を果たしているのである。安川は『宣言』の魅力が「純粋な意味での芸術的感動では少しもない」[37]と批評したが、それはむしろこの作品を倫理的尺度でのみ取り扱い、書簡体という芸術的形式の方面を閑却した結果でしかないだろう。書簡体形式は『宣言』において、人間の自我の分裂、規範意識の罪状、相互理解の著しい困難など、倫理的な条件とまさに契合し、しかも文芸独自の虚構作用を十二分に作動せしめる機能を発揮しているのである。

4　永遠回帰の神話

「カインの末裔」

1　沈黙の人物

　長い影を地にひいて、痩馬の手綱を取りながら、彼れは黙りこくつて歩いた。大きな汚い風呂敷包と一緒に、章魚のやうに頭ばかり大きい赤坊（あかんぼう）をおぶつた彼れの妻は、少し跛脚（ちんば）をひきながら三四間も離れてその後からとぼ〳〵とついて行つた。

　北海道の冬は空まで逼つてゐた。蝦夷富士と云はれるマッカリヌプリの麓に続く胆振の大草原を、日本海から内浦湾に吹きぬける西風が、打寄せる紆濤（うねり）のやうに跡から吹き払つていつた。［…］草原の上には一本の樹木も生えてゐなかつた。心細い程真直な一筋道を、彼れと彼れの妻だけが、よろ〳〵と歩く二本の立木のやうに動いて行つた。

　二人は言葉を忘れた人のやうにいつまでも黙つて歩いた。


「カインの末裔」の主人公、広岡仁右衛門夫婦は、「何処からともなくK村に現はれ出て」、松川農場内の社会秩序を散々に翻弄した後、再び何処かへと去って行く。それまで、恐らくは曲がりなりにも平穏であった農場の秩序は、仁右衛門一人の所業、すなわち亜麻の過剰作付けや燕麦の横流し、小作料の不納、それに姦通・賭博・乱暴などにより、最悪なまでに掻き乱される。石丸晶子は、競馬の後の笠井の娘の凌辱事件が、場主の「演出」によるものであったと推測しているが(1)、そのように断定するにはいささか傍証が乏しい。ただし、石丸説の通り、共同体は彼を「他者」「異人」として排除し、それによって以前以上に内部的結合力を強化したに違いない。すなわち仁右衛門は村(社会)の外部を構成する、未知のエネルギーに満ちた混沌の領域に根拠を置き、他方、村(社会)は秩序化された内部領域たる〈中心〉として、彼の〈周縁〉としての野蛮な撹拌力を呼び込み、それによって活性化を果たしたのである。笠井の微温的な小作料軽減の要求に代表されるように、村の秩序は自動化し、陳腐化しつつあった。そこに仁右衛門の外部性を注入することによって、村は求心的に秩序を再構築し、またその結果として場主と小作契約の強度も、一層確実なものとなったのである。

このような仁右衛門の外部性と密接に関係する性質として、彼の沈黙を挙げることができる。村へ近付いて来た広岡夫婦は、「黙りこくつて」いる。彼らが言葉を発しないのは、長旅の疲労のためか、あるいは「寒い風」のためだろうか。「二人は言葉を忘れた人のやうにいつまでも黙つて」歩いている。途中彼は妻に声を掛けるが、その返事が気に入らず、「妻と言葉を交はしたのが癪にさはつた」。その後事務所で帳場らと話をするが、まるで発語が困難であるかのように寡黙で、必要最低限のことしか話さず、「黙りこくつて出て行かうとする」。乏しい「塩煎餅」を妻と奪い合う時も、「二人は黙つたまゝで本気に争つた」。ずっと後で負傷した馬を殺した時にも、彼は妻に「黙れつてば。物いふと汝れもたゝき殺されつぞ」と命じ、「黙つたまゝで」再び旅立ちの準備をする。このように、仁右衛門の造形上の第一の特徴は、ほかならぬ沈黙なのである。

先の場面で「黙れつてば」と命令した後、「嵐が急にやんだやうに二人の心にはかーんとした沈黙が襲つて来た」という一文がある。沈黙に音があるはずもない。この「かーんとした」という修飾は、沈黙の強度を表すものだろう。有島のテクストにはこの表現が頻出する。すなわち、「僕の頭はかーんとなつて、眼の前は真暗に光を失つてしまつた」(『宣言』)、「変なもので皆んながや〳〵やつてゐながら、何となくかーんとしてゐました」(『死』を畏れぬ男」)、「君の頭はかーんとして竦み上つてしまつた」(「生れ出づる悩み」)、「私はその時頭がかーんとしたやうに思つた」(「小さき影」『大阪毎日新聞』大8・1・5〜12付)、「耳の底がかーんとする程恐ろしい寂莫の中に」(『或る女』)、「耳がかーんと聾返つた気持になつてゐた」(「運命の訴へ」)などがその例である。いずれの場合も、周囲の喧噪と混乱の最中に、人物が突然に自己覚醒する瞬間の様子であり、その時彼らはふと我に返って、意識の生地の部分を露呈したのである。従って、有島のテクストにおける沈黙は、人物の精神の根源的な領域へと深く根差していると言わなければならないだろう。それは、仁右衛門においてはその外部性・自然性の部分に属するものと考えられる。

このように寡黙な仁右衛門と比べて、村人たちはずっと饒舌である。初日に小屋へ案内した笠井は「くど〳〵とそこに行き着く注意を繰返し」、翌日川森を伴って小屋を訪れた帳場も「むつかしい言葉で昨夜の契約書の内容を云ひ聞かし初めた」。笠井は小作料値下げの要求について協力するよう言葉を尽くすが、仁右衛門は耳を貸さず、集会当日笠井は、煮え切らない言い方ではあるが千言万語を費やして場主に訴える。他方、言葉を回避する仁右衛門も、農場内で生活するためには言葉の恩恵に頼らざるを得ない。社会は、必然的に言語によって構造化されるからである。彼は「明盲（あきめくら）」ではあるが、「飯を食ふ為めには」必要とされる小作証書に「三文判」を押す。しかし彼はこの「契約書」を無視して耕作を行い、その農業技術の点では卓抜した能力を発揮するのである。要するに仁右衛門は、書かれたにせよ、話されたにせよ、言語化された制度、制度としての言語を否定し、逆に言語化されていない、いわば無構造な技術に秀でた存在である。従って彼の寡黙・沈黙・反言語性は、彼の反制度性および反構造性の重要な一徴表と見なすことができる。

言葉少ない主人公に代わって、このテクストの物語内容を語る語り手が存在する。この語り手は、人物として登場せず、物語世界外にあって叙述する。しかし、まず語り手はこの地方の地形・気候を随時克明に描写しうるまでに知悉している。また、仁右衛門夫婦の挙動を事細かく見詰めるのみならず、彼ら夫婦を含めて人物たちの内面に自在に入り込み、また会話を記録する。従って、このテクストの語りは、基本的には全知（非焦点化）の水準を維持している。ただし、笠井の娘凌辱事件の真相を最後まで明かさないなど、情報が迂回的に隠匿される、ジュネットのいわゆる〈黙説法〉（paralipse）(2)も用いられる。さらに、その饒舌な語彙にもかかわらず、叙述はある意味で禁欲的な印象を読者に与える。すなわち、語りは物語内容と人物への思い入れや批判を極力排し、対象の観察と人物自身の言葉、それに人物の意識の内部への踏み込みを主体とし、また比喩表現を多用した文体によって、テクストの表面を生成するのである。

特に、語り手自身は、自分の思想や判断を顕在的に語ることはほぼ全くなく、専ら対象の描写において同時にそれを実現している。登場しない語り手が自らとは異質な物語を全知的に語るこの形式は、通例、客観小説と呼ばれることが多い。だが、例えば同様の形式を採る『或る女』の語りが、かなり露骨な主人公への批評と感情移入を含むことと比較すれば、その禁欲的な印象はより明瞭となるだろう。この叙述は、語り手自身の態度や立場に関するメタ・コミュニケーションを読者に対して提供することを自己抑制し、物語をあたかも中立的な事実として呈示することに神経を注いでいる。従来の読解の多くが、「カインの末裔」の物語世界の解釈のみに集中し、虚構作用の刻印である物語言説について、ほとんど触れていない事実は、物語のこの戦略が成功を収めていることの結果と言うべきだろう。しかし、そのような比喩表現こそが、隠匿された物語言説の構築原理へと迫る通路ではないだろうか。

2　構造と混沌の修辞学

有島武郎の創作活動に飛躍的転機をもたらした出世作「カインの末裔」は、最初雑誌『新小説』(大6・7)に掲載され、後半部分を中心とする大幅な改稿を経て、同じ題名の有島武郎著作集第三輯(大7・2、新潮社)に収録された。叙述形式に引き続き、比喩表現の機構を分析し、さらにテクスト全体の構成について迫ってみよう。

「カインの末裔」には、直喩と隠喩とを主体とする比喩表現が頻出する。この場合、比喩は文章を修飾する単なる文彩(ことばのあや)の域にはとどまらず、物語内容と緊密に結びついた重要な機能、すなわちこの小説に大きな枠組みを提供する、自然と人間との対立の構図を実現する機能を果たしている。この、広大で曖昧な自然という観念について、取り敢えずテクストの記述から、その内実を把握して置く必要があるだろう。

一方では、舞台となる農村社会、その背景となる北海道の風土、そして農事暦を支配する季節の推移など、物語世界の隅々にその属性が浸透し構造化している自然に対して、主要な登場人物である農民はその生業たる農耕を戦場として、「必死な争闘」を繰り広げる。この自然は、絶大な威力を持つ人格的あるいは神格的存在者として擬人化され、人間に敵対するものとして描かれるが、それは人間の行う農業が自然にとっては略奪だからである。この自然は「荒くれた大きな自然」であり、「自然に抵抗し切れない失望の声」を農夫に叫ばせ、人間を駆逐して「勝ちほこ」り、人間の所有物であった子供や馬を「奪ひ去」る獰猛さと好戦性を備えているのである。他方、この自然は、人家の灯火が混じると「人気のない所よりも却て［…］淋しく見」え、掘立小屋によって汚されたり、小屋や木立が「汚ない斑点（しみ）」として映るような純潔な生地をも見せる。山田昭夫はこれらの語句に関して、「自然の景観を損じていること」に対する「有島の倫理的苦悩のにじんでいる表現」として、いわばエコロジー的に解釈したが(3)、むしろこれらは前項の好戦性とは対照的な、自然の持つ不可触なまでの無垢・純粋さ・完結性の表現と思われる。すなわち、このテクストにおける自然は、自らの「領土」を守るための戦闘力と、それ自体における無垢性という二つの属性を帯びる。そしてこの自然の両側面に対して、人間は基本的には有害な存在となる。なぜなら、自然は自立・完結しており、農業という略奪を帰結し、自らを汚染するような構造（社会）には敵対するからである。

ここから、「カインの末裔」における二つの隠喩的対応系列を区別することができるだろう。一方は〈構造〉（秩序）の系列で、言語・制度・契約・定住・農耕などがこれに連なり、それを包括するのは人間社会である。他方は〈混沌〉（非構造）の系列で、沈黙・違反・放縦・無垢・放浪がこれに含まれ、それを統括するのはむろん自然である。そして、仁右衛門は、そのあらゆる行動形態から、明らかに自然の系列に連なるにもかかわらず、農業技術のエキスパートであるというただ一点において、しかし決定的に自然とは疎隔してしまう。仁右衛門がある意味で農民の代表的存在者として造形されていることは、このことからも明らかである。

しかし、比喩表現の機構は最終的にこの対立を解消していくように見える。まず上杉省和が指摘する「動物イメージによる比喩表現」[4]によって、先程とは逆に人間の方がいわば擬自然化される。上杉の言の通り、「動物的本能、野性のエゴ」における、自然と農民との共通性を共示し、特に彼らの中における仁右衛門の代表性を印象付けるものともなる。「野獣のやうに畑の中で働き廻はつた」「野獣の敏感さを以て物のけはひを嗅ぎ知つた」「簡単な啼声で動物と動物とが互を理解し合ふやうに」などの表現に暗示された、「本能」の主題化に関する議論はもはや不要だろう。だが、その執拗なまでの自然化表現は、「本能」の〈異化〉という域をはるかに越えて行くのである。

なぜなら、比喩とは、単純に対象を換言したり鮮明化する、本来の言い方に対する別の言い方ではない。隠喩（metaphor）は、ロマーン・ヤーコブソン[5]、佐藤信夫[6]、あるいはグループμ[7]の研究によれば、類似性に基づく比喩、もしくは種の提喩（synecdoche）と類の提喩の二重の比喩である。隠喩の認知においては、読者は「所喩」（tenor）と「能喩」（vehicle）との間に[8]、あるいは「焦点」（focus）と「枠」（frame）との間に[9]、類似性や種・類のカテゴリーの包摂関係としての何らかの関連を発見または形成しなければならない。「むしろ、われわれは隠喩によって注意が向けられるようになるものを、引き出そうと企てているのである」(デイヴィッドソン)(10)。ロラン・バルトの共示(connotation)の説明の通り(11)、隠喩は記号の表現部分にもう一つの記号が象嵌される、記号の複合である。これは、隠喩においては、その都度新たな対象が生成されるということである。語弊を恐れずに言い換えれば、隠喩は多かれ少なかれ、一種の「かばん語」(portmanteau word)の要素を持つのである。「カインの末裔」の直喩(simile)は、このような隠喩的性質のものであると言える。

例えば「章魚のやうに頭ばかり大きい赤坊」は、表意内容(signifié)としては頭部の形状を鮮明化しているに過ぎないが、表意体(signifiant)の部分において、物語世界には確実に「章魚」が呼び込まれ、「赤坊」の隣に位置を占める。この時、「章魚」と「赤坊」とは、瞬時に所喩/焦点である「赤坊」へと収斂するものの、現実にはありえない融合状態を、表象(Vorstellung)において生成するのである。同じく、「帰り損ねた二匹の蟻のやうにきり〳〵と働いた」の場合にも、直接に表現されるのは「蟻」の属性と共通する広岡夫婦の勤勉さであるが、読者の脳裏には、鳥瞰的視点から見た右往左往する「蟻」のごとき姿も構成されるだろう。「刃に歯向ふ獣のやうに捨鉢になつて」、「犬に出遇つた猫のやうな敵意と落付き」なども同断である。これら自然化比喩の散在によって、自然と人間との間には修辞的越境が起こり、人間が自然へと根拠づけられる形で自然へと融合するのである。この事態は、両者の属性的対立が、さらに高次の視点によって吸収されることを意味するものである。すなわち、人間の営為はいかなる偏差を持とうとも、究極的には自然の意志の具現であり、仁右衛門の所業はその典型にほかならない。

テクストに構造化された自然と自然化的メタファーにより、「カインの末裔」は、全体としても一個の隠喩的世界を構成していると言えるだろう。これもまた、『或る女』の語りが対象の周辺を隈なく巡り、人物の行動を先へ先へと直進させていく、いわば換喩（metonymy）的構造を持っているのとは対照的である。ところで、比喩表現をよくし、語彙を巧みに操るこの語り手はどちらなのかと言えば、もちろん、本質的に〈構造〉の系列に属している。なぜなら、言語によって明示的に表現された自然は、もはや本来の自然ではないからである。しかし、語り手は、むしろその矛盾を犯して自然の属性を明示する道を選んだ。沈黙を言語化し、それによって〈構造〉と〈混沌〉とを対決させ、しかる後に調停する場としての比喩表現へとこの両者を引き込み、全体として反対物をも飲み込む自然の包容力を語り出すことに成功した。仁右衛門という（従属的な）反抗者は、そのようなレトリックの両義性を鮮明化する存在者にほかならない。

3 「広岡仁右衛門」の構築

上杉省和によれば、「カインの末裔」発表以来の長い研究史は、（1）「農民（小作農）を描いた客観的写実小説としてとらえる立場」、（2）「自然人（原始人、野蛮人）の社会（文明）に敗北してゆく悲劇を描いた観念的実験小説としてとらえる立場」、および（3）「主人公に仮託した作者の自己告白小説としてとらえる立場」の三系統に整理できるという(12)。だが、これらの多様な論究をテクスト様式論的な視点から総合しえないだろうか。神話的な要素とテクストの構造とを結び付けることによって、これに答えることが次の課題となる。

主人公、仁右衛門の人物像からは、快感原則に従う衝動的性格と、現実原則に従う実際的性格との、一見相矛盾する二重性が窺われる。まず、妻子とともに北海道K村の松川農場に現れ、約一年間の小作生活を送るこの人物の最初の印象は、没倫理的かつ反社会的な衝動性である。妻とわずかな食料を奪い合い、隣人佐藤の妻と姦通し、その子供に乱暴を働く。極度の人間嫌いで、賭博の常習者であり、規則違反の亜麻の過剰作付けや燕麦の横流しをする。農場主に苦情を訴える農民集会には協力しないが、結局小作料は納めない。彼は本能的欲望に強く支配されて行動する人間であり、佐藤の妻や居酒屋の女に見せる「愚かな子供」のごとき幼児性は、あたかも現実に対応する以前の、快感原則の象徴のように受け取れるのである。「野蛮人」や「野獣」の比喩で形容されるこの衝動的性格の説明には、改めて言を重ねるまでもないだろう。

だが、他方で仁右衛門は、確かに第一章から第三章までは奔放な自然人として造形されるが、第四章以降においては、決して社会性を没却せず、過酷な現実の中で苦闘する姿が強調されるのもまた事実である。彼は赤ん坊の疫病死、馬の骨折、笠井の娘への暴行の嫌疑、それに小作料の不払いなど、困難と孤立が募るにつれ一層狂暴の度を加えていくが、農場内での自分の立場の悪化について全く顧慮しないわけでもない。佐藤の妻との関係が破綻した時、彼が「自分の知慧の足りなさ」を感じ、衝動的な「自分の心」を恐れる場面には、自己の行動を対象化して反省する態度が現れている。また赤ん坊の死の際の妻の孤立感や、「自分を居心地よくしよう」と農場主との会見に及ぶのは、すべて農場内における安住志向のためである。このような実際性が顕在化するのは後半に至ってであるが、馬を引き、妻子を連れて登場すること、すなわち家庭を営み、農耕を業とするという冒頭の初期状況によって、既に予定されたものと言うべきだろう。いかに暴虐な仁右衛門も、妻子と馬には愛情を注がずにはいない。孤高の単独者ではなく家族を構成する者として、彼は必然的に社会生活への現実的対応を迫られることになる。

山田俊治は、「五章以降、異質な二重性にほかならない主人公の自然性と人間的側面との乖離が語り出されてゆく」と述べている(13)。確かに両者は外面的には次第に矛盾を露呈し、前者の暴発のうちに社会生活の破局を招来するのだが、仁右衛門の内面では、その抜群の生命力、すなわち成長の欲求において統合されていたのではないか。その象徴的な現れが、十年後に大農場主になるという「未来の夢」である。

仁右衛門は眼路(めぢ)のかぎりに見える小作小屋の幾軒かを眺めやつて糞でも喰へと思つた。未来の夢がはつきりと頭に浮んだ。三年経(た)つた後には彼れは農場一の大小作(おほごさく)だつた。五年の後には小さいながら一箇の独立した農民だつた。十年目には可なり広い農場を譲り受けてゐた。その時彼れは三十七だつた。帽子を被つて二重マントを着た、護謨長靴ばきの彼れの姿が、自分ながら小恥しいやうに想像された。

この「未来の夢」を佐藤勝は、最終的に「既存の社会もしくは社会秩序の方向」に向かうものと解釈したが(14)、客観的にそうであっても、それは仁右衛門自身にとっては、階級社会とは無縁の超越的な願望にほかならなかったはずである。「俺ら親方と膝つきあはして話して見せるかんな」などの彼の言葉に、階級格差の認識もしくは階級意識は感じられない。「自分より上手の人間」、例えば「農場一の物識りで金持」の笠井への反発は、向上願望ゆえの劣等意識に基づくのであり、制度的な反発ではない。前述の通り、非制度的沈黙の側に立つ彼は、社会制度の実情などには全く無頓着なのである。従って「未来の夢」は純粋な実際性の所産ではなく、内部的な未来の自発的創造である生の躍動（élan vital）(15)の象徴であり、その衝動性とも根は同じである。仁右衛門の行動形態の表面を形作る二つの要素、すなわち衝動性と実際性とは、生命的飛躍と勤勉な日常的実践を要請する成長欲求においては統一されている。そして、それが彼の最も重要な属性だからこそ、その象徴たる「未来の夢」は最終章に至るまで放棄されないのである。

しかし、仁右衛門の当初の認識如何にかかわらず、小作制度の機構は否応なく、物語の背景に配置されている。仁右衛門の性情は農場内の社会規範と衝突する。粗暴な行動に対する他の農民の憎悪、契約不履行に対する当局の制裁などの要因によって、彼は退場を迫られることになる。後者の形で彼に直接作用する小作制度の威力の外に、前者のような共同体の内部構図に関しても、経済的基盤による裏付けとともに描かれる。笠井の苦情に述べられる借金や生活苦、あるいは随所で描かれる粗悪な衣食住や、過重な農業労働の様子は、高率の小作料や凶作時の割引禁止などの小作契約の重圧を端的に物語るものにほかならない。しかも、経済的事情はより潜在的にも農民生活を支配し、主人公を待ち受ける陥穽の構図を決定したと見ることができる。たとえば、第四章で展開される一連の暴行事件の発端は、博奕に負けた仁右衛門の忿懣であるが、その前提として長雨の農閑期に内職を必要とする劣悪な経済状態があった。また、馬の損害と笠井の娘凌辱の被疑につながる第六章の競馬事件にしても、畑作を放棄した農民の期待が、馬市開催の機運と呼応したところに起きた。これら二つの事件こそ、結果的に彼の財産の蕩尽や共同体からの離反を大きく助長したのである。従って、彼を疎外する憎悪と制裁とは、結局両者とも農民搾取の体制に起因するものと見てよい。仁右衛門の挫折が決定的なものとなったのも、小作制度の頂点に立つ農場主との会見によって、「人間の違い」(階級格差)を痛感せざるをえず、「未来の夢」という彼の生きがいが粉砕されたためである。生きがいのない人間は、生きることができない(神谷美恵子)(16)。

　このように、「カインの末裔」は、強烈な成長欲求を付与された主人公と、その実現を疎外する社会環境との相克を核心に据えた小説である。主人公の性格および行動の描写と、彼と軋轢を来す農村の制度および形態の描写とは、単一の作品世界を形成する相互補完的な二大要素であると言わなければなるまい。上杉の分類による研究史の三傾向のうち、（1）「農民（小作農）を描いた客観的写実小説」とは後者を、また（2）「自然人（原始人、野蛮人）の社会（文明）に敗北してゆく悲劇を描いた観念的実験小説」の立場は前者を重視した主張であるが、これらは不可分の成素として総体的に把握することができるだろう。

4　神話的時間

春の天気の順当であつたのに反して、その年は六月の初めから寒気と淫雨とが北海道を襲つて来た。旱魃に飢饉なしと云ひ慣はしたのは水田の多い内地の事で、畑ばかりのK村なぞは雨の多い方はまだ仕易いとしたものだが、その年の長雨には溜息を漏さない農民はなかつた。

「カインの末裔」は、多くの有島作品と同様に、緊密な時間的契機に従った構成を有する。ある年の晩秋から翌年の冬までの約一年間の出来事が、全七章の中で次のように展開されていく。峻厳な冬の到来を間近に控えた第一章で、主人公夫婦は松川農場へ移住してくる。その翌日の第二章で二人は遅い秋耕に精を出す。第三章は冬から春にかけての五カ月間に、出稼ぎで資金を蓄え、春の種子蒔きに励み、農民集会に協力せず、佐藤の妻との愛欲に耽ける仁右衛門が描かれる。「凡てが順当」であったこれら前半の三章に対して、第四章では「寒気と淫雨」が襲来した六月初めの天候の変調が告げられ、賭博・暴行・姦通の破綻など、彼の転落が始まる。第五章では猛暑の夏の訪れとともに、虫害対策や除草など本格的な農繁期が到来し、他方では、あたかも亜麻の過剰作付けによって彼が得た「法外な利益」(佐々木靖章)(17)に対する自然からの報復であるかのように、彼は赤ん坊を奪われ、狂暴さを加える。第六章では盛夏の旱魃に続く収穫期の降雨で凶作が確定し、凌辱事件や小作料不払いのために、彼への圧迫が増大していく。最後の第七章で再び冬が訪れる中、彼は窮地を脱しようとして場主を訪ね、完全に威圧されて再び放浪へと旅立つのである。

このように、天候が順調であった第三章までの仁右衛門の行動は奔放自在であったのに対し、第四章以降、連続して襲来する長雨・猛暑・旱魃・淫雨などの異常気象と応じるかのように、彼の生活は次第に困難の度合いを深めて行くのである。その経過は、各章の冒頭に、季節の推移、天候の変化、農作業の内容、それに自然への言及が必ず記述され、あたかも自然の運動を後続の人為的事件の前提とするかのような状況設定によって語られる。また、前に見た通り、因果関係の糸を伝って、長雨時の無聊、夏物の不作、畑作不調による焦燥が、それぞれ博奕や穀物の不正取り引き、そして競馬開催の誘因となり、彼の農場内における不利益を招いたのは動かないところだろう。天候と農業を支配する自然時間の展開は、テクストの構成と物語進行の隅々に浸透しており、佐々木靖章の言うように、「自然界の因果律」[18]は確実に効力を発揮している。そして、「自然に歯向かふ必死な争闘」とか「勝ちほこつた自然の領土」などのように、ひとまず自然は明確に敵対者として擬人化され、人間対自然の苛烈な相克の図式が、隠喩的系列によって鮮明に映し出されるのである。

従って、仁右衛門を迫害する真の根源は自然であり、農村共同体は大自然の意志を実現し、その猛威を完全なものとする補完物に過ぎない。前述のように「荒らくれた大きな自然」中の「汚い斑点（しみ）」の比喩で人家が鳥瞰描写され、夢を打ち砕く場主の「大きな手」が、上空の雲と一体化して彼を圧迫する感覚的な表現に認められる通り、自然は人間社会をも包括する巨大さを備えているのである。ロジェ・カイヨワが、そもそも人間社会なるものを、「固有の法則と特殊な惰性」を持ち、その構成員の「さまざまな欲望をのがれ、時としてはそれを罠にかける」性質から見て、「第二の自然」と呼んだことを想起しよう[19]。しかも、このテクストにおける農業社会は、自然の意志の支配下にあって、その意志を調整することによって生き延びている。従って、ここで主人公と相克する社会と自然は、厳密には二重化された自然と言うべきものなのである。

ところで、結末部で仁右衛門が再度出発する放浪のイメージは、研究史においては、極めて否定的で宿命的なものとされてきた。それは例えば佐藤勝によれば、前途への希望のない「暗冥の世界」である[20]。また江種満子も、追放もされず逃亡する必要もない彼の旅立ちには、彼を放浪へと「宿命づけることへの作者の心情的傾斜」が投影していると見なしている[21]。だが、例によって作者の文脈を導入する前に、テクスト解釈の手続きをもう一段階踏まねばならないだろう。それは、この小説の題名が由来する『旧約聖書』「創世記」との関係である。「カインとアベル」の物語は、およそ次のとおりである[22]。エデンの園で堕罪したアダムとエバの子、兄カインと弟アベルはそれぞれ農夫と羊飼いであったが、カインはアベルを恨んで殺し、ヤハウェの罪を受けて「地上の放浪者」となる運命を負う。これは、農耕文明による狩猟社会の駆逐の記憶を伝える神話である。佐藤泰正が、カインを「罰されると同時に許される者」[23]としてとらえたように、この神話の核心は、農耕を業としながら大地は彼を呪って実を結ばず、追放されるカインに対して、なおも加護のしるしを与えるヤハウェ神の浩然たる慈悲にあるだろう。既に三浦敏明が指摘したように、仁右衛門像へのカイン神話の投影は、農夫であることのほかに敵への「復讐」、冒頭と末尾に示される「放浪性」、それに性格および行動上の「本能的、感情的な部分」などに顕著に認められる[24]。しかし、このテクストと聖書神話との関わりは、人物像への投影にとどまるものではなく、より構造的なレヴェルにもおよぶのである。

自然時間は、前述のように構成と物語展開の細部に浸透するだけではない。この展開は一回限りのものではなく、過去と未来にわたって永久に反復を続ける周期律的特性を与えられているように見えるのである。すなわち、「長い影を地にひいて、痩馬の手綱を取りながら、彼れは黙りこくつて歩いた」という冒頭の一文と、「二人の男女は蟻のやうに小さくその林に近づいて、やがてその中に呑み込まれてしまつた」という末尾の一文の間に現出する世界は、前後に伸びる無窮の時間の流れから切り取られた一周期として印象付けられる。長谷川泉はこの導入部と結末部の描写に、映画の「ロング・ショット」的な効果を認めているが(25)、それとともに、この首尾の対応は、内部における物語展開の時間性と呼応し合い、象徴的な次元における周期的反復の構造をも設定するのである。すなわち、主人公は今までもどこかの農場で姦通し博奕を打ち、これからも契約違反で地主と対立を繰り返しながら、成長欲求に従って生を持続するだろう。従って、仁右衛門は、「復讐・放浪性・本能・感情」(三浦)(26)などの属性上カイン像を念頭に置いて造形されたのみならず、それら農夫カインの性格および行動を祖型(archetype)とし、それを象徴的な意味において永遠に反復し続ける、そのような永遠回帰の意味において、その末裔なのである。

ミルチャ・エリアーデは、特定の土地への定住を神々の世界創造の模倣とし、毎年同一周期で繰り返される神話的事件の記念祭を、神的典型に同化する聖なる希望としてとらえた。もちろん、厳密に一致するわけではないが、仁右衛門が農場への移住から脱出までの物語に変形されたカイン神話を約一年周期で反復することを、カインに同化し、ヤハウェに擬しうる神的存在である自然の慈悲を享受する意味として解釈できないだろうか。「これこそ真の〈永遠回帰〉であり、周期的破壊と再創造という宇宙の基本的リズムの永遠の反復である」

（エリアーデ）[27]。定住と小屋への放火は、それぞれ創造と破壊の象徴的行為と見なすことができる。彼は全能なる自然に反抗し、迫害され放浪することで、一層聖化・自然化され、究極的には自然に受け入れられる。なぜなら、彼の反抗の拠点である成長欲求は、それ自体が内なる自然、すなわち本能であるから、彼の反抗は、結局自然の一属性の表現にほかならない。ここには、「人間の肉体的および精神的な生活が自然と連関しているということの、ほかならぬ意味は、自然が自然自身と連関しているということだ。というのは、人間は自然の一部であるから」[28]と述べた、初期マルクスの一種の自然法的自然観にも通ずる要素が含まれている。こうして彼は、「土の香」から精気を得る「自然から今切り取つたばかりのやうな」男として、大自然の胎内に帰還するのである。

従って、結末に見られる否定的なイメージは永遠回帰の構造によって止揚され、反逆と服従の弁証法的関連における、人間の自然への帰属という方向性が見て取れるのである。これはまた、先に把握した自然化隠喩の意味論とも合致する結論である。「カインの末裔」はこのように、自然と人間とが取り結ぶ関係を象徴的に描き出した、永遠回帰の神話的構造を帯びた小説なのである。

5　両義的自然観

信仰との関連において、有島の自然観の変遷を精緻に跡づけた宮野光男の論考[29]を参照しつつ、様式の構成要素として自然をとらえ直すと、絶対的称揚、二元論的把握、それに進化成長の相の三項目にわたる人間との関係に集約できるだろう。「カインの末裔」はこれらのテクスト様式を中核に据えた作品である。有島の人生観が、山田昭夫の言うような「人間の理想的自然状態への渇仰」[30]を根幹とし、大自然と内なる自然の洞察を立脚点としたのは言うまでもない。既に青年時代の日記（明33・6・5付）に見られる「自然ハ余ヲ爾（しか）ク鞭撻スルト共ニ又余ヲ慰藉スルヿ甚ダ多シ。自然ハ小児ニ対スル厳父ノ如シ」との文章には、「厳父」という称揚および「慰藉」と「鞭撻」との二重性を介して、「小児」のごとく帰属するという自然観の原質が現れる。これらは宮野が論証した変容を重ねながらも、基本的には維持されたと考えられる。内なる自然たる「魂」中心論に基づく初期の芸術論や人生論では、人間と自然との一致に高い評価を与えている。そこでも、例えば「ホイットマンの一断面」のように、「無際の自然」に対する絶対的称揚と、「忸愛と呪咀」の二元論的把握を核心としていた。特に二元論的把握は、日記（明40・3・23付）に記されたトルストイの『アンナ・カレーニナ』の感想文に見られる、人間における「征服者」と「敗北者」の同時存在という複眼的思考をはらむ点で注目に値する。これがホイットマンから受容した汎神論的進化観と結び付き、「泉」の「芸術的衝動」論へと発展したのである。既成社会の破壊及び再創造と、生命の自己検察とを永遠に連動し続ける「芸術的衝動」論は、大自然と本能との相互作用における進化成長の持続という形で、二元論的な自然観照を止揚したものと言える。

「カインの末裔」は、このような一種の永久変革の思想を先取りする性質を持つテクストである。自作解説「自己を描出したに外ならない『カインの末裔』」でも、社会を含む二重化された自然に対する「征服」および「共和」の「模索の生活」を作品の核心とすると述べる。「無解決な、否定的な結末」の真意が、「私達の力」であるべき「生に対する不思議な我執」の表現にあるという時、有島は内なる自然の救済を念願していたのだ。確かにそこにおける有島のカイン神話解釈には、宮野の言う「異端者意識もしくは歴史の傍流者意識」(31)も反映しているだろう。だが、前述のとおり仁右衛門は単に「自然に敗れた者」(宮野)ではなく、反抗と服従の果てに自然の懐に回帰する存在でもあり、従って「異端者意識」は、否定的な役割よりも、むしろ生を持続する原動力として働いている。仁右衛門は、迫害される「常習的反叛者」である「ホイットマンに就いて」の「ローファー」と、この意味で原点を共有するのである。

そして、右の意図を十全に表現する造形方法が、この作品における永遠回帰の構造なのである。「『聖書』の権威」(『新潮』大5・10)に示されたように、有島は聖書の宗教性よりも、その芸術的価値を重んじていた。「北欧文学が与ふる教訓」(執筆時期未詳)では、「自然に対して最初の反逆を企て、今も抗争苦闘を続けつゝある」農民を「アダムの末裔」と呼ぶが、宮野の指摘どおり、有島のカイン観にはこのアダム像が投影しているだろう。つまり、有島はカインを自然に反抗する人間の原像としてとらえ、その祖型反復として仁右衛門を造形することによって、聖書の芸術的価値を現代に再生したのである。上杉の分類による（3）の立場のように「作者の自己告白小説」と見る方法は、実生活の直接的反映ではなく、作者の芸術観に裏付けられたこのような芸術的昇華の観点から、テクストの解釈に統合しうるのではなかろうか。

この小説は、主人公と二重化された自然との間の相克を鮮烈に生成したのみならず、それにカイン神話の永遠回帰の構造を付与し、より高次元の象徴的な芸術美を実現したことにより、他の労働者小説を凌駕したのである。広岡吉次郎なる実在の農民をモデルとした個別的な契機(32)が、神話的典型であるカイン像の祖型反復という人類的な契機との融合一体化により、自然と人間との本質的な連関に深く根を下ろしたテクストとなりえたのである。

5a　迷宮のミュートス　『迷路』

1　ミュートスと迷宮

僕の生命は元始的な純一さを持たずに、文明の病毒を受けて何時でも二元に分解されてゐる。これが憤られ、悲しまれる。然し僕は恐れまい。僕は自己の分解を徹底させる。掘り下げて〱遂に個性を見失ふか、又はそこに不壊の金剛土を見出すか。二つに一つだ。それが僕の一生の事業であらねばならぬ。僕は何時か必ず自分を実証する。僕の存在を存在として味識する。そこに行き着くまで僕は決して休むまい。どんな成功にも蹉跌にも。僕の心の底には程々にしておく事の出来ない一つの力が潜んでゐる。僕はその力を欺きおほす事が出来ない。

『ギリシャ神話』によれば、クレタ島の王ミーノースは、一度入ると出口の見付からない迷宮ラビュリントスを建築師ダイダロスに命じて造らせ、その中に牛頭人身の怪物ミーノータウロスを閉じ込めたという(1)。長編小説『迷路』は、「首途」(『白樺』大5・3)、「迷路」(『中央公論』大6・11)、「暁闇」(『新小説』大7・1)の三編の短編を総合し、大正七年六月刊行の有島武郎著作集第五輯として新潮社より刊行された。この小説からミュートス(mythos)、すなわち物語の神話的類型を抽出すれば、このような〈迷宮〉として表象されるだろう。その錯綜した構造を整理しつつ、虚構の小説技法の面から再検討してみよう。

このテクストの基礎的な枠組みは、植栗彌が論じたように(2)、自己確立の旅路に出航する主人公Aの航路を主軸とした、いわゆる教養小説（Bildungsroman）的構造である。また、江頭太助(3)や上杉省和(4)の論及によって、その構造の原型がテクスト内に引用の見られるダンテの『神曲』であることも、異論の余地なく明らかにされている。ただし、教養小説や『神曲』は、その根底に〈探求〉（quest）という共通の前進力が存在し、この属性によって、ノースロップ・フライの神話批評における、いわゆるロマンス（romance）のミュートスに包含されるだろう(5)。フライによれば、ロマンスは、「一連の小さな冒険群」とそれらの複合体である「大冒険」から成り、この「最初から予告されている大冒険」、つまり物語全体にわたる時間性を帯びた事件展開が〈探求〉と呼ばれる。現代小説は、〈探求〉を本質とするロマンスと、〈探求〉を脱線せしめる描写を主体とするノヴェル（novel）の両要素を含むものと考えられる。〈探求〉の前進力の様態によって分類される場合、教養小説は、特にそれが主人公の人間的成長であるようなジャンルにほかならない。しかし、むしろ〈迷宮〉のミュートスは、確固とした目的追求のない、いわば〈探求〉のための〈探求〉と言うべきジャンルに接近すると言わなければなるまい。

山路龍天は、古代ギリシァの叙事詩と悲劇を例に挙げ、いずれは出口に帰還する目的追求型の探求者を〈オデュッセウス型〉、他方、永遠に出口が見付からず、遂に自分自身が迷宮と化す型の探求者を〈オイディプス型〉と命名して区別した(6)。故郷を目指すホメーロスの主人公オデュッセウスは、「実践的知恵」に従って困難を乗り越え、最終的には「安心立命の地」に到着するが、スフィンクスの謎を解くべきソフォクレスのオイディプス王は、「謎の解き手から謎そのものへ」の逆転を経験し、最後に「自己の存在そのものがひとつの錯綜した迷宮であったことを示す」のである。山路説はミステリーの構造分析の理論であるが、ロマンスにおける〈探求〉の諸様相として準用することができる。特に、『迷路』の物語内容は、P夫人の妊娠の真偽を巡るミステリー風の要素をも含んでいる。ちなみに人物論に重点を置いた山路とは別に、前田愛は小説の筋立てに即し、オデュッセウス型/オイディプス型にほぼ対応する概念として、「古代的な迷宮」(labyrinth) と「近代的な迷路」(maze) とを区別している(7)。いずれにせよ、〈迷宮〉のミュートスは、自己目的化した、もしくは出口なき〈探求〉を指示する言葉として規定できるだろう。小説の題名『迷路』は、このようなミュートスを先取りし、読者に対して告知する、第一のコード=仕組みなのである。

〈迷宮〉のレクチュールとは、いかなるものか。およそ読書体験なるものは、読者に二種類の印象をもたらす。すなわち、(1) テクストの線状性に従う読書の最中に、まず最初に何らかのジャンル的あるいはミュートス的な期待が生じ、それが次第に変形され、最後に完成されるという、読書の持続時間と並行する印象(構文論的・時間的構造)。(2) すべての読書が終了した後、そのテクストの世界を脳裏に再構成して得られる、反省された印象（意味論的・空間的構造）。これら両者が大きく掛け離れている場合には、読書の体験もまた一種の二重性を帯びたものとなろう。『迷路』などに見られる〈迷宮〉のミュートスは、この二重性を本質としている。すなわち、直線的な物語展開（1）としては、主人公の理想追求というオデュッセウス型の〈探求〉を読者に期待させ、ある程度までそれを推進するのだが、読後の印象（2）としては、その物語に不断に介入し、論理的一貫性を脱臼させ、自らの懐に回収するオイディプス型の〈迷宮〉として、読者の脳裏に再構成されるのである。明晰を願う人間の理性は、その理性によっても決して完全には透明化しえない対象として、この世界を表象してしまう。〈迷宮〉は正しくアルベール・カミュの「不条理」(absurde)(8)の表現であり、結局は理性そのものの帰結にほかならない。この仕組みにより、『迷路』も『或る女』と同様に、もう一つの「ロマンスのパロディ」(ポール・アンドラ)(9)と呼ぶことができるだろう。このテクストの様式的な力は、表現する都度その表現を相対化し、物語を構築しつつ相対化する、いわば反構成力の構成力なのである。

2　理想追求と迷宮

まず手始めに、オデュッセウス型の探求譚としての局面から全体の構成を眺めてみよう。定本『迷路』は、「『迷路』序編」の副題を付した「首途」と、本編「迷路」とに分けられている。序編では主人公AのF精神病院での看護夫生活がA自身の日記体により綴られており、いわゆる三人称視点でAの行動が語られる本編とは語りの方法が異なる。竹腰幸夫は本編もAの内面描写に重点があるとの理由から、この叙述方法の変化を「方法上の矛盾」としてとらえ、本編もまたいわばAの日記であるという見方を示した⑽。確かに本編の語り手も自在にAの心理に入り込み、欧文脈を交えた文章によってそれを詳らかに語る。第十三章の終わりで自分に「貴様」と呼び掛ける一種の〈内的独白〉(monologue intérieur)、第七章の末尾や第十六章半ばの「彼れ」(＝A)を主語とするいわば自由間接文体(style libre indirect)など、いずれも有島一流の心理描写の技巧である。しかし、自己表白を仮構する日記体と、登場人物間の関係を明らかにする三人称視点とでは、序編と本編との構成上の意味に関わる異なった機能を担うのではなかろうか。

すなわち、「首途」の日記体は、信仰を離れた主人公が精神的自立を模索する、その心理内容を詳細に物語るための手法と考えられるだろう。Aは、異邦の精神病院における労働体験という極めて特殊な状況に身を置きながら、その勤務内容をそれほど細かく記載しているわけではない。専属の患者スコットと片恋の相手リリーを除けば、対人関係の記述も非常に少ない。その代わり、Aの行動や見聞は直ちに内面化され、棄教やスコットの告白などの体験を契機として思索を積み、そこから人生の命題を導き出そうとしている。これは省察による前途模索の日記なのであり、序編はAの思想形成の過程、テクストの構成から見れば思想的前提にあたるものの形成を辿った部分と見なすことができる。

それに対して本編の叙述は、Aの内面に深く侵入しつつも、やはり外面的な人間関係の構図を浮かび上がらせずにはおかない。俗界から隔離された病院において、Aは沈思黙考の場を得ることができたが、再び学生生活に戻ったAは、P・P夫人・K・M・W・ヂュリヤ・フロラら他者のひしめく中で社会生活を営まねばならない。序編において一旦確立された自立精神は、本編では現実社会において過酷な運命に洗礼される。序編で設定された初期条件が、その後の証明によってどのような結果を導くかが、物語の目標となる。従って『迷路』は、主人公の思想模索を扱った前提部（序編）と、その実地検証の部分（本編）とから成る、いわば思想実証小説として一応は把握できるだろう。事実、主人公自身の、「僕は何時か必ず自分を実証する」という言葉も用意されており、テクスト自体が、このストーリー構成への期待を読者に抱かせる布石を、随所に置いていると言わなければならない。本編で主眼となるのは、人間関係の網の目に捕らえられたAの行方を見定めるという、日記体では困難な作業である。いかに心理描写が勝っているとは言え、主人公の主観的日記として見ることはできまい。このように見れば、『迷路』は典型的な一種の教養小説と言うことができ、実際にそのような作品として、読者は読み始め、読み進むわけである。

しかし、『迷路』はこの思想の実証が完全に無化される物語が中心となる。これは二重の無化である。すなわち一方では、主人公の初期条件は、物語の進行につれて徹底的に相対化され、根拠を覆されてしまう。その結果、他方では、この思想実証の目標が真の目標ではなく、主人公の彷徨のための彷徨、〈探求〉のための〈探求〉というミュートスが浮上するのである。実証すべきAの立脚点が無に帰す以上、出口を求めての〈探求〉というオデュッセウス型のストーリー構成は、読者の印象の中で次第に解体していかざるを得ない。にもかかわらずA自身は、否応なくこのような彷徨を続ける人物として設定されている。注意すべきは、序編の初めに現れる『神曲』第九地獄第三界の情景である。フラ・アルベリーゴの霊は地獄に落ちながら、肉体はなお悪魔の仮の宿りとなって地上をさまようこの場面は、A自身の彷徨への志向を先取りし、暗示的に状況設定するものだろう。また、Aは自らを「三界流転の亡者」と呼び、「罪の思出にのみ生きるカインのやうに」夜の町を「所嫌はず歩きまはつた」という記述がある。植栗によれば、このAの徘徊癖はホイットマンから受け継いだ「ローファー」の放浪癖と繋がるものである(11)。この彷徨そのものが今度は〈探求〉の原動力となり、AをP夫人のもとへ、Kの下宿へ、あるいは田園地帯へと導いて行く。

これに加えて、「二つに一つだ」「成就か死か」という二者択一方式を頑迷に保持する、Aの思考形式をも見過ごすことができない。これは容易に作者有島の二者択一論である「二つの道」(『白樺』明43・5)や、「一切か無か」を掲げたイプセンの受容などへの連想を誘う。しかし、より重要なのは、この二者択一方式が、自己を両義化する〈迷宮〉的構造を自ら作り出してしまうことである。すなわち、現実のある局面に差し掛かった時に、Aは第三の解決法を取るということを絶対にしない。妥協して前後の辻褄を合わせることが、Aには決してできない。その結果、後述のように、現実界を立てれば観念界が損なわれ、自由論を取れば決定論に脅かされる。このテクストに認められる、ミュートス構造上の多くのペリペテイアー（逆行的急変）[12]は、人生における折衷・止揚・中庸の道を閉ざしたA自身が招来したと言うほかにない。しかしながら、それは現実界・観念界、自由論・決定論などの思想的課題を鮮明にする設定であり、〈迷宮〉のミュートスは、一面においてその思考実験とも見られるだろう。

このように、『迷路』という物語は、A自身の彷徨への直進力を構文論的な物語進行の原動力とし、場面場面の意味論的な構成力としてはAの二者択一の選択を基軸とし、この両方向から織り成されているテクストである。一般の迷路遊びのルールもやはり、入口から出口へ向かう執念深い探求力と、迷路の曲がり角に差し掛かった時にルートを選ぶ二者択一の作業であることは間違いない。つまり、『迷路』は、言葉によって文字通り迷路（maze）を作り出すプロセスそのものを内容としたテクストと言うべきではなかろうか。ダンテの『神曲』との関係については、前掲のように既に多くの論が提出されているが、この観点から見るならば、両者は直接の影響関係よりも、共通して〈迷宮〉のミュートスに属することに注意すべきなのである。物語内容自体には厳密な対応関係が認められないにせよ、ダンテがヴェルギリウスやベアトリーチェの導きに従って冥界を歩き回る様相は、その〈迷宮〉性において『迷路』と共通するのである。

その結果、Aは必要のない〈迷宮〉を自分の周囲に巡らしていく。オイディプス王が自分一人で「探偵」「犯人」「裁判官」などすべての役を演じてしまったように、AもP夫人の胎児の父の役目や、ヂュリヤやフロラの恋人志願者、さらにはKの影響下になる政治思想家などの一人数役を引き受けようとし、それらすべてに挫折してしまう。この結果、一旦入ると出ることの出来ないラビュリントスと化したのは、実はこの世界ではなくて、ほかならぬA自身であったということになる。こうして、オデュッセウス型の〈探求〉は骨抜きにされ、オイディプス型の〈迷宮〉が後に残されるのである。

3 相対化、また相対化

次に、〈迷宮〉の実際を見てみよう。『迷路』の物語内容は、明治三十七（一九〇四）年八月から、翌年八月までの約一年間の出来事を仮構している。全十九章から成る本編「迷路」は便宜上、概ね三部に区分でき、序編「首途」と併せて起承転結の展開を成している。西垣勤は本編の内容を要約し、P夫人・ヂュリヤ・フロラを巡るAの恋愛事件と、AとKとの交際を主要な「二つの流れ」として把握したが[13]、ヂュリヤ姉妹にまつわるエピソードは序編でリリーに寄せるAの思慕と陸続きであり、逆にP夫人との肉体関係とは異質のものではないだろうか。すなわちテクスト全体の構成を再度俯瞰すれば、（1）序編で呈示された自己確立の思想が、本編では（2）男女の愛欲を中心とするP夫人との交際、（3）社会的視野をも含む生活論理を軸とするKとの議論、それに（4）純愛の幻想と憧憬を担うはずであったヂュリヤ姉妹との交渉、という交錯する三つのプロットによって次々に検証され、相対化され、結果的には打ち砕かれていく仕組みなのである。

（1）自己確立の思想

このテクストにおいて、Aの行動と思考は、実のところA自身の意志によってではなく、むしろ常に場面ごとにおける他の人物との属性上の対照によって決定される。これを、人物造形における相互相対化の原理と名付けることができるだろう。まず序編で設定されるAの前提は、決定論者・信仰者スコットと対決する自由論者・棄教者としての図式によって規定される。留学生Aは冒頭からキリスト教の棄教者として自己規定し、八月十四日付けでその事情を述べている。それによると、自己の真の欲求を逸脱し、篤信家と呼ばれる偽善に耐えられなかったAは、「悪人であれ善人であれ、僕は僕の生活を生きよう。先づ自分に帰らう」と決意した。「自分が一人で立つ」「困難な企て」、すなわち超越者なき自立の思想の確立こそ、Aの念願なのである。

一方、スコットは金融恐慌のために破産した弟の自殺を未然に防ぎえなかった責任を痛感し、教会で予定説の説教を聴いた後、悪魔の呪詛の声を耳にして錯乱した患者である。Aにとって、運命における「原因結果の不変」を説くスコットの決定論は受け入れられないはずだが、八月三十一日付けから明らかなように、彼はその「二元的な性格」のため容易にディレンマを解消しえない。そこでAは、「意志の絶対自由」の思想は「宿命の鉄鎖」よりも是認できるが、しかし前者に付随する「世の罪悪や世の虚偽の凡て」への責任は到底負い切れないと言う。山田昭夫はこの部分を、Aが「意志の絶対自由を信じ、運命予定説を否定」したと解釈している(14)。だが、Aのこの言説は煮え切らないものと言うほかにない。A自身でさえその直後に、表面上スコットの宿命説に反対したのは、「小さな策略」としてに過ぎないと述べている。従ってここでは結論は得られず、一応自由尊重の立場を選択したものの、根底では自由論と決定論との対立は未解決のまま残存したと見る以外にない。この不徹底が、後にAの行動に響いて来ることになる。

このように、「何んにもなかつた。何んにもなかつた。唯自由と若さだけがあつた」とされる主人公の初期条件は、あらゆる意味での規範を解かれた無色中立の立場とでも言うべきものであった。信仰の放棄に加えて、留学先のアメリカという場所が国家と家族からの自由を保証している。作中に頻出する言葉を用いれば、これは純粋無垢な「自然」状態と言えるだろう。この「自然」状態から出発したAの内面の運動は、やがて頑強な自己確立への意志と止むに止まれぬ肉欲として顕現し、現実との軋轢を生ずるに至る。その内実は、序編のスコットとの交流によって得られた問題の水脈を引いているのである。

（2）P夫人との交際

本編の主要な物語はAとP夫人との交際である。一片の精神性もない愛欲に終止符を打とうと絶交状を書いたAに対して、P夫人は偽りの妊娠を告げ、Aを驚倒させる。P夫人との関係は、理想を追求する観念家Aが初めて遭遇した現実との接触によって、彼の理想なるものの脆弱さを決定的に呈示するものだろう。当初自分自身によって確信されていたAの誠実が動揺し、態度が百八十度逆転することによって、彼の精神の実態は克明に示されるのである。すなわち第七章では、「P夫人の懐妊は、夫人自身が責任の大部分を負ふべきだ」「若い者は利己的である権利を持つてゐる」という、「意志の絶対自由」を尊重し「無限の自己責任」を放棄する思考を、Aは半信半疑ながら固めていた。だが第十章になると、無責任をなじるP夫人の詰問を聞く間に、彼は突然、「夫人の生むべき子に父親の愛情を感じたい」という「動物的な本能」にとらわれ、「父の権利」を主張し始める。ここでAの立場は、「自己責任」を敢えて引き受けようとする方向へと転回してしまった。山田昭夫が「Aは父性愛と責任感とを混同している」[15]と指摘した通り、「愛情を感じたい」という奇妙な言い回しは、これが自然な「父性愛」ではなく、「自己責任」を甘受することが「権利」すなわち「絶対自由」の証であるとする、極めて思想的な次元での連合であることを意味するものだろう。

ただし、この間に行われた極端な思考の飛躍は、自ら意図した思想操作ではなく、P夫人との交渉という、現実世界との対決に由来する不可避の韜晦なのである。すなわち序編で展開された自由論と決定論との内部葛藤が、自己確立という至上命題の下に根本的解決が与えられないまま潜在し、突如現実に運用されたために馬脚を現したのであった。山田昭夫は虚偽の妊娠という設定を、「失敗作と断ずる理由」(16)として批評したが、この設定はAの責任論の虚妄を告発する小説論理的な布置として不可欠のものだろう。「奇怪な彼れの愛着と、彼れの生涯についてまはるべき苦しい責任とは、たゞ一瞬の間に有から無に帰してしまつた」という結末近くの言葉からも、仮構の胎児とは「自己責任」の呪物的象徴としか言いようがない。それに加えて妊娠の虚妄は、それが実際上いかにAの主体性に根付かぬ空虚な題目に過ぎなかったかを、極めてアイロニックな調子で突く効果的な文芸的誇張なのである。妊娠の告知とその虚構という現実世界の二重の衝撃こそ、P夫人との交渉でAの頑迷な内面が被ったものである。

(3) Kとの対比

次にAとKとの対比は、観念家対実際家の図式に置き換えられるだろう。社会主義者KはAを第四章でボストンの集会に誘い、Aの心に「大きな実生活といふ大事」を抱えた労働者の姿を刻み付ける。「僕自身が一つの物件だよ」と自嘲する「唯物主義者」で、異性関係や政治運動の豊富な実地体験を積み、宿痾の肺病が昂進した結果、極端なニヒリストと化したK。彼は、P夫人との泥沼的交際に苦しむAの一徹な行動を、観念的な夢想の産物として批判する。打算主義者で政治的にも「主義の腰弁」であるKは、「自己責任」の化身Aとは対照的な「絶対自由」の信奉者として、Aの父性愛を「過剰勢力」と批判し、P夫人に堕胎させることを勧告するのである。だが妊娠が事実とすれば、それを「実利的」に始末しようとするKの態度は、Aとは逆に「絶対自由」に偏向していると言わなければならない。P夫人の出現によって偏向したAと同様、Kは肺疾の宣告によって屈折したと見れば、両者は運命に打ち砕かれた理想家という性質を共有している。実際、この二人はよく似ている。このように考えれば、AとKとの関係には、「意志の絶対自由」と「無限の自己責任」との関連を止揚しえない自由論の、運命すなわち決定論に対する敗北が暗示されているのである。一旦罪を犯すと「償ひは出来ない」という、序編のスコットの無気味な決定論の予言が、ここまできて再び想起・反復されるのも、このことを補強するものだろう。

竹腰は、「有島は、Aを肯定し、Kを否定している」[17]ととらえた西垣に反論し、「Kは誰に否定されようとも、Aに対しては、客観的な存在なのである」として、KのA評にこそAの「客観的な姿」が見て取れると述べた[18]。なるほど、何かにつけ独善的に道理を通したがるAを「二十世紀のサン・シモン」と呼ぶKの批評眼はまことしやかである。だが、語り手は実際家を装うこのKをも、「恢復し難い生活の失敗を自覚し始めた中年の男」と酷評し、業病による凄惨な最期をも読者に見届けさせる。これは一概に否定・肯定や客観性を確定しえぬ世界、むしろあらゆる立脚点の確定性が、現実の人間関係の中で常に動揺し、相対化される世界ではないだろうか。問題は、かつてスコットの決定論に自由論をもって立ち向かったAが、今度はKの実際性の前に硬直した教条的な観念家として現れていることにほかならない。すなわち、Aの性格の相対的な位置は、序編と本編とでは完全に逆転してしまったのである。P夫人のプロットでは硬直した「自己責任」論の内実が抉られ、Kとのエピソードでは、さらに自由論の内部分裂の様相が、AとKとの関係によって呈示されたのである。

（4）ヂュリヤ姉妹との交渉

リリー、ヂュリヤ、フロラの三人は、思想や生活の混迷に喘ぐAの精神的浄化のための媒体という線によって結ばれる。「生活の必要物」であった序編のリリーの面影が、本編で二人の姉妹に投影されたのである。ヂュリヤがP夫人の妊娠事件に対する「罪悪の呵責から彼れを庇つてくれる」「保護女神」であったように、Aの処女崇拝は、愛情というよりも精神的慰藉の欲求に根差したものである。これは、例によってAの思い込みに過ぎない。第九章における、ヂュリヤからフロラへの余りにも唐突な欲望の対象の変更は、この慕情なるものが極めて皮相なものであったことを意味している。特に、「あなたは東洋の方ですよ。よござんすか。お忘れになつたんぢやありますまいね」と言い捨て、Aの求愛を拒絶したヂュリヤの役割は重要である。ポール・アンドラがこの物語の舞台としてのアメリカを、「感情の発露が許される理想郷」(19)と見なしたように、Aにとってのアメリカは、世間一般の「凡ての圧迫」から彼を解放し、思想の純粋かつ十全な深化を可能にする土地であった。また、本多秋五の指摘通り[20]、「彼れの前には人は人としか写らなかった」という、普遍的な本質において人間を見る思想的営為や、日露戦争と同等に個人生活を評価しようとする思考からは、個人主義をニュートラルな場所から構想する特権的な確信が窺える。ヂュリヤは、このようなAの根拠のない確信を、差別的な言辞によって、人種・国籍の差という現実の衝撃を加えて突き崩したのである。

4　過剰勢力の人

『迷路』結末の「黎明はまだ来なかつた。黎明前の闇は真夜中の闇よりも更らに暗かつた」という一節に現れる「黎明前の闇」（すなわち「暁闇」＝初出時の題名の一つ）は、題名とともに主人公の境涯の暗喩としても読むことができる。Aの初期条件が、本編においてさまざまな人間関係の〈迷宮〉の中で破綻を余儀なくされ、結果的に何の解決も示されないまま幕が引かれる成り行きもまた〈迷宮〉に擬しうる。もし、あくまでもオデュッセウス型の探求譚としてこの物語の結末を見るならば、次のような理想の示唆が読み取れるだろう。すなわち、結末に至ってAの「父の権利」の不毛が妊娠の虚妄によって暴露され、またAを批判し続けたKもまた物故したことにより、Aの責任感もKの利己主義もともに運命に駆逐された感がある。しかし、これはストーリーにおける決定論の勝利ではあっても、テクストはそれを肯定するわけではない。そもそも小説の言説は、物語内容を思想的に肯定や否定することはない。従って、向日的には、AとKとの思想的総合、すなわち責任と自由という自由論の内部矛盾を統一し、真正の個人主義を確立せんとする強い祈願が感得されるという言い方も可能である。ここから、「黎明前の闇」が「黎明」を待望する雌伏の時期であるというとらえ方ができる。この小説は、有島武郎の創作史的事実に従えば、いわゆる自己一元の思想を確立する道程に現れた思想的模索の実態を虚構的に描き出し、その様式の成立を自ら説き明かした作品として位置づけられる。その意味では、「僕は何時か必ず自分を実証する」というAの言葉を実証するのは、ほかならぬこのテクストそのものであり、思想的模索の過程の表現そのものが、作家として立った自己の実証であるとも見られるだろう。こうして、このテクストを人間有島武郎の自己省察の書として見、その達成度や不徹底を考える論者も現れてくるわけである。

ところで、Aが作り出す〈迷宮〉の構造は、彼の彷徨癖と並んで、彼の過剰性の表現でもある。自分の力をどう使っていいのか分からず、なにごとにも「ぶつかれ。ぶつかれ」と立ち向かっていく、「どんな事でもする心」。この主人公の持ち味は、いわば人間とは、常に人間以上の何者かであるという理念を証立てているのである。Kの言葉を借りれば、Aは疑いもなく、「過剰勢力まで生活の本体だ」と思い込んでいるのだから。しかし、論理を逸脱し、自分自身の制御も拒否する、この過剰なるものの表現は、もはやそれが直線的に成長・

発展する人間という枠の内部には収まらないがゆえに、教養小説的な物語展開を裏切らざるを得ない。これこそが、オイディプス型〈探求〉としての読み方である。とすれば、『迷路』におけるミュートスとしての〈迷宮〉は、本来どこにも収まりのつかないこの過剰性を、可能な形式で言語化したものと言えるだろう。恐らく、「カインの末裔」の円環的な構造や、『或る女』における逆ユートピア探求にも、このような人間の過剰な部分への注視が潜んでいる。有島様式に、単純な形式論理で割り切れない奥行きを与えている何物か過剰なるもの、その表現が〈迷宮〉なのである。

人間とは、自身一つの〈迷宮〉である。この、見方によってはごく当たり前の、陳腐な事柄をめぐっての堂々めぐりこそ、『迷路』というテクストが読者に要求している思考実践にほかならない。

5 有島的なテクスト様式

「予に対する公開状の答」において、有島は『迷路』の人生を「実験室」(『中央公論』大6・9)、『宣言』と並んで「その性質上思想的であらねばならぬ筈」と述べ、その意図を「作物中の人物のもつ思想が現在の生活にどれ程緊迫切実な関係を有つてゐるかゐないか」の問題であるとしている。つとに言われるように、『迷路』は極めて観念的なテクストであるが、それはAの観念癖のためではなく、物語全体が自由論と決定論の対立、並びに決定論内部の自由と責任との矛盾の解決に捧げられているためである。観念を分配されるのはAだけではなく、決定論者のスコットも利己主義者のKもそれぞれの意味で観念的である。Aが確固とした〈近代的個人〉なるものとして対処したはずの現実生活において、その観念が次々に相対化され否定されていくその大きな落差、ないしはその落差に付随する〈驚き〉の感覚こそ、『迷路』の文芸性を支える根幹なのである。そして、この相対化の道筋は、このテクストを大久保喬樹が「ドストエフスキー的なアンビィヴァレンツを中心原理とする」[21]と評したように、有島武郎の二元論的思考が、理想・理念・感情と現実との間の深い矛盾・対立の様相を、交錯する人間関係において創出する虚構生成の原理として機能していたことの傍証にほかならない。「二つの道」を否定すべきではない。有島の二元論は、芸術的表現においては、むしろ積極的に評価すべきなのである。

そして、このテクストの観念的・意味論的骨格は、有島の文芸様式を代表するものである。すなわち、自己実現を求める人格（character）とそれを抑圧する外部環境との相克、および人格内部における成長欲求と規範意識との葛藤、これらの複合の様相が、有島の芸術的形成の構築原理なのである。

〈有島武郎のテクスト様式の原理〉

観念界（人格）⟷ 現実界（環境）

自由論 ⟷ 決定論

意志の絶対自由（成長欲求）⟷ 無限の自己責任（内部規範）

次に、この構築原理を基礎として繰り返し現れる主要なパターンを列挙してみよう。

（1）反制度的個人

抑圧的な環境の例としては、『迷路』における虚偽の妊娠事件を中心とする現実の衝撃、『或る女』に見られる家父長制的キリスト者社会のほか、何よりも主人公を追い詰める社会経済的体制が挙げられる。「かん〳〵虫」や「お末の死」、それに「カインの末裔」に現れる搾取体制や経済的桎梏と登場人物との直接的な闘争、また「生れ出づる悩み」や『星座』に現れる実生活の重圧をも含めることができる。明治三十四～三十五年の兵役体験を機に、有島は日記「在宮回想録」(明35・11〜12)に見るごとく、国家の存在意義に対して、以前から培っていた疑惑を飛躍的に強めている。またアメリカ留学中、ボストンで社会主義者金子喜一と交際し(明37〜38)、エンゲルスやカウツキーの書物を読み、社会主義あるいは無政府主義的傾向を強める。欧州歴訪の際には、ロンドン亡命中の無政府主義者クロポトキンを訪問し(明40・2か)、帰国後、赴任した札幌で社会主義研究会を開いたこともある。反制度的個人の設定は、これら一連の思想的な営為と深い繋がりを持っているだろう。また、後年、「ホイットマンに就いて」に描き出される「ローファー」の反制度的性質も、これと淵源を同じくする。ただし、「ローファー」が常に単独者であったのと同様に、このパターンは個人に限られ、決して組織的な階級闘争の形を採ることはない。ここに、社会批判という基盤を共有するものの、後代のプロレタリア文芸とは異なる、有島の徹底した個人主義の態度が窺えるのである。

(2) キリスト教離脱者

「かん〳〵虫」、「カインの末裔」、「生れ出づる悩み」、それに『或る女』の主人公が、自己の衝動性と現実との対立に起因する、欲求充足と生活との二者択一に苦しむように、心理的な分裂・葛藤は有島の人物に常につきまとう。特に、『宣言』や『迷路』などの恋愛小説では、登場人物の行動を妨げるのは、内部規範としてのキリスト教的倫理である。山田昭夫が

「有島が愛を描く前提として、いつも棄教の事実を設定していることは、特徴的な図式（シェーマ）である」[22]と指摘するのは、正鵠を射ている。これらの小説が、多かれ少なかれ姦通の要素を伴うことからも、そこでは恋愛の自由は何よりもキリスト教的（また家父長制的）倫理からの自由であると言わなければなるまい。『宣言』のAは、自らの窮屈な規範意識のため棄教者のBに婚約者を奪われ、『迷路』のAも、いわば信仰なき信仰者として、仮構の胎児への自己責任論に懊悩する。『或る女』や「お末の死」、あるいは「生れ出づる悩み」に現れる後悔や自責の念も、深層においてキリスト教的倫理観と通じるものがあるだろう。有島自身は、『リビングストン伝』の「第四版序言」に記述された経緯により、札幌独立教会を離れた（明43・5）。造形上、単なる人格対環境の図式だけではなく、人格の内容にまで深切な葛藤を付与しえた達成は、彼におけるキリスト教との確執の重大性に由来する。

ちなみに、これら（1）・（2）の事柄は、約言すれば、「惜みなく愛は奪ふ」で論じられた、個性と外界との対決、および個性内部の対決という二重の対立を示す「智的生活」状態との闘争へと帰着するのである。

（3）成長欲求の解放

このパターンは、意味論的には、二重対立の枠組みの核心に位置する拠点であり、また構文論的には、その枠組みの展開を始動するテクストの前進力の根源ともなる。この生命的反逆には、有島を信仰離脱後の混迷から救出したホイットマンの汎神論的宇宙進化観に基づく、自己一元の思想が大きく投影しているだろう。「草の葉（ホイットマンに関する考察）」や「内部生活の現象（札幌基督教青年会土曜講演会に臨みて）」に披瀝された、内なる自然としての本能が、外界や内界の作為である制度や規範を超克しうる基軸として据えられたのである。この（3）は、言うまでもなく、『惜みなく愛は奪ふ』の「本能的生活」段階への希求である。

（4）悲劇のミュートス

ただし、いかにも上昇的なこのパターンが、決して幸福な結末を迎える筋立てにはよらずに、徹底的に戦い抜いた主人公の惨めな敗北の姿を採って実現されるところに、悲劇のミュートスとしての有島様式の特徴が示されている。悲劇の様式は、エーミール・シュタイガーによれば、自己の存在基盤、すなわち「支え」や「最終目標」などの喪失である[23]。「お末の死」では自殺、「カインの末裔」では放浪、『迷路』では誤解、『或る女』では病魔によって、彼女ら・彼らは破滅的な最期を呈している。だが、人物の破滅を、作者の破滅志向やテクストの破綻へと還元するのは、単なる矮小化に過ぎまい。アリストテレスの定式化した悲劇のミュートスは、〈パトス〉（受難・苦悩）を負った人物の行動を、〈アナグノーリシス〉（発見的認知）や〈ペリペテイアー〉（逆行的急変）を巧みに配した〈ミュートス〉（筋）によって呈示し、最後にその〈パトス〉を〈カタルシス〉(浄化)に導くことを目標とする(24)。『迷路』の自作評(足助素一宛書簡、大7・1・15付)において、有島は小説の結末に問題性が保存されるところに「本当の一生の断片を現はさうとした」と述べている。この「本当の一生」とはありのままの現実の描写という自然主義的なドグマに基づくものではあるまい。アリストテレスが、偶然的・事実的な出来事を扱う歴史に対して、必然的・可能的な出来事を描く〈ミメーシス〉(形象的呈示)を、より哲学的なジャンルとして規定したのと同じ意味での「本当の一生」、すなわち文芸独自の技巧によって鮮明化された世界の謂だろう。

この点において、例えば平面描写(田山花袋)や一元描写(岩野泡鳴)など、疑似的な客観性への要求に終始し、暴露的な自己告白や私小説的な題材に固執したいわゆる日本自然主義的なリアリズムとは異なる、有島文芸の真価が発揮されている。それは、錯綜した機構によって高次元の世界生成を達成する、悲劇のミュートスによる〈ミメーシス〉としての様式にほかならない。この様式特徴は、作家第一作「かんかん虫」にも、労働者の衝動と搾取階級との対決を主眼として、イリイッチの信条と父性愛との葛藤を織り込む仕方で既に認められる。続く「お末の死」において、成長する生命力と肉親への愛情に内面を引き裂かれ、外界では社会経済的威力の前に自らを死を選ぶ少女を描き、最初の結実を果したと言えるだろう。特に、成長欲求により〈目覚める少女〉の造形は、『宣言』を始め、「フランセスの顔」(『新家庭』大5・3)や「クラ、の出家」にも共通して現れる。それはまた、「小さき者へ」や「小さき影」に見られる、成長途上の我が子へ注ぐ愛情とも、深く通底するのである。以後の展開については各論に委ねよう。『迷路』は、このような有島様式の構築原理が、ほぼそのままに構造化されたテクストなのである。

5b 楕円と迷宮

『迷路』

——それは君が、いまもなお、円の亡霊に憑かれているためであろう。
（花田清輝「楕円幻想」）

1 フレーム理論の小説学

有島武郎という作家は、その決して長くはない創作歴のうちに、極めて多彩な形式にわたる小説を執筆した。このことだけを取っても、この作家がいかに様式の探求を自らの芸術活動の基幹としたかが窺われるだろう。しかるに、有島研究の歩みは、芸術家が最も意を用いねば止まないこれらの形式・ジャンル・様式(1)には向かわず、専らそれらを介して理解される何らかの本質（思想・主題・主張…）へと傾斜してきた。そこでは、テクストの言葉は、そのものの存在を注視されず、いわば透明な媒体として通過されてしまう。こうした〈表象＝代行〉（representaion）に信を置く言語観は、もちろんそれなりの歴史と妥当性を有するものの、人間の営為の根幹に言語を置くいわゆる言語論的転回を経てきた私たちにとって、到底十分な説得力を持つとは言えない。方法と程度の差はあれ、テクストの言葉を作者や現実とは独立の対象と見なし、その表層の多様な局面へと回帰すること、これこそ、今後の有島研究には不可避の出発点となるだろう。

ところで、有島が実践した多種多様な小説形式は、何ゆえに可能となるのか。小説なるジャンルを規定しようとする文芸学的な試みは、えてしてある種の難問、すなわち不動な定義の不可能性という難問に逢着する。弁証法的秩序に従い、芸術・文芸の体系化を目指したヘーゲルにおいて、小説（Roman）はその基盤となる叙事詩から逸脱した、いわば詩と散文との中間に位置付けられていた。「それゆえもっとも普通な、ロマーンにとってもっとも好適な軋轢は詩的な心情とこれに対立する散文的な事情ならびに偶然の外的事態との葛藤である」(2)。ヘーゲルを発展せしめたルカーチによれば(3)、英雄と世界、個人と共同体が一体化していた叙事詩が原始共産制社会に対応するジャンルであるのに対し、近代資本制社会の反映たる小説においては、主人公も世界もともどもに堕落し、両者は分裂している。小説ジャンルの本質としてのプロットは、そこからの回復、つまり主人公の理想郷探索のみちゆきにほかならない。さらにルカーチを引き継いだリュシアン・ゴルドマンは、このような主人公像を「問題的個人」と呼び、小説ジャンルの極度に複雑な形態は、現代人の生活形態の複雑さに対応しており、現代の頽落とユートピアの夢想との弁証法的総合が小説の問題であるとした(4)。これらはいずれも、小説ジャンルの本質を、範型となる何らかの理念・理想からの逸脱と見なすものである。

　これらの小説社会学系統とは別に、バフチンは小説の不定形な性質をより生産的なものととらえる。小説ジャンルは「唯一の生成しつつある、まだ出来上がっていないジャンル」(5)であり、その属性として、他のジャンルのあらゆる特徴を自らの中に取り込み、それらをパロディ化してしまうことが挙げられる。バフチンの言う属性は、より広汎なノースロップ・フライのジャンル論では、過去の文芸形式を批評する「アナトミー」(解剖)にあたるだろう(6)。フライは「アナトミー」を特定の風刺的・批評的ジャンルとして区分するのだが、バフチンを援用するならば、およそ小説なるものは、すべて「アナトミー」だということになる。このような(1)起源を欠いた逸脱性・中間性と、(2)他のジャンルの変形・批評という二つの性質により、小説はあらゆる言語形式と相互関連を結びつつ、しかしそれ自体としては何物でもないという、鵺(ヌエ)的相貌を呈するジャンルとなった。現代の批評家が小説を指して、「完璧な捨子」「私生児」(蓮實重彦)(7)、あるいは「雑」(絓秀実)(8)と名付けた所以である。言いかえればこれは、バウムガルテン以来の美学の基軸である「多様における統一」、つまり調和の原理が、小説においては成立しないという事態にほかならない(9)。

　ここで注意すべき点は、〈代行＝表象〉の限界、つまり言葉の不透明性と、逸脱・変形を旨とする〈捨子〉的パロディという小説ジャンルの様式とが、単なる偶然以上の連続を有しているようにも見えることである。すなわち、現代において、小説こそ言語論的転回を代表する言説形態として理解できるのではないだろうか。小説は何物かでなければ、それとして認知されない。しかし、認知された何物かは、もはや小説ではない。こうした不断かつ永遠の離反運動は、小説に対して単なる文芸ジャンルとしての一範疇を超え、言葉の核心に迫るための特権的な意味を与える根拠ともなろう。ただし、このような一般論へのいたずらな安住も、怠惰な態度と言わなければならない。何かであり、何でもない小説も、それぞれに差異を持ち、各々が異なった表意作用を発揮する。小説ジャンルの多様性という問題系は、必ずや個々のテクストの独自性へとリンクされる性質を持つだろう。

ジャンルが個々のテクスト読解において果たす役割は、読者がテクストとの相互関係を結ぶ際の基準を設定するある種のフレーム（枠組み）を提供することである。文化論一般におけるフレーム問題が、主として人工知能論によって提唱され、認知科学において重要な領域を占めたことがある。人間精神のあり方をフレーム理論によって概説したマーヴィン・ミンスキーは、「知覚的な経験一つひとつが、フレームと呼ぶ、これまでの経験の中で身につけてきたある構造を活性化する」[10]と述べている。フレームは対象をそれとして認知するためのある仮定・前提であり、なぜフレームが必要とされるかと言えば、「それは単に、そういう仮定なしでは世界が無意味になってしまうからである」（ミンスキー）。このようなフレーム一般は、これまで文芸批評や科学哲学、分析哲学において、例えば「制度」（柄谷行人）、「権力」（フーコー）、「暗黙知」（ポラニー）、「物語」（蓮實重彥）、「メタ・コミュニケーション」

（ベイトソン）、「パラダイム」（クーン）、「概念図式」（クワイン）、あるいは「ヴァージョン」（グッドマン）などと呼ばれてきたものに（もちろん、相違点は伴うものの）概ね相当するだろう(11)。いわゆる科学革命や言語論的転回以後の科学において、世界そのものという観念は意味をなさない。それは対象を観察し、記述する言語的な枠組み（フレーム）によって浸透された文化的な生成物であり、対象記述は必ず対象記述のフレームの記述と同時的になされ、またそれに自覚的であることが要求されるということになる。

文芸においてもまた同断である。そもそも文芸（文学・文献・芸術…、何でも良いが）なる対象は、任意のフレームによって世界から切り取られ、室井尚の言葉を借りれば「開始される」(12)物語である。また文芸内部においても、あるテクストをいかなる対象と見なすかは、テクストの配置と対応したフレームを読者が前もって、または読書過程において形成することによって決定される。ユーリー・ロトマンによれば、映画・芝居・文芸にわたる枠組みについて、受容者は「テキストのジャンル、様式、すなわち、テキストの知覚のために自分の意識のなかで活性化しておかねばならないある類型的な芸術的コード」の獲得を必要とし、その獲得は「主に、始まりのところ」で行われる(13)。テクスト内部のこのフレームは、「期待の地平」（ヤウス）、「テクストのレパートリー」（イーザー）、または「物語的状況」（チャンバース）などと呼ばれたものに相当するだろう(14)。ロトマンが挙げたように、ジャンルがフレームの要であることは言をまたない。だが、小説ジャンルのように、ジャンル的記憶の核心が不定形性である場合、読者が自ら設定するフレームもまた、おのずから不定形なものとならざるを得ない。次のように、（定義ならざる）定義を与えることはできないだろうか。小説とは、フレームの戯れを核心とするジャンルなのである。有島のテクスト様式におけるジャンル的多様性の意味と深い契約を結んだテクストとして、『迷路』が俎上に据えられるのは、実にこの地点においてである。

2　楕円的テクスト様式

円を完全な図形とするプラトニズムを排し、ティコ・ブラーエの天文学やヴィヨンの詩を評価した花田清輝以来、楕円は近代西洋流の合目的的精神への反措定たるべき、幻想・虚構・ポエジーの旗印とされてきた(15)。例えば花田を受けた後藤明生は、楕円幻想を「『個』と『全体』とのズレ、『内部』と『外部』とのズレ」(16)としてとらえ、カフカやゴーゴリらのテクストを例示し、その反合理性において、楕円と迷宮を同等のイメージと見なしている。迷宮・迷路については前章で触れたように、前田愛は、"labyrinth"、すなわち「古代的な迷宮が、神々が人間のために用意した試煉の時空であったとすれば、ルネサンス以降の近代的な迷路（maze）は、人間同士が欺し、欺されるゲームの空間であった」(17)と区別し、小説のストーリーを追求する読書過程を、迷路のアナロジーによって理解しようとする。さらに山路龍天は、問題解決のカタルシスを迎える〈オデュッセウス型〉の迷宮に対して、問題が自己言及的に螺旋運動を続ける〈オイディプス型〉の迷宮を対置し、本格的ミステリーを後者のタイプと規定した(18)。

楕円と迷宮とは、単に反合理主義の記号となるだけではない。完成からの逸脱、解決からの離反という二つの図形のトポスは、実に小説のジャンル的様式とぴったり呼応する。そして、「人間同士が欺し、欺されるゲームの空間」とは、まさしく『迷路』本編の基調にほかならない。そこで若きオイディプスたるAは、殺すべき父＝キリストを見失い、自ら父となるべくして虚妄の胎児を求め、そして果たさない。テクストはAを世界という十字架の上に宙づりにしたまま、殺しも解放もせず、晒し続けるのである。このような方向に従って、『迷路』の〈楕円＝迷宮〉的な様相を、複数の局面から読み直してみよう。

(1) 楕円的文体

まず、『迷路』における欧文脈（英文直訳体）は、『宣言』『或る女』など他の欧文脈テクストと比しても、一種異様な程度に達していると言うべきである。

① 「一旦神を信じたと信じた者が」
② 「悪人であれ善人であれ、僕は僕の生活を生きよう」
③ 「いかに彼れ自身の生活がよく生活されて」

④「場合が彼れの女性に対する好奇心から彼れを救つて」
⑤「理屈は君を雄弁にしても経験は君を沈黙させるだらう」

これらはごく一例に過ぎない。文体が作者の教養の質を反映するとしても、つまり、有島が幼少期から長ずるまでに絶え間なく英語および欧米文化と親しんだということを念頭に置くとしても、一方で彼は、擬古文の日記や候文の書簡を書くことも出来た人であり、それらには古式の係り結びすら散見するのである[19]。すなわちこれらの欧文脈は、生身の作者と不可分の個性ではなく、特定のテクストに応じて意図的に調整された、ロラン・バルト的な意味でのエクリチュール[20](文芸言語)として取り扱わなければならない。

一般に、主語・動詞・目的語を明示し、無生物や観念もその例外とせず、動詞と目的語に同根の単語を連続させることを厭わない(同族目的語＝③の例)ような欧文脈を、そうではない日本語に対して論理的な文章と見る、あまり根拠のない通念がある。だが、「信じたと信じ」、「生活を生活」する文法は、動作の客体と主体とを峻別し、両者間に距離を設定することにより、どちらをも実体化してしまう。また、「理屈」や「場合」が人間に直接に働き掛ける発想は、抽象観念や形式主語に人格を付与し、人間と人間ならざる物とを同列の水準に並べ、逆に人間をその支配下に置くことにもなる。これを徹底したところに、横光利一らのいわゆる新感覚派文体が成立するのである。それは、ポール・モーランの『夜ひらく』の欧文脈の、堀口大学による直訳風の文体の影響によるところが大きい。しかし、横光のテクスト様式が、世界と人間との関係におけるいわゆる合理的秩序を反転した、つまり、グレゴリー・ベイトソン的に「再魔術化」(reenchant)(21) したとすれば、『迷路』の欧文脈も、実は西洋流合理主義とは全く別のものなのかも知れない。すなわちその正体は、主体に内在する、あるいは主体と主体の外部に存在する、二つの中心、二重の焦点を顕示する、いわば楕円的文体なのではなかっただろうか。

(2) 引用と物語的状況設定

序編「首途」において、外部と内部、霊と肉、観念と現実、これらの二項対立を清算して、Aは「自分」へ還帰しようと決意する。その際の手本となったのは、「どんな事柄を考へる時でも、ある中央点から射出される光に照らしてゐるらしい」スコットの態度、すなわち〈円の理想〉である。テクストは冒頭すぐに、『ルカによる福音書』第十五章11～32の放蕩息子の帰郷と、『神曲』「地獄篇」の二つの挿話を引用することにより、この〈円の理想〉を物語の初期状況として自己設定している。出奔し放蕩・浪費に身を持ち崩した『ルカ書』の弟も、人生の半ばに正道を踏み外し暗闇の森から巡礼の旅に出た『神曲』のダンテも、最後には帰還して父に赦され、あるいは至高天に達し、いずれも幸福な結末を迎える。放蕩息子も「地獄篇」も、神々の与える試練を乗り越えて生命を安堵する古代的な迷宮(前田)、あるいは艱難辛苦の後に故郷へ帰着する〈オデュッセウス型〉の迷宮（山路）の物語にほかならない。言い換えるならば、これらは澁澤龍彦が「主体と客体の合一、あるいは同一性の原理」を本質とすると指摘した「円環構造」[22]、すなわち〈円の理想〉のミュートス（筋の類型）に属する典型的なテクストである。〈円の理想〉、それは何らかの完全性との一体化（identification）を目指す運動であり、『迷路』のテクストは統辞論的な前進力を獲得するために、このような合目的的な帰還への構造をフレームとして設定したのである。これが『聖書』や『神曲』などからの引用変形によって行われたところに、パロディを本質とする小説のジャンル的記憶を認めるべきだろう。

（3）教養小説フレームの解体

〈オデュッセウス型〉ミュートスの近代における継承者は教養小説（Bildungsroman）だろう。植栗彌の指摘通り、『迷路』は自己の成長と確立を目標として船出するAを主人公とした教養小説として読むことができる[23]。だが、〈円の理想〉は決して成就されない。この小説は二項対立を決して統一しえないAの行動形態のために、合目的性という円環を閉じることのない楕円構造、あるいはストーリーの進行に伴って問題性がむしろ増幅される〈オイディプス型〉迷宮としての姿を現していく。序編「首途」の日記体と、本編「迷路」のいわゆる客観小説体とは、一定の落差を印象づける語りの転調として、このような迷宮性の形成に寄与している。すなわち、序編では、物語世界内の水準に置かれた登場する語り手（「A」）が、自らと等質の物語世界を語り、当然その焦点は一人物に限定されている。本編では、基本的に物語世界外の水準に置かれた登場しない語り手が、自らとは異質な物語世界を語り、語り手は作中人物（「A」）に内的かつ固定的に焦点化する。この語りの転調の存在、あるいは序編と本編との区分構造は重要である。転調ゆえに、両部分の連続・統一は困難となり、一貫したフレーム、例えば教養小説という読書前提の生成を妨げる。それによって、逆にテクストのフレームやテクストの属するジャンルというフレーム自体が鮮明化され、読者の問題系に呼び寄せられるのである。語りの転調は読者にフィードバック、むしろフィードフォワードされ、読者の読書フレームを剥き出しにするテクストの呼び掛け構造となる(24)。

(4) 〝何物でもなくなろうとする男〟

物語内容もこれと連携する。序編におけるスコットとの対話に触発された「意志の絶対自由」と「無限の自己責任」との間の観念的な葛藤、本編で展開されるKとの生活思想論争、P夫人・デュリヤ・フロラを巡る性と愛の遍歴など、その都度二つの極に引き裂かれ続けるAの行為を印象づけることにより、唯一絶対的な中心を持たない、相対主義的な世界を呈示する。常に二つの焦点の引力に引かれる図形こそ、楕円にほかならない。この相対主義的楕円現象の根底にあるのは、物語を始動せしめた当の、完全性との一体化という目標設定そのものの虚妄性である。「先づ自分に帰らう」、「自分で自分を欺く事をすまい」、「僕は何時か必ず自分を実証する」の「自分」とは何だろうか。この「自分」とは、決して現前している自分ではない。ここでは、「神を信じたと信じた者」の位置からの脱却、つまり自分の行動を束縛するあらゆる観念・信仰・主義から独立した、いわばありうべき純粋自我への変身が願望されているのであり、この場合、完全＝純粋＝円の間にアナロジーが成立する。「彼れはいつの間にか国籍のない浮浪人と同様になつてゐる事に気が付いた」、「彼れの前には人は人としか写らなかつた」と、本編のAの心理を語り手は代弁する。これは単なるコスモポリタニズムではない、純粋人の宣言である。〈人イコール人〉の観念とは、事実の上で国籍を持たない、あるいは民族に属さない人を思考するだけでなく、いわば精神の無国籍者を想定することとなのだろう。しかし、聞こえは良いが、例えAが無国籍者・無民族者となれたとしても（実際にはギュリヤの痛罵の通り困難であるが、というよりも、このテクストはその困難性を描く動因を帯びているが）、精神の無国籍者たる〈完全＝純粋＝円〉などというものは、純然たる夢想に過ぎない。なぜならば、いずれのフレームをも持たない人間、あるいは完全無欠のフレームを持つ人間、そのような者は存在しないからである。それはもはや人間ではない。

だが、そうなることを望むことはできる。すなわち、『迷路』は〝何物かたらんとする〟

物語というよりも、〝何物でもなくなろうとする〟男の物語として出発し、展開しているのである。小森陽一は二葉亭四迷の『浮雲』について、「他者や社会とのかかわりの中で、何ものでもなくなった一人の男」が、「架空の自己価値を創出する」物語と評している(25)。この約言はほぼ『迷路』にも妥当するが、内海文三を襲う「御免」(解雇)という事態が、彼にとっては一種の他者からの災厄であったのに対して、Aの出発を促した動因は主として宗教に対する自らの反発であり、また何物でもなくなることもA自身の意志によるという違いはある。そして、繰り返せば、何物でもない人間となることなどできはしない。Aは、自分の当初の意志に反して、常に何物かであり続け、そして何物かになろうとしてしまう。それを前景化するのが、P夫人の妊娠騒動である(蛇足ながら、小森の言に反して、文三も「何ものでもなくなった一人の男」と言うことは決してできまい)。その意味で、これはいわば〝逆教養小説〟、ロマンに対するアンチ・ロマンという意味での〝アンチ教養小説〟なのであり、あるいはポール・アンドラが『或る女』を称した言葉を借りれば、まさしく「ロマンスのパロディ」にほかならない(26)。ただし、小説はすべてパロディとしてしか存在しえない。パロディたることこそ、小説ジャンルの崇高な使命なのである。

3　私生児についての「私生児」

江種満子は、これまで「父性愛対責任感(自然対不自然)」という観点から展開されてきた

『迷路』研究史を批判し、Aのアイデンティティ願望がリリー、ヂュリヤ、フロラ、そしてP夫人ら女性人物群へのセクシュアリティ願望との統一の要求として出発するが、それが挫折した時、アイデンティティ願望は「もっとも親密な他者の役割を割り当てられ」た子供＝胎児へと向けられたと述べている(27)。これは「母」的なアイデンティティのあり方であり、「アメリカから排除され差別された存在」であるAの「階級意識」の所産にほかならないという。この江種の読解は、専らAの内面に即したストーリー理解として新鮮なものである。ただし、小説は単なる物語ではなく、Aは叙事詩の英雄ではない。テクストの楕円的文体、序編から本編へのフレーム的屈折、〈完全＝純粋＝円〉のミュートスの不発、そして〝何物でもなくなろうとする男〟の予期された結末、これらは〈アイデンティティとセクシュアリティの物語〉といいいう物語を、幾重にもわたり自ら脱臼せしめている。ある特定の範型に属する物語、例えば〈アイデンティティとセクシュアリティの物語〉は、そのフレーム内部にある場合にのみ有効である。だが、ロマンスならぬ小説としての『迷路』は、その物語そのものではなく、物語の枠組みの方を否応なく炙り出してしまう。

「A様

御手紙拝見。他人の心持ちを直覚すると思ひこむのは若い人たちの誇りの一つのやうですね。私はそれを面白がつて眺めてゐることが出来ます。

だが胎児に対してのあなたの愛と私の愛と、どつちが強いかは、直覚を誇るあなたの決め得る問題でない事だけは明かです。折角の直覚を歪めてしまふのは誇りの心がさせる業ですからね。左様なら」

セクシュアリティも身体も、他の文化的装置と同様に、無前提に存在するものではない。セクシュアリティは、そのフレームの内部にある時にのみ可視化する。この場合のフレームは共同性もしくはコミュニケーションの可能性と同義であって、文字通り「他人の心持ちを直覚する」という信念によって設定される。信じる者は救われる。だが、信じない者は救われない。のみならず、彼女・彼に救いなど関係はない。ひとたびそのフレームの外部に出るならば、セクシュアリティは全く別のものとなり、例えば、企み・謀りごと・欺き等の言語行為（speech act）としてのみ認知可能となる。端的に言ってAの妄動は、P夫人の虚言を信じた結果に過ぎない。すなわち、セクシュアリティは、そのフレームの信奉者以外にとっては、つとめて言葉の問題なのである。信じない者、例えばP夫人やKにとって、セクシュアリティはもはや、もしくは最初から無意味である。Aと彼女・彼との間に精神的境界線が引かれることにより、問題はセクシュアリティやアイデンティティという内容物から、その器へと移される。ベイトソン流に言えば、このテクストはメタ・コミュニケーションへと飛躍するフィードバック、フィードフォワードを強いる構造を有しているのである。『迷路』の物語はフレームそのものを前景化するのであり、決してアイデンティティやセクシュアリティそのものの発見や挫折が主軸なのではない。

往復書簡体を用いて、言語行為としてのコミュニケーションへの信念を完膚無きまでに打ち砕いた『宣言』と並び、『迷路』は人と人との間の根元的隔絶と、世界観に対する概念枠の浸透の強力さを重要な主調音としている。それらは、安易な共同性やコミュニケーションへの依存を厳しく告発する。〈楕円＝迷宮〉のフレームは、あらゆる不動の文化的・精神的なフレームという迷妄を相対化する概念的相対主義の形象である。アイデンティティや主体という言葉の概念枠自体が、ここでは炙り出されてくるのである。また唯一絶対の主義や主題という迷妄は、テクスト内世界の出来事とともに、往復書簡体や〈楕円＝迷宮〉的物語言説によって唾棄され、永遠に中心＝出口へと到達しえない無限の同定（identify）作業により取って代わられる。〈読む〉ということの意味が、このテクストによって変わったのだ。テクストのパースペクティヴは、こうして読者の読書様式へと変換されるのである。

そして、そのようなパロディ的属性は、逸脱・変形という小説ジャンルの様式的強度とまさしく一致する。テクスト内的フレームは、読書のフレームと相互関係を結ぶのみならず、逆に小説ジャンルという外的フレームとも密接に関連しているのである。〈完全＝純粋＝円〉を結ぶ〈円の理想〉と〈楕円＝オイディプス型迷宮〉との間の隔たりは、あたかもヘーゲルの言う「詩的な心情」と「散文的な事情」との間の距離に相当する。これら二つの焦点が、主として各々序編と本編において呈示され、その間の「葛藤」が本編を主として展開されているとすれば、『迷路』をその全体性において読むことは、決して「囚われ」（江種）ではあるまい。現に物質的形態としてそのような全体として成立しているテクストを、それに即して読む以上に説得力のある論拠はなかろう。〝何物でもない男〟を目指す人物が〝何かでしかあり得ない〟ストーリーの様相は、何物かでなければそれとして認知されないが、認知された途端にもはやそれではなくなるところの、小説なるジャンルの機構を代表している。虚妄の胎児を中心化しようと望んだAのアイデンティティ願望は、唯一の中心を拒むテクスト世界の楕円志向により無に帰した。しかしながら、これは取りも直さず私生児についての「私生児」なのであり、従って通説とは逆に、最も小説らしい小説の一つと呼ぶべきなのである。

『迷路』の読書において読者が体験するもの、それは小説ジャンルなるものに固有の、かくまでも倒錯的な、差延的な体験にほかならない。そうでないとすれば、それは読者が、いまもなお、円の亡霊に憑かれているためであろう。

6 想像力のメタフィクション　「生れ出づる悩み」

私は自分の仕事を神聖なものにしようとしてゐた。ねぢ曲らうとする自分の心をひつぱたいて、出来るだけ伸び〳〵した真直(まつすぐ)な明るい世界に出て、そこに自分の芸術の宮殿を築き上げようと藻掻いてゐた。それは私に取つてどれ程喜ばしい事だつたらう。と同時にどれ程苦しい事だつたらう。

1 物語の時空間

「生れ出づる悩み」冒頭の一節である。従来の「生れ出づる悩み」論においては、作中人物木本のモデルとして有島自身と交際のあった画家木田金次郎の名前が挙げられ(1)、モデルと作者との交際を素材面の前提とし、語り手と作者との同一視から脱却しない、いわば私小説的な読解に終始してきた。例えば紅野敏郎はこの作品の構成について、「作為的になされたのではなく、この物語のもっとも自然な展開が、おのずと巧まずして起承転結の構えとなっていった」(2)と述べる。また山田昭夫は、このテクストを「伝記小説ではない」と認めながらも、物語の展開は「一種の連鎖反応的手法」であると指摘する(3)。しかし、実際の出来事が題材として生かされたのを認めるとしても、一般に現実の「もっとも自然な展開」なるものなどありえず、またそれは作品構成の緊密さとも全く次元の異なる問題だろう。いかなるテクストも内的要請に従って構造化され、独自の表意作用を実現するのである。「生れ出づる悩み」も例外ではなく、事実、その構成は単純に「連鎖反応的手法」とは呼びえない稜線を描いている。

物語の主要な登場人物は、一人称の語り手自身と木本の二人であり、全九章のうち一章から三章までは語り手の実体験、五章から八章までは語り手の想像界の話で、四章と九章はそれぞれ想像の開始と終了を述べていることから、テクストの全体は前半部（一～三章）と後半部（四～九章）の二部構成として理解できるだろう。ちなみに両者は分量にしておよそ三対七の比率である。さらに、時間的・空間的契機により、一・三章はそれぞれ三部分に、七章は二部分に区分できる。これらに、便宜上、丸囲み番号を付しておこう。この小説の語り手は小説家であり、一人称の「私」（九章では、恐らく作者の不注意によって「僕」）を与えられ、物語世界内にあって、基本的には自らも関与する物語内容を語っている。四章の冒頭の「今は東京の春も過ぎて、梅が咲き椿が咲くやうになつた」という一文は、結末九章の末尾でも反復されている。この「今」がテクスト全体における物語叙述の基点であり、それは、ある年の早春の東京である。この叙述の現在から見れば、前半部一～三章は過去に属し、また後半部のうち五～八章は想像上の時間に属する。後者は、ジュネットのいわゆる〈メタ物語世界〉（métadiégétique）[4]ということになろう。

さらに詳細を見ると、前半部の叙述の基点は、一章、三章①、三章③の置かれた最近の冬で場所はニセコであり、その中に、二章①は十年前の秋の札幌、二章③は昨秋十月の東京、そして二章②と三章③には、それぞれ札幌・東京と岩内における十年前から最近の冬までの回想が挿入されている。また後半部の五～八章の基点は、五章、七章②、八章に現れる、想像上のある年の冬から晩冬、場所は岩内に設定され、六章はそれより過去の回想、また七章①は夢想である。便宜上、この物語の時間の移動を表示すると**図1**のようになる[5]。これを見ると、各章ごとに時間と場所が現在・過去・回想・想像を縦横に往還している。しかも前半部と後半部はおのおのの基本的現在の枠組に支えられ、全体としても叙述の現在時の基盤に立脚しているために破綻はない。これは、ミュートスを展開し構築する想像力の奔放自在な飛躍と言うことができるだろう。

このような把握から、物語展開が「連鎖反応的」と見える理由は、すべてテクストの言葉遣いにかかっていると言う以外にない。まず、例えば「私がそこを発つて東京に帰つたのは、それから三四日後の事だつた」という三章の末尾が、前掲の「今は東京の冬も過ぎて」という四章の冒頭に繋がるように、各章末尾のディスクールにより、次章への円滑な連続が確保されていることが大きい。また前半部が冬、後半部が春を現在時とし、後半部の想像上の時間も冬から春への変化を背景として、全体としても冬から春への自然時間の推移の印象

章		頁・行〜頁・行	季節	場所
一		401・1〜402・5	冬	ニセコ
二	①	402・6〜406・7	秋	札幌
	②	406・8〜408・5	（回想）	（札幌〜東京）
	③	408・6〜411・7	秋	東京
三	①	411・8〜415・4	冬	ニセコ
	②	415・5〜418・4	（回想）	（岩内）
	③	418・5〜419・6	冬	ニセコ
四		419・7〜420・5	早春	東京
五		420・6〜425・14	冬	岩内
六		425・15〜436・7	（回想）	（洋上）
七	①	436・8〜440・14	（回想）	（岩内）
	②	440・15〜447・4	晩冬	岩内
八		447・5〜462・8	晩冬	岩内
九		462・9〜464・4	早春	東京

時間

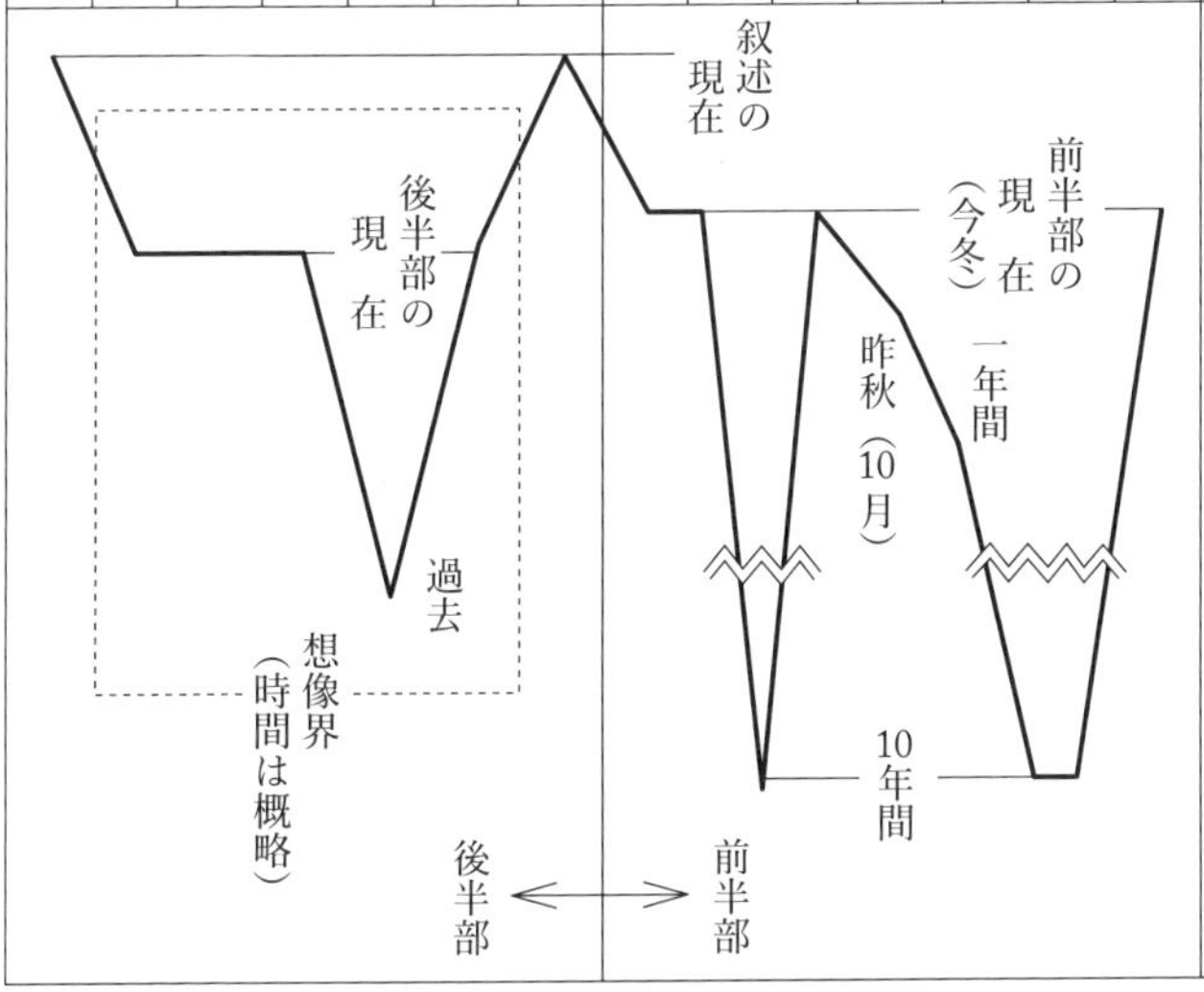

図1 「生れ出づる悩み」の展開

とともに物語が進行せしめられるからでもある。従ってこのテクストの構成は、振幅の大きな想像力の飛翔による創造と、それを散漫化せぬ叙述と季節の枠組による統合という二つの契機によって保証されているのである。このような小説的論理と、題材そのものの事実性とは、全く次元が異なると言わなければなるまい。

さて、この二部構成でさらに注意すべきは、語り手と木本との交際の実体験が物語られる前半部に対して、後半部の木本の生活を描いた部分が語り手の想像の産物であることが明記され、強調されている点であろう。まず、語り手は四章で自分の「同感といふものゝ力」の試験のために想像を開始することを宣言し、九章では想像の終了を告げる。

私が私の想像にまかせて、こゝに君の姿を写し出して見る事を君は拒むだらうか。私の鈍い頭にも同感といふものゝ力がどの位働き得るかを私は自分で試して見たいのだ。君の寛大はそれ許してくれる事と私はきめてかゝらう。（四章）

君よ!!
この上君の内部生活を忖度したり揣摩したりするのは僕のなし得る所ではない。それは不可能であるばかりでなく、君を瀆すと同時に僕自身を瀆す事だ。君の談話や手紙を綜合した僕のこれまでの想像は謬つてゐない事を僕に信ぜしめる。然し僕はこの上の想

像を避けよう。　（九章）

これにより、この四章と九章に挟まれた後半部全体が、叙述の現在にある語り手の想像界の事象であることが明瞭に告知されるのである。しかも、木本の生活の叙述は、想像力の飛翔にもかかわらず語り手との通路を断ち切られてはいない。「長い冬の夜はまだ明けない」とは五章の冒頭の一文であるが、五章から八章までの多くの文では、小説で普通用いられる過去形ではなく、このように現在形の叙述が使用されている。新田博衛の言うように、現在形は「推量、憶測の意味を含んでいる」「未来形の一変種」(6)であり、その結果、小説世界は通常の物語の確定性を失い、常に語り手の想像作用の介在をより多く含意することになる。ちなみに、前半部と後半部とはこの文型によっても区別される。また主要人物である木本が二人称の「君」と呼ばれることにより、一人称主体の存在が常に暗示される。さらに八章の冒頭の「君。君はこんな私の自分勝手な想像を、私が文学者であると云ふ事から許してくれるだらうか」に続く一節のように、語り手が直接介入して、自らの想像力の存在を言明する箇所すらある。言い換えれば、これらの文型は、語っていること（ディエゲーシス）そのもの、物語言説自体の強調なのである。そもそも五〜八章のテクストは、現在時の章（四・九）に挟まれた、いわゆる額縁構造のために、それが虚構の論理階型を一段昇った〈メタ物語世界〉であることを明示されている。これらのフレームは、読者の注意を、物語の源泉たる語り手の想像行為の存在へと不断に送り返さずには置かない。

結局、このテクストは、全体にわたる時間的・空間的な場面の展開のみならず、後半部の物語の産出においても、強力な想像力の運動自体を物語世界とともに呈示するものなのである。このような構造を持った小説を、メタフィクション（mefafiction）(7)、すなわち小説創造の物語と小説の物語との同時に存在する小説と呼ぶことができる。

2　同感作用と同感内容

「生れ出づる悩み」は、初め大正七年三月から四月まで『大阪毎日新聞』に連載され、作者有島武郎の急病のため三十二回で中絶した後、改稿・完結され、全九章として、同年九月に叢文閣から刊行された有島武郎著作集第六輯『生れ出づる悩み』に収録されている。メタフィクションとしての読み方を導入することにより、この小説の、創作活動の理論についての創作としての新たな側面を研磨することができるだろう。差し当たり、一見平易な文面に埋設された、その理論の骨格を記述しなければならない。

さて、前半部では画家志望の青年木本と語り手の「私」との出会いから再会までの事情が描かれるのみならず、それと同時に語り手自身の「仕事」に関する自己省察も大きく取り上げられる。冒頭の一節から既に暗示されるように、小説家という天職に自負を抱きながらも、それに確固とした自信を持つことのできぬ語り手の自己懐疑は、前半部を通じて何度も吐露される。幾つもの「不幸の雲」の下をくぐって小説家となったという語り手の不安は、例えば木本との最初の対面の後において、次のように述べられる。

私は今度こそは全く独りで歩かねばならぬと決心の臍を堅めた。又此の道に踏み込んだ以上は、出来ても出来なくても人類の意志と取組む覚悟をしなければならなかつた。私は始終自分の力量に疑ひを感じ通しながら原稿紙に臨んだ。［…］然し私の心が痛ましく裂け乱れて、純一な気持ちが何処の隅にも見付けられない時の淋しさは又何んと例へやうもない。［…］私は自分の文学者である事を疑つてしまふ。

語り手の自己懐疑の原因は、彼が「文学者」の使命としてとらえた「人類の意志」を実現する「自分の力量」に不信を抱いたことにある。「人類の意志」そのものは、「凡ての人の心の奥底にあるのと同様な――火」として、既に自分自身に内在するものとされていることから、問題はその認識ではなく表現・創造の「力量」に絞られるだろう。つまり木本と再会する前の語り手は、作家としての危機的状況、すなわち自己の可能性の開花を夢見つつ、それを十分に発揮することのできない焦燥の時期にあったのである。

その時語り手は、強い関心を持って木本の「あの時の面影」を回想する。その理由は、語り手が木本において見出した「逞しい意志と冷酷な批評と」の相克のあり方が、語り手自身の芸術的才能に関する矜持と不信との葛藤と位相を同じくするからである。ニセコでの再会以前から、語り手は木本に自分と同じ苦悩を発見し、持続する興味を培っていたということになる。次いで語り手は、その後送られてきたスケッチ帖と手紙を感動とともに受け取った。その際、語り手の目に映った木本の苦悩は、「誰れも気も付かず注意も払はない地球の隅つこで、尊い一つの魂が母胎を破り出ようとして苦んでゐる」という、「地球」規模の「人類の意志」の証明にほかならなかったのである。さらに、一層募った関心を抑えきれず、ついに自ら招待して木本と再会した語り手は、単に彼の心身の成長に驚嘆したばかりではない。木本の「自然な大きな成長」や「無意識な謙譲と執着」が「強い感激」を喚起したのは、それが語り手自身の「仕事」、すなわち作家業における「心の貧しさ」とは全く対照的な実質を示していたからなのである。彼は彼我の間に芸術家としての著しい格差を看取し、その点によって木本の成長を憧憬したのである。

このように、語り手の木本への感情は、まず芸術家の苦悩の共有感、次に人類的視点からの賛嘆、そして両者の逕庭の認識という経過をたどった。この経過に、語り手をして後半部を書かしめた動因が胚胎したのはなぜだろう。第一に、木本の事例が人類的次元のものであるがゆえに、彼の芸術家的苦悩を書くことは、語り手の念願して止まぬ「人類の意志」の表現につながるからである。また第二に、その執筆の成功は、語り手自身の苦悩の解決となるべき作家的「力量」の獲得とも同義として理解されたからである。表向き語り手は、この

「記録」の公表は世界に「このすぐれた魂の悩み」を告知するのが目的であると、小説の結末近くで述べる。だがその内実は、ニセコで木本を待ちながらも終始「原稿紙に向つて呻吟」していた語り手が、格好の題材を得て創作理念を実証する作品を書くことにより、作家的危地から脱却しようとする自己救済の試みだったのではなかろうか。またその方法も、自身のそれと相似形を成す木本の苦悩を剔抉・再現し、彼我の現実上の距離を可能な限り縮め、ひいては「人類の意志」に加担しうる「同感といふものゝ力」による以外にない。「同感」とはここでは、語り手の執筆行為の本質に関わる虚構・想像・創造すべての根源力なのである。後半部の叙述が、常に語り手の想像力の存在を明示するのは、語り手が木本の生活の創造と同時に、自己の作家的「力量」の成否がかかる「同感といふものゝ力」の顕示をも企図したからである。

以上のように、前半部の叙述は二人の交際の記録とともに、後半部の〈メタ物語世界〉の虚構、すなわち、いわば小説中小説である虚構の内部の虚構が書かれるに至った必然的理由をも言明している。同感内容（虚構世界）を同感作用（虚構力）の痕跡とともに呈示した後半部に対して、前半部は同感作用の成立事情を開示する役割を担い、全体として同感内容と同感作用とは、このテクストにおいて拮抗する位置を主張する。従ってこのテクストは、強力な想像力を駆使して、虚構の人物と行為を造形する語り手の芸術的形成行為の実証に多くのページを割いた、小説創造についての小説、いわゆるメタフィクションなのである。

3　同型対応二重構造

テクストに散在する語り手の創作理念と創作状況の記述を再度要約すれば、（1）自信と自己不信とのあい半ばする芸術家の苦悩に苛まれ、（2）そこからの飛躍を目指して「同感といふもの〻力」の実証を試み、（3）木本と共有すると考えた「人類の意志」の表現を達成する、という三項目となるだろう。ここから既に予見される通り、後半部に描かれる同感内容としての木本の世界の内実は、外ならぬ同感作用自体の構造、すなわち語り手自身の創作問題と酷似したものとなっている。

（1）芸術家の苦悩

後半部の物語内容の中心となる対象は、漁家の主要な働き手として家族の生存を双肩に担いながらも、否応なく膨れ上がる美術への愛着も抑え難い木本の、現実生活と芸術意志とに挟撃されて懊悩する姿である。そこで詳細に語られる漁業労働の苛酷さ（五章）、猛威を振う大自然との格闘（六章）、零細漁港の斜陽と貧困の有様（七章②）などは、すべて木本の芸術意志の伸張の障害となる生活環境の模像として描かれている。特に、木本家の零落は、鰊の漁群の減少に加えて、防波堤の建設による漁場破壊ゆえの操業不振が原因とされ、また岩内に漂う「零落の兆候」も、漁獲量の低下もさることながら、都会の大資本による価格操作を遠因とするなど、最も克明に経済的基盤から造形された事柄である。だが、木本の苦悶は、単に生活と芸術とに折り合いをつける困難に起因するのではない。次の記述からそのことは明らかだろう。

俺れが芸術家であり得る自信さへ出来れば、俺れは一刻の躊躇もなく実生活を踏みにじつても親しいものを犠牲にしても、歩み出す方向に歩み出すのだが……家の者共の実生活の真剣さを見ると、俺れは自分の天才をさう易々と信ずる事が出来なくなつてしまふんだ。俺れのやうなものを描いてゐながら彼等に芸術家顔をする事が恐ろしいばかりでなく、僭越な事に考へられる。

相原和邦は木本を「家族思いの優等生」(8)と評したが、ここに吐露された真情とは、やや焦点がずれると言わなければなるまい。木本は、むしろ心底からの芸術崇拝者とされている。問題はもはや生活と芸術との優劣の次元にはなく、生活の「真剣さ」と比較する場合に、自分の芸術創造の達成度が不十分であるとする、自己の能力への信頼度に絞られているのではないだろうか。「僕は親父にも兄貴にもすまない」という慨嘆は、単純に生活者に対する芸術家の疚しさではない。「実際の山の形」、すなわち彼の主要な題材である大自然の芸術化にかける矜持は持ちながら、その成果には満足しえぬという、芸術家の自信と自己不信との葛藤に根差した呟きなのである。そして、この自己懐疑の形態が、語り手自身のそれと完璧に同一であるのは言うまでもない。語り手は、二人の境遇の相違を超越した地平において、普遍的な芸術家特有の苦悩と見なすこの内部相克の有り様を、木本像に付与したのである。

(2) 想像力・交感力

先に述べたように、語り手が「芸術家に取つては夢と現との閾はないと云つていゝ」とか、「私の唯一の生命である空想」と言う通り、彼は想像力こそ芸術家の最大の職能であると認識し、自分の芸術方法として標榜している。木本を巡る描写が全て想像力の所産であるという意味において、想像力は語り手と木本とを架橋するのである。だが、そこで鮮明化される木本の芸術的資質の本性も、「君は我れにもなく手を休めて、茫然と夢でも見るやうに、君の見て置いた山の景色を思ひ出してゐる事がある」という、夢想力・想像力にほかならぬのである。六章の全部（遭難場面）、七章①（岩内点描）の回想も含めて、木本は類稀れな夢想癖の持ち主として造形される。なかでも、木本の独特な芸術的才能は、題材である自然の「強く高い感情」を理解し、自然と「なつかしい友」の間柄で語り合う自然交感の能力とされる。注目すべきことに、これは人格化された自然に対する「同感」力として理解できるだろう。語り手の芸術方法において、自己と対象とが想像力を介して架橋されるのと同様に、その所産である木本の画才もまた、自己と自然とを架橋する交感力を本質とするのである。「子供のやうな快活な一本気な心」による木本の制作への没入も、語り手が芸術家の創造力の最高潮として懇望する「神がゝり」「エクスタシー」の境地、芸術家の「純一な気持ち」の発揮されうる境地にほかならない。従って、木本の芸術創造の方法もまた、語り手のそれと完全に一致するものなのである。

(3)「人類の意志」

さらに木本は、語り手の目標である「人類の意志」の外延を満たす人物としても造形されている。六章の漁船遭難の場面において、荒れ狂う波と格闘する木本は、「『死にはしないぞ』といふ本能の論理的結論」とか、「恐ろしい盲目な生の事実」と呼ばれる人類の根源的生命力の代表的な担い手として登場する。また最終章でも、「この地球の胸の中に隠れて生れ出ようとするものゝ悩み――それを僕はしみ〴〵と君によつて感ずる事が出来る」と、再び「地球」規模の、万人に共通する苦悩の典型者として木本が位置付けられ、彼の造形を媒介として、語り手は同様の「疑ひと悩み」を持つ人々の「最上の道」の実現を祈願する。従って、「画が書きたい」という強烈な「執着」は、人類にとって普遍的と見なされる個性の向上欲求の顕現として肉付けされたということになる。このようにして語り手は、自分も共有する「人類の意志」を、木本の中に具現しようと試みたのである。

以上のような三項目にわたり、語り手の同感内容としての木本の物語は、同感作用自体の内情とほぼ同一の組成を有するものとして創造されている。語り手自身は、これを木本の「談話や手紙を綜合した」結果の想像であると注釈するのだが、こと素材の「綜合」方法に至っては、語り手の信ずる虚構の原理に依拠したものと見て間違いはない。この結果、「生れ出づる悩み」は、語り手の表現行為（同感作用）のテクストの内部に、それと同一の論理に基づく表現世界（同感内容）のテクストが包含された、いわば同型対応（isomorphism）の二重構造を有する小説として表象できる。これを概括的に図示すると、**図2**のようになるだろう。

4　想像力の限界

本多秋五はこの作品に、「貧しい階級に生れた有為多感な青年が［…］告げようのない苦しみを苦しむという主題」(9)を見出したが、それはもはや一面的に過ぎるものと言わなければなるまい。第一に、木本の「苦しみ」は物質的次元の問題ではなく、自己の力量への自信と不信に起因する芸術家特有の内部葛藤であり、語り手とも共有するものであった。山田の指摘の通り、これは「〈君〉と〈私〉の二重の意味での〈若き日の芸術家の肖像〉」(10)なのであり、木本のみには限定しえず、芸術家一般に通じる可能性を含むものと見なされているのである。しかも第二に、その「苦しみ」はそれ単独で提示されるのではなく、それを同感内

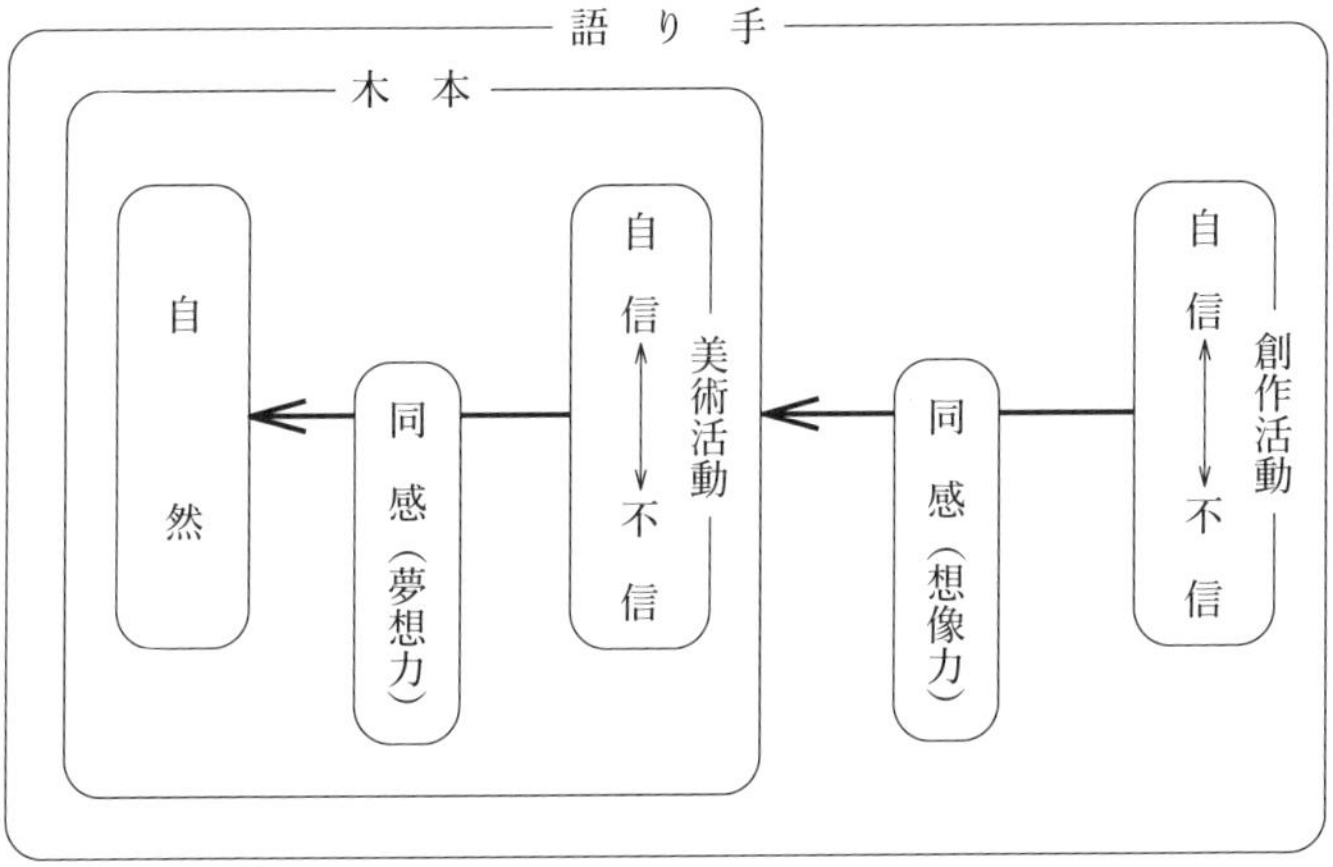

図２「生れ出づる悩み」の二重構造

容とする同感作用、すなわち語り手の虚構方法としての想像力の運動自体も、同等の鮮明度を伴って主張されているのである。従って「生れ出づる悩み」は、（1）職業作家である語り手にも共通する漁民画家の芸術家的困難の造形、および（2）語り手の芸術方法の中軸であるところの同感する想像力の宣揚という、二重の中心を持ち、構造上は後者が前者を包括していると言わなければならないのである。

ここから、物語の世界内に一人称の語り手が設定された意味が理解できる。語り手は創造の袋小路からの自己救済と飛躍を目指し、物語世界の水準における現実の木本に触発されて、〈メタ物語世界〉において虚構の木本を造り上げた。従って、想像力はここでは叙述方法であるとともに語り手の苦悩解消の手段でもある。語り手にとっては、木本の芸術意志と実生活の阻害要因との対立を克明に描写し、彼の内的葛藤を鮮明にすればするほど、自らの「同感といふものゝ力」の成功は確実なものとなる。後半部で木本の貧困と個性を順次浮き彫りにした後、木本が絶望の末に自殺衝動に駆られる姿を如実に描き出したのは、作者の「異常性」（福本彰）[11]や「ニヒリズム」（相原）[12]の投影と言うよりも、むしろ語り手の同感力が最大限に発揮された箇所と見るべきだろう。

しかも、苛烈な条件にさらされつつ成長を止めぬ木本の生命力・向上欲は、語り手自身の目標である「人類の意志」の表現として付与された。結局語り手の存在は、自己救済の願望という個人的意志が、文芸実践の中で「同感といふものゝ力」を媒介して他者と連帯し、究極的に人類的意志にまで結びついていくダイナミックな過程そのものの造形のためには不可欠の要素だったのである。この小説が想像力の機能を中心として、なぜ、何を、いかにして書くのかを明示するメタフィクションとされている理由は、それこそが、芸術の個人的かつ人類的な意義を鮮明にするための構造であるからである。この意義は、他者を内部に摂取して自己を拡充する主観的活動である芸術表現が、その普遍的本能解放の属性により、階級を超えそのまま人類全体に寄与しうるとする有島の人類的・超階級的創作理念とも合致する。このような高次元のレヴェルにおいて初めて、このテクストに作者有島の他のテクストとの通路を認めることができる。だが、これは語り手と作者とを、単純に同一視することからは読み取れない事柄なのである。

従って、テクスト構造の一端がその実証にあてられた語り手の想像力が、同感作用と同感内容との原理的一致の方向で機能し、対象を自己と相似形のものとして産出したのは、語り手の芸術理念の実践として当然である。対象と自己との階級的格差や懸隔を絶対視せず、芸術家通有の一般問題として取り扱う方針を、語り手は付与されているのである。前述の同型対応型二重構造は、その方針の具体化にほかならない。この見地に立てば、「君への讃歌は私のウィークポイントの告白記」（青山孝行）(13)という見方や、「対立する二人をもっと描くべき」（小沢勝美）(14)とする批判は、いずれも実態に即していないと言うべきだろう。この作品の枢要部が、語り手の創作理論自体の自己増殖として木本が造形される機構にあるとすれば、モデル論を前提として両者の差異を要件と見る視点や、彼の論理以外の超越的な基準による真実性の評価などは無効なのである。

むしろ問題とすべきは、最終章で語り手が「この上君の内部生活を忖度したり揣摩したりするのは僕のなし得る所ではない」として、自らの想像力を限界づけた点だろう。芸術家の内的苦悩の解決は各人自身の努力による以外にない、とするこの主体性重視の態度はそれ自体正当であるが、個々孤独に断絶した主体性の認識が極度に徹底されるとき、それは一片の想像力による「同感」をも許容しえなくなる。想像力は、程度はどうあれ「忖度」や「揣摩」の作用であるのに変わりはなく、この語り手自身による限界宣言の一節は、理論的にはそれ以前の文脈と大きな矛盾を惹起し、テクストを自己解体せしめる危機的兆候にほかならない。だが、それはすぐに万人に対する「切なる祈り」の声の下に収拾されてしまう。ここで未だ均衡を保っている想像力と主体性の問題は、作品史的に見れば後の「宣言一つ」では完全に背馳するものとして論じられることになる。その意味で、この限界宣言は有島の芸術理念の根幹に触れるものであったが、その問題が顕在化するには、表現の成功と表現主体の正当性とのパラドックスの問題をはらむ「運命の訴へ」の中絶（大9・9＝推定）を待たなければならないだろう。このような自己解体の契機をも含めて、「生れ出づる悩み」は、有島の初期・中期の作品創造の原動力であった、「同感」（同情）の理論自体が構造化されたテクストなのである。

7　悪魔の三角形

「石にひしがれた雑草」

1　絶縁状形式と「悪魔の眼」

姿を隠す時が来た。何を愚図々々のさばつてゐるのだと心の中で君に呵責（さいな）まれる時も果てた。君と一緒にこの地球の上にゐながら姿を消すのか、或はあの世に姿を隠すのか、そんな事は詮議してくれるな。縦令詮議した所が無駄だ、僕が姿を隠した後に、君はこの置手紙一つの外は何物も見出さないだらうから。［…］

姿を隠す前に、僕は君の恋人であり、僕の妻であるM子を生殺（なまごろ）しにした顛末を君にだけ知らせて置きたいと思ふのだ。僕が何か目的があつてそんな事をしたと思つてはいけない、僕には目的はない。目的なぞがあるものか。［…］何んにも目的がなくなつてしまふと、人間の姿といふものが可なり露骨に見え透くよ。悪魔の眼が冴えてるのも多分はその為めなのだらう。

「石にひしがれた雑草」の主要登場人物は、実業家のA、その妻M子、それにAの友人でM子の愛人加藤の三人である。語り手兼主人公のAは、テクストの冒頭で、このテクストを構成する「置手紙」を残す理由を右のように説明する。理由にならぬ理由を冷笑的に語ったこの部分のディスクールは、テクスト全体の枠組みと独特の叙述方法に関わる、物語的な状況設定を行うものである。

(1) 絶縁状形式

まず、「置手紙」と自称するこのテクストは、Aから加藤に宛てた全一通の一方的な書簡体の体裁を採っている。そのために、親しい者同士の用いる呼び掛けの言葉が文体上の特徴となり、それが逆に全編にシニックな情調を漂わせる効果をもたらす。小坂晋はこの形式を「主人公の遺書体小説」[1]と見たが、テクストの末尾が、「僕は何所かで楽しみに見てゐるぞ」という捨て台詞で結ばれることからすれば、Aの死は確定的ではない。従って暉峻康隆の書簡体の分類に照らすと、彼が書簡体のうち特殊な形式としてあげた「絶縁状」[2]に類するものと言えるだろう。

(2) 目的の喪失/達成

次に「何んにも目的がなくなつてしまふと」という印象的な言い回しにより、Aはそれまで持っていた「目的」を達成もしくは喪失し、それ以後失踪の決意をすることが予告される。これにより、叙述の基点としての現在が、すべての事件が完了した時点に設定される。物語内容は基本的には回想の形式を採り、過去から現在までの出来事を語り、結末で物語の時間は出来事の時間と一致することになる。このテクストが叙述によって追求しようとする「目的」とは何か。ここで喪失／達成した「目的」の内容が謎として凝集され、その謎の解消を目指す「目的」喪失／達成までの過程を叙述することの開始が告知されている。〈謎の凝集〉とは、ロラン・バルトによる物語構造の一般的定式である(3)。

小坂はその過程の構成を六部に区分したが(4)、ここではより簡略に次のような四部構成としてとらえてみよう。第一部はAとM子の恋愛時代、第二部はAの外遊時代およびM子と加藤の最初の姦通が発覚した帰国当日、第三部は一応和解したAとM子の結婚生活の生態およびM子と加藤の二度目の姦通の露見まで、そして第四部ではAがM子に仕掛ける数々の復讐の手管が披露され、M子がヒステリー状態に陥る模様が描かれる(5)。それぞれ導入部、展開部(一)、展開部(二)、そして結末部と呼ぶことができるだろう。

(3)「悪魔の眼」の反復的形象

さらに、右の叙述は「人間の姿」を見透かす「悪魔の眼」のごとき視力に基づいて行われることが予告される。このテクストは、「悪魔の眼」の透視能力なしには、成立しえなかったと言わなければならない。「悪魔の眼」はこのテクストの基本的な構造化の法則であり、次のような反復的形象として実現されている。

AはM子との恋愛時代、トルストイの『アンナ・カレーニナ』の引用変形である、アルファベット暗号式の手紙をM子から受け取る。これは、単にAの「昂奮」を引き出そうとするM子の「駄じゃれ」というだけではない。表音文字の一見無作為な羅列でも、受容者の再構成によって意味をなしうることは、文字・語・文が、基本的に反復と引用によって成立する現象であるからにほかならない(6)。暗号生成と解読の行為が明るみに出すのは、表意作用を介したコミュニケーションの実現が、意志疎通の断絶を、その都度の暫定的な解釈によって乗り越える幻想に過ぎないという事情である。この幻想としてのコミュニケーションと、「悪魔の眼」の透視能力とは、本質的に同一と言わなければなるまい。その意味で、暗号式手紙の挿話は、いずれAが獲得することになるだろう「悪魔の眼」の機構を、テクストの前半において先取する設定なのである。

これと同様の文字刻印の解読作業が、脱衣室で発見された手紙の断片によって再現される。「落付か」の三字と「郎6」の二字のみを表裏に読みうるその紙片を、AはM子の加藤(梅治郎)との再度の姦通の物証として疑ったのである。Aは、加藤にそれらの字句を反復せしめるように自らの姓名を明記し、「落付いて」の字句を挿入して手紙を送り、返信の筆跡を鑑定して事実を断定してしまう。ここで個性とは、字句・字体の反復にほかならない。刻印は反復されることによって同定され、同定されることが自我なるものの幻想を産出する。これら一連の反復同定の作業を行うのが、「悪魔の眼」である。Aは決して特殊な人間ではない。彼は、誰しも通常はそれに対して意識的となることを抑圧している、普通のコミュニケーションの実践者に過ぎない。ただしもちろん、その様相は、文芸的に異化・典型化され、その徴表こそが「悪魔の眼」という符牒にほかならない。

その様態はいかなるものか。最初の和解の際、Aは不貞を犯した二人を許すと言った自分の「その時の言葉を僕の心の底の言葉で翻訳して見せようか」と、虚飾を取り去り、真情を明瞭に暴露して見せる。またA自身の内面に限らず、結婚後のM子の「不思議に浄化」された言葉に対しても、加藤の「胸に抱かれて云つた言葉の復習」であろうと見抜いている。その根拠となるのは、次の引用のように二人の男の間に仮定された同一性である。

君はこの手紙の冒頭に、君が僕に対して同じ事を思つてゐる推測をしてゐるのに気がついたらう。それは明らかに僕の心で君の心を推測したのだ。而してそれは間違つてはゐない筈だ。

ここでも「翻訳」とは、異なる人間相互における言葉の反復であり、反復可能性はまた同一視可能性でもある。なるほど、「僕の心で君の心を推測」することを人は日常的に行っている。ただし、それは多くの場合、「間違つて」いると言うべきだろう。他人の心など、もとより不可視だからである。そもそも、AがM子の不貞に苦しめられたのは、Aが彼女の心を見ることが出来なかったからにほかならない。だがそれを含め、同じことは加藤の場合にも言えるのだ、とAならば反論するだろう。ここで、人は不可視であることにおいて同一である。むしろ、同一性の認識こそ、何かしら不可視の要素を必然的に招き寄せてしまうと言うべきかも知れない。姦通とはそのような現象である。本来、反復現象のその都度の暫定的解読の函数に過ぎない同一性を、絶対的な前提とすることが、同一性からの当然の逸脱である姦通を呼び込むのである。「悪魔の眼」によって透視された「人の姿」とは、M子や加藤以上に、世界に対するA自身の概念図式の謂であり、事件のすべては、そこから帰結したと見なければなるまい。

加藤とM子との関係には、彼らの「肉交的恋愛関係について、作者は如何に解釈して居るのか少しも書かれて居ない」(7)とした加能作次郎の同時代評以来、造形上の不備が指摘されてきた。大里恭三郎もそのために、「三角関係における愛の倫理」(8)が欠如したと述べる。だが、このようなAの理解によれば、加藤とM子との関係は、彼女とAとの関係により完璧に代弁されているはずであり、書く必要もないということになろう。ここで加藤とAとは、心情的に全く等価・等質の存在として認識されている。ただし厳密には、Aは、加藤と自分の心情の同一により「M子の魅力は僕一人の自惚れから編み出した妄想でない事が証拠立てられる」と認める一方で、同時に、加藤を「用もないのに偶然に創り出された邪魔者」とも言うことから、ここには同情と反発との同居という、一見奇妙な関係が成立しているのである。問題は「愛の倫理」などではない。従来の批評が等閑視した両者の同情と反発に由来するこの三者関係、同一性が異質性と同義であるようなこの対人認識の様態にこそ、この小説を解く鍵がある。そしてその鍵は、「悪魔の眼」の構造化原理によって鋳造されたのである。

大里は「憎悪に燃え狂って自己を客観視する理性を喪った人物」であるAを語り手に選択したことを、「方法上の欠陥」と断罪した[9]。だが、このテクストが専ら呈示する理念は、自己「客観視」などありえぬということ、自己が関係性の結節点でしかないということ以外ではないだろう。叙述の根源に人物の「客観視」を突き抜ける「悪魔の眼」を据えたからこそ、テクストは関係性の実質にまで深く測鉛を下ろしえたのである。従って「憎悪」とはこの場合、あくまでも怜悧なものなのである。

2　欲望の二重の媒介

「石にひしがれた雑草」は、最初『太陽』（大7・4）に掲載され、次いで大正七年九月に叢文閣から刊行された有島武郎著作集第六輯『生れ出づる悩み』に、若干の本文改訂を経て収録された。発表当時菊池寛から、「大きな華やかな立派な虚構」により、「心行くばかりの心理的演習（サイコロジカルマヌーバー）を行はしめた作品」[10]として絶賛を博している。しかし菊池の真意にもかかわらず、それ以来「心理的演習（サイコロジカルマヌーバー）」すなわち作為に富んだ実験的作品として見る観点に災いされ、その真価が十分に汲み取られてきたとは言いがたい。充実した構成、および透徹した心理的裏付けに支えられたこの佳作の文芸美を、登場人物の相互関係を探る中で説き明かし、相応の評価を与えなければならない。

これまでの研究を概観すれば、まず本多秋五が「『或る女』の手のこんだヴァリエーション」と見て、題名の「石」を社会・環境、「雑草」をM子として解釈し、抑圧状況にされされたM子の「不可避な自己防衛の方法」である不貞を、一編の主眼点としてとらえた(11)。また小坂も同様に『或る女』との関連を重視したが、「石」を運命・性格、「雑草」を「陥穽を作って生きる人間」(特に主人公)として、A中心の解釈を示した(12)。小坂によれば、作者の「社会的欲求不満解放が性的欲求不満解放で代償され」た結果、M子の「個人的な性心理」に全力が傾注され、そのためにハヴェロック・エリスの『性の心理学研究』から学んだ知識が援用されたという。さらに大里恭三郎は、「意識によって抑圧された激しい情念」である「Aの〈石〉が〈雑草〉のM子を狂気に追い込んだ」との見地から、「有島がこの小説で書こうとしたのは、主人公Aの嫉妬からする『復讐』であり、その方法としての『巧妙な仮面』である」と結論した(13)。これらの研究に共通するのは、登場人物のいずれかに論者の重点が偏り、そこに作者有島の意図が認められるとする傾向である。ところが、先の検討によれば、このテクストの文芸美の根幹をなしているのは、個々の人物の個性や内面なるものではなく、三名の主要登場人物全体を覆う三者関係の様相と、そこに介在する同一と差異との同義性という事態であると言わなければならないだろう。

そこで、まず各人物の特徴を瞥見しよう。青年時代のAは「一徹で、極端な内気で、妙に片意地の強い」「非世間的な独善主義者」であったが、その後M子の「超自然的」な影響により、「快活なまめな大胆な若者」へ変化したと語られる。しかし、Aの徹底した誠実、依怙地なまでの一徹は、深層において微動だもせず存続したのではないか。「真剣といふもの」への確信、M子への執拗な復讐や、全編のディスクールに漲る異様な熱気がそれを傍証するのである。「若し満足な婦人からの満足な愛が得られなかつたら、他の点に於てその人が如何に幸運であらうとも、畢竟不運だと云はなければならない」とする一種の恋愛至上主義も、この範疇に入れて考えることができるだろう。

Aと恋敵加藤は、学生時代には「お互に生真面目な青年」であったが、加藤は「あの時分から妙に色男といつたやうな典型（タイプ）」で「細々と華車」な反面、不思議に度胸があり、「誰れにでも臆面なく正面を切」る大胆さを持つ点でAと異なっていた。Aがその相違に強い劣等意識を抱いていたことは、次のような第二部の再会の場面などによく現れている。

> 女は君を注意せずにはゐられまい。一般の男が女に与へる全体からの力強い感じは君は持ち合はしてゐないかも知れないが、女は君の細部（デテイル）に思はず眼を牽かれるだらう。
>
> （傍線引用者）

青年時代と現在とを問わず、加藤の容貌は女性の眼を通して見た魅力、特に性的魅力に絞って描写される。加藤の髪・黒子・鼻・口・爪・腰など肉体の「細部」に注ぐAの眼差したるや、まことに執拗かつ入念である。加藤が他人に「臆面なく正面を切」る時に口角に現す「ゆがみ」を、Aが「極端に厭」うていたという記述がある。この「ゆがみ」は、むしろ内気でうだつの上がらないAの側が、「色男」の加藤に対して抱く劣等感と警戒心の象徴と見ることができる。何よりも恋愛に価値を置くAにしてみれば、自分以上の性的魅力を持つ男はそれだけでも脅威なのである。従って、Aにとって加藤は同一の女性を愛したとともに、自分よりも性的に優越した人物として目に映ったのである。

AとM子の恋愛の様相はいかなるものであったろうか。第一部でP先生のカルタ会で出会ったM子にAは一目惚れして、最初から恋愛の主導権を握られてしまう。その内実は、次の一節に明快に描き出される。

快味の多い flirtation には相手が童貞で情熱的であるのを必要とするのだ。M子は打算の上から僕を選んだのだ。M子は又戯れはどこまでも実行に移つてはならない事を知つてゐた。而して彼女は出来るだけ興味多く、言葉を換へていへば、実行の閾まで踏み込んで、存分に私を弄ばうとしたのだ。

これは『或る女』の早月葉子と同じく、M子が女性的魅力によって男を手玉に取る、コケットリーの卓抜な使い手であることを示す叙述である。M子の放恣な振る舞いと強烈な個性にAは完全に翻弄されるが、それは単に彼が年少であったためだけではない。「M子になぶり殺される為に生れて来た」という述懐は単なる自嘲ではなく、自分を魅了する人物にさいなまれ、虐げられることに快感を覚えるマゾヒズム的傾向、A自身の言う「病的」傾向の現れにほかならない。このようなマゾヒストAと、「快味の多い flirtation」を得意とする淫乱奔放なM子との結び付きは、このテクストの中軸を成す設定の一つだろう。「M子以上に悪戯好きで巧妙」な「自然」の摂理によって、難攻不落と見えたM子はAと契りを結ぶが、この「自然」とは決して偶然でなく、まさに必然の謂と言うべきである。Aの特異な性情はそれにとどまらない。Aがかつての自己を分析しつつ反省する記述がある。

私はM子その人に執着したといふよりも、M子が他人に占領されるのを思つたゞけでも我慢してゐられない、その不思議な競争心ともいふべきものに執着してゐたやうだ。

この後に、オットー・ワイニンゲルによる「娼婦型」の女性類型論に反論して、「娼婦型の女はその魅力を女自身に備へてゐるといふよりは、その周囲を取り巻く男とその女との関係の間に持つてるやうだ」と述べる関係論的解釈が続く。要するにAの恋愛は、他者との競合関係を本質とする、他者の介在なしにはありえないものである。小坂はM子の「病理的ヒステリー」(14)の伏線として、また大里はM子の二度にわたる姦通の伏線として(15)、この「娼婦型」の人物造形をあげた。だが、Aが「M子はある他の男に取つては家婦型と云ふべき女かも知れないが、僕に取つては確かに娼婦型の女だつたのだ」と限定した通り、何よりもM子の性格類型は、「競争心」に執着するAの性格と相互に呼応して設定されたのだ。このテクストの登場人物は、個性や自我ではなく、すべて相互の関係性に基づいて造形されているのである。

西洋文芸に現れた三者関係の本質を犀利に剔抉したルネ・ジラールによれば、欲望する主体は自分の欲望の対象と自分との間に、「最も従順な敬意と最も強烈な恨み」(16)を感じるような媒体を必要とし、この媒体の欲望を模倣する。手本(モデル)であり敵(ライヴァル)である媒体の存在を明示する作品をジラールは〈ロマネスク〉な作品と呼び、欲望を個人的なものとしか提示しない〈ロマンティーク〉な作品と区別した。特に主体と媒体の願望圏が重なり合う場合を内的媒介、そうでない場合を外的媒介と名づけ、さらに二人の人物が相互に主体かつ媒体である状態を、二重の媒介と呼んだのである。この理論に照らして見ると、この小説の人物関係は、明らかに内的媒介、しかも二重の媒介の構図に従っている。主体Aは媒体加藤を介して対象M子を欲望し、また主体加藤は媒体Aを介してM子を欲望の対象とする。この三角関係的欲望の全容は、「悪魔の眼」の視力に基づく全き透明性への確信のうちに、瞭然と映し出されていた。従って、この作品はジラールの言う〈ロマネスク〉な構造を有すると言えるだろう。

恋愛に媒体を必要とするAの性格は第一部の学生時代から顕著であり、当時は周囲の不特定の男たちに媒体が求められた。内気で無経験な彼は、世間一般の男たちを手本（モデル）および敵（ライヴァル）とし、彼らを無意識に利用せねばならなかった。彼の「奇妙な嫉妬」は、周囲の男性がM子に寄せると空想した欲望を模倣した証拠であり、多情な「娼婦型」のM子の性格がこれと相関するのは言うまでもない。第一部で設定された各人物の性格に従い、第二部では三角形の構図が明確に機能し始め、媒体も加藤一人に絞られる。性的魅力の優越によって手本（モデル）であり、またM子という同一対象を欲望するがゆえに敵（ライヴァル）でもある加藤こそ、Aにとって最も適切な媒体だったのである。この構図は、いわば潜伏期間であった第三部のかりそめの平和を含め、第二部から第三部を通じて不変である。そして、「石にひしがれた雑草」の三者関係が独自の相貌を現すのは、第四部の復讐過程をおいてほかにはない。

3　ロマネスクの真実

「置手紙」執筆の時点において、Aは既にこの三者関係を二重の媒介過程として認識しており、加藤とM子の関係がAとM子のそれと相似形を描くように示唆されるのはそのためである。第二部のAの突然の帰国の際、加藤が動揺を隠し切れないのに対してM子は沈着そのものであった。彼らの密通も、主導権を握っていたのはAと同年齢の加藤ではなく、年長の

M子の方だったという推測は十分に成り立つ。従って、Aが加藤に加えた、「君のやうに真剣といふものゝ解らない人間さへゐなければ、僕は今より遥かに美しい幸福な人間になつてゐたのだ」という揶揄は不当であると言えよう。加藤もまたAと同様、彼なりに「真剣」であったのは想像に難くないのである。「M子の心が腐つてゐれば、縦令ひ君がゐなくても、君と同じものを見附けるのは小石を拾ふやうに容易い」というのは正解だろうが、別段、「M子の心が腐つて」いたわけではない。言うなればM子もそれなりに「真剣」だったのだろうし、そのようなM子を頼まれもしないのに「愛した」のは、ほかならぬAの我意でしかない。結局、このような枠組みが存在する限り、この三者関係を脱出する方法は、ないと見なければなるまい。

こうしてAと加藤とが交換可能な状況下では、Aはいかに努力しても、M子を完全に掌握することは不可能である。二人の男は三角形の拘束力のため身動きができない。この三角形の不可変性をAに認識せしめた契機が、第三部の二度目の背信の発覚であった。自己向上の証しと思われた事業の成功や、夫婦和合の所産と見えた結婚生活の平穏も、結局関係性自体を打破しえないことを、Aは痛感せざるを得なかった。この状態を継続することは、依怙地な誠実家Aには耐えられない。Aは自分がM子にとって特別でなければ気が済まないからである。独善の誠実において、明らかにAは『宣言』のAや、『迷路』のAの末裔と言える。だが一点、決定的に異なる部分がある。その時、Aは欲望の対象をM子のもたらす快楽から苦痛へと変更することによって、加藤に対する差異性を確保しようとしたのである。これはマゾヒズムにほかならない。まさにこのマゾヒズムこそ、この小説の独自な人物構図の淵源であり、第四部の復讐を結果したものなのである。

例えば、密室内の加藤とM子の交渉を想像して、Aが「嫉妬のorgasm」を感じる場面がある。

> 僕は他の部屋にたつた独りゐて、君等の間に取り交はされる眼と眼との会話や、物の受け渡しをする時触れ合ふ指と指との私語（さゝやき）を眼で見るよりも明らかに想像してゐた。而して思ふ存分僕の嫉妬に油をそゝぐ事を楽しんだ。胸まで裂けさうに憤怒が嵩じて、挙は思はず知らず鉄のやうに固く握られ、膝節がぶる〳〵と戦いて、殺気の為めに口の中がから〳〵に乾くのを、ある限りの意志を尖らしてじつとこらへるあの快さは又格別だ。

このマゾヒズムに満ちた言葉遣いは、読み手（加藤）に向けられたアイロニーによって浸透され尽くしている。「絶縁状」という書簡体の言説が、手紙の受信者への対他意識に彩られることの典型的な事例である。他者から被る身体的危害ではなく、「憤怒」や「殺気」、「嫉妬」により「上機嫌」になる条りは、Aがジラールの命名した「形而上的マゾヒスト」(17)の範疇に属していることを示す徴表である。あらゆる手段を弄してM子に仕掛けられる復讐は、必然的に姦通の意図的放任が前提となるから、Aの自己虐待と同じことである。Aはその「嫉妬」を原動力として一層復讐の鬼と化して再び策を練り、また再々度……と、この循環過程は次第に増幅されて行く。Aの復讐はマゾヒズムの自己増殖運動であり、彼はこの螺旋階段を上って「企図の頂点」を目指すのである。「マゾヒストは、形而上的欲望の他の犠牲者にくらべて、はるかに明敏な洞察力をもつと同時に、いっそう盲目的である」(ジラール)(18)。これほど、ここまで検討して来たAの性質を、端的に言い表した言葉はほかにない。Aは潜在していたマゾヒズム的傾向を意図的に一挙に開花させ、真の戦略的マゾヒストとなった。Aの「巧妙な仮面」とは、実はM子と加藤に向けられた復讐方法以上に、より強く自我そのものに生成変化を引き起こすマゾヒストの仮面である。だが、Aは仮面を被ることによって自分の自我を覆い隠したのではない。むしろ逆に、そのようにして彼は新たな自我を獲得し、あるいは、自我のある部分を最大限に表現することができたのである。

第四部で次々に繰り出されるAの手管は、豪奢・美少年・虚言・密偵(いぬ)など、ほとんどがかつて自分が魅せられたM子自身の趣味を増長させ、逆手に取る方法である。またその「頂点」も、性的敗北を喫した男らしく、房事を拒絶してM子を性的飢餓状態に導くことであった。小坂はハヴェロック・エリスの学説に従って、M子の精神状態を第四部二月二十九日の自殺未遂を区分点として、前半を「異常ではあるが病気とは言えない」ヒステリー、後半を

「病理的ヒステリー」として区別した(19)。この性的回路の重みは確かに看過しえないが、それとともにAの螺旋状の復讐過程自体も凝視せざるを得ないだろう。「どんな反映にしても、それが反映している事柄そのものが先にあるのであって、性的マゾヒズムは実存的マゾヒズムの鏡にほかならず、その逆ではない」（ジラール）(20)。こうして、テクストの冒頭で設定された謎の解決が、結末近くでは再び前景化されてくる。それは、復讐過程に「反映」していたAの、喪失／達成されるに至る「目的」の内実は何であったのか、という謎である。「頂点」寸前のAはこう書き記す。「然しその奥にはどうかしてM子を助けたい、自分が助かりたい祈願を捨てる事が出来なかつた」、「石は自分の弱さを地獄にまで咀ひながら、その本性の愛着にうちのめされて、根かぎりに無言の叫びをめいてゐたのだ」。これらの言葉からは、「巧妙な仮面」の背後にあるAの原初的な心情が読み取れる。Aの「目的」が、最後までM子の十全な愛情を獲得することであったと言えば、いかにも奇異に響くだろう。しかし、「不幸にして狂つた」「運命」、すなわち不条理な関係性の網に捕らわれたがためにマゾヒズム的復讐を演じなければならなかったAも、本心ではM子の滅亡なぞ望みはしなかったのである。これは偽装の勝利であり、敗北とも等価であって、最終的な勝利者を探すとすれば、それは欲望の三角形それ自体でしかない。

　結末、M子は「強度のヒステリー」症状を呈し、Aは破産する。対象を破滅に導き、欲望の持続を自ら不能としたAは、末尾の一文で「人間が一生の間に恐らくは一度より経験しない尊い深い生命の燃焼を、一片の思ひやりもなく、ふざけ切つた心で弄んだ君が、果して君の恋人を死より救ひ得るか如何か、僕は何所かで楽しみに見てゐるぞ」と述べる。この捨て台詞は、単なる関係からの離脱の宣言ではない。M子と加藤二人の末路を「何所かで楽しみに見てゐる」第三者の存在を、彼女は生き残ったとしても加藤とともに半永久的に意識し続けなければならない。この世界では、純粋に〈ロマンティーク〉な二者関係など、不可能なのである。だが他方、〈ロマネスク〉な真実以外には、何も獲得しえなかったAの当初の「目的」、すなわちM子の獲得という目標もまた、今後も半永久的に達成されることはなく、むしろ分解したということになる。

この小説の核心は、もはや個人の〈ロマンティーク〉な主体性の存立という思想がいかなる形においても無効であり、それに代わって、人間生活における徹底的に〈ロマネスク〉な関係性が、個人なるものを全体的かつ個別的に支配している様相である。「人間といふものは如何かした拍子に自分以上になつたり自分以下になつたりするものだ」とは至言である。三者関係に翻弄された「弱者」Aは、強者となるために自己の「弱者」性を逆手に取り、欲望の性質を変化させて、ほかならぬ関係性自体を利用せねばならなかった。その悲壮かつ錯誤に満ちた営為の克明な呈示に、人間愛尊重の強い祈願が込められていると逆説的に解釈することも可能かも知れない。すなわち、〈ロマネスク〉な世界の造形技巧の秀逸さの裏側に、〈ロマンティーク〉な人間愛への志向を潜在的に認め、それをこのテクストの文芸美の一面としてとらえることも無理ではない。

だが、小説のテクストは容易に反転する。すなわち、常に媒体の介在を必要としたAにとって、愛情とは畢竟、〈ロマネスク〉な構図の中にしか見出しえなかったはずである。Aの主体性は破壊されたのではなく最初から不在だったのであり、むしろ主体なるものは、欲望の三角形の中に自らを投げ出し、他者の、または他者からの反復としてのみ、初めて構成されることができたのだ。しかもその事情をA自身、痛いほど認識している。Aがしてみせたワイニンゲル説の、殊更な関係論的解釈を想起しよう。マゾヒズムを「他者によって私を対象として構成してもらうための一つの試みである」[21]というサルトルの言葉を想起するまでもあるまい。Aは、サルトルによれば結局は「挫折」に終わるマゾヒズムによる以外に、M子に対して自己を自己として呈示しえなかったのである。

従って、「恵深い自然の姿」から疎外され対照されているのは、大里の言うM子のみではなく[22]、むしろA、および彼を含む人物構図全体、ひいてはそのような関係論的認識そのものではなかろうか。また大里がとらえたようにAを有島にとっての「否定的自己」と解釈したり、反対にAに隷従を強いる三者関係の弾劾を読み取るのも性急だろう。刻印の反復以外に自我の同一性の保証はなく、反復は必然的に同一性を裏切るとすれば、これらは皆余儀ないことと言うほかにない。この小説には解決がなく、矛盾が矛盾として呈示されている。その理由は、近代を彩った、同一性としての自我の要求自体が、決して真に充足されることがないからである。しかし、そのような倫理的矛盾性は、芸術的には三角形の媒介過程により、緊迫した人物構図を浮き彫りにした完成度の高い短編として造形されえたと言うことができるだろう。

4　関係性のパラドックス

この主体性という語を、「惜みなく愛は奪ふ」の「個性」や「本能」と置き換えることができるだろう。そこで有島は主体が外界に従属する「習性的生活」や、両者の対立する「智的生活」を退け、「個性の緊張」による自己一元の「本能的生活」を理想とした。「石にひしがれた雑草」に内在する「恵み深い自然」と人間との対比、あるいはこの作品について、『生れ出づる悩み』広告文」（『新潮』大7・10）で作者自身の言う「愛が正当に取扱はれた場合と不正当に取扱はれた場合とから来る恐ろしい隔り」とは、「本能的生活」とその他との差異にほかならない。この「隔り」は、通説のように『宣言』と「石にひしがれた雑草」との格差ではなく、後者に内在するものとして考えるべきだろう。ここで提起されているのは、自己がそのまま自己自身でありうるか否か、自己の同一性はいかにして可能かという問いなのである。

R・D・レインは人間相互の不可視性を前提として、「行動は経験の函数である。そして経験も行動もともにつねに自分以外の他者あるいは他物との関係の中にある」(23)と述べた。

『或る女』を筆頭とする有島の恋愛小説は、いずれもこの人間関係の相関性をまざまざと見せつける。特に「石にひしがれた雑草」を含め、アルファベットの頭文字で呼ばれる人物が登場する『宣言』や『迷路』などにこの傾向は顕著である。彼らの属性は、あたかも将棋の駒のごとき機能に重心が掛かっている。『宣言』のA・B・Y子や『或る女』後編の倉地に対する葉子は、相互にまたは一方的に相手の愛に不信を抱き、確証を得ようとして果たせず、関係性の罠に捕らわれてもがいた挙句破局へと向かう。『迷路』のAも、妊娠というP夫人の嘘に散々振り回され、最後までその呪縛を脱しえない。この様式特徴の観点から見れば、二重媒介の全容を如実に描き出した「石にひしがれた雑草」は、関係性の完璧さの点では典型的であり、描写技巧の点では「悪魔の眼」の透視力（それは要するにAの主観に浸透された観察にほかならないのだが）に基づく徹底した執拗さによって他作品との差異性を付与された小説なのである。

最後に題名について触れておこう。大里は「石」と「雑草」をそれぞれ「復讐する者（A）と、復讐される者（M子）とを表すイメージ」[24]と解釈したが、Aによって復讐されたのは、M子以上にA自身だったのではないか。「石」のごとき誠実を信奉する主人公は、「悪魔」に魂を売って、「雑草」のように踏みにじられた自己の「運命」から逃れようとした。だが、そのために主人公は、前にも増して「ひしがれ」なければならなかった。なぜなら、「悪魔」も「運命」も、その実体は同一の近代の病、すなわち三角形の関係性にほかならなかったからである。「石にひしがれた雑草」という題名は、主体性の不在な、しかし真実のものでなくはない愛情が、関係性に媒介されて自らを滅ぼしてしまう、そのパラドックスを表すものなのである。

8a　コケットリーの運命

『或る女』

1　粉飾のパラドックス

香水や、化粧品や、酒の香をごつちやにした暖いいきれがいきなり古藤に迫つたらしかつた。ランプがほの暗いので、部屋の隅々までは見えないが、光りの照り渡る限りは、雑多に置きならべられたなまめかしい女の服地や、帽子や、造花や、鳥の羽根や、小道具などで、足の踏みたて場もないまでになつてゐた。その一方に床の間を背にして、郡内の布団の上に掻巻(かいまき)を脇の下から羽織つた、今起きかへつたばかりの葉子が、派手な長襦袢一つで、東欧羅巴の嬪宮の人のやうに、片臂をついたまゝ横になつてゐた。而して入浴と酒とでほんのりほてつた顔を仰向けて、大きな眼を夢のやうに見開いてじつと古藤を見た。その枕許には三鞭酒の瓶が本式に氷の中につけてあつて、飲みさしのコップや、華奢な紙入れや、かのオリーブ色の包物を、しごきの赤が火の蛇のやうに取巻いて、その端が指輪の二つ箝つた大理石のやうな葉子の手に弄ばれてゐた。

「お遅う御座んした事。お待たされなすつたんでせう。……さ、お這入りなさいまし。そんなもの足でゝもどけて頂戴。散らかしちまつて」

この音楽のやうなすべ〳〵した調子の声を聞くと、古藤は始めて illusion から目覚めた風で這入つて来た。

『或る女』は女性の身体性に肉薄した小説である。早月葉子は「女の強味（弱味とも云はゞ云へ）になるべき優れた肉体」を武器とし、男に対して宣戦布告した人物であった。ところが、肉体を餌にして男を籠絡する葉子の描写には、動員されてよいはずの身体語彙は乏しく、横たわる彼女の周囲に散乱する物象の羅列に終始している。「香水」や「化粧品」は身体を装飾し、「酒の香」は身体の行動様式を暗示し、「女の服地」「帽子」「造花」「鳥の羽根」「小道具」「派手な長襦袢」など装飾物の百貨店的蝟集は、モノに対する執着、すなわちフェティシズムと、自らの身体を装飾することへの執着、すなわちナルシシズムを共示する。また「東欧羅巴の嬪宮の人のやうに」の直喩や「三鞭酒の瓶」の「本式」の扱いには、良く言えば様式美、悪く言えば虚飾に満ちた華美への志向が認められる。いずれにせよ直接に葉子の属性が描かれているのは、「すべ〳〵した調子の声」という発出物以外にはない。

ここで女の身体性は、隣接性の軸に従う換喩的な情報の交錯点でしかない。彼女の身体は、それ自体としてはほとんど何物でもない。これらの物象的情報が行き交う場としての身体以外に、その魅力なるものを思い描くことすらできない。このように『或る女』の描写は、開巻近くで既に、身体なるものの虚構性を顕著に呈示している。ところで、このような虚構の身体の印象は、次のような末尾近くの叙述からも、再び読み取れるだろう。

葉子は凡てのものゝ空しさに呆れたやうな眼を挙げて今更らゝしく部屋の中を眺め廻した。何んの飾りもない、修道院の内部のやうな裸かな室内が却てすが〳〵しく見えた。岡の残した貞世の枕許の花束だけが、而して恐らくは（自分では見えないけれども）これ程の忙しさの間にも自分を粉飾するのを忘れずにゐる葉子自身がいかにも浮薄な便りないものだった。

前の引用の示唆を援用すれば、ここで文中に明記される「粉飾」とは、何よりも葉子のフェティシズム＝ナルシシズムの表現であった。それと同時にこの末期の一節は、身体に限らず、葉子という人物そのものが、それ自身としては何物でもなく、常に他の何物かの媒介としてあったという存在形態そのものを指し示している。その、他の何物かとは、後述のように母・親佐であり、情夫・倉地であり、そして家父長制的共同体そのものでもある。不在の対象が、粉飾によって現出するのである。そこで葉子の身体とは、ロラン・バルトの言う〈社会的ゲストゥス〉(1)、つまり社会的状況を異化する身振りが宿る場にほかならないのである。

ただし、そのような粉飾はまた、物語言説そのものの特性でもある。小林英夫は、有島武郎の文体は緊張とその解決を含んだサスペンスのある長文、いわゆる「periodical sentence」であり、パラグラフの構造も有機的で綿密な計算を凝らした「tense」な文体と呼んだ(2)。また原子朗も『或る女』の文体について、「思索的論理の行間に、告白的で倫理的な、そしてパセチックな気合いが充満している」、「存在(ザイン)を超克しようとする意力［…］のみなぎり、いうなれば当為(ゾルレン)の意志が、ことばを増殖させ、文脈を撓曲にし、あえて饒舌にしてゆく」(3)と分析し、それによって時代・社会・読者にとっての不調和が必然的に生み出され、当代女性の位置を造形すると述べている。すなわち、意味論的には、対象を細部にわたって有り余る修飾語で濃密に織り出す換喩的文体が、ヒロインを周囲から細心に指示し続ける。構文論的には、各シークェンスの間を、強力な方向性あるいは合目的性を帯び、ダイナミズムに満ちた動因力が結びつけ、それが前方へと強引に前進させようとする。この濃密な指示性と強烈な前進力に彩られた文体が、その強度を、このメディア（文体）のメッセージとして、つまり暗黙のメタ・コミュニケーションとして含意する。すなわち、語用論的には、読者がこの小説を、その悲惨な内容にもかかわらず理想主義的色彩の濃いものとして受け取ることを、語りの態度として共示するのである。

このような『或る女』の文体は、物語内容を強力な主題意識とともに呈示するための装置であり、レトリックの強度によって、解決不能の問題を変革への祈願へと転倒する、理想追求のエクリチュールであると言うことができる。だが、基本的には、不在を粉飾が覆い隠しているということに変わりはない。ここで虚構もしくは語りとは、このような事態を明確にする機構である。ここに露呈されているのは、自己を主張しようとする生命力の志向が、その自己主張そのものを裏切ってゆく、一種のパラドックスにほかならない。

2　コケットリーの戦略

『宣言』『迷路』に続く有島の第三番目の長編小説『或る女』は、前編が明治四十四年一月から大正二年三月まで『白樺』に計十六回掲載された「或る女のグリンプス」に改稿を施し、大正八（一九一九）年三月に、後編が書き下ろしとして同年六月に、有島武郎著作集第八輯および九輯として叢文閣から刊行された。瀬沼茂樹の「自我にめざめた近代女性でありながら、まだ明治は若く、その才覚を発揮する場所に恵まれず、この女性のうちに潜む娼婦性に動かされて、身を滅ぼす複雑な性格として、早月葉子を造型した」(4)という短い文章は、『或る女』に関する一般的な理解を代表してきたものだろう。ただし、この見方はもはや大きく修正しなければならない。この小説においては、「自我」なるもの、女性の「娼婦性」なるものの内実こそ、新たな問題として提出されているのである。これらは無前提に存在する実体的対象ではない。人間は情報の錯綜体であり、人間の素材となる情報は、留まることを知らずに世界を流通し続けている。このテクストが第一に解体したのは、自我という紋切型にほかならない。

早月葉子は明治の男性中心社会に反発し、「男と立ち並んで自分を立てゝ行く事の出来る生活」、すなわち女性の自立を追求した人物である。彼女は「自分でも知らない革命的とも云ふべき衝動」によって、旧来の結婚道徳を押し付ける親族キリスト者グループと果敢に対決する。近代小説史上、傑出した〈魔性の女〉(femme fatale)として彼女を印象づける要素が、この強烈な反逆の軌跡であることには疑いを容れない。ただし、恋愛や婚姻という家父長制と個人との対決の回路もまた、『或る女』では身体性の情報源によって開かれる。何よりも典型的なその情報源とは、眼差しである。第一章で「品川を過ぎて短いトンネルを汽車が出ようとする時、葉子はきびしく自分を見据ゑる眼を眉のあたりに感じて徐ろにその方を見かへつた」。別れた夫、木部孤笻の「執念くもつきまつは」るこの眼差しは、実に第三章まで持続し、それに対して葉子は「何故木部はかほどまで自分を侮辱するのだらう」と反発する。眼差しに関するこれらのディスクールは、偶然の点景物ではない。葉子という人物、ひいてはこのテクストの構成原理自体が、眼差しや表情のレトリックを本質としているからである。木部の眼は、そのような意味生成性の根源を告知する、テクストの噴出孔なのである。

この世界において、眼差しは決して中性的なものではない。ジョン・バージャーは、美術におけるヌード論への導入として準備された一節で、男女の社会的存在形態の相違について述べている(5)。すなわち、女性の自我は被観察者としての女の部分と、観察者としての男の部分とに二重化し、女の自己に対する目は男の視線を内在化しており、これは男の能力の有望性と女の受動性という社会的役割意識の結果である。フェミニズムで言う性の二重基準

(double standard)が、「見ることと見られること」という極めて微細な日常の対人関係にも現れ、しかも女性自身の視線がその背景にセクシズムの支配装置を抱えているという事態は、その卑近さゆえに興味深い現象である。美術史の視座を離れても、バージャーの「光景としての女性」という発想は有効であろう。『或る女』の眼差しと仕草のレトリックは、まさしくその背後に迂遠な形でこの様相を呈示している。そして、それは恋愛・婚姻に帰結する男女関係の場面に現れた、早月葉子の反抗の機略そのものの中に顕著に刻印されているのである。

葉子が、自分を取り巻く俗物キリスト者社会に対して反抗を企てた方法は、一般にコケットリー(coquetry)と呼ばれる媚態によって男性を手玉に取り、彼を思う存分に利用して、性差別の現状を相対化することであった。男の「峰から峰を飛んだ」葉子のアヴァンチュールは、次のような仕方である。

葉子はそれまで多くの男を可なり近くまで潜り込ませて置いて、もう一歩といふ所でつき放した。恋の始めにはいつでも女性が祭り上げられてゐて、ある機会を絶頂に男性が突然女性を踏み躙るといふ事を直覚のやうに知つてゐた葉子は、どの男に対しても自分との関係の絶頂が何処にあるかを見ぬいてゐて、そこに来かゝると情容赦もなくその男を振捨てゝしまつた。さうして捨てられた多くの男は、葉子を恨むよりも自分達の獣性を恥ぢるやうに見えた。

作田啓一の定義によれば、コケットリーは女が男を支配するために、「男の所有に帰さない程度において、彼女の肉体の価値を男に提示」(6)する行為である。「女性が、彼女の肉体を欲する男性の視線を内在化する時、その肉体は彼女から独立した一個の実体となり」、「そして彼女はこの実体を客体として操作するに至」ると作田は述べる。これはバージャーの言う「光景」としての位置におとしめられた女性が、その地位を逆手に取ったものと見なすことができる。コケットリーは女性の肉体を男性に対して誇示し、その性的魅力で彼を悩殺し、自在に相手を操作するストラテジーである。言い換えれば、自己の肉体を与えることと与えないこととの二重のメッセージから成る、女性の男性に対する一種のダブル・バインドの行動とも言えるだろう。本来、コケットリーは女性特有のものではなく、現実には男性のコケットリーも存在するはずである。だが、コケットリーが専ら女性の属性とされている実態こそ、性の文化的二重基準の所以なのである。

コケットリーが成立するためには、男性を吸引する肉体的魅力と、対人関係を操る処世術、すなわち肉体性と関係性との優れた技術を所有しなければならない。葉子の場合、まず肉体性は「蠱惑」や「蠱惑力」という語が充てられる「チャーム」、また関係性は「手練」や「tact」と表記される「タクト」という頻出語として、それぞれはっきりと作中で表現されている。肉体性の機略「チャーム」は、例えば本章冒頭の引用における横浜の旅館の場面で、葉子が「東欧羅巴の嬪宮の人」のような姿態で戯れに古藤を誘惑しようとした時、「古藤の心のどん底に隠れてゐる欲念」を「蠱惑力（チャーム）で掘起」こそうと試みた際に発揮されている。初めに述べた通り、肉体性の機略は肉体そのものではなく、関連する情報の交錯点としての形象を与えられる。古藤に挑み掛かる葉子の描写において、テクストの語りの強度は葉子と共謀し、彼女の肉体性を「蠱惑力」を持つ方向に、その情報操作において武装させているのである。

また一般に如才なさ、気転などと訳される「タクト」は、テクストでは、「始終腹の底に冷静さを失はないで、あらん限りの表情を勝手に操縦してどんな難関でも、葉子に特有な仕方で切り開いて行く」「余裕」に満ちた態度として解説されている。怜悧な計算と巧妙な技術により人間関係を支配する「タクト」は、広い意味で社交術の一種と考えられる。葉子はこれを、専ら男性を翻弄して「自分の若い心を楽しませ」る時や、田川夫人などの敵を術数に陥れる際に用い、時には気まずい場を救うための潤滑剤として機能させることもある。田川夫人の振る舞いは葉子同様「タクト」の典型として、逆に「simpleton!」として嘲笑される古藤は「タクトのない」男としてそれぞれ語られる。「タクト」の純粋形態が見られるのは、例えば横浜出港前日の親族連中による「送別会」冒頭の場面だろう。遅れて来た葉子は、席上まず古藤に話し掛けることによって五十川女史と叔父の言葉を遮り、次いで瞬時の間に後の二人に交互に話し掛けて、二人の言葉が「気まづくも鉢合せ」になるように仕向け、会話のイニシアチヴを握ってしまう。「タクト」は人間の関係性を支配するコミュニケーション的な術策であり、その網の目は、それと明示されなくとも、葉子の行動の至る所に張り巡らされているのである。

「チャーム」の性的誘惑によって男性を自分の肉体に引き寄せ、手慣れた「タクト」で相手との関係を自由に操り、「絶頂」寸前まで快楽と金銭とを男から絞り取り、「情容赦もなく」相手を捨ててしまう、これが葉子のコケットリーの戦略である。彼らが自分の「獣性を恥ぢるやうに見えた」のは、コケットリーが男性の欲望する視線の内在化であるために、鏡面のようにその「獣性」を反射するからである。

瀬沼の文中にも見られた、つとに言われる葉子の「娼婦性」とは、このコケットリーに根差すものだろう。有島の「石にひしがれた雑草」は、オットー・ワイニンゲルの女性の類型論、つまり「家婦型」（主婦型）と「娼婦型」とに言及している。ワイニンゲルの主著『性と性格』は、性を男女の二分法ではなく、男性成分と女性成分との配合によって決定される複数的な対象と見なし、この配合が性格を規定すると唱えた書物である(7)。現代のドゥルーズ、ガタリのいわゆる「n個の性」(8)論の起点となったものだが、その男女観は完全な男尊女卑である。例えば、「売春といふのは」とワイニンゲルは述べる。「資本主義の産物でもなんでもなく、それ本来の必然性がやはりある」、つまり「娼婦型」の女性がいるからだと主張している。「家婦型」とは、秩序を重んじる男性的女性、「娼婦型」は淫蕩な女性的女性の類型として理解される。「石にひしがれた雑草」の語り手Aは、〈魔性の女〉M子に翻弄された体験を基に、殊更この原著に反して、「娼婦型の女はその魅力を女自身に備へてゐるといふよりは、その周囲を取り巻く男とその女との関係の間に持つてるやうだ」と解説を加えている。コケットリーにせよ「娼婦型」にせよ、有島のテクストにおいて男女問題は、常に実体性ではなく関係性の中で理解され、形象化されていると言わなければなるまい。

そもそも、「主婦型」「娼婦型」などという分類が、構築主義的な観点から見れば、人間の社会的関係を無視した内容空疎な発想に過ぎない。トニー・タナーによれば、姦通はまず結婚という契約からの違犯であるが、結婚と売淫という二つの契約の中間にあるものとしても位置付けられている(9)。タナーによれば、結婚という制度を相対化する性質を帯びている姦通こそ、ブルジョア社会の最も恐れたものであり、それゆえに近代小説の得意なテーマとなったのである。葉子の場合、婚約中の背信行為であるから純粋な姦通ではなく疑似的姦通であるが、結婚や売淫という、とにかく安定した契約状態ではなく、コケットリーを武器としてそれらの規範を脅かす機能において、葉子はもはや「主婦型」や「娼婦型」ではなく、単独者としての〈姦通する女〉(femme adultère) と呼ぶべきだろう。こうしてコケットリーはいかにも葉子の念願である自立した女性への通行券であるように見えるが、もちろん、結果はそうではなかった。その様相を理解するためには、このテクストに克明に書き込まれている、早月葉子におけるコケットリーの成立事情から、行使、そして頽落への過程を分析しなければならない。

3 「チャーム」と「タクト」

『或る女』は、前編・後編の二部から成り、特に前編における物語言説の大きな特徴として、回想の叙述が大量に散在していることが挙げられる。葉子が渡航用の切符を入手するために古藤とともに横浜に赴き、出航前日に内田宅を訪問し、帰宅して「送別会」に臨むまでの現在の物語展開の中に、葉子の生い立ちに始まり、木部との強引な結婚と離婚、仙台に移転した早月母娘のスキャンダル、それに木村との婚約の経緯など、葉子と早月家に関わる過去の物語が次々と繰り返し介入する。ジュネットの用語を借りれば、この〈反復的後説法〉(analepse répétitive)[10]は、人間の現在をその人間の過去との二重映像として呈示し、人物に経験の重みを加算する。葉子のテクニックは偶然の産物ではなく、相応の履歴の帰結として印象づけられるのである。

　前編がこのような二重構造をなしているとすれば、ごく単純化し、前編に含まれる過去の回想、前編の現在の物語、そして後編の物語という三段階の成り行きとして、『或る女』のストーリーを再構成することができるだろう。これは葉子におけるコケットリーの成立、行使、頽落をたどる過程であり、同時に各々の階梯は、早月家における母・親佐の時代、葉子の時代、そしてポスト葉子の時代に対応し、また葉子のパートナーとしては、各々の時代に木部、木村、それに倉地が割り当てられている。『或る女』はこのように、早月家の世代継承という〈家〉あるいは〈家族〉の系譜を縦糸とし、葉子の対人関係、特に対異性関係としての〈男女〉の確執を横糸として、その交錯点に織り出されるテクストなのである。縦糸とは、およそ物語の構文論軸に沿ったストーリーの展開、横糸は、より微細な物語の共時的断面というほどの意味である。

(1) コケットリーの成立

さて、葉子のコケットリーはいかにして成立したのか。上野千鶴子は女性を巡る近代社会の状況を、本来あい異なる二つの体制、すなわち資本制と家父長制とが巧妙に手を携えた社会として規定した(11)。資本制は価値の生産を、また家父長制は人間の再生産＝生殖を支配し、これらが家事労働という場で結託することにより、性の二重基準を強固に延命せしめているのである。『或る女』においては、例えば荒正人が葉子の反抗の対象を、明治の天皇制国家の露頭である「家」として集約した通り(12)、この二つのうち専ら家父長制的秩序の方が描き出される。反面、宮本百合子が批判したように(13)、資本制の経済的基盤への注視は比較的希薄である。「送別会」において「中老の官吏」は木村との結婚を葉子に勧め、「是れからは何んと云つても信用と金だ。官界に出ないのなら如何しても実業界に行かなければうそだ。［…］木村さんのやうな真面目な信者にしこたま金を造つて貫はんぢや、神の道を日本に伝へ拡げるにしてからが容易な事ぢやありませんよ」と言う。この結婚は親族共同体にとって、葉子と「信用と金」との交換にほかならない。女性はここでは商品であり、男女関係は「信用と金」として物象化されてしまう。葉子を取り巻くキリスト者集団は、基本的にはキリスト教の教義そのものとはほぼ関係のない、家父長制社会のミニチュアに過ぎない。

本来、葉子は女性の人格を認めようとしない家父長制社会を敵として反抗したのだが、彼女が自分の境遇に違和感を覚え、それに反撃を加えようと身構えした時に採った手段は、彼女を脅かした当の敵から学んだ技術以外ではなかった。女性を商品とし、交換価値を絞り取る共同体で成長した葉子が、物心つくと同時に自己の性的商品性を自覚し、次いでそれを洗練して、自ら「女の強味（弱味とも云はゞ云へ）になるべき優れた肉体」を武器として、男性に宣戦布告したのは自然の成り行きである。この自己商品化こそ、「チャーム」の本質なのだ。性的商品性の自覚は、言い換えれば男性の視線の内在化である。また、自己商品化や、そもそもあらゆる商品性への意識は、身を飾る「贅沢品」への執着と浪費癖、異常な化粧マニア、あるいは性的商品の典型としての「芸者」への羨望などにも現れ、いずれも彼女のフェティシズムを物語っている。葉子の「チャーム」は、家父長制社会からの模倣の帰結である。ちなみに、葉子が反抗的態度を取り始めた契機が、ミッション系の赤坂学院で神様に届けようとした編み物を男へのものと教師に誤解された事件であるのは、品物の贈与を精神性の証として見るこの社会の習俗を象徴するエピソードとも見られるだろう。

他方、コケットリーのもう一方の翼である「タクト」の起源も、葉子の周囲、特に母、親佐との関係に求められる。葉子の「性質」は、「母親と何所か似過ぎてゐる」とある通り、二人の人物像は大きく重なったものとして想像できる。基督教婦人同盟の副会長あるいは仙台支部長として活躍した親佐には、人脈を広げ、自分の周りに社交界を作り出す天賦の才が備わっていたらしく、新聞記者や知事夫人との華やかな交際の跡が描かれている。葉子の「タクト」は、親佐の抜群の社交術の模倣によって生まれた鬼子なのだ。また、親佐の社交癖も元を糺せば、キリスト者共同体の中で身に着けられた、早月家の利害を左右する実利的な性格を有していたことを忘れてはならない。親佐は夫や葉子のスキャンダル収拾に尽力しており、早月家の財産を狙う親族集団の魔の手を逃れるために、どれほど親佐の辣腕が寄与したかは、例えば親佐死後の遺産分配の一件にも明らかに示されている。つまり、親佐の外交術は、本質的に手練手管で自己を利するブルジョア社会の交際原理と一致したからこそ功を奏したのであり、葉子が親佐の外交術を模倣して「タクト」を習得したとすれば、それは結局共同体の術策を学習したことと変わりはないのである。

五十川女史・田川夫人ら、葉子以外の女性登場人物が皆多かれ少なかれ「タクト」の名手として描かれるのは、彼女らも同じブルジョア社会の血を分有しているからである。「タクト」を習得した時期は、彼女が「母の備へた型の中で驚くほどする〳〵と成長した」後で、親佐との恐るべき「反目と衝突」を続け、その性格に「曲折の面白さと醜さとを加へた」とされる頃だろう。そのうち最大の事件は、木部と葉子とが恋愛に陥った時に、親佐が彼に最初は好感を示していたにもかかわらず、「嫉妬とも思はれる程厳重な故障」を持ち出し、「残虐な譎計（わるだくみ）」で葉子を苦しめたことである。その際、木部への愛情が二週間で冷め、二箇月で離別に至った経過を見ると、葉子と木部との恋があれほど激しく燃え上がったのは、葉子の親佐への対抗意識のためではなかったろうか。木部が「母に対する勝利の分捕品」と書かれるのはそのためである。

葉子は親佐を手本として人間関係の実習を重ね、「タクト」の秘法を自家薬籠中のものとした。のみならず、親佐との関係は彼女の行動様式全般と深い関わりを持っている。大石修平は『或る女』の人物構図について、木部事件の折の母―木部―葉子、絵島丸船内での田川夫人―倉地―葉子の三角関係が、究極的に木村―倉地（木部）―葉子の図式に還元され、彼女のキリスト者社会との確執の表象となると解釈した(14)。示唆の多い指摘であるが、まず三角形の図式は、その外にも倉地―岡―葉子、倉地―愛子―葉子、あるいは岡―愛子―葉子などと無数に書くことができる。それは葉子の「タクト」や「ヒステリー」など関係性の原理と対応する形で、『或る女』における人間関係が、いかなる場面でも三者関係の構図を下絵としているからにほかならない。ルネ・ジラールの言う〈ロマネスク〉な小説である(15)。しかも、これらの関係を最終的に包括する巨大な三角形は、親佐―倉地―葉子の図式ではないだろうか。

もちろん、親佐は既に亡くなっている。だが、男と渡り合う際に、「女丈夫」（男勝りの女）たる親佐はまたとない手本（モデル）および敵（ライヴァル）であり、葉子は彼女から手腕を学び、彼女と競合関係を樹立することによって、いわゆる「自我」の確立を果たしたのである。親佐の死後、葉子がただならぬ「孤独」や「不安」を痛感し、自分の生活をぢつと見てゐてくれる人」を渇望するのは、親佐同様、その人の存在によって自己の欲望を確認しうるような媒介者が、彼女には是非とも必要であったためである。葉子の行動様式が常に三者関係であるのは偶然ではない。彼女はそれによらなければ、一刻も行動できない体質と化していた。倉地との場合も例外ではない。葉子が倉地の先妻や、愛子へと次々に猜疑の眼差しを投げ掛けるのは、そこにあたかも敵（ライヴァル）かつ手本（モデル）となりうる親佐の幻影を探していたかの感すらある。彼女の倉地とのインターコースは、まぼろしの親佐を媒体として初めて成立したのである。このように、葉子はキリスト者＝家父長制社会や親佐からの原理的模倣により、その掌中で造形されて行った。これは主として親佐の君臨していた時代に行われた、コケットリーの成立事情である。

（2）コケットリーの行使

次に葉子は、コケットリーを異性関係において盛んに行使する時期を迎える。「十五の春には葉子はもう十も年上な立派な恋人を持つてゐ」て、彼を「思ふさま翻弄し」、「間もなく自殺同様な死方」に追い詰めた事件以外にも、葉子の被害者は大勢あったと書かれている。誰よりも、葉子のコケットリーの毒牙にかかった最大の犠牲者は婚約者の木村である。木村は葉子を手中にしようとして、逆に易々と彼女の策略に嵌められてしまう。葉子は彼女の「蠱惑（チャーム）」にのぼせた木村を「勝手気儘にこづき廻す威力」を駆使する。シアトル港停泊中に待ち焦がれた木村を仮病を使って拒絶しつつ、倉地を含めた三者関係を巧みに操作して有利な方へ誘導する手練。結婚という「絶頂」を先延ばしにし、偽りの愛情を見せ金にして、愚直な信頼を寄せる木村から生活費という名目で後々まで金を絞り取る詐術。この婚約者への裏切り・結婚詐欺、情夫との（疑似的）姦通という事態こそ、『或る女』の中心的事件であるのは言うまでもない。ただし、それは単にひたむきな男の愛を金づるにするという背徳性の重大さのためではない。木村は葉子の目に、「母の虐げ、五十川女史の術数、近親の圧迫、社界の環視、女に対する男の窺覦、女の苟合」など「過去の凡ての呪咀」を負う人物として映っている。彼ら二人の関係がこのテクストの中核をなすのは、木村が俗物キリスト者社会すなわち家父長制社会の象徴（代表）的存在であり、二人の交渉が、〈家〉の制度とコケットリーの戦略との火花を散らす接触点であったからにほかならない。ここには葉子の真骨頂が現れている。だが、葉子が縦横無尽にコケットリーを発揮できたのは、この洋上航海の折まででであったと言わなければならない。やがて「強味」が「弱味」に転じる日が訪れることになる。

(3) コケットリーの頽落

倉地との出会いに至るまで勝利を続けた葉子は、後編に入ると、子宮後屈症・子宮内膜炎の発症、それに妄想から端を発した「ヒステリー症」のために、次第に破滅へと導かれていく。葉子が「純然たるヒステリー症の女」になったと記されるのは第三十八章の末尾だが、それ以前にもその兆候は頻繁に描かれている。この子宮病と「ヒステリー症」を小説内部では必然性に乏しい設定と見なし、ここに作者の破滅志向や主人公への没入、あるいはハヴェロック・エリスに学んだ性心理学の性急な応用などを認める評価がこれまで多く出されてきた。だが、次の引用から読み取れる内容は、そのような評価を覆すに足るだろう。

葉子のする事云ふ事は一つ〳〵葉子を倉地から引き離さうとするものばかりだつた。今夜も倉地が葉子から待ち望んでゐたものを葉子は明らかに知つてゐた。而かも葉子は訳の分らない怒りに任せて自分の思ふまゝを振舞つた結果、倉地には不快極る失望を与へたに違ひない。かうしたまゝで日がたつに従つて、倉地は否応なしに更らに新しい性的興味の対象を求めるやうになるのは目前の事だ。現に愛子はその候補者の一人として倉地の眼には映り始めてゐるのではないか。

葉子は、性的商品としては致命的な子宮病に罹ったために、倉地の興味を繋ぎ留められなくなることに極度の恐れを抱いている。この間に、増える年齢に従う葉子の地位低下と、愛子の浮上、すなわちポスト葉子の世代への経過が背景に介在する。この場合の子宮は、性的商品としての女性の身体の換喩的な象徴であり、女性にとっては自己疎外された部分でしかない。化粧や媚態を用いて粉飾し、性的能力を高く見せようと焦れば焦るほど、彼女の肉体は「銷尽」し、子宮病と「ヒステリー症」とは悪循環を成すことになる。木村との関係の面でも、シアトル港での欺瞞以来続いていた彼からの送金は、葉子が病臥して真に必要となった結末近くでは途絶えてしまう。表向きの理由は何であれ、これらはいずれも、葉子の肉体の商品性に関わるテクスト的なアイロニーにほかならない。「チャーム」という弾丸を発していたはずの葉子の肉体は、いまや子宮病の宿る不自由な重荷として、彼女にのしかかってくる。従って、いかに現実の理法に照らして後編の設定が偶然的なものと見えようとも、小説としての論理から言えば、それらは性的商品として自己規定した彼女の性的価値の失墜のために準備された、必然的なものとして理解しなければならないだろう。これは人為的に設えられた虚構のテクストなのであり、現実のケース・スタディと混同してはならないのである。

ところで、「ヒステリー症」の原因は、倉地と先妻との関係に対する根拠のない疑惑に始まり、やがて葉子の病気のために倉地の興味が他の女、特に妹・愛子に移ることへの恐怖を中心とする。「ヒステリー症」がこのように人間関係の妄想に端を発したものであるとすれば、それは「タクト」同様に関係性の突出であり、むしろ「タクト」の不発・頽落が、「ヒステリー症」を招来したと言えるのではないか。「タクト」が人間関係を自在に操縦し他者を支配する方法であったのに対して、「ヒステリー症」は逆に自己が人間関係の罠に嵌まって自由を失った時に、どうにかして関係性における自己の優位を修復・確保したいと訴える痛切な表現にほかならない。しかしその表現は商品性の悪循環構造により、急速に非合理な形を取り始める。例えば、葉子は倉地が彼女を捨てる代償として、求められたわけでもないのに自分も愛児・定子を捨てる決心をする。その理由は彼女によれば、「捨て兼ねてゐた最愛のものを最後の犠牲にして見たら、多分は倉地の心がもう一度自分に戻つて来るかも知れない」からであった。同じ論理により、彼女は愛する貞世につらく当たり、気に入らない愛子を大事にしようとする。そのような感情操作は、「倉地との愛がより緊く結ばれると云ふ迷信のやうな心の働き」のためであるとされる。

葉子にとって、愛情とはまず人間関係の中で決定され、憎悪との比率によって秤量され、しかる後に交換されるものである。それによると、倉地との愛情を二倍にしたいと願うならば、他の誰かを二倍憎まねばならないことになる。愛情が流通・秤量・交換されるというのは、感情や関係の完全な物象化にほかならない。さらにそれは「犠牲」＝いけにえとして、人間関係という呪術の祭壇に供せられるのである。このような奇妙な事態を、病んだ葉子の錯乱が見せた妄想として片づけるのは容易だろう。だが、「ヒステリー症」を関係性の物象化という本質において、「タクト」のなれの果ての姿であると理解するならば、テクストにおける葉子の人物像は、その意味で首尾一貫していると言わなければならない。

こうして、肉体性の機略であった「チャーム」は性的商品性を失墜させる病理へと変質し、人間関係を手玉に取った「タクト」の能力は腐敗して呪術的思考へと陥ってしまう。この経緯を見れば、後編の設定は、葉子の戦略であったコケットリーの無力化を意図した、小説論理的に見て必然的なものである。とすれば、倉地という人物の持つ意味を根底から再考せざるを得ない。なぜなら倉地は、葉子の唯一最大の戦略、コケットリーを完全に無化してしまった男だからである。その理由は、肉体性においても関係性においても、倉地があらゆる点で葉子を凌いでいたことにある。船医の興録以下、「犬儒派」の強者どもをたばね、陸に上がってからも「組合」を指揮して「売国」の仕事をする豪傑ぶり、内心の欲望を抑制した「物懶げな無関心な態度」、葉子を焦らし、「野獣のやうな assault」で彼女の「肉体的な好奇心」を満足させる恋の技巧、さらに「如何にも疎大らしく見えながら、人の気もつかないやうな綿密な所にまで」配慮を巡らす細心さ。さすがの「女王」葉子も色褪せて見えるほどである。

倉地の魅力に落城し、肉体的にも愛人関係に入ってからは、男性の欲望を操作して逆手に取る葉子のコケットリーは、もはや何の役にも立たない。葉子と倉地の結託は、木村との結婚という親族共同体の期待を裏切った点では反抗の極致であったが、同時に葉子の反抗の牙を抜き、男性への隷従を余儀なくする結果をもたらした。従って、倉地という人物は、葉子の自立の夢を突き崩し、男性への主体性の移譲を引き起こした、男性社会の策略的人物というほかにない。倉地自身の意図がどうであれ、いわゆる男性的魅力などというものは、性の二重基準の現状において、コケットリー以外の武器を持たない女性を拝跪させる程度の役回りしか果たさない。その意味で、大久保喬樹が倉地を「いわば社会によって仕掛けられたひとつの罠」(16)ととらえたのは正鵠を射ている。愛することと愛さないこととのダブル・バインドであったコケットリーが無力化する時、それは愛されることと愛されないこととの逆ダブル・バインドとして、葉子の精神病理をぎりぎりと締め付ける。この強烈な小説的アイロニーの触媒こそ、葉子と同類の自由人にして同伴者と見られてきた、倉地の役割なのである。

当初、葉子のアメリカ渡航の目的は、「女といふものが日本とは違つて考へられてゐるらしい米国で、女としての自分がどんな位置に坐る事が出来るか試して見よう」と述べられていた。木村との結婚という代償を支払うに値する新天地において、「女王の座」に就くことが葉子の目標であった。このユートピア探求の方向性が、物語を始動せしめる構文論的前進力となる。しかし、倉地の魅力に陶酔した葉子は、新世界以上の理想的な生活を確信して日本に引き返してしまう。篠田浩一郎がこの逸脱を「彼女のほんとうの悲劇」と呼び、葉子にとって「倉地という存在はすでに〈異人〉だった」と評したのもうなづけるのである(17)。

コケットリーを本質とする葉子の「自我」なるものが、親佐や家父長制社会からの模倣によって成立している以上、ストーリー的な反復もまた不可避となるだろう。彼女が当初、未来に思い描いた自分の姿も、親佐と二重映しの人物像に相違なかった。当面の理想郷であるアメリカで、彼女は「女のチャーム」を資本にして、「交際社界」の花形となるはずであったことを想起しよう。またその夢を捨てて帰国した葉子が、妹たちを迎えて「美人屋敷」の主婦の位置に落ち着いた時にも、彼女自身の否定にもかかわらず、家庭経営にかける熱心さは、あたかも早月家の復興を目指すかのように見える。すなわち、アメリカ渡航を企てた時も、倉地の魅力の前に武装解除された時も、葉子の生活設計は親佐から引き継いだブルジョア社交界や〈家〉に基礎を置く世間的な幸福以外の目標は持ち得なかった。「洋行前の自分といふものを何所かに置き忘れたやうに、[…] 旧友達の通つて来た道筋にひた走りに走り込まうとしてゐた」と明記される所以である。

理想を求める葉子の反逆がいかに「自我」に忠実に見えようとも、いや、「自我」に忠実であればあるほど、それは暗黙のうちに〈家〉の制度のプログラムに従った行動として現れざるを得ない。また葉子が、男性社会に反抗しつつも、男なしには「一刻も過ごされないもの」と化したと言明される通り、男性の牽引力は奥底まで彼女の心理と生理を侵食していた。ここに倉地の付け入る隙が生じた。倉地の出現を契機として、常勝であった「チャーム」と「タクト」が子宮病と「ヒステリー症」に頽落する時、葉子は自分の中に、かつて反抗した敵の面影を発見する。「隠れ家」から「美人屋敷」に至る生活において、情婦であった葉子が曲がりなりにも主婦となった時、〝マッチョ〟（男らしい男）倉地の役回りはほぼ完成するのである。

自立願望を「何所かに置き忘れ」、倉地へ物心両面ともに依存し、妹たちと暮らす「美人屋敷」の経営に専念するうちに、テクストは親佐の時代に設定された〈家〉のパターンを反復し始める。親佐の死、「早月家の最後の離散」という情勢にあって、葉子自身、言わば第二の親佐の地位に就き、親佐と同じく世代交代の脅威に晒されていく。愛子への倉地の悪戯、また愛子と岡・古藤との関係は、かつて親佐が、夫と小間使いとの間の不貞や、また娘と木部との関係において味わったのと同じ猜疑を葉子に味わわせる。あるいは岡の「地位」と「金」とを目当てに愛子と彼の関係を思案する、昔自分が嘲笑した「貪欲な賤民」と等しい態度。さらには愛子の若さと魅力に対する、以前親佐が葉子に対して感じたに違いない恐怖と嫉妬。当時親佐の仕切った早月家は、幾多のスキャンダルを経て次第に衰亡したのだったが、今また葉子の治める「美人屋敷」も、同様の理由で崩壊の一途を辿っていく。反抗と依存の悪循環――このようなコケットリーの頽落に落ち込んだ後編の葉子は、あたかも蛇が自分の尾を飲み込んでいるようなものである。

5 「sun-clear」の原理

早月葉子は女性の自立と自由を夢に見、女性が解放される理想郷を求めて過激な遍歴を繰り広げた。このユートピア探索の前進力において、『或る女』は冒険小説や教養小説に代表される、近代のロマンスの典型的な形式を受け継いでいる。だが、ユートピア探索の方向性は、それを不断に脱臼させる〈家〉の浸透力とメダルの両面を成すものであった。激情と才覚に彩られた葉子の自我なるものは、共同体社会との密接な交渉の場で形成され機能していた。自我の形成を共同体からの模倣によって果たした葉子の性質は、その自我の根源すら、既に媒介されたものに過ぎない。彼女は女性を商品として扱う共同体に反発しつつも自己商品化を覚え、社交術に長け自分に挑戦してくる親佐を敵としながらも社交術を学んだ。彼女の戦略、肉体性としての「チャーム」と関係性としての「タクト」から成るコケットリーは、反発と模倣という二つの契機によって大きく社会に依存している。葉子の反逆が表面上いかに華やかに見えるとしても、その手法は、社会から完全に疎外され孤立した立場に拠点を置くのではなく、常に社会の中にあって、その束縛の格子を逆手に取る仕方でしかない。彼女は結局、男性の歓心を買うことにより、その支配を逆手に取る従属的反抗者たらざるを得ず、それは従属と反抗とのバランスの上に立った危険な賭けであった。

従って、コケットリーが家父長制社会からの模倣による限りにおいて、葉子はこの社会のパラダイムの外部へと出て、これを相対化することはできなかったのであり、しようと企てたとも言えない。それを姦通の手段とするのでなければ、コケットリーの性的商品化と社交術は、むしろそのような社会の志向に合致するとも言えるのである。『或る女』は親佐の時代、葉子の時代、そしてポスト葉子の時代へと、〈家〉の支配力が模倣と反復により一貫して持続し、葉子のユートピア探索を駆逐してしまう。これによって『或る女』は、ユートピアを目指して出帆した女流冒険家が、地獄にたどり着く行程を刻み込んだ、「ロマンスのパロディ」（ポール・アンドラ）[18]としての姿を現すことになる。『或る女』における社会の力は、単に葉子を圧迫したというだけではない。それは、間接的で迂遠な経路をたどりつつ、葉子という人物の体内を全面的に食い破っていたということになる。

ただし、葉子の性格に何の根源性も認めないとすれば、この人物への処遇としては公平を欠くことになるだろう。定子や貞世など幼い肉親への溺愛、あるいは絵島丸船内での負傷した老水夫や子どもたちなど虐げられた弱者への接し方には、愛情の原郷とも言うべき部分も窺われる。崩壊家族の中で辛酸をなめた葉子が、その先鋭な反抗的態度の深奥に、家父長制的な〈家〉ではなく、対幻想の対象としての、親愛なる家庭への要求を秘めていたと推し量るのは自然だろう。その兆候は、一時思い描いた定子と乳母とに囲まれた平穏無事な生活への憧れや、頽廃に陥る前の倉地との生活などに現れていた。反抗と情愛との、「奇怪な二つの矛盾が葉子の心の中には平気で両立しようとしてゐた」とテクストには明記される。最初は「タクト」によって「両立」し得ていた「矛盾」が、倉地の登場によって次第に激化し、ついに乖離したところに、妄想と理性とを往還する後編の「ヒステリー症」が発現したのである。葉子の無残な末路に救済の暗示が残されているとすれば、その道は恐らくこの愛情の原郷に通じるものだろう。

断末魔の葉子は、「間違つてゐた……かう世の中を歩いて来るんぢやなかつた」と後悔し、自分の生き方の誤りを自覚している。この認識に到達するまでに、重要な役割を果たしたのは古藤である。古藤は、第十一章に挿入された手紙や、第二十五、三十四、四十〜四十一章における来訪の折などに、葉子の生き方に厳しい忠告を寄せる。古藤の主張は、最初は木村と葉子の婚約を前提とし、次にそれに疑念を抱き、最後にはその破綻を念頭に置いて情勢の変化を反映しているものの、本質的には一貫していると言えるだろう。自分の人生観として「きつぱりした物の姿が見たい」「僕は世の中をsunclear に見たい」と念願する古藤は、葉子にも同様に「僕はあなたが何所か不自然に見えていけないんです」「もつと〳〵clear にsun-clear に自分の力だけの事、徳だけの事をして暮せさうなものだと僕自身は思ふんですがね」と説得を試みる。この「sun-clear」の原理こそ古藤の立脚点である。本多秋五のように[19]、この原理を有島自身の創作の原動機としてとらえる前に、よりテクストに即して考え直す必要はないだろうか。

葉子のコケットリーの機能する領域は、女性の交換価値を搾取する共同体社会であった。

古藤がこの共同体の外部にいる人間であることは、彼が親族グループに対して一定の距離を取っていることや、「チャーム」や「タクト」に惑わされない「simpleton」の態度によって明らかである。古藤が木村の側に身を置いて葉子の欺瞞を糾弾するのは、彼らが親友同士であるのみならず、古藤が共同体の原理ではなく、彼自身の抱く「sun-clear」の原理に従ったからにほかならない。「sun-clear」の原理とは、第一に、事態を深く洞察し明晰に把握する直視の姿勢であり、第二には、自己の能力が及ぶ固有の範囲に限定した責任感である。この直視と責任の二要素は、不可分の関係にある。葉子のコケットリーが、いわば不透明（un-clear）を核心とする機略であったとすれば、古藤の「sun-clear」は、それとはまさしく正反対の態度と言わなければならない。

古藤は葉子と倉地の関係を非難するというよりも、彼女が木村に対して率直に事態を説明することを要求する。その意味では、彼はいわば『宣言』のAの性質を受け継いでいる。前述のように、木村は葉子の最大の犠牲者であったと同時に、彼女と家父長制共同体との勢力関係を最も端的に説明する人物でもある。木村は親佐の遺言を五十川女史が取り計らって葉子の婚約者とした、葉子にとって過去からの「首栓」であった。木村が、登場人物中で最も敬虔な信者であるのも、彼がキリスト者社会の代表者としての意味を負わせられているからだろう。倉地との姦通生活を維持するために木村からの送金を続けさせるという葉子の欺瞞の構図は、家父長制社会と葉子のコケットリーとの関係と相似形を成している。なぜならそれは、当の敵である人々の恩恵によらなければ、生存の基盤を喪失するような従属的反抗の形態だからである。古藤が葉子に、「木村の事を云ふのはあなたの事を云ふのも同じだと僕は思ふんですが」と言うのは、木村との関係が葉子の歪みの突出部分であることを古藤が感じ取っていたからにほかならない。古藤は「sun-clear」という彼自身の〈ロマンティーク〉な理想に基づいて、葉子の「複雑」「不自然」を見抜き、彼女の欲望を他に依存しない「自分の力」「徳」によって達成すべきであると忠告した。頽落した従属的反抗から脱し、根底からの再出発を図らない限り、前途が危ないとして警鐘を鳴らしたのである。

　こうした古藤の忠告は、葉子の歪みの根源を突いているだけでなく、彼女を外的規範によって批判する代わりに、彼女に内在する可能性・主体性に期待を掛けているために、彼女は反発しつつもその言葉にいくばくかの真実を感じないわけにはいかない。錯乱のため、幻想と現実とを往還する結末近くの葉子は、鎮静の瞬間にのみ、古藤の忠告の線に従って過去を反省するようになる。「倉地と一緒にならう。而して木村とははつきり縁を切らう」という決意は、まさしく「sun-clear」への意志と見られ、この意志に基づいて、「間違つてゐた」自分の生き方への後悔を募らせ、木村を含む知人たちに謝罪する文章を口述する。恐らく、古藤に指摘された葉子の「美しい誠実」は、テクストの細部に散見する彼女の愛情の原郷と繋がり、後悔や謝罪はその存在を傍証するものだろう。

　しかし、葉子の主体的な覚醒を、それほど肯定的に受け止めることも、またできないだろう。往還の他方の極には「ヒステリー」の狂乱が確実に彼女を待ち受け、後悔を打ち砕き、謝罪の伝言を焼かせてしまうのも事実である。「sun-clear」の原理は、それだけで現在の葉子を窮境から救い出すほどの力を持ってはいない。また一般的にも、欲望の率直で潔癖な実現を要求するこの原理のみによって、葉子のように、社会に著しい不満を抱いた者に対して抜本的な解決策が与えられるとはとても思われない。

古藤と関係の深い人物として、内田が登場する。第七章によれば、かつて二人は父と娘のように親しくしていたのに、木部との結婚問題に際して内田の激怒を買い、それ以後絶交状態となった。山田昭夫は、内田はその時、「いみじくも不幸な結末を招くに至る葉子の本質的な性情を見抜いていた」[20]と解釈している。確かに内田も古藤と同じく、親族キリスト者社会とは一線を画す人物であり、葉子の歪みをとらえることができたのかも知れない。最期に及んで葉子は内田に「不思議ななつかしさ」を感じ、「頑固」な内田の心の奥底にある「澄み透つた魂」に思いを至らせ、定子の後事を託そうとる。この「魂」なるものが、葉子の愛情の原郷とあい通ずるものであるという推測も成り立つだろう。だが、内田はこのように、重要な位置を占める割には記述が不十分で、読者が想像力によってその意味を推測する以外には、理解が困難であることは否めない。

このように示唆される内田と葉子との強い結び付きについて、森山重雄は、『或る女』の内部に「内田―葉子―定子を繋ぐ精神的紐帯」を認め、それを内田に象徴化された「父性」

への志向として位置付けている(21)。森山によれば、「父性」の機能は「人間の自然性（本能）」に「試練」を化し、「自然性に挑戦し、これを超越する意志を胎」み、既成の「規範を相対化し、吟味し、個人の内面にある混沌とした無秩序に秩序を与えてゆく志向」である。森山は古藤を「内田を若くした代理者」と呼ぶが、これを私見に接続するならば、古藤の「sun-clear」の原理こそ内田の「父性」を受け継いだものと考えてよいだろう。葉子のコケットリーの機略が、再三述べたように従属的で屈折的な運動であるとするならば、「父性」は主体的に秩序化する作用であり、これが葉子に欠如していることは言をまたない。

そこで、花田清輝が葉子と古藤とを「テーゼとアンティ・テーゼ」(22)と呼んだ流儀により、結末での古藤・内田と葉子との関係が示唆するものは、両者の資質を止揚した、より高次元の生き方への志向であるという解釈も成り立つだろう。つまり、自分自身を破壊するほどの徹底的な規範の破壊であった葉子の反抗に、自己を洞察する「sun-clear」な目と、混沌を検討し秩序化する「父性」の機能が介在するならば、その反抗は創造の要素をも併せ持つことになろう。葉子の感じた「不思議ななつかしさ」は、これらの二要素が相互補完物であることを示すものとも考えられる。そしてまた、このような読解は、森山が初めて定式化した、作家有島後年の、いわゆる「芸術的衝動」論の思想とも、後述のように図らずして合致していくものでもある。

だが、これは飽くまでも曇りガラス越しの理想でしかない。家父長制的な秩序に属さない、純粋に対幻想的な対象としての家庭なるもの、あるいは父＝家長の権威として発現しない「父性」なるものが、性の二重基準の君臨する環境において、どれほど可能なのだろうか。前編の古藤は葉子に向かって、「あなたはおさんどんになるといふ事を想像して見る事が出来ますか」と書き送っている。文面上、これは他人を使役する一方の生活に異を唱える言葉に過ぎないが、ここから「sun-clear」の原理が、一歩間違えば、またもや昔来た道に導くのではないかとする危惧を禁じ得ない。繰り返せば、古藤と、特に内田の造形は最も不十分な部分であり、それは単に不備というよりも、同時代的な水準における女性解放への実践的な展望の困難を共示していると見るべきではないだろうか。

これは、この物語の虚妄を示すものではない。それは、女性やその自我なるものが、近代（家父長制―資本制）という装置の作動圏から、その外部へと出ることの困難を暗黙のうちに語るものではないか。そもそも、小説なるジャンルは、現実変革に供するための一義的なメッセージを発信するための言語形態ではない。むしろ、拡散的で多義的なテクストであるからこそ、根源や理想がいかに定着したかに見えても、常に交換・媒介の磁場に足元を掬われてしまう、家父長制のクラインの壷のごとき属領化＝脱属領化作用の呈示が可能となる。このテクストの物語言説は、そのような事情とともに存在しているのである。「男に救えない世界は、女にも救えない」(23)とは、上野千鶴子の言葉である。

6　女性論への接続

有島武郎は『或る女』について、書簡・講演を中心として実に多くの自作解説を残しており、その内容はほぼ一貫している。出版直後の言説のうち最も有名な浦上后三郎宛書簡（大8・10・8付）では、「現代に於ける女の運命の悲劇的な淋しさ」を主眼として意図したと述べる。すなわち、「女は男の奴隷」であり、「男に拠る事なしには生存の権利を奪はれてゐる女性は、その「男を籠絡すべき武器（戦慄すべき凶器――性欲的誘惑――自然の法に背いた機能の逆用）」に頼らざるをえず、そこから「男女関係の悲劇」が生れ、「而して遺伝はその悪癖を増大し、増大した悪癖は本然的に女性の中に男性に対する衝動的な復讐心を醸成し、それが本能的な男性に対する憧憬愛着の情とからみ合つて複雑な執着的な復讐、復讐的な執着を生んで行きます」というのである。

ここに示された女性に対する男性支配の必然的帰結としての反抗と愛着との同時存在という思考は、例えば石坂養平宛書簡（大8・10・19付）や講演「文学は如何に味ふべきか」（『女学世界』大8・11〜12）、あるいは時期が少し遅れる古川光太郎宛書簡（大10・9・18付）などでも共通しており、有島の根本的立脚点として把握できる。もし、テクストと作者との間に繋がりを求めようとするならば、その通路は、これまでのテクスト読解とこの立脚点との間に開かれるだろう。すなわち、『或る女』の物語とは、女性が「男を籠絡すべき武器」である

「性欲的誘惑」としてのコケットリーを、葉子が親佐や周囲からの「遺伝」のうちに習得して用いた結果、「増大した悪癖」となって自らを破滅に導く過程であった。もちろん、作者の構想とテクストとの対応関係なるものの様態は、解釈次第でいかようにも揺れ動くものに過ぎない。ここでは、緩やかな意味で、有島の構想はかなりの程度に実現したという推定にとどめよう。

有島の社会観における女性解放論は、むしろ『或る女』執筆の頃を起点として、その後飛躍的に発展している。既に西山正一が丹念に跡づけたように(24)、有島は「婦人解放の問題」(『改造』大9・4)や「溝を埋めよ」(『婦人公論』大9・5)などの評論から、女性解放論を幅広い社会的視野の下で本格的に展開し始めた。これは、『惜みなく愛は奪ふ』刊行以後、有島が出自階級への嫌悪から生活改造を願望し、また同じ理由から小説「運命の訴へ」を中絶放棄したと推定される時期(大9・9)とも軌を一にしており、その事情と関連が深い証拠として、西山の指摘の通り、女性論が労働者階級論と並行して論じられるという顕著な特徴が認められる。その嚆矢となったのは、イプセンの女性論に触発されて書かれた評論「一つの提案」(『女性日本人』大9・9)だろう。そこではまず、「今の社会生活はその根柢に於て男性の創立したものであつて、女性は与つてゐない」として男性による社会支配と女性差別の実態を挙げ、男女の関係を「産業制度」における「資本家と労働者」との関係に準える。次に、差別の例として「貞操を売物」にする大勢の「売春婦」の存在を許す「道徳習慣」が横行しており、その結果「女性は知らず識らず男性を呪詛するか、その被征服者となつて甘んじる」現状が生まれたという。それではこの現状を改めるために何が必要かといえば、階級廃絶を目指して「労働者が階級闘争を主張する」のと同様に、女性は「男性の創り上げた生活様式」を「打破」して女性自身の様式を建設し、それを最終的に男性の様式と「融合一致」させる必要があると主張するのである。

西山が、「被圧迫者が新しい制度、生活形成のために重要な使命を担っていると考えている点」において、有島の労働者論と女性論とが根を同じくするととらえたのは適切な解釈だろう。有島の言を要約すれば、労働者や女性が被抑圧者として虐待されるのは、そこに資本制社会における疎外状況が最も典型的に現れる点で共通するからであり、その現状を改革するためには、彼ら・彼女ら自身を主体とした社会制度全般にわたる破壊と再構築が必要なのである。最終的に有島の女性解放論の流れは、講演「泉」に述べられた「芸術的衝動」論に合流するものと思われる。「芸術的衝動」論は、ホイットマン流の汎神論的な宇宙進化観が、有島独自の「突発的衝動」論や「生活即芸術」論などの展開を経た後に到達した、一種の永久革命的・無政府主義的な社会論であり芸術論であった。そこでは、既成の道徳・宗教・政治・社会の制度を破壊して新たな要素を「注入」し続ける「芸術的衝動」と、その内部にあって自らの活動を不断に省察する「生命の本質の検察」とが連動するところに、歴史を切り開く人間の生命の原動力を位置付けている。例えば、最晩年の談話「若き男女の結婚生活を脅かす家族制度本位の旧思想」（『婦人世界』大12・1）における、人間を財産と見なす私有財産制度の一翼を担っているのは現今の「家」であるとし、これを破壊して「もつと合理的な社会組織」を構築する必要を訴える主張には、既成の婚姻制度の破壊と再創造という「芸術的衝動」論の片鱗が認められるだろう。労働者論と女性論とは、結局はこの「芸術的衝動」論に収斂していく性格のものにほかならなかったのである。

『或る女』は、これら有島後期の女性解放論を予見させる内容を含んだ小説と見ることができる。葉子が男性社会の支配原理の模倣によって自己形成を遂げた結果、愛情の原郷からの自己疎外に陥って性関係を物象化し、それに翻弄されて辛酸を嘗めるという構図、あるいは現状打破のためには単なる破壊ではなく、内田・古藤に象徴される秩序化の志向をも同化して、根底から葉子自身の生活を創造する必要があるとする示唆された理想、これらはいずれも「一つの提案」以後の思想展開と並行するものとして解釈することができるだろう。古藤の「sun-clear」の原理とは、「生命の本質の検察」の萌芽だったのではなかろうか。従来『或る女』は、「惜みなく愛は奪ふ」の「本能的生活」論を用いて説明されることが多く、確かに、小説と評論とは一方が他方を解明するものではありえないにせよ、両者が密接な関係にあるのは確かである。しかし、自己完結的な調和状態を熱望する余り、随所に独善的な論理の飛躍が見られる「惜みなく愛は奪ふ」よりも、自己と現実との矛盾にさいなまれながら、開かれた壮大な社会的・生命的な視野から労働者や女性の解放を模索した、それ以後の思想、ことに「芸術的衝動」論の方が、この小説に内在するダイナミズムとより強い親近性を持つものと言うべきなのである。

有島を、追悼文「理想主義者の死」(『文化生活』大12・9)において、「日本で最初に産むだフェミニスト(女性賛美者)」と呼んだのは秋田雨雀であった。しかし、近代小説において女性解放の問題を取り上げた作家は他にも多く、特に、家父長制社会における女性の位置については、有島よりも厳密に掘り下げた論者も少なくない。ただし、コケットリーの表象的な価値について、女性論の問題意識とともに実践に移した作家は類を見ない。コケットリーとは、仕草や眼差しにおける媚態と誘惑という微細な表情において、女性と男性とが切り結ぶ身体=関係の場でありながら、同時にその背後に社会的状況を負う現象である。これは伝統的には、女体の魅力、悪女の誘惑という、いわゆる耽美派に属する形象であるが、しかし実際には家父長制社会を射程とする社会派的な問題意識の所産でもある。その意味で、有島の創作系列において、この小説は『宣言』『迷路』「石にひしがれた雑草」など、関係の拘束力のなかで自我を規定される人間を、男女の恋愛、特に三者関係の様相から浮き彫りにした系列と、「かんかん虫」「お末の死」「カインの末裔」「生れ出づる悩み」など、労働者・農漁民の「個性」の叫喚を内部的・外部的な相克のなかに描き出した系列との交差点に位置する。すなわち、「芸術的衝動」論へと向かう独自の思想に裏付けられると同時に、専ら芸術としての文芸が得意とする繊細な形象の機微を核心とし、いわば耽美派と社会派との様式的な統合を実現した点において、『或る女』というテクストは、やはり「本格的ロマン」（奥野健男）(25)であるとする評価は動かない。

8b 無限の解釈項

『或る女』

1 「東欧羅巴の嬪宮の人」

香水や、化粧品や、酒の香をごつちやにした暖いいきれがいきなり古藤に迫つたらしかつた。ランプがほの暗いので、部屋の隅々までは見えないが、光りの照り渡る限りは、雑多に置きならべられたなまめかしい女の服地や、帽子や、造花や、鳥の羽根や、小道具などで、足の踏みたて場もないまでになつてゐた。その一方に床の間を背にして、郡内の布団の上に搔巻(かいまき)を脇の下から羽織つた、今起きかへつたばかりの葉子が、派手な長襦袢一つで、東欧羅巴の嬪宮の人のやうに、片臂をついたまゝ横になつてゐた。

これは『或る女』の第五章で、横浜の宿屋に帰って来た古藤を「立ちすく」ませた時の描写である。この箇所については既に、葉子の身体とその「蠱惑」(チャーム)が、身体を粉飾する換喩的なフェティッシュの蝟集としてのみ表出され、それが女性を見る他者の眼差し、関係の物象化である限りにおいて、女性の置かれた社会的位置と無縁のものではないという読み方を、前の章において示したところである。ところで、この引用文中には、「東欧羅巴の嬪宮の人のやうに」という直喩が見られる。『或る女』は、「カインの末裔」などと並んで比喩表現のレトリックが頻出するテクストであるが、中でもこの直喩は、その強度において他に類のない性質のものと感じられる。物語のディスクールと文との相同関係を認めるロラン・バルト「物語の構造分析序説」(1)の言い回しを流用すれば、レトリックはテクスト全体との間にフラクタル的なアナロジーを結んでいる、と言えるだろうか。

もっとも、初期のバルトがディスクールを意味論軸と構文論軸との交錯点に見出したのに対して、レトリックとテクストとの間の構文論的関係は比較的希薄である。単純に言って、単一のレトリックから物語のストーリー展開を導き出すことはできない。ただし、逆に見れば、ストーリーがいかに読み解かれようとも、レトリックはいつまでもそこにあり、ストーリーに対してある過剰なもの、統御できない要因をもたらし続け、それによってストーリーの実体は未確定性の中に開かれたままとなるとも言える。そして、テクストの体験がその未完の全体においてとらえられるべきであるとするならば、レトリック分析の観点は、テクストを常にそうした根元に立ち返らせる役割を果たすものとも考えられるのである。ここでジェンダーとレトリックについて問題とする起点はこのような発想なのであるが、しかしそれがジェンダー論にいかなる寄与をするかについては後述することにして、まず差し当たりは先の比喩に戻ろう。

ところが、この「東欧羅巴の嬪宮の人のやうに」という語句を読むことによって、立ちどころに具体的なイメージが湧く読者は少ないだろう。これは、実は不思議な言葉なのである。「嬪宮」は「後宮」と同じ意味であり、「皇后や妃などが住む奥むきの宮殿」と『日本国語大辞典』に書かれてある(2)。これは余り一般的な言葉ではないようであり、この辞典の用例はまさに『或る女』のこの箇所からであった。『大漢和辞典』の「嬪」の項の熟語には、この語彙は見られない(3)。「嬪」の字の旁「賓」は、「客」や「客をもてなす」の意で、「来賓」「貴賓」をつくる。これに女偏がついて「嬪」となると、「妻として仕える」、「そばめ」、あるいは「婦人の美称」つまり「別嬪」などの意に用いられる。さらに「嬪」は日本においては、『日本国語大辞典』によれば、「天皇の寝所に侍する女性の地位の一つ」で、「皇后・妃・夫人に次ぐ地位」とされる。また、「嬪」は死んだ妻を指す言葉でもある。要するに、「嬪宮」とは王・天皇の妻や女官らが住む宮殿であり、それは何よりも男の王・天皇のためのものであり、結局のところ、王制・天皇制を支える基盤の一つということになる。ちなみに、同じ旁で偏の違う「殯宮」という言葉があり、これは『日本国語大辞典』によれば、「天皇・皇族のひつぎを本葬の日まで仮に安置しておく御殿」（あきらのみや、もがりのみや）の意である。

2　ハプスブルグ家の没落

では「東欧羅巴の嬪宮」とは何であろうか。この語句がここでいつの時代のことを指すのか分からないが、東欧は、有史以来激烈な諸民族間の抗争が行われた地域であり、十四世紀から数世紀にわたっては、オスマン・トルコの支配を受けた。一八六七年にオーストリア・ハンガリー二重王国が成立し、以後一九一七年の崩壊に至るまで、ハプスブルグ家が支配する。しかし一九〇八年のボスニア・ヘルツェゴビナ併合を契機として、セルビアを中心とする民族独立の運動が活発になり、ついに一九一四年に皇太子がサラエボでセルビア人青年に暗殺され、第一次世界大戦が勃発することになる。「ヨーロッパの火薬庫」とも「東方問題」とも呼ばれた東欧の情勢は、現代に至っても、旧ユーゴスラヴィアに見る紛争によって再現された。『或る女』の前身である「或る女のグリンプス」が発表されたのは一九一〇年代、正確に言うと一九一一年一月からのことであるが、まさか同時代の時局を念頭に置いての表現ではないだろう（ちなみに、「或る女のグリンプス」にもほぼ同じ場面があり、「東欧羅巴の嬪宮の人の様に」という比喩も既に現れていた(4)）。「東欧羅巴の嬪宮」とは、好意的に解釈すれば、「ハプスブルグ王朝のような華麗な後宮」というほどの意味の語として受け取ることができる。

この直喩は、直接には「片臂をついたまゝ横になつてゐた」という述部に係るが、単に身体の体勢だけが問題なのではなく、「足の踏みたて場もない」ほどに「小道具」の数々が散在せしめられたこの部屋と、きらびやかな調度類に飾り立てられていたはずの帝国の宮殿との間に連想関係が結ばれているのだろう。そして、そのような飾り立て、粉飾の行為が、このテクストにとっては重要なファクターとなっている。『或る女』の最終第四十九章で、手術後の容態悪化により瀕死の床に横たわる早月葉子は、関係者宛の遺言状めいた手紙を焼き捨てさせるが、その場面は次のように描かれている。

それを見ると葉子は心からがつかりしてしまつた。これで自分の一生は何んにもなくなつたと思つた。もういゝ……誤解されたまゝで、女王は今死んで行く……さう思ふとさすがに一味の哀愁がしみ〴〵と胸をこそいで通つた。

「女王」という隠喩は、ここではアイロニーを伴い、いわば〝裸の女王〟の意味となっている。誰の目をも引き付けた物語の女が、誰からも理解されずに死んでいくというわけである。この「女王」という隠喩を、冒頭近くのあの「嬪宮」の直喩と関連付けて読むことができる。あれほど満載されていた、自らの身体を粉飾するあらゆるアイテムを剥奪された時、「自分の一生は何んにもなくなつた」のである。「嬪宮の人」は「女王」のまま、ただしすべてを失って死ぬのである。ちょうど、十三世紀のドイツ国王ルドルフ一世以来、神聖ローマ皇帝、スペイン国王、オーストリア国王を独占し、その支配をオーストリア・ハンガリー帝国として全面化しようとした矢先に、時の流れに勝てず、崩壊したハプスブルグ家のように。そして「嬪」の字が亡妻の意味をもち、「嬪宮」からは同音異義語の「もがりのみや」、すなわち天皇や皇族を葬式の日まで仮に安置する御殿を意味する語が連想されるように。してみると、あの「小道具」の散乱は、バルカン半島の混乱とアナロジーで結べそうである。そう、葉子の粉飾された身体、それはまさに、「火薬庫」であったわけだ。

3　比喩と文化的性差

I・A・リチャーズの『レトリックの哲学』(5)は、メタファーのコンテクスト的性格を重視しており、それは直観的には正しいのだろうが、実際のところ、コンテクストはテクスト全体にまで広げうるとも言える。そうなると、テクストの読解と一つのメタファーの読解とは同時的と言うほかにない。しかも、その関連は単純に加算的なものではなく、意味論的な飛躍を含んでいる。「東欧羅巴の嬪宮の人のやうに」の直喩が、このテクストの凝縮された形であるというのは、確かに少し言い過ぎかも知れない。しかし、この比喩は、このテクストに散在する他の比喩や、他のディスクールとその発想(インヴェンティオ)(inventio)を共有するものである。「嬪宮の人」が何なのかは一義的には決められないものの、それはいずれにせよ皇族や殿上人を指すのだから、ここで葉子は比喩的に格上げされ、その格上げはやがて後編に至ってその内実を暴露され、今度はアイロニー的に格下げされることによって効果を実現するのである。ところで、「嬪宮の人のやうに」の直喩の発想の根元は、人と人との間に格の違いを認める思想、すなわち差別にほかならない。『或る女』の比喩の大半は、同じような差別を原理として成り立っている。そして、結論を先取りするならば、その代表は男女の差別であり、ここにジェンダーの問題と比喩とが接続される回路が見出されるのである。

だが、比喩が一般的な意味で差別に基づいているなどという、平凡なことを問題としたいのではない。差別の感覚には時代差があるから、『或る女』において「白痴の児」とか「不具」とか「跛脚（びっこ）」などの語句が用いられていることを今日的な視点から問題視することは適切ではないかも知れない。しかし、日本橋釘店の家を占領した叔父夫婦のことを「泥の中でいがみ合ふ豚か何ぞ」と表したり、内田の妻を「由緒ある京都の士族に生れたその人の皮膚は美しかつた」と描いたり、あるいは田川夫人について「龍をも化して牝豚にするのは母となる事だ」と言うのは、いかに葉子の敵に対しての言葉であるとしても、少なくとも筆のすさびなどではなく、確信犯的な言葉遣いと言うべきだろう。ところで、確信犯とは本来、法制度に違反することを承知の上で、高次の正当性を確信して行われる行為である。

すなわち、『或る女』のレトリックは、男女の文化的な二重規範を、文化的な性差（ジェンダー）に結びつける形で、殊更に、明瞭に、確信犯的に呈示するものではないだろうか。あの「嬪宮」のレトリックの直後に、葉子と古藤との言葉遣いを対照的に描く比喩が現れる。葉子の「音楽のやうなすべ〳〵した調子の声」に対し、古藤は「角ばつた返答」を返すと叙述によって示される。ここでは、声に対して女性的と男性的の区別が付与されているが、これ以降、『或る女』の比喩表現の内部には、社会的にかくあるべきとされる文化的な二重規範が、鮮明に盛り込まれて行くのである。なお、ここではジェンダーとレトリックの関わりについて論じるが、この長編には、ジェンダーに関わらないレトリックも多く見られることを付言しておこう。

4　ジェンダーとレトリック

ジェンダーのレトリック、その第一のポイントとして、そもそも女性／男性の対立に基礎を置いた比喩が多用されている。逞しい大男の倉地が「動物性の勝つた」とか「ハーキュリース」（ヘラクレス）に譬えられ、その雰囲気は酒の匂いと煙草の煙によって彩られる。酒や煙草は、逆に葉子の場合には精神の荒廃の表象となる。反面、弱々しい優男の岡は「少女のやうな仕草」「抱きしめてやりたいやうなその肉体」「少女のやうに顔を赤くしながら」「あの小娘のやうな岡」などと表現され、要するに女のような男と書かれている。反対に田島塾の塾長は「男のやうな女学者」であり、葉子が木村宛に書いた虚実ないまぜの手紙は「男の字のやうな健筆」とされる。女と男が社会的に、あるいは言語文化においていかなる対照的な位置付けにあるかということを、これらのレトリックは如実に指し示しているのである。

次に第二のポイントとして挙げなければならないのが、子どもの比喩である。女性的なる「すべ〳〵した声」の系列には、葉子の娘についての「暖かい桃の皮のやうな定子の頬の膚ざはり」が属し、葉子の純真無垢な面については、「乳房を見せつけられた子供のような微笑」「子供のやうな喜びの色」などが当てはめられる。共に暮らしえぬ娘を持つ母親であるということ、また自らも子どもと同じ水準の感性を持つことが、葉子の性格からピックアップされて、これらのレトリックに流用されたと言える。しかし、明らかに女性的なものは子ども的なものと緊密な関係を結ぶものとして呈示され、それは女性を能産的自然の側に位置付け、生殖・出産・育児などの再生産サイクルを専ら女性が担うものとする、家父長制的な固定観念としての性別分業の脈絡を引いているようである。

さらに第三のポイントとして、あの「龍をも化して牝豚にするのは母となる事だ」のように、妻・母と少女・処女との差別である。「処女とも妻ともつかぬ二人の二十女」とは、今日的な感覚ではいかにも不謹慎な言い回しであるが、「少し人に怚れた少女」とか「生々とした少年の大理石像」などにも、似たようなニュアンスが認められる。もちろん、物語の展開において、葉子が世間的な妻・母の座に座ることを少なくとも当初は嫌悪していたからこそ、このような表現が生まれたのだろうが、しかしそのレトリックの内実は、まごうことなき妻・母の差別であり、処女・少女崇拝にほかならない。

そして最後に第四のポイントとして、女性の魔性を示す、動物や魔女の比喩がある。「妖力ある女郎蜘蛛」「魔女」「牝鹿」などの譬えは、葉子ら女性のコケットリーを一種超人間的な域にまで高めてしまう。これらのレトリックは、葉子の「蠱惑」（チャーム）や「技巧」（タクト）の冴えを示すものであり、極めて明瞭に、男を捕獲して離さず、男とともに自らも破滅の道を歩むような典型である、〝魔性の女〟（femme fatale）としての性格付与であると言わなければならない。

以上、レトリックに見られる差別的系列として、次のような四つのポイントを指摘した。（1）女性対男性の対照、（2）女性と子どもとの結合、（3）処女・少女崇拝、そして（4）魔性の表現である。これらは葉子が登場する場面によって、相互に協調したり対立したりする。いずれにせよこれらの両義性・多義性は、早月葉子という人物像そのもののキャラクターでもある。しかし、この両義性は、ある社会的通念と、それに対する反措定という形で、それ自体が性の二重規範に基づいた文化的性差の表現となっており、単純に人物像として回収することはできない。このテクストが全体として、ジェンダーの存在が明確に刻印されたディスクールによって構築されていることは明白である。

そのことを典型的に示す比喩として、再びあの「東欧羅巴の嬪宮の人のやうに」という直喩を挙げることができる。「嬪宮」とは、基本的には男性である天皇・王のために存在する女性たちの御殿であり、極言すれば王の跡取りを産むための機関にほかならない。従って「嬪宮の人のやうに」とは、何よりも男性の欲望を挑発する仕方で男性を手玉に取るコケットリーを示し、それは一方では葉子の驕慢な態度を共示するのだが、他方、それはより根底のところで、男性への従属としての行為以外ではないのである。従ってこのレトリックは、女性が、男性への従属的関係においてしか魅力的たりえず、自分たりえないとする社会通念と、言説におけるジェンダー性をまごうことなく刻印されたものであり、その意味で『或る女』のレトリックを代表するものと言えるのである。

5　レトリックの表現的価値

さて、このようなジェンダーのレトリックは、差し当たり『或る女』というテクストの物語内容の一角を占めるものとして理解できる。前章で詳述したように、早月葉子は女性の自立と自由を夢見、ユートピアを求めて遍歴を繰り広げるが、そのようなロマンス的なユートピア探索そのものが、愛人倉地への依存において、妻となり主婦となるような家父長制的女性像を、次第に自ら身にまとう行為にほかならなかった。葉子のコケットリーは、女性の性的商品化とそれに付随する手練手管という、既に媒介されたテクニックに過ぎず、この社会の外側に出てそれを対象化することは、従属的反抗者としての彼女には不可能なことであったのである。本文中の「洋行前の自分といふものを何所かに置き忘れたやうに、［…］旧友達の通つて来た道筋にひた走りに走り込もうとしてゐた」とはそのことを指す。従って、小説のジャンル論的観点からすれば、逆ユートピアの出現を描いた「ロマンスのパロディ」(6)であるとするポール・アンドラの指摘は妥当なものである。ただし、レトリックの水準において、この結論には幾つか付け加えるべき問題がありそうである。

まず第一のポイントとして、レトリックは語り論の水準よりもさらに根元的な方向づけの装置であるということである。これまでに取り上げたレトリックは、葉子の会話であったり、心中思惟であったりするほか、また語り手の発語としても、他の登場人物の言葉としても現れる。このような事態は、発話の主体性を問題にするナラトロジーの範疇からは逸脱しており、レトリック、殊に比喩表現が、語り論以前的な根元的虚構に接近することを示している。つまり、両義性をはらんだレトリックのジェンダー感覚は、葉子自身のものである以前に、このテクストそのもののジェンダー感覚でもあるわけである。逆にここからは、むしろ語り論的レヴェルにおいて、旅館の従業員を「女中づれ」と呼んだり、逆に内田の妻の出自の高貴さを指摘するような差別も、語り手のものでも葉子のものでもなく、それらを包括するテクストの表層全般に関わる問題と見なす端緒が開かれている。レトリックと文体の領域が、人物や語りの領域よりも根元的にテクストを規定しているのである。

次に、これと絡む第二のポイントとして、レトリックにおいて、それが物語言説に属するのか物語内容に属するのか、という分類、つまりレトリックのシニフィアンとシニフィエという分類は、容易に成り立ちがたいということが挙げられる。端的には、「あたかも……のように」という指標、これを別のところで直喩指標と名付けてみたが(7)、この直喩指標の内部は物語の流れがいったん退避し、しかる後に復帰する一種のネスト（入れ子）を構成し、宙づりの形で引用される。つまり、レトリックは通常、あらすじを作るときには省略される細部にあたるので、確かに単純に物語内容だということはできない。しかし、「魔女のやうに」とか「牝鹿のやうに」などといった、明確な指示対象を伴った比喩を、純粋に語り口にのみあたる物語言説として処理することもまたできない。比喩は記号の複合、すなわちコノテーションである。一言で言うと、比喩がコノテーションのシニフィエにおいて扱われるのか、コノテーションのシニフィアン、つまりデノテーションにおいて扱われるのかは、比喩の強度とコンテクストとに大きく依存する問題である。この問題に関しては、「カインの末裔」の動物の隠喩を対象として、既に論じたところである。右の『或る女』の場合には、「魔女」や「牝鹿」は、決してそのデノテーションを消去されず、「女」や「牝」というジェンダーの要素と、「魔」および動物というそれへの意味付与の要素とをテクストに導入することになる。ジェンダーとレトリックは緊密に連携するのである。

6 無限の解釈項

このことは、第三のポイントと関わってくる。それはすなわち、レトリックが何を意味するのかは、原則として、決して一義的に規定しえないということにほかならない。C・S・パース[8]やその思想を展開したウンベルト・エーコ[9]によれば、記号の解釈項（interpretant）、つまりソシュールのシニフィエにあたるものはまた一つの記号であり、その記号には別の解釈項が必要とされ、こうして記号は無限の解釈過程に導かれるものとされる。比喩はその無限の解釈項の典型だろう。試みに取り上げた「東欧羅巴の嬪宮の人のやうに」という この語句は、いったいハプスブルグ家と本当に関係があるのだろうか。あるいは、王の子孫の再生産装置という意味合いがあるのだろうか。このような問いかけは、恐らく無意味だろう。あると言えばあり、ないと言えばないのである。

にもかかわらず、次のようなことだけは確実に言える。解釈項の系列に現れる様々な言葉は、いずれも文化の多層性を構成しており、比喩を私たちが使用しうるということは、私たちがこの世界と何らかの形で関係を結ばれていることの証しなのである、と。認知言語学者ジョージ・レイコフとマーク・ターナーは、このことを「存在の大連鎖」と呼んでいる(10)。そして、このような事態はレトリックに限った事柄ではなく、言語一般の問題でもあるのだろう。レトリックや比喩、あるいは一般に小説や詩などと呼ばれるジャンルは、日常的言語活動に比して特殊な領域なのではなく、むしろあらゆる言語活動に含まれている本性を、より明瞭に呈示する限りにおいて、最も代表的な言語形態と考えなければならない。

ここから、『或る女』というテクストをジェンダーの観点から読む作業について、レトリックに引きつけてまとめてみよう。恐らく、この小説やあるいは小説一般を、女性解放のためのイデオロギー的な手段として利用することには、言葉というものの多義性、相対性に照らして、明らかな限界がある。例えば、前章の『或る女』論は、根底に家父長制コードを置き、家父長制の小説ジャンル的表象としてのファミリー・ロマンス、およびファミリー・

ロマンスの突出形態としての姦通小説をジャンル的なフレームとして用い、それらの基準との差異と同一から先に述べたような結論を引き出したものであった。しかし、テクストに「家父長制」などという言葉はなく、葉子は再婚前であるから別に姦通を行ったわけでもない。

こうしたコード、ジャンル、フレームは、読者である私が外から持ち込んで当てはめたものに過ぎない。それらの持ち込み物はいったいどこから来たかと言うと、教育や体験などの私の経験からであるというほかにない。そしてそのようなフレームは、すべてジェンダーを作り出したのと同じこの世界に由来するものであり、それ自体が必ずジェンダー的な要素を含んでいるものである。従って、その見方を純潔主義的に徹底すれば、あらゆるコードを否定し、あらゆる読み方をセクシズムだとして弾劾する極端に原理主義的なフェミニズムの立場も想定できるだろう。そしてそのような（あるいは、どのような原理主義的な）立場も、一つの読み方であることに変わりはないのである。

7　ジェンダーのパラドックスと意義

しかし、いずれにしても純潔主義は不可能であり、ジェンダー批評の問題は、一回的革命（révolution）ではなくて永続する反抗（révolte）の方法で行われる以外にないだろう。全てか無か、ではないのである。そしてそのことは、ジェンダーのみならず、あらゆる言語文化がそうなのであり、分析哲学者が「ノイラートの舟」と呼ぶような仕方、つまり船乗りは自分の乗っている船を乗りながら直して進む以外にない、という事態を分かち持っている。『或る女』のレトリックは、ジェンダー的な両義性によって社会的セクシズムのコードを迂遠な形で指し示し、テクストに導入すると同時に、その両義性をテクスト全体に蔓延させ、総体としてジェンダーと向き合う趣向になっている。ただし、その仕方は、否定すべきものを全面的に受け入れ、これを利用し、受け入れたものを別の水準では否定するという、パラドクシカルな帰結を招いている。これは、小説ジャンルに固有のパラドックスと言うべきだろうが、そのようなパラドックスこそが、ジェンダーにせよ何にせよ、このテクストが読者を獲得し、問題意識を誘発し続ける根本の理由であると考えられる。

上野千鶴子は、ジェンダー論についての周到で目配りの効いた概説において、言語のジェンダー性について次のように述べている(11)。

言語は中立的な意味の乗り物ではない。マネーとタッカーの性自認の理論であきらかなように、言語のなかにジェンダーが組み込まれているとするならば、どんな言語表現もジェンダーの刻印をまぬがれることはできない。書き手の性別が問題なのではない。たとえ書き手がじぶんの性別とは異なった「女装文体」「男装文体」を採用しようとも、ヴィトゲンシュタインの言い方にならえば、人は「ジェンダー化された言語の外に出ることはできない」。

これは素晴らしく要を得たフレーズである。ただし、「ジェンダー化された言語の外に出ることはできない」というのは、「ジェンダー化された言語に対して何もできない」ということと同じでないのは当然である。また、「どんな言語表現も」というとき、小説ジャンルもその例外でないことは確かである。しかし、ジャンルに固有の機能もあるはずであり、恐らくは、右に述べたようなジェンダーをめぐるパラドックスこそが、小説における「ジェンダーの刻印」の言語的な特徴ではないだろうか。

結局、『或る女』はジェンダー的なレトリックによって、テクストの言葉と読者との間の、パラドクシカルなコンタクトの回路を開くのである。このことは、これだけでは余りにも一般的な結論に過ぎないのだが、この場合はそのあり方は極めて独特だろう。つまり、このテクストを読む行為は、決して読者をしてジェンダー的環境と無縁なままには置かない。読解の行為が、読解の環境と自己言及的・相互作用的に循環するループをなし、こうして人間と言語におけるジェンダーの領域を全面的なものとする、そのようなテクストとして、『或る女』は存在している。

その結果として、私たちは、『或る女』を読む行為、あるいは一般にテクストを読む行為が、単に読む行為ではなくて、ジェンダーをめぐる概念図式間の差異の突き合わせとなり、極端な場合にはそのイデオロギー的な闘争とならざるを得ないことを目の当たりにするわけである。ただし、そのような対立と闘争の根元にあるものは、男と女とが、あるいは対立する陣営の双方が、互いに決して無縁ではありえないようなこの世界の仕組みにほかならない。ジェンダーを視点とする『或る女』のレトリック分析とは、そのような原理的地平へと、読者を巻き込んでいかねばやまない性質のものなのである。

8c 〈考証〉『或る女』はいつ始まるか

『或る女』の物語展開は、いかなる年月の範囲に設定されているか。これが実は、確定されていないのだ。明治三十四年から翌年にかけてであることは、三十章の木村の手紙および三十一章の冒頭の叙述などから明らかである。しかし、西垣勤(1)は「九月二十二日朝」から「七月二十五日早朝」までとし、山田昭夫(2)は、「九月二十三日から翌年七月二十六日まで」とする。些細なことには違いないが、精読を要求されている『或る女』研究においては、この観点も全く無駄ではないだろう。

まず結末の方は、数え方の問題と思われる。手帳への遺書めいた記述の末尾に、葉子は「七月二十一日」と記し（四十七章）、「その翌朝」つまり二十二日に手術を受け（四十八章）、「手術を受けてから三日を過ぎて」つまり二十二プラス三イコール二十五日の夕方に容態が「突然激変」し、「夜が来」て「その夜も明け離れた」、つまり二十六日になったところで幕が引かれる（四十九章）。この数え方では山田説になるが、「三日を過ぎて」の三日に二十二日自体も含めて数えれば西垣説になるわけである。

開幕の方はどうだろうか。最初に月日が明記される文「葉子が米国に出発する九月廿五日は明日に迫つた」（六章）から、送別会は二十四日のことと判明する。これを基点として読み直してみよう。一〜五章は、回想が頻繁に介入するが基本的には一日の出来事であり、その日の朝「八時」（四章）以前の列車で葉子は古藤と新橋から横浜へと出発し、「最終列車」（五章）で帰って来る。まず山田説は、別れ際に葉子が古藤に言った「明日は屹度入来しつて下さいましね」を送別会への招待として解釈し、五〜六章を連続した日々ととらえたものだろう（傍線引用者＝以下同）。しかし、二十四日には「葉子はその朝暗い中に床を離れ」、頭文字を「昨日古藤が［…］書いてくれた」トランクを持ち出し（六章）、また「葉子はその朝横浜の郵船会社の永田から手紙を受取つた」（七章）とされる。横浜行きが二十三日の出来事とすれば、葉子はその晩ほとんど眠らず、古藤は二十三日の八時以前の早朝か、「最終列車」以後の深夜に早月家を訪れて頭文字を書き、また古藤が永田のもとへ赴いた「夕方」（五章）以降に永田が書いて投函した手紙が翌朝配達されたことになり、いささか厳しい。

次に西垣説に対しては、直接の反証を挙げることはできない。むしろ「明日は屹度入来しつて下さいましね」の「明日」をイニシャル記入の二十三日のこととすれば、最も整合的な解釈とも言える。ところで、永田からの手紙には「明晩（即ちその夜）のお招きにも出席しかねる」とあり、この手紙の執筆も二十三日のことである。追伸に、「先日貴女から一言の紹介もなく」云々と記されている。これは間接話法的な語り口ながら、語り手が逐語的に転写した文面として書かれており、「先日」も「明晩」同様に字句通りと受け取れる。個人差のある問題だが、手紙文で「先日」は通常は「昨日」とは区別し、「昨日よりも以前」の意味で用いられるのではないか。これが正しいとすれば、横浜行きは二十二日よりも更に以前のことであり、永田は翌朝に配達が可能な二十三日の早い時間に手紙を投函したものと推定できるだろう。

従って、山田説はかなり苦しく、また西垣説は可能性は高いが決定的ではない。むしろ、『或る女』の冒頭は、七月二十一日を含めてそれ以前数日というのが確実な線だろう（ちなみに、送別会の席上葉子が古藤に「暫くでしたのね」（八章）と話しかけたのは、その「昨日」イニシャルの記入があったことから、葉子の術策および・あるいは冗談である）。最盛期の有島は筆力旺盛であったが、必ずしも緻密とは言いがたい。『或る女』の内田や古藤らの造形不十分についてはつとに指摘されている。また「生れ出づる悩み」でも、病気による新聞連載中絶のため後に書き加えられた第九章では、語り手の一人称がそれまでの「私」から「僕」に変わり、統一されていない。精読は必要にしても、特定の作品にどの程度の網の目を用いるかは、解釈の結果を左右するその都度の読みの技術に属すると言えるだろう。

しかし、葉子と古藤の「横浜行き」が、これほど揚げ足取り的な読み方まで招いてしまうのには、それなりの理由がある。つまり、二人の東京・横浜間の往復は、横浜・シアトルを往復するその後の葉子の道程を、反転的に先取する原型的な物語となっているのだ。言い換えれば、『或る女』の物語全体は、「横浜行き」の対称形として反復されているのである。相模屋で、なぜか葉子は古藤を誘惑する。彼女の「蠱惑力（チャーム）」の行使は、彼の「響きの悪い心」

には通じず、不発に終わる。不発に終わらずに先へ進んだのが倉地とのケースであり、葉子——古藤の線は、それ以後は背景に退き、彼女は破滅の道をたどるのである。それでは、二人の結び付きが、古藤の朴念仁のために失敗しなかったとしたら?

「横浜行き」は、全く違った様相を呈したはずのもう一つの物語の可能性を暗示し、テクスト全体の読みに影響を及ぼさずには置かない重みを備えているのである。

9 他者としての愛

「惜みなく愛は奪ふ」

1 道の帰趨

太初に道があつたか行があつたか、私はそれを知らない。然し誰れがそれを知つてゐよう、私はそれを知りたいと希ふ。而して誰がそれを知りたいと希はぬだらう。けれども私はそれを考へたいとは思はない。知る事と考へる事との間には埋め得ない大きな溝がある。人はよくこの溝を無視して、考へることによつて知ることに達しようとはしないだらうか。私はその幻覚にはもう迷ふまいと思ふ。〔…〕

太初の事は私の欲求をもつてそれに私を結び付けることによつて満足しよう。私にはとても目あてがないが、知る日の来らんことを欲求して満足しよう。

有島武郎の「惜みなく愛は奪ふ」は、これまで専ら「本能」に基づく人生観の書として、または長編小説『或る女』に代表される有島の作品解釈のための指針として、ひいては作者有島の人間性を垣間見る窓として読まれてきた。しかしこれは四百字詰に換算して二百枚にも及ぶ長編評論であり、人間・社会・文化にわたる極めて多面的な内容を持ったテクストである。しかも、それが刊行されたのは、一九二〇年代アヴァンギャルドと呼ばれる世界的な芸術史の曲がり角の始まりを告げる年であった。「惜みなく愛は奪ふ」もまた、この芸術史的転回の予兆を刻印されているのである。ここでは、評論の骨格を押さえながら、特にその芸術論としての側面について考えてみたい。

初めに、「惜みなく愛は奪ふ」の構成を概観しておこう。全体は二十九章から成り、これを便宜上次のように一覧表化し、内容のまとまりに従い、幾つかのセクションに区分して見出しを付ける。またこの評論は、刊行以前に発表された有島自身の複数の評論・感想類を取り入れ利用しているので、それを括弧に入れて示してある。

◇「惜みなく愛は奪ふ」の構成

（《　》括弧内はセクション名、（　）括弧内は関連する既発表の評論・感想名と発表誌・発表年月）

《序》

一　起源の不明―「私」の主体性

二　言葉の不十分性―「暗示」の効果

《I　思想の由来》

三　宗教的厳格からの離脱―「義人、偽善者、罪人」区別の相対性

《Ⅳ 「本能的生活」と「愛」の本性》

十四 「本能」への誤解

十五 「愛」は「純粋な本能の働き」――「放射」でなく「吸引するエネルギー」(↑「惜しみなく愛は奪ふ」、『新潮』大6・6)

十六 「他者」の「摂取」による自他一体化――「生長と完成」を願う力(↑「惜しみなく愛は奪ふ」)

十七 「愛」は他者を幸福にする――「片務的」な愛は報酬を求める

十八 「愛」は「なまやさしいもの」ではない――死もまた「愛」の形態

十九 「愛」と「憎」の一致

二十 「愛」をめぐる断章群

《Ⅴ 「愛」に基づく各論》

二十一 「愛」による芸術論――芸術は「愛」の可及的純粋な表現(↑「芸術についての一考察」、『中央公論』大9・4)

二十二 「愛」による社会生活論――「個人」と「社界」との軒輊

二十三 「愛」による男女・家族論――国家制度からの解放

《Ⅵ 結論的断章群》

二十四 全体的考察の必要

二十五　体験的「検察」の必要
二十六　「既成の主張」からの自由
二十七　「思想は一つの実行」
二十八　阪田泰雄への謝辞
二十九　結び、祈り

これを見ると、まず《序》と仮に名付けるセクションがあり、それから思想の由来、「個性」の基本的態度、生活三類型論、「本能的生活」と「愛」の本性、そして「愛」に基づく各論へと論旨は展開し、最後に結論めいた断章群が置かれて幕が閉じられる。最初に注目すべきは、《序》の二つの章である。なぜならば、ここで重要な〈ヴィジョン〉が示され、それがこのテクスト全体の論理を構築する土台となっているからである。

「太初（はじめ）に道（ことば）があつたか行（おこなひ）があつたか、私はそれを知らない」という、『新約聖書』「ヨハネによる福音書」の引用ともじりから、この作品は開幕する。それに続き、それを知らない代わりに、「太初の事は私の欲求をもつてそれに私を結び付けることによつて満足しよう」と述べる。ここから、いずれ多くの顔を持つことになるであろう、唯一の原理的な〈ヴィジョン〉が読み取れる。すなわち、起源は「神」であり、すべてのものが「神」に由来すると明言する「ヨハネによる福音書」に対して、「惜みなく愛は奪ふ」においては、「太初の事」、すなわち起源・由来は不明である。この、根源は知ることができないということ、起源の不可知性は、「私の欲求」、あるいは現在・この場所（hic et nunc）の絶対性と同値とされる。その「私の欲求」、つまり現在・この場所の欲求は何によって成立するのかと問われれば、それは無媒介に現前するというのが、この〈ヴィジョン〉である。

ここでは、「道（ことば）」と「行（おこなひ）」とが対照されている。だが、このフレーズの出所である「ヨハネによる福音書」には、「初めに言（ことば）があった。言は神と共にあった。言は神であった。この言は初めに神と共にあった。すべてのものは、これによってできた」とあるばかりで、そのような対照は少なくとも明示的には現れていない。ところで、久米博は、言葉についてのギリシャ的解釈（ロゴス）とヘブライ的解釈（ダーバール）とを分析したトーレイフ・ボーマンらの説に依拠して、「ヨハネによる福音書」の冒頭部分を、これら二つの意味の交錯点にあるものとして説明している[1]。すなわち、「神の子キリスト、永遠の生命」を宿す〈ロゴス〉には、集める・秩序づける・話す・計算する・思考する・理性などのギリシャ的な意味が含まれ、他方、創造する〈ロゴス〉には、前へと駆り立てる・話す・行為を示す「働きかけることば」としてのヘブライ的な〈ダーバール〉が投影されている。この説明に従うならば、「惜みなく愛は奪ふ」における「道（ことば）」（言葉・理性）と「行（おこなひ）」（創造・行為）との対照は、「ヨハネによる福音書」冒頭部分の解釈としては、一見そうでないとしても、実は本質的な妥当性を有すると言わなければならない。もっとも、語り手が「私はそれを知らない」と述べる以上、「道（ことば）」と「行（おこなひ）」との対立はもはや意味をなさず、代わりに両者を統一する存在である「私」の登場が要請されるという論法となっているのである。

一方、マルティン・ハイデッガーは、ヘラクレイトスの〈ロゴス〉観、すなわち「logosとは存続的集約であり、存在者の、自己の中に立つ集約態、つまり、存在、である」とする見方と、「ヨハネによる福音書」における「ロゴスは一つの特殊な存在者、すなわち神の子を意味する。しかもその神の子は、神と人間との間の媒介者という役割を持っている」とする見方とを対照している(2)。〈ロゴス〉が〈ピュシス〉（存在＝生成）に本質的に帰属することを論証しようとするハイデッガーによれば、「ヨハネによる福音書」は〈ロゴス〉のヘブライ的偏向にほかならない。ここで、「太初の事」と「私の欲求」とを直接に結合する発想を、ハイデッガー風に読み換えてみよう。いかなる媒介者も想定せず、しかも現在・この場所の「私」自身が、いわば〈ピュシス〉（存在＝生成）そのものに属するととらえる「惜みなく愛は奪ふ」の主張は、ハイデッガーの見たヘラクレイトス的な〈ロゴス〉観に近いものとも言えるのである。

いずれにしても、根源の不可知性と、現在の絶対性――この〈ヴィジョン〉は、「惜みなく愛は奪ふ」の核心を成す原理であり、これにより、テクストに書き込まれた多くの命題が導き出されて行くことになる。それとともに、その〈ヴィジョン〉は、それを語るテクストの「道（ことば）」（ロゴス）自体によって、根底から覆されるに至るのである。

2 〈掟〉と「暗示」

この〈ヴィジョン〉を念頭において、以下「惜みなく愛は奪ふ」の論旨を検討してみよう。まず、三章から五章までの《思想の由来》においては、主題となる思想を着想し、形成するまでのプロセスの回顧が行われる。三章では、自分には不可能な要求であった、厳格な「宗教」に帰依しようとした経験の反省と、そこからの離脱について語られる。ここに〈ヴィジョン〉を当てはめると、「義人、偽善者、罪人」が「判然区別されて、それがびし〳〵と人にあてはめられる社界（ママ）」との決別、それは、倫理・道徳の基準を設定する『聖書』的な根源の放棄によって帰結したことであると理解できるだろう。価値を判別する基準がない以上、その見方はあれでもよく、これでもよいという相対主義を導く以外にない。これが四章において語られる「二つの道」両極の観察者という態度である。出発期の『白樺』（明43・5）に掲載された「二つの道」を基とするこの章の記述は、有島自身の「長い廻り道」（思想遍歴）をも痛切に物語っている。

しかし、五章では、その相対主義から脱し、「我れながら憐れと思ふ自分自身に帰つて行く」ということ、つまり「自己一元」の境地への到着が表明される。これは、〈ヴィジョン〉に照らして言い換えるならば、自己を、それとは異なる根源、それに先立つ他の何物かによって根拠づけることの放棄にほかならない。このような根源を、五章では「主義」と呼び、むしろ無「主義」の立場を宣揚しようとするのである。

以後、「惜みなく愛は奪ふ」が積極的に前面に掲げる数々のテーゼは、いずれもこの〈ヴィジョン〉に基づき、整備されていると言えるだろう。例えば七章で「私に即した生活」においては、一切の「無理算段」は不要であると述べ、十二章で「自由は sein であって sollen ではない」とし、また「本能的生活」は「意志の絶対自由」の境地にほかならないというのは、いずれも、「個性」以外の基準が無効であるという〈ヴィジョン〉によって正当化されるからである。また九章で、過去・未来に価値を置く人々に対して、「現在に最上の価値をおく」立場をリアリズムと呼び、これを尊重する態度を示すのも、起源の不可知性と現在の絶対性による思想の顕著な表現である。このように、時間的・空間的な起源・根源を拒絶し、現在の宙吊りの状態そのものに即すこと、これこそ、このテクストを貫通する原理であると、ひとまずは言うことができる。

ただし、このようにして定義された「個性」は、否応なく一種の〈掟〉、すなわち主体がそれに服従することを要求するところの命令と化してしまう。ここにおいて、主体と「個性」とが、必然的に分離せざるを得ないという奇妙な事態が現出することになる。ジャック・デリダは、カフカの短編『掟の門前』が、〈掟〉そのものの持つ接近不可能性を明らかにすることを論じている(3)。「掟についてはそもそも『初め』というものが拒否されている事実」があるとデリダは言う。それは、もはやそれ以前に溯る根源・由来・理由へと解明されることはできない。もしもそれが解明されたとき、〈掟〉は真の〈掟〉ではなくなり、それになり代わって今度は根源の方が〈掟〉となるだろう。〈掟〉は、従ってカントの言う定言的命令、つまり条件をつけず、直接的に意志を実現する道徳の命令＝格率の形を取る。デリダによれば、「カントは強調するのだが、『尊敬』の感情は掟の結果＝効果にほかならず、それは掟にのみ帰せられ、掟の前でのみ正当に現れる。尊敬の念が人間に向けられるのは、その人格が、掟は尊敬されねばならぬことの模範を身をもって示す限りにおいてのみである」。

そのような意味で、「惜みなく愛は奪ふ」の「個性」も、もはや根源への解明を許さず、しかもそれを尊宗することを無前提に要求する限りにおいて、〈掟〉と見なすことができる。またこのテクストに含まれる数々の命題も、「もし幸福になりたければ、これこれせよ」という仮言的命令ではなく、単に「これこれせよ」という断言的・定言的命令を用いている。それは、「個性」がそれ以前に溯る起源を持たない以上は、当然のことと言える。「意志の絶対自由」は無条件に絶対でなければならないからである。このような断言は、見方によっては美しい。しかし、この論法には、どこかに無理もしくは隠蔽があるのではないか。「個性」が純粋に主体と同一であるならば、「個性」が主体に対する〈掟〉となり、命令を下すというのは、論理の矛盾ではないのか。然り、「惜みなく愛は奪ふ」の原則的な〈ヴィジョン〉は、恐らくはこの単純な論理学のために、実はテクストの至る所で裏切られ、自己矛盾を引き起こしている。その結果、〈ヴィジョン〉とともに、どちらが真意であるのか決定不能に陥る、もう一つの言説が強調されることになる。ただし、そのような決定不能性は後述のように別の領域、すなわち芸術論の領域においては、むしろ生産的なものとなる可能性をも帯びるのである。

ちなみに、二章で、語り手は「私達の用ひてゐる言葉は謂はゞ狼穽のやうなものだ。それは獲物を取るには役立つけれども、私達自身に向つては妨げにこそなれ、役には立たない」と述べ、言葉を「不完全な乗物」「不柔順な僕」と呼び、言葉の伝達性への不信を表している。それに対して彼が重視するのは言葉の「暗示」効果であり、「暗示」的な表現を最大限に利用する旨を殊更に告知するのである。「言葉は私を云ひ現はしてくれないとしても、その後ろにつゝましやかに隠れてゐるあの睿智の独子なる暗示こそは、裏切る事なく私を求める者に伝へてくれるだらう」。これは、単なる文体への言及ではない。彼の思想の本質に根差す事態である。この後、十二章においても、彼の提唱する「本能的生活」とは、「理智的表現を超越してゐる」ものであり、「その場合私は比喩と賛美とによつてわづかにこの尊い生活を偲ぶより外に道がないだらう」と言われている。彼の思想は、「暗示」や「理智的表現を超越」した言葉や「比喩と讃美」によってしか表現することができない。なぜならば、それ以前に溯り得ない〈掟〉なるものは、なぜそうなのか、どのようにすればそうなるのか、という起源・由来の解明を本質的には受け付けないはずだからである。それは、起源も由来もなく、ただそこにあるしかない。そのような対象を、論理・因果関係・合理性によって論証することは、不可能ではないが困難である。ところが、このテクストはあくまでも「暗示」を用いて〈掟〉を解明しようと試み、論理においては、自らの言葉が仕掛けた罠にはまって行くことになる。

この事態は、デリダの思想が示唆するように、それ以前に溯り得ない絶対的な〈掟〉、有島の場合は「個性」などというものは、幻想でしかないということをも共示する(4)。記号は他の何物かを代補(supplément、代理=補足)する形でそれを現前・再現前せしめる。その何物かは、代理=補足される形でしか現前・再現前しえない。しかも、記号=刻印(écriture)は時間的・意味論的な他の記号=刻印との差延(différance、差異=遅延)によってのみ、現前=再現前として成立しうる。いかなる主体も、この原則を免れえないだろう。そこでは、言葉や芸術を、ある種の〈掟〉の〈表象=代行〉(représentation)と見なすという、一般的な芸術観も覆されることになろう。しかし、それは後述に回すこととし、今は次のステップへと移ろう。なぜなら、「暗示」によって語られる論文には、それなりの解釈を施す必要があるからである。

3　根源の代補――〈在る〉状態と〈成る〉過程

「私の個性は私に告げてかう云ふ。私はお前だ。私はお前の精髄だ［…］お前の外部と内部との溶け合つた一つの全体の中に、お前がお前の存在を有つてゐるやうに、私も亦その全体の中で厳しく働く力の総和なのだ」。これは六章の冒頭である。《「個性」の基本的態度》と名付けたセクションに属する六と七の二章では、「個性」が「私」に語りかける叙述方法を採っている。これは、「暗示」すなわち文学的なレトリックという譲歩を取り払って見ると、いかにも奇妙な語り口というほかにない。本来、「霊肉一致」を説く「惜みなく愛は奪ふ」の思想によれば、「外部」と「内部」とが統合されたところに理想の生活が現出するはずであるから、「私」と「私の個性」とが別人格であるはずはない。しかし、「私はお前だ」と言うとき、必然的に「個性」は「私」の内部にあって、「私」を支配するもう一つの自我としての位置を占めてしまう。このもう一つの自我は、外形的な第一の自我の内側にあって働く「力の総体」である。ここに、二つの自我の存在という空間的なイメージが描かれる。また、「個性に立帰れ」という第六章に挿入された号令には、その前提として未だ「個性」と一体化できない、遅れた自我が想定されている。従って、そこには「個性」を実現するための時間的なプロセスが、否応なく介在するのである。

こうして、「私」なるものは、空間的・時間的な二重構造を持つ組織であることになる。外形的な自我が偽の、仮面の自我、もしくは現実の自我であるとすれば、内部的な自我は真の自我であり、そして同時に理想の自我でもある。前者は後者よりも、遅れている。「私」は「私」とは隔たった「個性」の表現であり、また「私」はかつてはそうではなかったのに今は「個性」を実現したものである。なぜならば、「個性」なるものは価値の高い状態であり、およそ価値なるものは何らかの基準によってしか計ることができず、そして基準は、必ず対象との間に空間的・時間的な距離を取らなければ意味がないからである（身長の伸びと同じ割合で目盛りの幅が開いて行く物差しでは、身長を測ることは決してできない）。この二重構造の各々の層には、フロイト（「自我」／「超自我」）であれユング（「ペルソナ」／「エゴ」）であれ、その他あらゆる近代の自我思想の用語を割り振ることが許されるだろう。近代的な自我思想の根底に多かれ少なかれ存在する、本質と仮象との意味論的・空間的な二分法、および仮象から本質への時間的・目的論的な成長主義の発想を、「惜みなく愛は奪ふ」もまた分有しているのである。

従って、「私」はいったん「個性」よりも価値の低い状態として想定され、その後、「個性」の水準にまで高められることにより充足されることになる。これが、巨視的には、十章から十三章までの《生活三類型論》のセクションで主張される、有名な「本能的生活論」となる。すなわち「習性的生活」から「智的生活」そして「本能的生活」へと展開する、三段階の生活発展論という形で論証される。他方、微視的には、この階梯を上るためには、「個性」そのものも変化しなければならない。「個性」自体を変化せしめる契機、それは「緊張」である。「個性の緊張は私を拉して外界に突貫せしめる」と十二章では述べられる。この「緊張」の観念について安川定男は、生活三類型論とともにアンリ・ベルクソンの『創造的進化』（一九〇七）にインスピレーションを受けたものと想定している(5)。ところで、「緊張」もまた、「緊張」せざる状態、つまり、いわば弛緩との差異によってしか認知されない。ここでは「個性」そのものも、それ自体ではない何らかの他の尺度によって、その「緊張」の強度を測定されなければならない。こうして「個性」は「私」に対して、「緊張」は「個性」に対して、さらに「緊張」に対しても何らかの原因が、それ以前に溯る根源として想定される。この現前する本質の後退現象が、論法や文体において「暗示」されているのである。当然ながら、この根源探索の道程はどこまでも続き、そしてどこにも真の根源は発見しえないだろう。なぜならば、「太初の事」は、このテクスト自らが、最初に断念した対象だからである。そこに待ち受けているのは、五章で回避したはずの相対主義にほかならない。

この、いわば絶え間なき「緊張」の過程は、もちろん「sein」（存在すること）ではなく「sollen」（行わねばならぬこと）以外の何物でもない。「科学者と実験との間には明かに主客の関係がある。然し私と私の個性との間には寸分の間隙も上下もあつてはならぬ。凡ての対立は私にあつて消え去らなければならぬ」。この「なければならぬ」は、「sollen」以外に訳しようがない。再び、これは単なるレトリックではない、あるいは、レトリックは単なる容器ではないと言わなければならない。従って、この観点から見た「個性」「本能」そして「愛」は、「私」に対して「私」以外の対象、すなわち〈他者〉であると言うべきだろう。「愛」は貧しき「私」に対し、〈掟〉としての定言命令を下し、「私」と自らを一致せしめよと号令する。「私」はこの命令に従うべく「緊張」しなければならない。その根源は遠ざけられており、不可知であるがゆえに、この「緊張」の過程はこれまで永遠に続いて来、今後も永遠に続くものと推測される。しかし、いつか（いつだろう?）、最後の瞬間に「本能的生活」が訪れ、今度はそうした過程は一挙に消滅し、「意志の絶対自由」の境地が現れるというわけである。

しかし、絶え間なき「緊張」の観点から見れば、「本能的生活」はそれとして認め得ないだろう。「意志の絶対自由」がどのような状態なのか、認定する基準がないからである（再び身長計の比喩を想起しよう）。十二章では「本能的生活」の「最も純粋に近い現れ」の例として、「相愛の極、健全な愛人の間に結れる抱擁」が挙げられ、またその「素朴に近い現れ」の例を「無邪気な小児の熱中した遊戯」に求めている。なるほど、抱擁する男女や遊戯する小児は、抱擁せず、または遊戯しない水準から見れば確かに「自由」である。しかし、一度その生活の内部に入るならば、それが「自由」か否かは知る由も、判定する術もない。現在、欠如していると信じられるものによってこそ、現在以上の「自由」は定義されるのである。また、自らをそれとして意識し得ないような、いわば夢幻的な生活が、ここで想定されているのではなかろう。「本能的生活」が認知され推奨されているからには、その背後にsollen的な準拠体系が、暗黙に用意されているはずなのである。この体系は、「私」に対する〈他者〉としての「愛」としてしか到来しない。なぜならば、概念図式のより良き改訂は、他の概念図式との比較対照と取り込みによって、初めて可能となるのである。要するに、「愛」が他者的なものでなければ機能しないシステムが、〈他者〉の存在しない純粋な「愛」の境地を支えるとされている。そして実際には、これまで述べたように、テクストはこのシステムの稼働の過程についての、長い記述を含んでいると見なければならない。

ちなみに、《「本能的生活」と「愛」の本性》を論じたセクションのうち、十五章から十八章にかけての、「愛」と〈他者〉に関する論議には、この概念図式の改訂のプログラムも現れている。そこでは、「私の経験が私に告げる所によれば、愛は与へる本能である代りに奪ふ本能であり、放射するエネルギーである代りに吸引するエネルギーである」とか、「私の内部に充満して私の表現を待ち望んでゐるこの不思議な世界、何んだそれは。私は今にしてそれが何んであるかを知る。それは私の祖先と私とが、愛によつて外界から私の衷に連れ込んで来た、謂はゞ愛の捕虜の大きな群れなのだ」という見方が示されている。ここで「愛」は、「個性」「魂」「本能」などとほぼ同義に用いられている。「愛」は静的な状態ではなく、動的な「吸引するエネルギー」であり、「愛」によって外界（他の空間）や過去（他の時間）に存在する〈他者〉のある属性を獲得し、自己を拡充するという発想である。ここから「惜みなく愛は奪ふ」というタイトルの発想も案出されている。

ところで、およそ何かを奪うということは、その何かが価値あるもので、他のものは価値が低いことを知っていることを前提とする。従って、この場合の〈他者〉とは、全面的に理解不能の対象ではなく、むしろ「生長」や「自由」などの属性において、自らと同型と想定される相手にほかならない。これが有島の創作方法における、いわゆる「同感」の原理、すなわち異なる階級や境遇に属する人々の姿を、想像力によって描き出す手法、また描き出しうるという信念と地続きであることはもちろんである。しかし、前と同じ論法で、その場合も「愛」は「私」と乖離した状態でなければならない。価値を設定するのは、あくまでも〈他者〉としての「愛」であり、全くの同一主体において、価値は生まれないからである。ここでは、〈他者〉とは、自己とは異質であるが同型であるような、あるいは、自己との連絡回路を有するが、しかし自己とは何か決定的に異なる価値を持つような対象である。「愛」が価値あるものとして評価されるのは、「愛」が〈他者〉であるから、すなわち、自我に属しつつも、現実の〈他者〉によって、このように同型＝異質化された部分だからである。要するに、「自己一元」の思想は、決して「自己一元」ではない。「自己一元」たることを実証しようとすれば、必ず〈他者〉を必要とするのである。

ひとまず問題を整理してみよう。根源の不可知性と現在の絶対性を原則的な〈ヴィジョン〉とするこのテクストにおいて、「個性」は絶対的な〈掟〉として提示された。ただし、「個性」が〈掟〉として機能するためには、「個性」は「私」とは異なる〈他者〉とならねばならない。これは、「私」をその根源に溯って規定する論法である。なぜならば、「個性」

「私」一体の状態では、自らの正当性は語ることはできないからである。だが、この論法が導入されるや否や、「私」の根源、「個性」の根源、「緊張」の根源、そのまた根源の根源……と、当初否定されたはずの根源探索の運動が無限に続くことになる。概念図式の正当化や改訂には、他の概念図式、すなわち〈他者〉が必要となる。しかるに「個性」が存在するとすれば、それはそのような〈他者〉としての「愛」であろう。「個性」「本能的生活」とは、「個性」「私」一体の状態にほかならない。それはそれ自体、〈掟〉であったはずではないだろうか。してみると、あの〈ヴィジョン〉はどこに行ったのか……。

こうして議論の道筋は、振り出しに戻ってしまう。ここに見られるのは、〈在る〉状態に対する、〈成る〉過程の侵犯・籠絡である。これは、意味論的・空間的領域と、目的論的・時間的領域の双方について妥当する。一言で言えば、「絶対的自由」として〈在る〉状態は、一種の夢想としてしか成立しない。それは現実には、自らを徐々に改新して、意味論的および時間的にそこに接近する、〈成る〉過程としてのみ実現できる。つまり「絶対的自由」なるものは存在しえず、それが近似的に実現されたとしても、厳密にはいわば相対的自由に過ぎず、その都度の〈他者〉との関係のなかで調整されたものとなるほかはない。太初に何があったかは不明である。だが、現在・この場所にあるのが、「行(おこなひ)」であることは確かである。これは、例の〈ヴィジョン〉に先導された「惜みなく愛は奪ふ」というテクストの主張内容を、その論法、語り口、「暗示」の様式が裏切っている事態である。端的に言って、「本能的生活」の現実性を、返す刀でテクスト自らが否定してしまったのである。

ただし、これは「惜みなく愛は奪ふ」の虚妄を示す事柄ではない。むしろ「本能的生活」が漸近線的な〈成る〉過程という側面を与えられたがゆえに、この作品に単なる独善的夢想からはみ出す可能性を認めることができるだろう。確かに〈掟〉としての完全性は不十分なものにとどまる以外にないが、むしろ〈掟〉そのもの、理想自体を固定せず、その不断の変更が展望されることになるからである。前述の通り、〈他者〉とは、理解不能の対象ではなく、その範囲は広く開かれている。〈他者〉としての「愛」が、「私」にとって真に異質な力となるとき、それはいわば方法的な外部となりうる。方法的に設定された外部は、再び「自己一元」の夢想を自己解体し、「私」自身にとっても意想外な生産物を生み出す可能性を持つ。その結果、甚だ独善的な思想であった「本能的生活」論は、実践において、独善の殻を破る契機を宿すのである。これこそが、「惜みなく愛は奪ふ」というテクスト最大のパラドックスである。その意味で、文中にも述べられた「Mutation Theory」（突然変異説）的な要素こそ、むしろ「本能的生活」の積極的側面を語るものだろう。この方法的外部という発想は、無政府主義的・芸術的な破壊と再構築との連携を核心に据えた思想である、有島晩年のいわゆる「芸術的衝動」論においては前景化されることになる。ところで、「惜みなく愛は奪ふ」からも、既に、人生よりは芸術において、その効力を十二分に引き出すべきではなかろうか。

4 「本能的生活」の芸術論

続く《「愛」に基づく各論》のセクションは、芸術論・社会生活論・家族論などの領域にわたり、「愛」の観点から考察を巡らしている。そのうち、二十一章では、「愛」に基づく芸術論が集中的に展開される。冒頭、まず「凡ての思想凡ての行為は表象である。表象とは愛が己れ自ら表現するための煩悶である。その煩悶の結果が即ち創造である」と述べる。あらゆる生活は「愛」に依拠する限り、その「表象」であるが、就中、その最も純粋な形態が芸術として定義されるのである。今や次の事柄を言明するべきだろう。

〈在る〉状態であるはずの「本能的生活」が、〈成る〉過程として語られてしまったこと、それは、現象がそれ以前に、その内部に溯る何らかの本質の「表象」であるとする観念、またその範疇に属するものとして認識されているのである。絓秀実は思想としてのリアリズム〈表象＝代行〉(representation)の観念によって支配されており、この段階においては、芸術もムの起源をヘーゲル『美学』に求め、その根拠を「仮象は人間(学)的本質と通底し、交換されると信じられるからこそ、仮象でありながらリアルだと捉えられる」(6)という信念に求めた。絓によれば、この思想はベリンスキーを経由して、二葉亭四迷に流れ込み、日本近代小説の制度化に寄与したという。同じ事柄は、ロマンティシズムにもほぼ通用する。表象される本質が現実界の事柄であればリアリズムとなり、精神界の理想であればロマンティシズムとなるわけである。

現象を常に本質の表象としてとらえる流儀こそ、近代という時代を彩った芸術論、ひいては人生論のパラダイムであった。「惜みなく愛は奪ふ」は、従来北村透谷の「内部生命論」(『文学界』明26・5)や高山樗牛の「美的生活を論ず」(『太陽』明34・8)などの、ロマンティシズム傾向の評論の系譜に属するものとして読まれてきた。それは間違いではなかろうが、より根底的には、紲がこの表象パラダイムの近代日本における「源流」として挙げた、二葉亭四迷の「小説総論」(『中央学術雑誌』明19・4)と同様の論法であると言わなければならない。「小説総論」には、「模写といへることハ実相を仮りて虚相を写し出すといふことなり」という有名な一節がある。この「実相」を現象、「虚相」を本質、「模写」を表象として、ほぼ理解することができる。ここで「実相」という言葉を「私」や「芸術」に、「虚相」を「個性」や「愛」に置き換えてみよう。「私」は「個性」を「写し出す」ものであり、「芸術」は「愛」の「模写」である。これはまさしく「惜みなく愛は奪ふ」における〈成る〉過程の論理と同じものである。この場合、「虚相」つまり本質が〈掟〉となる。これは人間や芸術がある〈掟〉を具現し、それを代行するという思想である。紲が、この〈掟〉と現象との関係を、ヘーゲルの主人と奴隷という概念によって基礎付けたのと、極めて酷似した構造がここに現れていると言えるだろう。

すなわち、「惜みなく愛は奪ふ」の芸術論は、この段階では明らかに近代の〈表象＝代行〉観念の枠内にあるものと言うほかにない。ところが、ここに興味深いことが起こる。テクスト全体の論理が当初の〈ヴィジョン〉を裏切って行ったように、二十一章の芸術論も、進行するにつれて、この〈表象＝代行〉観念を次第に逸脱して行くのである。それは、散文・詩・音楽・未来派絵画などを、「愛」の表象という観点から序列化した、次のような箇所に示される。

> 詩人とは、その表現の材料を、即ち言葉を知的生活の桎梏から極度にまで解放し、それによつて内部生命の発現を端的にしようとする人である。だからその所産なる詩は常に散文よりも芸術的に高い位置にある。
> […]
> 私は又詩にも勝つた表現の楔子（せつし）を音楽に於て見出さうとするものだ。かの単独にしては何等の意味もなき音声、それを組合せてその中に愛を宿らせる仕事はいかに楽しくも快いことであらうぞ。それは人間の愛をまじり気なく表現し得る楽園といはなければならない。
> […]
> 美術の世界に於て、未来派の人々が企図するところも、またこの音楽の聖境に対する一路の憧憬でないといへようか。色もまた色そのものには音の如く意味がない。面もま

た面そのものには色の如く意味がない。然しながら形象の模倣再現から這入つたこの芸術は永くその伝統から遁れ出ることが出来ないで、その色その面を形の奴婢にのみ充てゝゐた。色は物象の面と空間とを埋めるために、面は物象の量と積とを表はすためにのみ用ひられた。而して印象派の勃興はこの固定概念に幽かなゆるぎを与へた。即ち絵画の方面に於て、色と色との関係に価値をおくことが考へつけられた。色が何を表はすかといふことより、色と色との関係の中に何が現れねばならぬかといふことが注意され出した。これは物質から色の解放への第一歩であらねばならぬ。而しこの傾向は未来派に至つて極度に高調された。色は全く物質から救ひ出された。色は遂に独立するに至つた。

「愛」の表象の程度において、語り手は散文よりも詩、詩よりも音楽、また音楽と同等に未来派美術を、各々「高い位置」に置く。それは、それらがどれほど「個性」を純粋に表現し得るかの程度の差とされる。ここで注目すべきは、散文・詩・音楽などの芸術ジャンルと、美術の一動向に過ぎない未来派とが同列に論じられている点である。未来派の価値は、「物質から色の解放へ」という流れによって説明される。絵画を構成する「色」および「面」は、音と同じく、本来は無意味である。これらが芸術史においては、「形象の模倣再現」という伝統によって拘束され、「形の奴婢」とされてきた。この「奴婢」はまさしくヘーゲルの「奴隷」（「奴」）に相当するのであり、ここで語り手が論じている問題が、芸術史における〈表象＝代行〉観念の功罪であることが明らかとなろう。近代、印象派が、初めてこの「物質から色の解放へ」の企図に着手し、未来派はそれを「極度に高調」したのである。

「色は全く物質から救ひ出された。色は遂に独立するに至つた」。「色」の独立、それは「実相」の、現象（仮象）の独立であり、〈掟〉を持たない記号の独立ということである。これこそが、〈在る〉状態の芸術にほかならない。人生や社会においては、〈成る〉過程から分離しえなかった「本能的生活」の実体は、芸術においてはようやく実現可能なものとして視野に入ってきたのである。ただし、語り手はこの状態をなおも「美術家の個性」の「高調」として説明するのだが、この独立傾向がより一層進行すれば、「色」はいずれ、「個性」からも独立するに至るだろう。それは一切の〈掟〉を持たない芸術である。そのような芸術、人はそれを〈アヴァンギャルド〉と呼ぶだろう。語り手はその切断面を、印象派とそれ以後との間に置いているようである。これは、例えば高階秀爾がポスト印象派を「反印象派」として位置づけている見方とも一致する(7)。印象派を契機として、様式の根底的転回を認めるのは、近代美術史のほぼ通説的な見解と言うことができるだろう。

美術雑誌でもあった『白樺』の一員として、有島もまた、文芸のみならず美術にも造詣が深かった。「新しい画派からの暗示」など初期の評論において、既に印象派や後期印象派とともに、キュービスム、未来派、フォーヴィスム、それに表現派などの画家たちへの注目を表明している。この評論の末尾は、「アポロの上にデオニソスを築き、デオニソスの上にアポロを築かんとするものは、常住の動揺、無終の躍進を覚悟せねばならぬ。マネからセザンヌとゴーガンとゴッホとに、又マチスとピカッソとウヰスビアンスキーとに、又更にカリリとロッソロとボッチオニとに、やむ時もなく変り遷る生命の流れを覚悟せねばならぬ」という一節で結ばれている。画家の名前としては、マネ（印象派）、セザンヌ、ゴーギャン、ゴッホ（ポスト印象派）、マチス（フォーヴィスム＝野獣派）、ピカソ（キュービスム＝立体派）、ウィスピヤンスキ（ポーランド・ネオロマン派、画家・劇作家・詩人）らに続き、カルロ・カッラ、ルイジ・ルッソロ、ウンベルト・ボッチョーニら、イタリア未来派の中心的芸術家たちが挙げられている。

この評論の基調は、同じ時期に有島が崇拝し研究論文をも発表していたロダン、ミレーらへの礼賛と通ずるものであり、さらには有島思想の原点と言うべきホイットマンにも根差している。「叛逆者（ロダンに関する考察）」においては、クラシックから近代までの美術史を通観しつつ、「自由な確実な個性の浮動」を実現したゴシック芸術の「復活」としてロダンの作品を論ずる。また「ミレー礼讃」でも、文芸・美術界における自然派と浪漫派との対決の歴史を繙き、「模倣」に対する「主観派の芸術」が、何ゆえ「力の福音」となるかの所以を説いている。彼は初期においては、「個性」の直接的表現と「常住の動揺、無終の躍進」、すなわち評論「草の葉」などに示される、ホイットマンに学んだ宇宙＝人類の永久的進化観を重んじるがために、外界の写実を尊重するリアリズム絵画ではなく、それ以後の潮流に関心を寄せていた。なぜならば、「惜みなく愛は奪ふ」の言葉を用いれば、印象派以後の絵画史における脱リアリズム傾向は、外界と自己とが拮抗する「智的生活」から、「自己一元」の「本能的生活」への展開と並行するからである。だが、これほど有島が執着した未来派とは、いったい何だったのだろうか。

5　未来派とアヴァンギャルド芸術

必要な範囲において、未来派絵画について概観してみよう。キャロライン・ティズダル、アンジェロ・ボッツォーラの総合的な未来派研究によれば(8)、イタリア未来派の公式の出発は、宣伝の才に長けていたこの派の総帥フィリッポ・トンマーゾ・マリネッティが、一九〇九年二月二十日付けのフランスの新聞『ル・フィガロ』に、最初のマニフェスト「未来主義の設立と宣言」を発表した時である。一般に「未来派宣言」と呼ばれるこの書に記された、「僕らは危険への愛、恒常的なエネルギーと蛮勇を歌おう」(9)というシュプレヒコールに従って、以後、彼らは「未来派の夕べ」と称する乱闘的パフォーマンスを繰り返し、やがて美術・演劇・音楽・建築などの多岐にわたる芸術革命を推進した。既成の伝統的様式を完膚無きまでに否定し、高度な発達を遂げつつあった技術文明を全面的に賛美する。速度、機械、ダイナミズムに満ちた都市生活を称揚し、それらを造形するとともに、急速かつ過激に進展せしめようと試みた。

絵画の分野では、マニフェスト「未来主義画家宣言」（一九一〇・二）および「未来主義絵画技術宣言」（同・四）を発表し、これらの目標の実現を目指したのである。両宣言の署名には、カッラ、ルッソロ、ボッチョーニのほか、ジーノ・セヴェリーニ、ジャコモ・バッラが加わった。「未来主義絵画技術宣言」では、「分割主義」（「本質的補色主義」）を採用し、「宇宙的ダイナミズムはダイナミックな感覚として了解されるべきである」、また「運動と光は物体の物質性を破壊する」旨が述べられている(10)。原色の補色効果を際立たせ、幾何学的な面によって画面を分割し、そこに運動と光の要素を注入する手法により、現代文明の諸断面を「宇宙的ダイナミズム」にまで高めようとすること。これが未来派絵画の基本理念と言ってよいだろう。例えば、カッラの「辻馬車の揺れ動く様」（一九一一）および「物体のリズム」（同）では、この補色による分割主義が顕著である。また、バッラの「綱でひかれた犬のダイナミズム」（一九一二）の犬の足と尾は、分解写真のごとく複数に描かれ、機械的な運動性を模している。さらに、セヴェリーニの「武装列車」（一九一五）は、突進する列車と、それに乗り組んだ、銃を構える兵士たちの姿を分割と運動性によって描き出しており、これらの技法の集大成とも言えるだろう(11)。

ブルジョア文化の破壊を訴える未来派は、その主張の核心からしても、ひとり芸術の領域にとどまることなく、政治情勢とも連結していた。第一次大戦前後から第二次大戦に至る時局下にあって、マリネッティは一貫してムッソリーニのファシスト党運動に加担し、それはマリネッティが一九四四年十二月に死去するまで続いた。もっとも、ムッソリーニはその運動の初期においてマリネッティの破壊的なプログラムを利用したのだが、政権を掌握するにつれ、それは無用のものとなったのである。ファシスト党が選挙に初の候補者を出した一九一九年十一月に、マリネッティも候補者の一人となり、落選している。ティズダルとボッツォーラは、「結局のところ、マリネッティはファシズムの『単調な雨音』に太刀打ちできなかった」と、政治的な「腐食のプロセス」によって、未来派の堕落が帰結したと見なしている。いずれにせよ、一九二〇〜三〇年代アヴァンギャルド運動の中でも、未来派が歴史的に特記されるとすれば、その一要因はこれらの政治的加担にあることは否定できないだろう。

さて、「惜みなく愛は奪ふ」において、いわば美術史の到着点としてあれほど高く評価した未来派について、有島は当時どれだけの情報を実際に手に入れることができたのだろうか。古俣裕介の周到な研究によれば(12)、「未来派宣言」は、発表後わずか三カ月で森鷗外「椋鳥通信」(『スバル』明42・5)にて紹介された。その後、画家・詩人である神原泰の個展のための「第一回神原泰宣言書」(大10・1)、日比谷街頭に散布された平戸廉吉のリーフレット「日本未来派宣言運動」(大10・12)、その他の訳詩の発表などが続き、有島が資金援助をした萩原恭次郎・壺井繁治・岡本潤・川崎長太郎の詩誌『赤と黒』(大12・1創刊)や、萩原の詩集『死刑宣告』(大14・10、長隆舎書店)などの成果が生まれる。美術の分野では、東郷青児が、平戸の運動と同じ年、一九二一年六月にミラノでマリネッティに会い、翌年一月にボローニャの「未来派宣伝運動」に参加している。また村山知義と永野芳光が、ベルリンの「大未来派展」に出品したのは、その一九二二年三月であった[13]。東郷の「帽子をかむった男」（一九二二）、尾形亀之助の「化粧」（一九二三）など、未来派の影響を顕著に受けた作品も残されている。

これらの動きのほとんどは、『惜みなく愛は奪ふ』刊行後の事柄である。また、一九二〇年代日本におけるアヴァンギャルド芸術の一般的な理解は、秋山清が「わが国に於けるダダとは、大正末から昭和初めにわたって存在したあたらしい主観主義の芸術主張の総称と見なしてそう間違いではないのである」[14]と述べる水準であった。有島は、後続する「芸術について思ふこと」において、「未来派」「立体派」「表現派」などの総称として、「表現主義」という言葉を冠している。これらの事実を総合すると、「惜みなく愛は奪ふ」の「未来派」は、イタリア未来派だけを特定する名称ではなく、むしろ同時代に喧伝されていた、アヴァンギャルド美術一般として解釈すべきなのかも知れない。また未来派とファシズムとの腐縁などの政治的脈絡については、有島の考慮の入っていたとは考えられない。そして現在の目から見れば、「模倣再現」との訣別や、「色」の独立という課題は、さらに未来派より以後の、パウル・クレー、カンディンスキー、モンドリアンらの業績の方に的中すると言うべきだろう。ただし、流派の特定と、アヴァンギャルド一般の本質的理解とは、自ずからまた別の問題である。

ペーター・ビュルガーによれば、これらアヴァンギャルド芸術の様式は、他の様式への単なる反発ではなく、芸術とは何かという「制度＝芸術」自体に対する問い掛けそのものを前景化する、一回的な、メタ芸術としての特徴を備えている(15)。〈表象＝代行〉を括弧にくくる「色」の独立とは、旧来の芸術を支えてきた制度自体を廃棄する切断であった。そのようなメタ芸術の一つとして、ミッシェル・フーコーの取り上げたシュールレアリスト、ルネ・マグリットの連作「これはパイプではない」を挙げることができる(16)。フーコーは、パイプの絵と、「これはパイプではない」というフランス語の文字列とを含むマグリットの絵を、それまでの絵画と言語とに約束されていた「共通の場」というものの消滅を告げる画期的な作品としている。その「共通の場」とは、絵画が何かを語るものである、つまり表象するものであるという暗黙知である。マグリットはその暗黙知を明るみに出し、それを廃棄してしまった。この絵において、「これ」という言葉が何を指しているのか、見る者は決して言うことができない。またこの絵が、何を表現しているのかも、例えば作家の「個性」との関連などにおいては、全く理解することができない。これこそ、「色は遂に独立するに至つた」という事態を、未来派以上に代表する作品ではないだろうか。

この事態は、何もマグリットや絵画史のみに固有の事柄ではない。マグリットの連作の最初のヴァージョンは一九二九年のものだが、同じころ、現代文芸史においても、昭和初期のモダニストたちは、異口同音に同様の着想を語っていた。例えば横光利一は形式主義文学論争の際に、「作品と作者とは独立した二個の物体だと思つてゐる」(「形式論の批判」、『東京日日新聞』昭4・2・16、17付)と述べ、また立原道造も「言葉が美とか現実とか捕へるための道具だといふ気がしつくりしない」と「昭和八年ノート」(昭8・6・13)に書き付ける。芸術や言葉が、作者や現実の表象であるという、確固とした〈表象=代行〉に関わる「共通の場」は、彼らモダニストたちにはもはや通用しない過去の迷妄であった。表象以後の文芸作品の読解の方法は、芸術の重点を生産ではなく享受の様式へと大きく移動した、例えば横光のいわゆる〈純粋小説〉と呼ばれる様式や、立原の「本歌取」(Nachdichtung)による詩の方法などによって示唆されているということができる(17)。

もちろん、有島自身は、一九二三年以降の芸術革命の展開を、自分の目で見ることはできなかった。ただし、「私は『ダヽイズム』の気持ちに味到する〻が出来ます」という大正十一年十二月十二日付け望月百合子宛書簡の言葉や、アヴァンギャルドな言葉遣いの多い小説「或る施療患者」の執筆、あるいはダダイスト高橋新吉の小説『ダダ』(大13・7、内外書房)への登場などから、晩年の有島がこれらの潮流への急接近を示していたことも窺うことができる。何よりもここで、その芽は、既に大正初年代から有島の内部に準備されており、特に「惜みなく愛は奪ふ」の芸術論は、その顕著な徴表であることを確認しなければならないのである。

本質としての「愛」が、現象としての「作品」と一体化しようとする過程が、表象としての芸術であり、その究極の姿が、「色」の独立、記号の独立であった。独立したテクストは、外界や主体にとって、いわば〈他者〉としての位置を占める。それは〈他者〉としての「愛」の姿にほかならない。「愛」と作品とは、一体化されたまさにその時に切断される。表象される「愛」は、自らの臍の緒である表象の過程を切断し、つまり〈成る〉過程を切断し、純粋に〈在る〉状態に置かれる。表現は、表現された瞬間に死する。これはもはや「個性」からも独立した〈他者〉にほかならない。従って〈在る〉状態としてのテクストは、どのような本質にも収斂しない多種多様な表意作用を行う錯綜体として、受容者に委ねられる。「共通の場」を構成する根源はもはや存在せず、徹底した現在であるテクストの表面だけが現前している。個々の作品は、自らが〈掟〉となり、他の〈掟〉には服従せず、読者との間で『掟の門前』の戯れを繰り広げる。従って、「本能的生活」が実現されるとすれば、その舞台は、有島が予言したように、一九二〇年代以降のアヴァンギャルド芸術であったのではないだろうか。

「本能的生活」は、人間生活においては不可能であり、夢想の領域でしか実現しえないが、芸術においては可能となる。なぜならば、芸術そのものは夢想の領域に位置を占めることができるとしても、人間には畢竟それができないからである。「惜みなく愛は奪ふ」の「自己一元」、「意志の絶対自由」に基づく「本能的生活」論が、純粋状態を呈示することに失敗し、常に過程においてして論じえなかった理由は、人間が夢想・理想のみでは生きられず、常に過程的・媒介的存在としてしかありえないからだろう。人間には、完成などというものはないのである。しかるに、芸術そのものにおいては、テクストと現実や主体との関係を様式的に廃棄することができる。また、カントの「美的静観」説(『判断力批判』)のように、芸術は享受者の純粋な関心の対象となるとする説もある(18)。勿論、逆に芸術を現実や主体と密接に関連付けることも可能である。いずれにおいても、その程度と手法は任意であり、芸術そのものの様式的な多様性の水準に置かれている。それに対して、人間にとっては、〈他者〉や他物との関係は不可避のものと言わなければならない。そしてこれが重要なのだが、〝芸術そのもの〟なるものは、恐らく人間にとっては意味をなさない。制作においても受容においても、人間が介在する限り、芸術は必ずや、〈他者〉との関わりを招き寄せないわけには行かないだろう。このことを、有島自身、後に「宣言一つ」における第四階級との関係の再考において、逆説的な形で、しかし通説に問題とすることになる。

いずれにしても「惜みなく愛は奪ふ」は、〈表象＝代行〉パラダイムの限界的な姿を、〈他者〉としての「愛」を巡る局面によって目の当たりにせしめ、あまつさえアヴァンギャルド芸術、ひいては表象以後の芸術観の萌芽を示したことによって、まさしく一九二〇年という芸術革命幕開けの年に、確固とした位置を占めているのである。そしてこの課題は、この評論以後、晩年に至る有島の言説においては、一層拡大されていくのである。

10　こどもに声はあるか

「一房の葡萄」

1　「愛の力」の功罪

僕は小さい時に絵を描くことが好きでした。［…］

僕はかはいゝ顔はしてゐたかも知れないが、体も心も弱い子でした。その上臆病者で、言ひたいことも言はずにすますやうな質でした。だからあんまり人からは、かはいがられなかつたし、友達もない方でした。

［…］

僕はその時から前より少しいゝ子になり、少しはにかみ屋でなくなつたやうです。

『赤い鳥』大正九年八月号に掲載された、「一房の葡萄」ほどに巧妙なテクストはまたとない。その巧妙さの一端を示すのは、甚だ多義的な内容にもかかわらず、ほぼ評価の確定した作品として認められている現状そのものだろう。研究史に先鞭をつけたのは、片岡良一が提出した、「聡明な理解」と「心くばりやいたわり」それに「きびしさ」によって、主人公の「僕」を「はにかみや」から「よい子」にした先生の『愛の力』がこの童話の主題」であり、それは「近代民主主義の社会」に生きる「自律的な、自主的な人間」の形成を促したとする見方である(1)。後続の言説群は、有島自身の執筆動機やこどもに関する社会的視野、もしくはキリスト教的見地など各々力点の置き所は異なるものの、核心においては基本的にこの説を踏襲してきた。例えば山田昭夫は「キリストの愛の力によってみがかれた人格と信仰の発露」たる「この女教師の〈僕〉に対する態度は全く非の打ちどころがない」(2)とすら述べている。

確かにその通りである。しかし、「愛の力」への信頼とは、余りにも紋切型の美辞麗句ではないのか。内実はともあれ、所詮こどもは常に「愛の力」の美名の下に養育されてきたのである。しかるに現在、学校は苦しみ、こどもの置かれた境遇はあらゆる暴力の形で社会を震撼させている。「愛の力」の結果がこれなのだ。このような学校教育相対化の問題意識から見れば、「一房の葡萄」は余りにも牧歌的な読みのレヴェルに留め置かれている。それは大筋において異論の出ないテクストの自明性、作者の意図なるものの一義的な伝達と了解、さらには精神主義（「愛の力」！）に基づくこどもや教育への楽天主義、等々、神話に過ぎない諸観念の絡まり合った所産に過ぎない。だが、この作品は、内側からめくり返り、その過程で読者をも飲み込むテクスト的な企みによって、調和的な「愛の力」の軌道をはるかに超えて、学校空間という制度の本質を暴き出してしまう。その遠地点に見出されるのは、〈他者〉としてのこどもの、声なき声の回路なのである。初めに、ナラトロジーを用いてこれを読み直してみよう。

2　犯罪／裁判的童話

このテクストは冒頭文「僕は小さい時に絵を描くことが好きでした」と、末尾近くの「僕はその時から前より少しいゝ子になり、少しはにかみ屋でなくなつたやうです」とが呼応して、物語の時間と語りの双方を規定する枠（額縁）を構成している（傍線引用者）。こども時代の主人公「僕」の体験をその後の語り手「僕」が回想するこの設定によって、過去の物語内容は、語り手の現在時からの意味付けと継承を仮構して呈示される。ここからこのテクストのストラテジーとして、構文論的なミュートス（筋の類型）と、意味論的審級（語りの重層構造）とが明らかになるだろう。

まず、主人公の「僕」は、最初は「かはいゝ顔」をしていた反面、「体も心も弱い子」で、「臆病者」で、「言ひたいことも言はずにすますやうな質」であり、「あんまり人からは、かはいがられなかつたし、友達もない方」であった。このような自称劣悪な性質の持ち主が、この事件を契機としてそれを克服し、最後には精神的な成長を遂げる。従って「一房の葡萄」は、教養（成長）小説的なミュートスを下敷きとしており、その枠構造は「僕」の〈成長〉を読者に説得的に伝達するための装置として、ひとまず読み取ることができる。だが、同じ作者が教養小説のミュートスを逸脱するところに重心のあるテクスト、例えば『迷路』および『或る女』を書いていることに留意しなければならない。すなわち、「僕」の〈成長〉の契機となった、「僕」の盗みに対する級友たちの反応と先生の処置という中心的な物語内容を効果的に演出すべく、ストーリーは多層的な様相を呈する。従って、単なる〈成長〉の窓からは、この物語を覗き込むことはできないだろう。

他方、「一房の葡萄」は、犯罪小説、あるいは裁判小説的童話であり、人物の配置は裁判所のそれと良く似ている。ここには、犯罪者（容疑者）として「僕」、被害者としてジム、検察官（警察官）として級友たち、そして、裁判官として先生が揃っている。だが、審理の過程と判決は、検察官が期待したものではなかった。ここに至って、物語の展開は犯罪小説的設定からも逸脱する。そして、その逸脱の契機（「愛の力」）こそ、このテクストの魅力とされてきたものである。恐らく、牧歌的に読まれて来た「一房の葡萄」の世界に模擬裁判を持ち込むことには異論が出るだろう。だが、こどもたちは「僕」の盗みを自力で解決せずに先生（裁判官）の手に委ね、先生もそれを即座に「いやなこと」（＝悪）と断定した。これが当然と思われるならば、既にテクストの表向きの論理に籠絡されてしまう。裁く理念や裁かれた結果が何であれ、この教室は法廷なのである。

しかも、その審級（instance、審判＝語りの水準）の構造は単純ではない。最初に、「僕」の絵具窃盗と級友らによるその告発という出来事自体の層がある。次に出来事への意味付与を行う、先生による審理という層がある。盗みという単なる出来事には、悪も美談もない。これに特定の人間的・人格的な意味を与えたのが先生であり、この意味付けを契機として「僕」の〈成長〉が帰結した。さらに、それらの出来事総体に評価を与える層として、更生した犯罪者としての語り手「僕」のレヴェルがある。語り手はそれ以来自分が「少しいゝ子」になったと称し、先生を「あのいゝ先生」と呼んで先生の処置と精神的効果に好評を与える。これにより最終的に〈成長〉のミュートスは確証され、読者に対して説得的に「伝達」されることになる。

ところが、これが曲者なのだ。語り手「僕」の語りは顕在的な評価以外にも、対象描写と融合して判別できない意味付与を行っている。すなわち、一見弁護人のいないこの法廷において、語りは暗黙の弁護人的機能をも果たすのである。これは物語内容が語り手の論理によって浸透される枠構造一般の得意とする機能でもあり、この結果テクストは極めて両義的なものとなる。それは、出来事自体なるものが自明の理ではなく、あらゆる認識と評価とを伴って語られるということでもある。先生の処置や主人公「僕」への注目の割に、従来、事実関係については余りにも自明視されてきたのではないか。従って読者は、彼ら人物群の演じる法廷劇を傍聴し、最終的な判断を下す陪審員の役割を果たさなければならない。これは、語り手の弁護人的機能と読者の陪審員的機能とをクローズアップし、物語の新たな層を掘り起こそうとする試みである。

まず、犯罪に至った動機は何か。山田は、有島自身が「絵の好きな少年であった」ことを踏まえ、「少年の盗みの動機は、純粋な芸術的欲望というべきものである」と見る(3)。確かに、「絵を描くことが好き」だが絵具がなく、「半分夢のやうに」ジムの絵具を盗む「僕」の行動は、切実な願望の帰結なのだろう。だが、別の事情も加わっている。それは枠構造の初期条件として設定された、犯罪の基底となる「僕」の精神的・肉体的な劣悪さである。「僕はかはいゝ顔はしてゐたかも知れないが、体も心も弱い子」で「臆病者」であった。「友達もない方」なので昼休みに一人教室に残らざるを得ず、これが犯行の誘因となる。犯行露見後にもすぐ泣く「弱虫」で、先生の前でも過ちを潔く認められない「いやな奴」である。この劣悪さが、枠構造に従い事件を契機として克服されることになる。ここで注目すべきは、これが教室内部の人間関係において、ジムやその他の級友との顕著な対照によって造形されている点である。

ジムは「二つ位齢(とし)が上」で「身長(せい)が高いくせに、絵はずつと下手」であった。なぜ身長と画才という別の価値が、同列に語られるのだろうか。川鎮郎はこの言い回しについて、ただ一人の日本人としての「人種的或いは当時の栄養上」の級友たちへのコンプレックスの表現として見ている(4)。川が指摘するように、最も強圧的に「僕」を詰問するのは「僕の級で一番大きな、そしてよく出来る生徒」であり、彼に他の級友全員が加勢する。この生徒の名前は不明であるから、仮にXと呼ぼう。「僕」は犯行以前に「いまに見ろ、あの日本人が僕の絵具を取るにちがひないから」とジムが、翌日にも「見ろ泥棒の嘘つきの日本人が来た」と級友たちが、自分を見る感情を邪推している。大きく強い多数の西洋人と、小さく弱い一人の日本人という構図において、「僕」は事件以前から明確に孤立していたのである。ただし、西洋対日本という文化的対立が積極的に問題とされているわけではない。

確かに「僕」の盗みは「純粋な芸術的欲望」の必然性に従う行為であったろう。だが、教室が盗みの舞台となったのもそれ以上に必然的である。「僕」の家庭は必要ならば買ってもらえる階層に属する。「なんだか臆病になつて」頼めないという叙述は、他の「臆病」の性格描写と補強し合うとしても、この叙述の範囲では少々苦しい小説的前提であり、犯罪を導き出すための伏線と見なければなるまい。つまり、「ジムが僕を疑つてゐるやうに見えれば見えるほど、僕はその絵具がほしくてならなくなるのです」と明記される通り、盗みはジムへの対抗意識の帰結なのである。ジムだけではない。「僕」は周囲の人間の「耳こすり」、すなわち密告や自己に対する評価を非常に気にしており、それは犯罪の後ろめたさのみによるものではないだろう。「あんまり人からは、かはいがられなかつたし、友達もない方」という自画像も、対人関係に重点が置かれている。これは生活苦が原因であった古典的犯罪からは掛け離れた所にある。この犯罪の真の動機は、必要ではなく関係なのだ。クラスにおける共同関係から締め出された「僕」は、締め出された者が担うべき役柄、すなわち犯罪者の役柄を演じ、それによって共同関係の中に位置を占めた。関係から降りず、教室内で一役を担う限りにおいて、対抗意識は関係への参加願望と表裏一体でもある。このような、あたかも別役実の〈犯罪症候群（シンドローム）〉[5]的な展開を小説論理として必然化するために、絵具願望と両親への要求の失敗が置かれたのだ。こうして次第に物語の真の主役がおぼろに姿を現してくる。それは、学校である——。

級友らによる尋問が始まる。Xは「僕」を「運動場の隅」へと連行するが、これは私刑のための余りにも象徴的な場所である。ジムは姑息にも級長的存在Xに密告して後ろ盾にし、「三四人の友達と一緒に」攻撃態勢を固めて「僕」を包囲し、有無を言わせぬ糾弾を行う。傑作なのはジムの証言だろう。「僕は昼休みの前にちやんと絵具箱を調べておいたんだよ。一つも失くなつてはゐなかつたんだよ。そして昼休みが済んだら二つ失くなつてゐたんだよ。そして休みの時間に教場にゐたのは君だけぢやないか」。この周到な予防線！　何のためにそのようなことをしたのか。この状況証拠に従って、その直後、「誰だつたかそこに立つてゐた一人がいきなり」ポケットを襲い、「多勢に無勢」の「僕」から証拠の物件を押収してしまう。動かぬ証拠に力を得た彼らは、「みんなで寄つてたかつて」「力まかせに」裁判官のもとに連行する。

いじめ、などという流行語は使わないことにしよう。しかし、たとえ正義感によるとしても、彼らの行為は横暴である。むろん、ジムが絵具の数を確認したのも、単に毎日の習慣に過ぎないのかも知れない。だが、ジムや周囲の人間への対抗意識の表現としての絵具願望と、ほかならぬジムによる絵具の数確認、そして彼らの横暴な行為とは、教室内の人間関係という函数において明らかに結びついていた。川のように、これを「僕」サイドのコンプレックスのみに限定するのでは不十分だろう。この読みを導き出す資料は、無言の被告人「僕」に代わる隠れた弁護人たる語り手の「僕」によって、描写と同時的になされていた弁護に負っている。右のナラトロジー的分析は、取り敢えずそれを検証するためのものである。またこの線は、表向きの〈成長〉と「愛の力」のミュートスを、それとは別の読みが凌駕していく線でもある。

3 〈空所〉の倫理

評判の良い先生による対応の場面へ移ろう。ところが先生の発言は極めて抑制されており、語り手の「僕」もその真意を明言しない。先生の倫理はブラック・ボックスであるにもかかわらず、なぜか先生の「愛の力」は自明視されている。ここにこのテクスト最大の企みとしての〈空所〉が口を開くのだ。〈空所〉は二箇所にある。まず「僕」の罪に対して先生は何の懲罰も与えない。級友たちが「少し物足らなさうに」思うほどである。Xが「僕」の容疑を陳述すると、先生は「それは本当ですか」と罪状認否を問い、「僕」は「答へる代りに」泣いて認める。彼らを帰し、絵具を既に返却したか、また「あなたは自分のしたことをいやなことだつたと思つてゐますか」と罪に対する反省の有無を質し、そのまま帰宅させてしまう（〈空所〉①）。翌朝、嫌々登校した「僕」をジムらは親しく迎える。「ジム、あなたはい〻子、よく私の言つたことがわかつてくれましたね」という先生の言葉は何らかの指導が行われたことを示しているが、その中身は不明である（〈空所〉②）。これら〈空所〉の補塡は読者の読みの技術に回付される。それは、こどもの過ちにいかに対処するか、発達や教育とは何かという問いに、読者が自分で何らかの回答を付与しながら物語を再構成しなければならないということである。従って「僕」を裁くのは先生ではなく、実際には読者自身となる仕組みなのである。この読者を巻き込む〈空所〉の機構こそ、「一房の葡萄」の巧妙さの核心である。

山田昭夫は語り手「僕」をおとなではなく、「少年時代のある時点の現在からの回想」であり、「現在からの解釈は極力交じえぬように配慮されている」と見た(6)。しかし、「僕」という一人称、です・ます体、あるいは「僕は今でもあの先生がいたらなあと思ひます」などのこどもらしい語り口は、語り手をこども読者と同じ目の高さに置くための言葉遣いだろう。また一見解釈を交えぬ語り手の言葉も、描写と同時的な技術として弁護人的な機能を果たしていた。そしてこの場面では、具体的な解説がなくとも、またこども読者であるか否かにかかわらず、読者は読書過程において否応なくブラック・ボックスと立ち向かい、自らの読解作業によってそれを補塡せねばならない。むしろテクストは、そのような読者による補塡への期待、むしろ確信を根底としている。これは巧妙な教育的・教訓的配慮であり、こどもの感覚ではない。もとより語り手の年齢は特定不能である。しかし、テクストと読者とが論理を共有するべき〈空所〉の設定は、おとなの論理に従っていると言うべきであろう。

犯罪行為への対処としてあり得る様々な選択肢のうち、この先生の選択は、このテクストにおいて比較的意外な処置として位置付けられており、だからこそ物語は（差異化された）物語として成立するのである。同時に、読者による〈空所〉の充塡も、感得された意外性の質に応じて多様となるだろう。まず、冒頭で触れた片岡説が、この〈空所〉充塡の有力な一例である。片岡はこの場面をあたかも見て来たかのように再構成し、先生は「作品には書かれていませんが、［…］生徒たちに、たぶん、いまわたくしの書いたようなことを話したのでしょう」と推測する(7)。もちろん、〈空所〉充塡の方法は他にも考えられる。大田正紀は、キリスト教的側面を重視する(8)。それによれば、題名の「一房の葡萄」は『新約聖書』「ヨハネによる福音書」からの引用句であり、英和学校の教師は宣教師でもあったはずであり、先生の指導はキリスト教的な人格主義である。従って、この場面には必ずやイエスの教えに基づいた「講話部分」があったはずなのに、それが「消抹」されていると見た。このテクストでは「キリスト教隠し」が行われており、それは青年時代に札幌独立教会を脱会した有島自身の「贖罪意識の欠落の反映」であるということになる。題材は有島自身の体験であったかも知れないが(9)、当時の有島の厳しい家庭教育も、またキリスト教についてもテクストの表面には現れていない。従って大田説は、いささかテクスト外的情報を援用し過ぎているきらいがある。だが、書かれていないことの真実らしい補塡という意味では片岡説も五十歩百歩であり、結局それらは、このテクストが呼び求めている読者の参与の諸ケースにほかならない。

一方、こどもの読者もまた、おとな同様、読書過程において〈空所〉を充塡することを迫られる。ただし、ひとたび、例えば「愛の力」やキリスト教人格主義によって充塡することに成功すれば、その意味で、もはや彼や彼女は幼いこどもではなくなり、おとなへと一歩〈成長〉を遂げるのである。「愛の力」という論理を獲得せしめる機構こそ、「一房の葡萄」の、おとながこどもに与える読み物としての、童話たる所以である。その意味で長須正文が、「一房の葡萄」を読んだ小学校中高学年の児童の反応をまとめた調査報告は、極めて貴重であり、かつ興味深い[10]。長須によれば、それらの感想文は、登場人物たちが「皆善意と愛情によって結びあっている姿を正しく読みとっている」とし、また「罪を犯した少年を『ゆるす』という愛のある行為が、罪を犯した少年を救うテーマを見事に看破している」という。だが、これらがいずれも読書感想文コンクールで優秀な成績を収めた作文、すなわち、おとなが選抜した結果のサンプルであることに留意せざるを得ない。すなわち、長須の読み取った「愛」に関わるテーマを、こどもたちもまた感じ取ったというのだが、そのテーマは、ほぼ片岡流の〈空所〉充塡方式と合致する。それは、倫理的な切断を経て、こどもがおとなへと〈成長〉を遂げることを価値とする、一つの読み方に過ぎない。にもかかわらず、その読みはテクストから期待されている読みとしておとなが理解し、またおとながこどもに期待している読みである限りにおいて、大きな強度を有している。読書感想文というシステムを通して見た、こどもたちの反応なるものは、このような動機づけを免れていないと言わなければならない。

ところで前田愛は、このテクストに「有島自身の抑圧されたコンプレックス」を想定し、「少年期のマスターベーションというものへの禁忌」を読み取っている(11)。前田説は「大人の身勝手な思いこみ」を否定し、テクストの領域を拡張するために提起されたのだが、むしろ逆に、物語にエロスへの飛躍が付け加えられることにより、「愛の力」の教訓臭が減殺され、この物語に埋設されているこども囲い込みの強力な論理を見えなくしてしまうのではないだろうか。葡萄の切断を去勢の象徴として認めるフロイト主義的解釈は、父による去勢の脅かしによってエディプス・コンプレックスが消滅し、父の権威を内在化し、幼年期からの発達を遂げるという構造において(12)、〈成長〉のミュートスとも容易に連絡しうる発想である。それは、フロイト主義が、根底において秩序化と秩序維持の思想であることと関係が深い。そもそも、去勢不安やその象徴表現なるものに、満足すべき根拠があるとも思われない。精神分析的解釈は、もはや退屈以外の何物でもない。先生の「白い手」や葡萄によって表象され、また有島自身、「[原年譜]」(13)に書き込んだ「エクスタシー」の感覚は、無視すべきではないにしても、〈空所〉充塡というテクスト的戦略から目を逸らす危険を宿すのである。

さて、〈空所〉とは何であろうか。ヴォルフガング・イーザーによれば、〈空所〉の存在は、読者がテクストとの親密な相互作用を取り結び、あらゆるテクストのパースペクティヴを総合し、読みの飛躍を行うための決定的な設定であった(14)。〈空所〉こそ、「内包された読者」(implied reader) の場である。不可視のブラック・ボックスであるからには、〈空所〉はルービンの壺のように反転する危険性を常にはらんでいる。これがイーザーの言う〈否定〉の作用である。その中身は、字義通りの文面に補填作業を加え、推定することが可能である(イーザーの〈否定I〉)。さらにその過程は読者自身の既成の価値基準へとフィード・バックされ、場合によってはそれを修正する(同じく〈否定II〉)。補填によって理解された「愛の力」の倫理基準を内在化し、こどもから責任ある個人(=おとな)へと成長するという片岡流の読解はここまでの一つの実践である。だが、確証不能のブラック・ボックスに発する懐疑の線は〈空所〉から逃走し、物語全体への逆行的な再検討を促し、ついには表現されていないテクストの背景へと到達してしまうはずである(同じく〈否定性〉)。

4　学校という騙し絵

これまでの材料を動員して、テクストの背景=メタ・レヴェルの領域を志向する読みを試みよう。「全く非の打ちどころがない」と言われるこの先生は、ところが、明らかに孤立していた「僕」と級友との交流を図ることを事件以前にしていない。また、教材の不平等や鍵の掛からない机など、盗難の起きる環境を放置していた。こどもたちの人間性を信頼したのであろうか。だが、いじめや盗みをも行うのが人間なのである。犯行現場が教室である限り、裁判官（先生）もまた事件に関与していたのは当然の成り行きである。この先生は潔白ではない。先生によって放置された「僕」の級友からの孤立という素地があり、その上に「僕」のジムらへの強い対抗意識とその表現としての強烈な絵の具願望が生じ、そして先生が防止策を取らず、ジムらによって謀られた窃盗行為が起こった。そしてまた、「僕」も盗んだ絵具をどこか別の場所に隠しもせず、そのままポケットに入れて持っていた。まるで、見つけられることを期待するかのようなこの行動は、「僕」もまたこの共同関係への志向を秘めていたことを窺わせる。つまり先生の措置は、この事件を学校＝共同関係と個人との融和・均質化の契機として利用した、共同体の意思の具現なのである。ジムと「僕」とで頒ち合われる葡萄は、二人の、また共同体と「僕」とのこのような融和の象徴であろう。ちなみに、「葡萄」の発想元とされる「ヨハネによる福音書」第十五章一〜五の叙述は、直接にはイエスを仲介者とした神と人々との結び付きを訴えており、この読解と矛盾しない。この物語は、学校＝共同体へ加入する「僕」のイニシエーション（加入礼）であり、孤立した幼少年期から集団関係の甘受へと突入する、「僕」の通過儀礼にほかならない。それは、物語内容においては「僕」、級友たち、それに先生が暗黙の共謀のうちに用意した儀式であり、また物語行為においては〈空所〉の充塡によって読者をもこの加入礼へと導く儀式である。

この構図は、学校空間の本質に根差してはいても、いかなる倫理観念とも別次元の単なる容器に過ぎない。その中身となるのが「愛の力」による〈盗み＝悪〉（「いやなこと」）の矯正、すなわち「はにかみ屋」から「いゝ子」への〈成長〉という倫理であり、この構図と緊密に契合する。ジムらが盗みを規範から逸脱する犯罪（crime）として告発したのに対し、先生はそれを良心にもとる罪（sin）の問題として処理した。「僕」の良心自体の規範に従う反省を確かめ、sinとしては解決済みのものと認め（〈空所〉①）、さらに級友との融和を図り、個々の良心と友愛に従う共同体を構築しようと試みた（〈空所〉②）。それは結果的にcrimeの発生をも予防するだろう。これは「僕」の〈成長〉を助け、級友たちにもそれを促す。これこそイニシエーションの実質を構成する「愛の力」の内実にほかならない。この読みに従えば、「一房の葡萄」は、善悪の基準の内在化に沿った〈成長〉の境界線を引くことにより、こどもと成長したこども（＝おとな）の間を切断し、選別し序列化する童話ということになろう。しかもその囲い込みは、ブラック・ボックスの設置によって読者をも巻き込まずにはおかない。その意味で、このように読む限り、これは表面の甘美さとは裏腹に、否むしろそれゆえに、非常に強力な道徳的・教訓的童話なのである。

だが、ルービンの壷は反転する。〈否定性〉のループによる相対化がこの水準でとどまる理由はない。それは否応なく読者の既成観念におよび、それに準拠した容器／中身の主従関係を容易に逆転する。すなわち、暗黙の前提とされ、全く根拠付けられていない〈盗み＝

悪〉の基準こそ、まさに〈空所〉の深奥部に潜む既成観念として喚問されるのだ。この盗みは果たして悪か？　否。犯罪の源泉を関係に求める別役実的な発想に立ち、テクストの表面に含まれた弁護の要素を最大限に尊重するならば、「僕」は仕組まれた犯罪の中で自分の役割を果たしたに過ぎない。それは構成員を馴致する共同関係のあり方の帰結であり、そこでは超越的な善悪の基準は何の役にも立たない。〈盗み＝悪〉の存在は、システム的な戦略の便宜である。今度は中身（倫理）が逆に容器（関係）に奉仕し、全体としてこのシステムを作り上げているように見える。ここで読みは、さらに壷の絵の額縁から外へ出て、このシステム自体を問うメタ・レヴェルの領域へと進入し、いかなる教訓性をも廃棄してしまう。このシステムは歴史的・制度的に決定された人為の所産であり、その人為自体を批判的に見る場合に鵜呑みにする必要は全くない。先生に悪意はなく、「愛の力」の倫理は美しい。だが、それに対して盲目となることは、制度的根拠に及ぶ批判の回路を閉ざすことになる。このシステム、それが学校と呼ばれる空間である。

「一房の葡萄」は、学校の美しさを最高度に描き出す瞬間、その解剖模型をも網膜に残像せしめる、一枚の騙し絵なのである。

5　「教育」という教育

近代日本の教育史を考えるとき、学制公布（明5）以来産業資本主義に貢献する人材育成に努めた実学優先の功利主義と、教育勅語発布（明23）から太平洋戦争期へと特に強化された天皇制国家主義との連携によって推進されたとイメージするのが一般的だろう。確かに、大正デモクラシーの波とともに自由教育や芸術教育などの新教育運動が在野勢力によって実践され、『赤い鳥』（大7創刊）の童話・童謡運動が花開いた時代にも、表舞台では教育勅語のイデオロギーによる天皇制の教育介入が着々進行しつつあった（山住正己）(15)。「一房の葡萄」について「上からの官製的しめつけに対する抵抗として、まったくこれまで見られなかった教師像を登場させたこと」(16)を評価する鳥越信の見方は、このような歴史的文脈を背景としている。だが、国家主義教育を単なる暴力的強制と見るのでは、天皇制の柔構造をとらえ損なう恐れがある。「皇祖皇宗ノ遺訓」の「遵守」をうたう勅語は、皇国思想を基本とし国家への寄与を教育の本義としたが、それは何よりも家庭に基盤を置き（「爾臣民父母ニ孝ニ」）、同じ精神の賜物として「皇運」に尽くす「忠良ノ臣民」が製造される忠孝一体の理念を機軸とする。この精神は、国家（天皇制）と家族（家父長制）という、同型の超コード的秩序によって社会全体を同心円的に組織化し、全個人をこの秩序の枠にはめ込み、序列化と均質化を施そうとする。国家主義が家族幻想と結託した時のウェットな強さは、皇室を理想の家庭と見なす思想が、今日もなおメディアを通じて温存され、むしろ強化されている現状が何よりも物語っている。この国家と家庭とを中継する要として、近代社会を秩序化してきた中心が、学校なのである。

学校とは何だろうか。近代的学校空間は、成績・品行・身体等々の能力評価による選別という序列化と、その序列による共同関係への強制的帰属という均質化を必然的な機能として持つ。これは「一房の葡萄」について、中身／容器の比喩で説明した事柄と対応する。この序列化と均質化の手段は、いかなるイデオロギーとも無縁の、学校形式自体の帯びるメタ・コミュニケーションによっている。すなわち、教室において評価し管理する〈教師―生徒〉関係の習得、つまり「諸個人の自己に敵対する〈主体化〉」（関曠野）(17)である。その結果、あらゆるシステムに捕縛されている現実を隠蔽する、自らを律する主体（「自律的な、自主的な人間」！）という信仰が形成され、社会秩序の序列化と均質化を実現・維持し、それを脅かすあらゆる反乱を回避する核となる。実にこの機構は産業資本主義のみならず、国家主義や他のあらゆる秩序維持思想にとって最高の利益となる。「一房の葡萄」というテクストは、このような学校空間の本質を抜きにしては語れないのである。

6 〈他者〉としてのこども

福田準之輔は、有島童話を「告白的なスタイル」と「写実的スタイル」とに区分している(18)。私見によれば、その根底にあるのは共同関係における調和への意志と、その調和自体への懐疑という、より高次の問題設定であり、それは全体として共通するものである。他の童話作品、特に「碁石を呑んだ八ちゃん」（『読売新聞』大10・1・11～15付）や「溺れかけた兄弟」（『婦人公論』大10・7）、「火事とポチ」（『婦人公論』大11・8）などでも、全体における個の位置、共同関係における自己の意味が問い直されている。そしてこの問題は、長編小説『星座』や、最晩年の大正十二年に発表された「酒狂」「或る施療患者」「骨」など、いわゆるアナーキスト小説の造形とも関連する。これまでの有島童話研究は、評論類で言明された作者自身の童話観や児童観を前提とし、それを童話からも読み取るという方式が一般的であった。だが、「一房の葡萄」の達成は、到底作者の思想との一義的対応などの枠に収まらない文芸的達成であり、無理に対応させればむしろ矮小化するだけである。なぜならば、あらゆる〈空所〉はその機能として、一義的な翻訳を拒絶し、必然的に論理レヴェルの異なる複数の読みを誘発するからである。ただし、もちろんそれは偶然の産物ではない。〝根こそぎの思想家〟有島の視力が、教育の歴史的実態をはるかに超え、教育という制度そのものの根拠にまで及んだことと関係があろう。

既成童話への強い不満を抱いた有島は、座談会「童話について」（『著作評論』大9・7）で「一房の葡萄」の執筆動機を語り、「今までの童話には子供に読ますものとしては子供の心持を標準として書いたものがない」と発言、また古川光太郎宛書簡（大10・6・9付）では「私の立場はいつでも子供の立場から子供の心理を書くといふのにありました」と明言した。この〈立場〉も従来無批判に受け入れられてきたが、実際にどこまで可能かは疑問である。全く当然ながら「子供の立場」や「心理」なるものは客観的存在ではなく、おとなが理解した範囲の推定にほかならず、常におとなのこども観によって染色されている。有島の場合にも例外を求める必要はなく、「一房の葡萄」はその格好のケース・スタディとなろう。むしろ有島のこども観の展開は、「子供の立場」が何であるかの徹底的な追究の果てに、こどもを絶対的な〈他者〉として見出すに至る過程であったのだ。この〈立場〉の意味もそこから逆算し直さなければなるまい。

　有島の教育観の基調はこども自身に「生得の本能」を認め、これを発展させることを目的とし、それを阻害するあらゆる制度、特に国家権力や社会習俗の教育介入を排除することである。「一人の人の為めに」（『芸術自由教育』大10・3）では、「社会奉仕の精神」や「国家有用の人物」の育成に偏る教育を批判し、「個性の自由」を最大限に開花させる「自由教育」を支持した。その傾向をより徹底した「放任主義の育て方」（『新家庭』大10・6）や「子供は如何に教養すべきか」（『婦人倶楽部』大11・1）では、この主張は「放任主義」とさえ称される。「若き男女の結婚生活を脅かす家族制度本位の旧思想」では、こどもを親や家の私有財産と見なす「所有観念の混入」を厳しく批判した。その基盤となったのは「教育者の芸術的態度」等に言う、有島自身、教育によって「本来の性格傾向」を阻害され、「所謂教育なるものゝ誤られた力によつて偽善者になつてゐることを発見した」という実感であろう。「労働者と婦人と小児」（「信濃日記」、『新家庭』大9・6）を今後の日本の「根柢的な問題」と考えた有島らしく、その教育観は階級論やフェミニズムと同様の根拠に基づいている。すなわち当事者の「本能」的な要求を至上命令とし、制度的拘束を一切認めない生命力論的な無政府主義の一環である。この思想は、ホイットマン流の汎神論的な宇宙進化観に基礎を置き、階級芸術論の高まりとともにイデオロギー的な発展を遂げたものであった。その最高の到達点は、生命力による制度全般の破壊と再構築を連動させた永久革命論である「泉」の「芸術的衝動」論に見出すことができるだろう。

ところが、有島のこども観はその徹底性のゆえにより原理的な難問を露呈し、逆に新たなプロブレマティークを切り開いてしまう。「宣言一つ」や「一つの提案」のように、社会革命や女性解放の場合には、実行主体を当事者たる労働者や女性自身とすることは妥当だろう。だが教育の場合には、こども自身が全面的な主体となることはあり得ない。まず教育を受けること自体、次いで教育内容の全般にわたって、教育とは強制にほかならない(加藤尚武)[19]。そこで次善の策(?)として現れるのが、助産術的な自然の創造性の涵養という見方である。一見、極力強制を排除した「本性」の育成を掲げた有島の「放任主義」や「自由教育」はこの水準にあるように思われるかも知れない。「一房の葡萄」の「愛の力」評価の基底にも、これと同様の理念が強く響いているだろう。だが、冷酷なようであるが、これらは所詮程度の差である。どんな教育であっても、例えそれが「愛の力」(助産術)であっても、教育、特に学校教育は人工的な人間の加工であり、えてしてその加工は学校自体のための加工となる。「本性」の育成は教育には不可能である。これを認識せず教育を自然視するのは有害な楽天主義と言うべきである。そもそも、現代もはや人間の生得的な「本性」の存在を信ずることはできないと言わなければなるまい。

しかし、有島の「放任主義」は単なる天賦の能力の助長ではない。のみならず、それはもはや教育という範疇からすら逸脱していく。実に有島のこども観には、こどもにおとなとは通訳不可能な〈他者〉を見出し、その感性や能力に驚異と畏敬の念を抱き、おとな社会がこどもから被る大きな恩恵に注意を促す主張が含まれている。教育という制度で充満している近代社会では、あらゆるこども観は既に秩序化されている。この状況下で教育を離れたこども自体やこどもの「本性」を想定することは、制度の〈外部〉を方法的に措定することにほかならない。この時「本性」は、制度とは関わりを持たず、それを根底から揺るがす危険性を帯びた、〈外部〉としての「本性」となる。「信濃日記」で泣くこどもに「物淋しく恐ろしいもの」を感じ取った有島の目は、こどもに対する〈異和〉に満ちていた。その意味で、談話「子供の世界」（『報知新聞』大11・5・6、7付）は最も重要である。それによると、「子供の世界」は「大人の僻見」から独立した領域を形作るが、「子供は自らを訴へるために、大きな声を用意してゐない」から、「大人は及ばずながらにも、子供の私語(さゝやき)に同情ある耳を傾けなければならない」。こどもの「声」をおとなは聞き取る責任があるが、しかし「私たちは明かに子供と同じ考へ方感じ方をすることは出来ない」とも言われ、もはや前年の古川宛書簡の安直な〈立場〉を認めない。だがその事実を自覚し良心的にこどもを扱う「学校の教師は、恐らく子供の世界の中に驚くべき不思議を見出すだらう」、またこどもの「頭脳と感覚」とを尊重することにより、「歴史は今まであつたよりも、もつと創造的な姿をとるに至るだらう」とすら主張するのである。

ここで言われる硬直した「大人の僻見」とは、ある特定の制度的空間で形成され機能する認識基準であり、もはやそのシステムによる以外の何物をも見ることができず、自らを対象化することもできない。しかし、現実や人間の可能性は汲み尽くし難い。こどもは、このシステムの〈外部〉にある存在として、おとな世界へランダムな雑音を不断に送り込んでいる。これは一種のパラダイム論でもあった「宣言一つ」を想起させ、他面では「芸術的衝動」論の一変奏とも考えられる。「宣言一つ」は従来階級論とのみ受け取られてきたが、その支柱は外部性の認識であり、労働者問題のみならず児童問題にも通用する性質を備えている。また遡って有島の愛用語「魂」「個性」「本能」等々も、自明の理としての自然ではなく、このように方法的な〈外部〉としての「本性」としてとらえ直さねばならない。しかし、それらが机上で組み立てられた抽象的な観念であるのに対して、こどもはいかにも現実的な〈他者〉であり〈外部〉である。有島は唯一こどもにおいてこそ、真に実在する強力な〈他者〉を認めたのではないだろうか。

〈他者〉としてのこどもの措定、それは近代社会の制度的空間において成立し存続した教育（＝学校）という観念を根底から相対化する作業である。ある制度的空間で成立した善悪の価値基準は、他の制度的空間においては通用しない。むしろ制度性そのものの存否すら、そこでは括弧のなかにくくられる。このような〈外部〉としてこどもを措定すること、それは近代社会の制度的空間において成立してきた教育という観念、おとなの受けてきた「教育」という教育を、こどもの声なき声によって根底から相対化することである。これは、明治以来の功利主義教育への批判であり、ひいてはあらゆる教育なるものへの反措定である。近代社会では、「教育」という教育は誰も免れてはいない。そのパラダイムのなかでは、悪としての盗みはいずれにせよ教育によって矯正されるという原則が暗黙知的な前提となっている。だが、理非曲直は歴史の気まぐれによって変化する相対的な価値であり、真理はその都度確証されなければならない。

こどもには「大きな声」がない。それはこどもの置かれた地位のゆえでもあり、また本質的にこどもがおとなにとっての〈外部〉であるという理由からでもある。「一房の葡萄」が難物であるのにも似て、通常〈他者〉の声は理解困難である。だがこの世界で共存していく以上、不可能であっても伝達の回路を確保し、収束点のない読解作業を繰り返すほかにない。有島の童話執筆の〈立場〉であった「子供の立場から子供の心理を書く」という言葉は、文字通りのこども時代の復元ではなく、このようなおとなとこどもとの連絡回線の敷設を目的としたものと読み換えることができる。この課題に、テクストと読者との相互作用という美学的装置を総動員することによって答えたのが、有島童話のうち唯一学校を舞台とした「一房の葡萄」なのである。

ただし、翻って考えると、有島のこども論もまた、あらゆる異文化論につきもののパラドックスに陥る危険をはらんでいるという指摘がなされるかも知れない。それは異文化という固定した領域へのこどもの囲い込みであり、こどもの理想化であって、現実のこどもとは隔たったものなのではないかという疑問である。本田和子はこの事態を「フィクションとしての子ども」[20]と呼んでいる。だが、どんな教育であっても、教育が人工的な人間の加工であるのと同様、こどもそれ自体なるものは存在しないことを認識しなければならない。こどももおとなも含め、現実のすべては認識者の認識様式に浸透されたフィクションにほかならない。従って、いかなる形式の教育を施しても、「声」は再び発せられるだろう。それがフィクションであるということを不断に暴き出し続けることが重要なのであり、それを可能にするものは、終わりのない、テクストの読みの更新以外にはないのである。

11　表現という障壁

「運命の訴へ」

1　手記形式と額縁構造

こんな事々しい表題は、私が仮初めの思ひつきからつけたもので、この記録の筆者には迷惑なことであるかも知れない。筆者はこの記録を人の眼に触れさすのをすら好まないのかも知れない。第一それは人に読ませるやうに秩序立つて筆を運んでないし、処々には筆者が自身にすら隠しておきたかつたらうと思はれることが、自身以外の或る力に強ひられでもしたやうに、容赦なく書き連ねてあるから。

知られざる小説、「運命の訴へ」の冒頭部分である。芸術と実生活との契合を切望した有島武郎は、その作家時代の後期に創作意識の重大な危機を迎え、それらの均衡を崩してしまう。著作集第十三輯として刊行すべく、大正九年八～九月に執筆されながら中途で放棄されたこの小説は、何よりも有島のテクスト様式の枠組みを保持しつつ、しかもその転回の徴表としての意味をも刻み込まれている。本章では、この未定稿の構想と中絶の理由とを解明し、創作史的なコンテクストの中に位置付けてみたい。

「運命の訴へ」のテクストは七章から成る。先の引用に続く最初の章では、小説家の「私」が上総の旅先で偶然に同宿した青年、佐間田信次が旅館に残していったと思われる「一冊のノート・ブック」に書き込まれた「不思議な記録」（手記）を、「私」が「転載」するに至った経緯が語られる。この構造は、典型的な「発見原稿型額縁小説」（篠沢秀夫）(1)であり、基本的には、手記の虚構内容を真実として呈示する、真実らしさの仮構を機能とするものである。絵の部分にあたる信次の手記の内容は、彼および彼の住む部落「谷（やと）」の悲惨な運命であり、その中核をなすのは、信次の幼少時から現在までに「谷内（やと）に住んでゐる十軒の百姓家で起つた忌はしいこと」のうち四軒の事件と、信次がC市の中学校へ入学するために師範学校に通う兄とともにC市へ向かう途中で、兄弟の祖父が「業病」のために悲惨な最期を遂げた事実を初めて兄から聞かされたことの回想である。手記は信次の兄の死を姉に打電する場面から始まって、すぐにこの回想に移り、彼がC市の叔父の家に仮寓する所まで続いて中断する。「人に読ませるやうに秩序立つて筆を運んでない」という「私」の言葉にもかかわらず、回想部分は時間を明記して叙述され、人々の不幸は想起の連鎖に従って、物語的な展開として描き出されていると言うことができる(2)。

　有島は足助素一宛書簡（大9・8・16付）においてこの小説に触れ、「筆者がその不思議な記録を旅中に拾ひ出して、それを印刷するといふ結構にした」と額縁構造の形式に触れるとともに、「新しい形の合奏楽のやうな気持ちが出せたら本望だと思つてゐる」と述べている。この言葉を借りるならば、このテクストは内田満の解釈した「主人公と作者の合奏」(3)というよりも、むしろ物語内容における時間的・空間的に多様なエピソードを、額縁構造と手記の語り手兼主人公の叙述によって、統合的にその全体像を生成する「合奏楽」的なフレームを有しているのである。ただし、これは篠沢が例を挙げて論じているように(4)、現状のこのテクスト形態の段階ではそれほど「新しい形」ではなく、西欧流の近代小説において極めて広く行われ、また日本においても近代、幾多の類例がある形式にほかならない。

題名の通り、信次と谷の人々の深刻な「運命」が、この小説の基調をなしている。「その人を導いてゐる運命そのものが、その輪郭の中から凝然として話の相手なる私を睨みつけてゐる、とでもいふやうな顔付き」の持ち主である信次の運命は、(1)谷部落の人々の運命と、(2)彼自身の家族の運命との総合として叙述される。まず(1)を構成するのは、第一に、信次八歳の時に起こった、舅夫婦との不和を原因とする左五郎夫婦の相次ぐ自殺、第二に、三年前の、息子夫婦の冷淡のために氷田で凍死したお松婆の末路、第三に、次に詳述する弥助と妻お照の事件、そして第四には、現在、親に幽閉され病に呻吟している、おあさの受難である。特に、第三の事件、すなわち妻お照の不貞の噂と米相場の失敗のために「黙狂」となり、遂にお照に刀で切りつけた弥助と、貞女であったのがそれ以来淫婦に堕落したお照の不幸について、信次は最も多く回想のページを割かずにはいられない。弥助を自分と「同じく運命に呪はれたもの」と呼ぶ通り、信次は谷の人々の運命を自分の運命に算入しているのである。

弥助らの不幸の原因とされるのは、直接には、谷の農民特有の迷信・吝嗇・陰険・猜疑心等の悪しき性質であるが、その反面、彼らは相互に助け合う協調性をも有しており、それらの性質が根源的なものとは言えない。むしろそれら以上に、「都会の人間といふものは田舎の人間とは別な世界に住んでゐる変り種だ。田舎の人間が人間なら都会の人間は人間ではないのだ」という認識から、信次は都市と農村とを対比し、思想・芸術・道徳・慣習上の著しい格差の存在を指摘して、そこに部落の運命の決定的な根源を見出すのである。弥助にとって致命的であった米相場の失敗も、「自然が百姓に与へようとするものまでを、手も濡らさずに奪ひ取らうとするのだ」という都会人の、「暴逆」な価格操作のためと見なされる。中学時代を都会で過ごした信次は、農村生活の自然性・原始性と都会人の文化性・搾取性の両方を洞察し、田舎に対する反感と愛着と「常住この二つの矛盾に苦しみぬいてゐる」、「両棲類」的な立場にあった。谷部落の運命は、その本質を、このように両義的であるがゆえに鋭く剔抉しうる人物である信次によって都鄙の対立の観点から描写され、彼自身の運命に組み込まれているのである。ちなみに、この都会と田舎との関係についての認識は、「生れ出づる悩み」や「カインの末裔」、さらには『星座』の一部分とも共通する要素である。

次に、(2)についてはどうか。手記に登場する信次の家族は、祖父母・両親・叔父夫婦・兄姉の計八人であるが、信次は彼らのほとんど全員に、悪意にも似た感情を抱いている。「私の大祖父は癩病患者だ。おやぢとおふくろと兄貴とは肺病人だ。さういふ意識が私の心の根つこに蛆虫のやうにうざ〳〵とからみついてゐた」と告白する信次は、自分の運命が専ら家族の心理的・物理的欠陥によって帰結したと考えている。すなわち、祖父・信右衛門は、信次の記述によれば、田舎では極度にその家柄を嫌悪されていた「癩病」のために家人に隔離、幽閉され、「業病で死ぬよりも餓ゑの為めに吽きながら死んで行つたらしい」。十二歳の時にそれを知った信次は、「子供の心」を喪失するほどの強烈な衝撃を受ける。中学卒業後の進路を「ぶツつりとおやぢの暴逆の手で」絶たれ、信次は父の傲慢と頑固に苦しみ抜いて、「おやぢが一日でも早く死んでくれたら」と父の死を願望することもあった。さらに「没義道」な兄が「二年近くも癲癇を起こしつゞけて」死んだ際には、姉に喜びの電報まで打っている。彼らのために信次は二十代で、「惰性で生きてゐ」る「半腐れのデカダン」となったというが、その運命の詳細は、中絶以後の部分で展開される予定であったのか、現今のテクストには全く書かれていない(5)。このような信次の運命には、後の「或る施療患者」とも似通った部分がある。

　従って、谷部落の運命と家族の状況の両局面が、信次を運命の化身に仕立てた元凶であり、後者(2)においては、特に祖父の癩病が強調されていると言えるだろう。二十数年の信次の人生のうちに点在する四軒の農家の不幸と、親子孫三代にわたる佐間田家の悲劇とは、それぞれ想起の順序に任せた時間的な展開と、意味論的・空間的な多様性を伴って、語り手（信次）の語りにおいて交錯し、重層的かつ有機的に構築される。佐間田家を含む谷部落の運命の内実は、語り手のヴィジョンに従えば、都市の搾取を遠因とする農村社会の物質的・精神的な畸型にほかならない。それは、西垣勤の論じたような、単に「農村社会の特殊な悲劇」や信次の「宿命的状況」としてではなく[6]、都市との関係に支配された後進性の根源に対する独特の認識に裏打ちされた世界として生成されているのである。

さて、信次は、この手記を書いた理由を次のように述べている。

総ての俺れの過去を書き上げて見た時、俺れが俺れ自身をはつきり眼の前に据ゑて見ることが可能になつた時、生きてゐられる筈のなさそうな俺れだけれども、何うかして奇蹟のやうにそこから確かな生に対する一路が開けわたりはしないか、自信を以て生命を続けて行けるやうな視野が開けて来はしないだらうか……そんなことを！

運命に苛まれながらも生への強い執着を持つ信次は、発狂か、さもなければ自殺かという危険を敢えて冒し、自分の全過去を手記に告白し自己省察を行うことを端緒として、確実な人生の希望を模索し、不遇な運命からの脱出を試みたのである。ここから、このテクストが完成された暁には、無残な境涯を主体的に反省することにより、自己の人生を新たに開拓しようと苦慮する主人公像を焦点とするはずであったと推測できるだろう。これは、いわば信次における「sun-clear」の原理である。断言はできないにせよ、現今のテクストにおいても、信次の意図が、ある程度最終的に達成されたことを推測しうる要素がある。それこそが、このテクストの額縁構造にほかならない。

冒頭の叙述によれば、青年は「あなたは小説を書いていらつしやるんですか」と尋ねて、「私」の職業を見抜き、それが唯一テクストに記述された「私」と青年との会話であった。つまり、青年は額縁の「私」が小説家であることを知りつつ手記を残して行くのだが、このことは、自分の半生を他人に告知し、あるいは公表する意思を示すものではないだろうか。「痛々しい様子」や「不思議な不気味さ」を感じさせると語られる青年＝信次の現在の風貌から見て、それは必ずしも成功した人生ではあるまい。にもかかわらず、彼が完全な絶望のままに終始したのならば、その失敗を殊更には呈示しないだろう。少なくとも手記の内容ではなく、手記の公表という言語行為そのものに何らかの意義を認めるほどには、彼はこの手記の存在理由を自認していたことになるだろう。一例を挙げれば、都会人と地方人との両義性を帯び、生産過程における都鄙の差別を洞察する能力を持つ信次は、農村に対して疎遠になりながらも帰属意識を捨てず、弥助に一種の郷愁を、父母には「同情」を、特に祖母には愛情すら感じている。そのように運命自体の内部に、自分を共同体に繋ぎ留める紐帯を紡ぐ有意義な糸口を発見し、それを何らかの形で批判的に発展させる可能性は、今後の信次の人生に残されているのではなかろうか。このように読み直すならば、西垣説に言うところの、信次が生の展望を獲得することに失敗する設定そのものが、この小説の中絶理由であるとする見方は(7)、決定的とは言えないだろう。主人公が将来への展望を十全に獲得したとは言い難い『或る女』であっても、さらに主人公の死さえも暗示した上で、曲がりなりにも完成されたのである。

2 階級格差の痛感

有島はどのような構想の下に「運命の訴へ」を起筆したのか。題材としては、内田満により、粒良達二というモデルの存在が指摘されている(8)。吹田順助宛および足助宛書簡（いずれも大9・8・3付）によれば、有島は粒良が近傍に住む上総一ノ宮に取材に訪れ、また粒良宛書簡（同年9・6付）によれば、粒良自身に「地方の俗謡」や「この間お目に懸つた時仰有り残した大事な事柄」や「農具の名と重な農家の年中行事」などの情報を尋ねている。有島はまず粒良の手紙により彼の一家の不幸を知り、二度にわたって激励の返信を送った。最初の書簡（同年1・18付）では、「本当に恐ろしい運命の狂ひ」に見舞われた粒良の境遇を、他人が慰藉し是正することがいかに困難であるかを表明し、「あなたがあなたの全努力を惜しむ事なくば自ら其中に一道の大路が開けわたる事を知るものです」と激励している。ここに認められるのは、助力に腐心しながらも、粒良自身の主体的努力に期待する態度であり、同様の内容は次の書簡（同年2・21付）においても示唆されることになる。そこではまず、「摂理が何を兄に求めてゐるかを誰れが大胆にも云ひあてる事が出来ませう。それを兄自身すら容易に定むべきものではないと思ひます」として、『旧約聖書』の試練の書「約百記」の繙読を勧める。そして、「一人として深い自省の後に棘を持ちつゝある事を感じないものはありません。兄よ、兄の棘は大きく痛ましい。然し兄のみが総ての人から全然特別な事情の下に置かれてゐると思ふのは誤りだと思ひます」と忠告している。有島は粒良に自分の運命の意味を慎重に見極め、その「深い自省」を端緒として「一道の大路」を切り拓くよう促したのである。

粒良宛書簡の内容は、作中人物信次の言う手記の目的と全く一致する。すなわち、『旧約聖書』のヨブが試練を忍耐して信仰を厚くし、神の加護を得て永らえたのと同様に、悲惨な運命に翻弄されながらも決して絶望することなく、その運命を主体的な自己省察によって解析することから、人生の希望を発見しようとする意志である。「運命の訴へ」の主題と告白手記の形式の構想が、ここに明確に読み取れる。また、有島は「自己を描出したに外ならない『カインの末裔』」において、「それが人に与へられたどういふ運命であれ、悪い運命であれ、人は生に対する不思議な我執をもつてゐる」と書いている。粒良への忠告や信次像の造形は、このような人間の生への執着という一般的認識を前提としているのである。この構想の基盤にあるのは、粒良の事例のみが特殊なのではなく、万人が同様の苦悩を抱懐しており、右の主題と方法が一般的に有効であるという人類的意識と、その真理に依拠して他階級の人間への共感と連帯を実現しうるとする超階級的意識である。さらに、信次が両義的な人物として造形されている理由として、「運命と人」（『中外』大7・10）に見られる、二元の「相剋から安定へ」の方向性を運命の本質ととらえる有島の運命観も想起される。

ところで、「運命の訴へ」の中絶理由について、有島自身は『旅する心』（有島武郎著作集第十二輯、大9・11、叢文閣）の「書後」において、次のように述べている。

書いたものの上に薄い皮のやうなものが出来て、私の心持ちとどうしてもぴつたりそぐはないのです。私はその薄い皮を破らうとして相当に働いて見たつもりですけれども如何して破れません。私は全く失望して執筆を廃してしまひました。

「薄い皮」とは表現する主体と表現された形象との間に形成された障壁の意味であり、作者が作品を自己表現として制作することの困難を示す言葉として理解することができる。前述のように、信次の苦悩の解決策は、告白手記の執筆により主体的かつ徹底的な自己省察を行い、それを契機として前途を模索することであった。有島が「イブセンの仕事振り」（『新潮』大9・7）において、「一度手許にたぐり込んだ自己省察の綱をゆるめようとはしない」イプセンの姿を素描したのは偶然ではない。自省重視は、後述のように、この頃からの有島に特徴的な傾向であり、彼は不可避的に自己の実生活の検証に迫られるはずである。そこで有島は、ほかならぬ自分自身が北海道狩太（ニセコ）の有島農場の所有者であり、小作人を苦しめる地主の立場にあることを再認したに違いない。このような認識から、以後、「宣言一つ」の自己批判や、大正十一年から十二年に行われた財産処分や農場解放へと展開して行くのである。

また、「運命の訴へ」の重要なパトス（受難＝苦悩）として谷部落の運命を形作る都会／地方の対照も、八木澤善次宛書簡（大9・2・11付）などに示された、「都会労働問題」よりも「農民問題（或は地方問題――都会に対して）」を緊急の課題と考える有島の社会認識と一致する。信次の両義性は、他階級の現実と自己の境囲とを同時に見据える目を持つ有島自身の創作理念と同等のものとも言えるだろう。しかし、いかにその認識が正当であろうとも、一方では当の自分が都会人・ブルジョワであり、搾取者であることの自省を深化しつつ、他方ではその搾取を原因とした農民の悲惨な境遇を「自己」表現として書き表すことは、まさしく偽善以外の何物でもない。百歩譲って、人生の希望の模索という思想が普遍的に妥当であるとしても、搾取階級である作者自身に弁明の余地が消滅する自己省察と告白手記とを、物語内容および物語言説として設定するとき、作品制作の立脚点であった、人類的・超階級的創作理念は、完全に瓦解するものと言わなければならない。信次の運命の狂いを鮮烈に再現すればするほど、有島は自己の欺瞞、すなわち階級格差に起因する偽善性を痛感しなければならない。重層的な構成手腕、それを裏打ちする独自の社会認識の存在は既に把握したが、このような状況にあっては、それら形象の成就と作者の表現の充足とは、完全に背馳するのである。

あの「薄い皮」とは、このような意味での階級的な障壁である。「運命の訴へ」執筆放棄の理由は、表現の成功と表現主体の正当性との背離の顕在化にあった。「創作は出来ない出来ない。今度位苦しんだことはない。而して今度位出来ないことはない」（足助宛書簡、大9・9・15付）、「私には depression が来ました。［…］『運命の訴』は将来出来上るか否かは知らない」（八木澤宛書簡、同年9・21付）、「私は今落潮に居ます」（大島豊宛書簡、同年11・18付）などの文章に見られる、有島の創作力の減退は、外界の摂取による自己表現という人類的・超階級的創作理念の崩壊を、その原因として認めることができる、内田による、作者が信次の「一つの『個性』の終焉――『人生の不可能』の追認」[9]をした帰結とする見解、あるいは上杉省和による、「有島がかかる自己の切実な問題を、彼よりはるかに若い世代の青年に託して表現しようとした」[10]ためとする見解は、いずれも不十分なものと思われる。結局のところ、有島は信次の個性を救済しうるかも知れぬ方途を見出しながらも、階級的障壁に起因する自己否定に陥り、書き続けることが不可能となったのである。

3　創作意識の転回

初期の「草の葉（ホイットマンに関する考察）」や「内部生活の現象（札幌基督教青年会

土曜講演会に臨みて）」で初めて鮮明にされた有島の人生観は、内的自然である「魂」を進化・成長する能動的実在ととらえ、自己必然の自由を持つ個々の「魂」の自己伸張が究極的に社会の成長に貢献するという力学的構造を中核とする。それはアメリカ留学以降心酔したウォルト・ホイットマンの汎神論的な宇宙進化の信念の受容の下に形成されたが、中期以降独自の展開を遂げ、強固な人類的・超階級的創作意識に基盤を与えることになる。「惜しみなく愛は奪ふ」には、他者を自己内部に摂取する作用である「愛」により、「絶えず外界を愛で同化する事によつてのみ成長し充実する」という、いわゆる「愛己主義」が説かれている。外界の摂取と自己の拡充を旨とするこの人生観は、「芸術を生む胎」では次のように芸術観へと転化する。すなわち、不変なる真理とは実は仮象であり、それに躍動する生命を付与する主観的な「愛」を原動力とし、「自己を対象として自己を表現しようとする」活動のみが芸術である。この芸術は「人間の心に共通な愛の端的な表現」であるから、「人類的」妥当性を持つ。そして、「予に対する公開状の答」などに明確に主張される、自己を表現する主観的活動が他者を摂取する「愛」を媒介とし、階級を超えそのまま人類の健全性に貢献する「民衆的芸術」となりうるという、人類的・超階級的な創作理念が形成されるのである。

この経緯に従って確立された創作意識は、青年時代の二元論的煩悶を遠ざけ、有島を初期・中期の旺盛な創作活動に導いた。それらの時期の作品の多くは、人物造形や物語内容に託して、内的自然の自己伸張を肯定する人生観を主張し、農漁民や商工労働者ら他階級人民の現実に対する共感を想像力の源泉としている。語り手が「同感といふものゝ力」の実証として、成長する漁夫画家の生活を叙述する「生れ出づる悩み」は、外界の摂取による自己表現という有島の創作方法の機能が、そのまま明瞭に構造化されたメタフィクションであった。『或る女』に代表される「内部と外部のリアリズムが均衡している本格的ロマンの形式」（奥野健男）(11)を可能にしたのもこの創作意識であり、「運命の訴へ」の構想もその例外ではない。

しかし、「惜みなく愛は奪ふ」の発表の時期には、有島の人生観が「本能的生活」論へ発展するにつれ、次第に芸術と実生活とを同一視する傾向が強くなり、右の創作意識は動揺し始める。「生活と文学」には、「私達は芸術的要求を満足させるために生活してゐるのであって、私達の生活はそのまゝ一つの芸術的活動であります」とあるが、この「生活即芸術」（「文学は如何に味ふべきか」）の理想に従って、有島は自己の実生活の省察を深めていく。初期・中期には超階級的創作意識に依拠して人類の健全性に奉仕しうると考えていたが、「生活即芸術」の思考を確実にした後期には、有島は富裕な農場主である有産階級という自己の出自に、致命的な不可能性を見ることになる。一般民衆との格差を自覚し、それに常に脅かされていたことは、例えば「若き友の訴へに対して」（『新潮』大8・7）など多くの評論・感想や、青年時代の日記にも散見するが、右の創作意識を理論的支柱とすることができた間は、その苦痛は思想的には克服もしくは隠蔽されていたのである。有島の危機は、自己の人生観を徹底して実践していく過程において、必然的に招来された現実と理想との乖離であると言うことができるだろう。

こうして「生活といふこと」に見られるように、民衆と異なる特権的生活に安住しうる「矛盾」への自責から、「今のやうな生活から本当によい仕事が生れ出る余地があるか」という疑念に達し、大正十一年に財産処分と農場解放の形で実現する、かねて念願の「生活改造」を思い描くのである。「文芸家と社会主義同盟に就て」(『人間』大9・11)や「宣言一つ」には、実生活の主体性を極度に重視し、階級の不可変性に固執することから、同時代の社会主義運動への参加をも内的必然性の欠如を理由として拒絶する姿勢が窺われる。農村問題にしても、「地方の青年諸君に」(『寸鐵』大10・5)などで、「都会からの圧迫」の解消は農民「自身の周囲」の考察に任せる態度を示している。「生活即芸術」の理念は社会革命の是認と結びついて、「泉」に述べられる外界変革と自己検察とを弁証法的に連動させる無政府主義的な「芸術的衝動」論に結実し、それと関係の深い「ホイットマンに就いて」の「ローファー」論とともに、後期の人生観を独自の方向へ導くことになる。しかし、創作意識の基盤を喪失した有島は、文芸創作の困難な状態へと陥っていくのである。

未定稿「運命の訴へ」が執筆され、放棄された時期は、まさに創作意識の転回期にあたる後期初頭である。その直後の「創作上の危機に立つて」(『読売新聞』大9・11・21付)にいう

「自分の旧来の作品に対しても、疑ひの眼を放つやうな心の状態」は、それまで自己の存在理由であった人類的・超階級的創作意識に基づいて書かれた文芸の否定であり、「運命の訴へ」の執筆は創作意識の破綻を決定的に痛感する契機となったのである。この小説の中絶理由から予見しうるように、晩年の有島の懊悩は、自己の達成した芸術的表現に実生活の表現主体を接近させ、契合させようとする逆説的営為に発している。それはまた、「本格的ロマン」（奥野健男）と呼ばれる豊饒なテクスト様式を展開しながら、象徴的表現である「詩への逸脱」（『泉』大12・4）を自ら余儀なくする事情と表裏をなしていた。こうして「運命の訴へ」の中絶は、有島の創作史における重大な転回の徴表的事象となったのである。

12 意識の流れの交響曲 『星座』

1 叙述方法の諸相

①　隣りの部屋は戸を開け放つて戸外のやうに明るいのだらう。さうでなければ柿江も西山とあんな騒々しい声を立てる筈がない。早起きの西山は朝寝の柿江をたうとう起してしまつたらしい。二人は慌てゝ学校に出る仕度をしてゐるらしいのに、口だけは悠々とゆふべの議論の続きらしいことを饒舌つてゐる。やがて、

「おいその馬鹿馬(ばかま)をこつちに投げてくれ」

といふ西山の声が殊更ら際立つて聞えて来た。清逸の心はかすかに微笑んだ。

②　十月の始めだ。けれども札幌では十分朝寒といつていゝ時節になつた。清逸は綿の重い掛蒲団を頸の所にたくし上げて、軽い咳を二つ三つした。［…］戸外(おもて)では生活の営みが色々な物音を立てゝゐるのに、清逸の部屋の中は秋らしく物静かだつた。清逸は自分の心の澄むのを部屋の空気に感ずるやうに思つた。

③　矢張りおぬいさんは園に頼むが一番いゝ。柿江は駄目だ。西山でも悪くはないが、あのが

さつさはおぬいさんにはふさはしくない。〔…〕おぬいさんにどんな心を動かして行くかも知れない。……

蝿が素早く居所をかへた。

俺れはおぬいさんを要する訳ではない。おぬいさんは度々俺れに眼を与へた。おぬいさんは異性に眼を与へることなどは知らない。〔…〕眼はおぬいさんを裏切つてゐる。おぬいさんは何にも知らないのだ。

蝿がまた動いた。軽い音……

おぬいさんのその眼のいふ所を心に気づかせるのは俺れにとつては何んでもないことだ。それは今までも俺れには可なりの誘惑だつた。……

『星座』の冒頭の章において、札幌の学生寮白官舎の住人星野清逸が迎えたある朝の場面である。白官舎内の情景描写に続いて、星野が三隅ぬいの家庭教師の代役について思案しながら、寝床の中から障子にとまった蝿を凝視しているところが語られている。語りの機構としての物語言説は僅かな行数のうちにも、焦点化の深度を様々に転調せしめていく。すなわち、この物語の語り手は基本的には物語世界の外に存在し、自らとは異質な物語内容を語る。いわゆる三人称視点である。だが、語りの焦点化、すなわち語り手と登場人物との関係に関してはディスクールごとに一定しない。まず語り手は、②の文章では叙述主体となる。

ここで語り手は時候を説明し、星野の部屋を描写し、さらに星野の心理を代弁して述べている。「十月の始めだ」とか「朝寒といつていゝ」という印象は、「物静か」な部屋で「心の澄む」状態にある星野の心理を導くための情景描写であり、これを言明するのは星野自身ではなく語り手である。

次に、①の文章でも確かに語り手はディスクールに介入している。特に最後の一文では、星野自身自分の心が「微笑んだ」と感じているわけではなく、語り手に覗かれた限りでの心理にほかならない。ただし、それ以前の文は語り手が媒介した星野自身の知覚の呈示であり、語り手が感じた内容ではない。ここでは、語りは星野に対して内的に焦点化されている。このディスクールによって描かれる人物や情景はすべて星野の目を通して、あるいは耳を通して見られ、聞かれたものとして仮構されている。寝床に横たわったままの星野が直接体験できない事柄は、「だらう」「らしい」など推測の形で述べられている。同じく、星野以外の人物の心理も、例えば「さすがの園も色々な意味で少し驚いたらしかつた」などのように推測される。この範囲においては、語り手は人物の知覚と思考に焦点を固定しており、いわゆる限定視点ということができる。このような〈内的固定焦点化〉(ジュネット)(1)の場合には、あらゆる描写は語り手の特性とともに、焦点化される人物の知覚の様態と同時的に生成されることとなり、形象世界は語り手ならびに人物の概念図式によって強く浸透されたものとして姿を現すのである。

さらに、③の引用に目を移すと、ここで語り手は一層後退していると言わなければならない。星野の心理内容である園・柿江・西山らに対する人物評やおぬいから受けた無意識の思慕に対する深慮が、語り手の介在を経ずに、「俺れ」という一人称を与えられたディスクールにより、音声言語以前の〈思惟〉として直接的に呈示されている。この叙述技巧は、欧米の文芸用語では一般に〈内的独白〉(monologue intérieur)、日本の古典文芸においては〈心内語〉もしくは〈心中思惟〉などと呼ばれるものである。有島の教養の質を考慮して、以後、欧米流に〈内的独白〉の用語を使うことにしよう。この場面では、語り手は星野の視線の的となる蠅の動きを前後三回にわたって描写し、星野の独白を中断している。これは星野の思念の微妙な推移と同時に、時間の経過をも含意するためのものだろう。

これらの文章に認められた、非焦点化から内的固定焦点化、そして直接的言説(内的独白)までの変域を覆う叙述方法は、札幌市と白官舎の鳥瞰描写である第四章、西山による星野宛の手紙である第五章を除いて、概ねテクスト全体について共通に認められる。佐々木靖章が、『星座』の文体を簡略に記述して、「心理描写と状況描写が均衡を保」(2)つスタイルとしてとらえたように、このテクストは、基本的には物語世界外の語り手によって内的に固定焦点化された、いわゆる三人称限定視点の物語言説によって叙述されている。ただし、語りの変調は極めて頻繁に行われ、しかもその結果として、実際には登場人物の心理の生成に重点を置いた文体であると言うことができる。引用文③のような〈内的独白〉はもちろんのこと、①②の引用でも、一見客観的に語られる星野の部屋の内外の様子は、結局病床にある星野の心の清澄さの説明に寄与するように見える。また、今日でも新鮮な印象を与える〈内的独白〉の頻出のために、テクスト全体も一種の心理小説とさえ呼べるようである。このように、〈内的独白〉を大きく取り入れ、語りの変調をも有効に利用しつつ、独特の心理描写を実現したテクストとして、『星座』を読み直さなければならない。

2　内的独白と意識の流れ

『星座』のテクストは、まず前半第九章までが「白官舎」と題して『新潮』大正十年七月号に掲載され、作者による増補改訂を施されて、翌大正十一年五月刊行の有島武郎著作集第十四輯として、「第一巻」と巻数を打たれて刊行された。だが、第二巻以降は刊行されず、未完に終わってしまった。作者に続刊する意思のあったことは種々の資料から知られる。中でも著作集第十五輯『芸術と生活』の「書後」に、「私は今年中にはその第二巻を出したいものだと望んでゐる。多分第一巻位の厚さのものが、あと四冊位にはなるのかと思つてゐる」と述べたのが最も確実な言明であり、全体の構想の巨大さが窺われるのである。

従来の『星座』研究の努力は、この執筆途絶という事態を有島の創作史上に位置付けることに傾けられてきた。例えば安川定男は、当時有島が自ら「第三階級に属する人間であることを痛切に意識し始め」、具体的には大正十一年の財産処分と農場解放に帰結する「真剣な生活改造の企て」にもかかわらず、「一種の虚無感に陥り、創作力減退の泥沼から遂に脱出することができなかった」ことに原因を見ている(3)。この説は、山田昭夫の言う「創作原理の矛盾」(4)説や、内田満の指摘した「生活改造」という「強迫観念」(5)説などとともに、正鵠を射たものと言えるだろう。既に再三にわたって述べてきたように、有島の人類的・超階級的創作理念は、自己の階級的出自と表現行為の偽善性への反省を経て瓦解の危機に瀕していたのである。『星座』の途絶も、「運命の訴へ」の中絶放棄とともに、この経過と深く通底することは論をまたないだろう。

このように、確かに『星座』の未完が有島晩年の重大な作家的事件であり、また、しばしばこれと関連して言及される彼の創作上の危機も、有島様式の本質に根差す見逃せない事態であることに疑問の余地はない。けれども、作家の創作史の観点を離れ、現行のままの『星座』を「ゆうに独立の中編として読める」(本多秋五)(6)と評する言葉に従って、未完成なりにも完結した一個のテクストとして読むことこそ、現在何よりも必要とされる作業である。そしてその作業は、読者がテクストに対処する第一の関門である、文体の分析から始めなければなるまい。

前節で触れた『星座』の叙述技法のうち、特に注目に値するのが〈内的独白〉である。由良君美の適切な定義によれば、〈内的独白〉とは、「小説において、個人の心理の内部に切れ目なく連続しておこる種々雑多で複雑多岐な、観念・情緒・心象・記憶・連想などの姿を、そのなまなましい生起の姿のままに描写し、言語に定着せんとする手法のことをさす。つまり、意識の流れの生の言語的描写のことを言う」(7)。むろん、「心理の内部」の状態を直接に観察することは不可能であるから、〝あたかもそのような印象を生じさせる文体〟と呼ぶべきだろう。西洋文芸では、エドゥアール・デュジャルダンが『月桂樹は切られた』(一八八七)において最初に用いたとされる。以後、ヴァージニア・ウルフ、ジェイムズ・ジョイス、ウィリアム・フォークナーら、二十世紀に活躍した英米の作家が盛んに利用して、数多くの作品を残した。

近代日本文芸でも、はやく二葉亭四迷『浮雲』の後半に認められ、またウィリアム・ジェームズの深層心理学の影響を受けた夏目漱石の『坑夫』(明41・1〜4)が、〈意識の流れ〉に重点を置いた先駆的作品とされる。ただし、後者は〈内的独白〉の技巧に依拠したものではない。さらに下って、横光利一・川端康成・伊藤整ら、昭和初期の新感覚派や新興芸術派などのモダニズム文芸の時代において、先のジョイスら欧米の作家たちのテクストを実際に読み、その技巧を学ぶことのできた小説家たちに至って、初めて〈内的独白〉の文体は定着したものと言える。従って、大正末期に発表された『星座』は、その意味ではこの潮流を敏感に察知した、先駆的なテクストなのである。

有島が直接、特定の影響源に基づいてこの文体に到達したのか否かは詳らかにしない。ただし、彼は英語に堪能であった。五歳の時からアメリカ人宣教師に英会話を習い、小学校も横浜英和学校に通い、また欧米に留学（明36〜40）して英文でM・A（修士）論文を執筆し、帰国後は札幌の母校東北帝国大学農科大学の英語講師となった。彼が豊富な洋書繙読の経験を積み、自由間接文体など欧文脈の技法に親しんでいたことは、『宣言』や『迷路』などの文章を読めば一目瞭然である。〈内的独白〉文体の技術も、そのような西洋文芸受容の結果であることは想像に難くない。『星座』の成立時期が、ウルフやジョイスの活躍した一九二〇年代の初頭であることは単なる偶然ではあるまい。そのことは有島の仕事が、平野謙が昭和文芸史の特質の一つとして挙げた「世界的同時性」(8)を帯びており、まさに世界文芸的な視野の下で評価されるに値することの徴証と言えるだろう。

〈意識の流れの小説〉（stream of consciousness novel）について、ロバート・ハンフリーはこれを、「主として作中人物たちの意識の姿を描き出すために、言語表現以前の彼らの意識の究明に重点を置く型の小説」(9)として定義し、〈内的独白〉をその一技巧として算入した。ここでもまた、「言語表現以前の意識」なるものを言語によって表現するという、一種の範疇誤りの危険がある。〈内的独白〉と同様、〝そのような印象を生じさせる小説〟と言うべきだろう。また、ハンフリーは、「この技法は意識の内容および経過に関わっていて、そのどちらか一方だけを扱うものではない」（傍点原文）と厳しい条件をも付している。『星座』は、ハンフリーが例示したウルフ、ジョイス、あるいはフォークナーらの小説のように、「意識の究明」にテクスト全体を充てたものではない。しかし、例えばローレンス・E・ボウリングは、「意識の流れの技巧は専ら書物全体や書物の一節を通じて適用されたり、また短い断片として断続的に現れることもある」(10)と述べている。また〈内的独白〉に限っても、藤平誠二のように、「内的独白の範ちゅうは、必ずしも人物の内奥の前言語的意識を表現内容とするものに限る必要はなく、その量的側面から必ずしも作品全体を占めるものに限ることなく、またそこで使用される言語が人物の言語そのものに偽装化・虚構化されたものに限る必要はない」(11)と比較的緩やかに規定する見方も存在する。従って、〈内的独白〉の利用が大きな効果を挙げている『星座』を、少なくとも広義の意味で〈意識の流れの小説〉と呼ぶことには問題がないだろう。

ハンフリーは、〈意識の流れの小説〉の技法を次のように分類する(12)。まず〈内的独白〉は、「小説において表面上は部分的にか、あるいは全く語られていない作中人物の意識内容および経過を表現するのに用いられる技法」である。これは(1)直接内的独白と、(2)間接内的独白とに分けられる。前者が作者(正確には語り手)が介入せず聴き手も存在しない一人称主語の文体であるのに対して、後者は作者が介在して人物の意識を読者に呈示する三人称主語の文体という相違はあるものの、いずれも人物の意識を可能な限り直接になまの姿(の印象)において表現する点は共通である。その他、(3)全知の作者が在来の語り口によって作中人物の心情に分け入り、描き出す手法、(4)暗黙裡に聴き手を想定してなされる内的独白であるソリロキー(soliloquy)を挙げ、いずれも〈意識の流れ〉の手法として数え入れている。

『星座』の十八の章に、便宜上冒頭からの章数を振ると、これらの手法を利用した叙述は、第一、三、八、十、十二、十五~十八の各章にわたって広く点在しており、文脈に応じて様々な形に変化を与えられている。本章冒頭の引用文③の場合、蠅の動きを描写する語り手の介入を除けば、星野の心理が語り手に媒介されず直接に引用されているから、直接内的独白の好例と言えるだろう。この場合、前述のように、視線の焦点である蠅の動きの描写が、星野の意識が移ろう時間的な経過をも暗示している。また、第十五章で家庭教師の渡瀬作造の来訪を待つおぬいの心境も、同じく直接内的独白によって語られている。

さういへば渡瀬さんといふ人は、星野さんや園さん、その外農学校にゐる書生さん達とは少し違つたところがある。[…] けれどもあの人は真から悪い人ではない。而して真から悪いといふ人が世の中には本当にあるものだらうか。……おぬいは読本に眼をやりながら、その一語をも読むことなしにこんなことを考へた。渡瀬はがさつで下品でいけないと家に来られる書生さん達はよくいふけれども……私には遂ぞさうしたやうなことは見当らない。……私は一体他の人達とは生れつきがちがふのだらうか。少しぼんやりし過ぎて生れて来たのではないだらうか。

渡瀬の風貌の描写、彼に対する周囲と自分との認識の相違、それから自分の性格の反省へと、おぬいの意識が次から次へと流動して行くさまは、「私」を主語とするおぬい自身の〈内的独白〉によって直接に語られる。ここでも語り手は姿を見せてはいるものの、その役割は補助的であり、外面的な説明を付け加えるのみである。引用文③の箇所と同じく、ここでも「……」の記述は意識の移ろいの暗示に寄与している。この第十五章と同一の場面を逆に渡瀬の内面に焦点化して語り直した第十六章でも、おぬいを誘惑しようとする渡瀬の企みは、渡瀬の冒険心、おぬいの純情と渡瀬の欲望、そして誘惑失敗後の後悔へと変移する経過において、直接内的独白を中心とした文章によってたどられる。特に注目すべきは、その後酩酊して白官舎に赴く道中に渡瀬の語る〈内的独白〉の部分である。この部分は実際には傍らにいないおぬいを聴き手として想定した、一種のソリロキーの手法に基づいたものである。

おぬいさん……僕は君を守る……命がけで守るよ……守つてくれなくつてもいゝつて……そんなことをいふのは残酷だ……僕は君見たいな神様をまだ見たことがなかつたんだ……何んにも知らなかつたんだ……

この部分に現れる「……」も、酩酊した渡瀬の意識の断続とともに、時間の変化をも強調するものだろう。かぎ括弧にくくられた渡瀬の独白は、道々彼が呟いた言葉とも解せるが、いずれにせよ彼の心理の最奥部から吐露されたという印象を受ける。このほかにも直接内的独白は、第十七章の星野せい、第十八章の園の心理を抉る部分にも現れる。また間接内的独白は、例えば第三章の園とおぬいとの対話を連結する文章において、星野の手紙を見せられた園の内心が「園」を主語として語られる場面に認められる。

云はなければならぬことを云つてゐるのではない。上ついた調子になつてゐたのだ。それはやがて後悔をもつて報いられねばならぬ態度だつたのではないか。園は一人の勤勉な科学者であればそれで足りるのに、兄のやうに畏敬する星野からの依頼だとはいへ、格別の因縁もない一人の少女に英語を教へるといふこと。［…］それらは呪ふべき心のゆるみの仕事ではなかつたのか。……園は自分自身が苦々しく省みられた。

引用は、園の思考が眼前で手紙を開封したおぬいの心理から、星野へのおぬいの愛情の憶測、そして自分の態度の反省へと推移したところであり、この後、家庭教師の拒絶へと落ち着いていく。これはヨーロッパ語における自由間接文体（style libre indirect）に近い間接内的独白である。特にこの場面では、「それらのことは瞬きする程の短い間に、園の心の奥底に俄然として起り俄然として消えた電光のやうなものだつた」とあるように、実際は園とおぬいの会話は全く進行していない。エーリッヒ・アウエルバッハがウルフの作品について分析した言葉を借りれば、「ここでは、この外的な出来事に占められる時の流れの短さと、その間に一つの生全体をつらぬいて飛びすぎる意識の夢のような豊かさとが、以前の作家たちには見られない驚くほど斬新な様相のうちに、鋭い対照をなしているのである」(13)。その他、第十章で遊郭へ行こうとする柿江の心の葛藤や、第十二章で新井田夫婦と駆け引きを演ずる渡瀬の心理を描き出す場面において適切に用いられ、大きな効果を上げている。佐々木は先の文体論において、『星座』では「小説の時間の流れと自然のそれは一致する」(14)と述べている。だが、むしろ『星座』の文体は、小説の時間が人間の内的な意識の時間と一致するかのような印象を生成しているのではないだろうか。

3　細部への意志、全体への意志

〈内的独白〉によって登場人物の心理をあたかも直接に表出し、必要に応じて語り手を補助的に介在させて、外面からの描写をも加えること。これが『星座』の文体の基調である。これは、いわば個性への意志、内部への意志を体現した文体と言わねばなるまい。これを細部への意志と言い換えれば、心理描写に限らず、『星座』の叙述方法や構成の一般的性格としてとらえうるのだが、これが同時に全体への意志と連結するところに、『星座』の独自性が存するのである。「多様における統一」というバウムガルテン以来の美学の公理を想起するまでもあるまい(15)。『星座』は、R・M・アルベレースの言葉を借りれば「大伽藍小説」であり、細部にのみ目を奪われれば全体を見失い、逆に全体の「建築的プロポーション」を眺望するには、また別種の努力を必要とするような作品である(16)。細部と全体との繋がりは、このテクスト最大の企みと見るべき要素であろう。安川定男が、描写の視点の多角性、各章の有機的連関、人物に応じた柔軟な文体の変化などに着目し、『或る女』と並び称されるべき「本格的なリアリズム」(17)の作品として称賛し、伊藤整が登場人物たちの「交響曲的な効果」を「新手法」としてとらえ(18)、内田満が焦点人物と描写対象とを考慮に入れた精密な図表を用いてその効果を整理してみせた所以である(19)。〈内的独白〉は、このようなテクスト総体といかなる連携を作り出しているのだろうか。

そこで、『星座』の構成を瞥見すると、全体はアステリスクで区切られた十八章から成り、物語内容は明治三十二年十月から十一月にかけての札幌を舞台として進行し、時間・場所・焦点人物が各章ごとに任意に設定されている。最初に注目すべきは、各章の断片性の強調であろう。『星座』の各章は、いわゆる導入部を持たず、唐突に「その日も」(第一章)とか「その時」(第六章)という紋切型の冒頭文から始まり、また末尾も、事件が一定の展開を経た後に、特別の帰結を見ずに終了してしまう。伊藤が「映画のような急転換」(20)と評した通り、各章は彼ら登場人物の生活における任意の一齣であり、それをあたかも他意なく、雑然と投げ出したかのように集めた形となっている。叙述においても、語り手の主観による状況説明は極力抑えられ、例えば第五章で西山の意識に突然フランス革命の白日夢が挿入される場面のように、鳥瞰的文脈によって初めて意味の理解できる部分も多い。これらは皆、「永劫の前にもなければ永劫の後にもない」現在という瞬間、すなわち形象の細部をその断片性により生成しようとする傾向の所産である。

次に、『星座』では、語り手による札幌の鳥瞰描写がなされる第四章と、西山の星野宛書簡から成る第十一章を除いて、章ごとに焦点人物が変化する内的多元焦点化、いわゆる並列視座（複数視点）が採用されている。各章の焦点人物を列挙すると、（一）星野、（二）（三）園、（五）西山、（六）星野、（七）婆や、（八）おぬい、（九）（十）柿江、（十二）渡瀬、（十三）人見、（十四）星野、（十五）おぬい、（十六）渡瀬、（十七）おせい、（十八）園の順となる。この並列視座における登場人物の造形は、まず各章における一人一人の個性の鮮明な印象と、それらの集積という印象を読む者に与える。〈内的独白〉によってそれぞれの心境が語り明かされ、その心理と行動との関連も、比較的透明な理解が仮構されるだろう。安川が「それぞれの人物に応じて作者が駆使している自在で柔軟な文体の魅力」(21)を評価したように、この小説の叙述は〈内的独白〉を中心として、個性を最大限に尊重する方法を採っているのである。しかし、もちろん、人物の個性なるものはテクストの様式のための要素という側面をも持つ。この個性は、決して主観の中に独我論的に封入されるのではなく、他者との遭遇による相対化の波に洗われるのである。

例えば、第十五章および十六章における反復の技巧を検討してみよう。ハンフリーは〈意識の流れの小説〉の趣向の一つとして、時間および空間のモンタージュを挙げている(22)。この二章では、星野の後任の家庭教師である渡瀬とおぬいとの対話の場面が、それぞれの章で別々の焦点化によって語られる。これは、規模は小さいにしても、並列視座ならではの効果を上げるモンタージュ的技巧として把握できるだろう。おぬいを焦点人物とする第十五章の後半において、おぬいが不品行という風聞のある渡瀬から一種の脅威を感じつつ耐えていたのが、恋愛経験の有無の話に移り、「あなたは実際、例へば星野か園かに恋を感じたことはないのかなあ」と渡瀬に尋ねられて、思わず落涙してしまい、それを見た渡瀬が詫びる場面がある。ここで「暫くぼんやりしてゐたが、急に慌てはじめたやうだつた」とのみ描写される渡瀬の心境は、誘惑者である渡瀬の方に焦点化される次の第十六章では、はるかに具体的に吐露される。

渡瀬は不意を喰つてきよとんとした。……はじめて彼れは今まで自分が何をしてゐたかを知つた。彼れは自分がこれ程酷たらしい男だとは思はなかつた。如何して残虐な気持ちがあとから〳〵湧き出して、彼れに露骨な言葉を吐かしたかゞ怪しまれ出した。俺れは悪党だ。俺れは悪人だ。その俺れにもおぬいさんが善人なのはよくわかる。何、それは前からわかつてゐたんだ。それだのに俺は何の為めにおぬいさんに嫌はれるやうなことをたて続けにしやべつてゐたのだらう。俺れは悪党だが善人を悪党の群れに引ぱり込む程の悪党ではないんですよ、おぬいさん。

「俺れは悪党だ」以下の直接内的独白の部分は、時間的にはほんの一瞬間の意識の揺らめきであるが、それこそが渡瀬の性格造形上は大きな意味を担っている。このおぬいと渡瀬との交渉という物語内容を、単一の章ではなく、焦点を交換して両面から叙述した技巧の効果は何だろうか。安川によれば、「両者の性格の本質的なものを、その外部と内部の両面において充分に描き出す」[23]機能を果たし、また伊藤に従えば、「二重に、はっきり対照させて描いている」点を「極めて実験的な手法」として認めうるものである[24]。しかし、その効果は単に全円的描写や対照の妙にとどまるものではなかろう。

（1）まず、ある人物の意識の、他者の意識との断絶性が、〈内的固定焦点化〉（限定視点）と〈内的独白〉によって強調される。おぬいも渡瀬も、互いに相手が何を考えているのかさっぱり分からないのだが、その断絶性は、各々の意識が二章に描き分けられることにより、一層鮮明化されるのである。（2）次に、人物の心理と行動との関連が、〈内的独白〉と、それを外面から補完する語り手の叙述に従って明らかにされる。信仰と純情に支えられながらも、渡瀬に脅えるおぬいの行動はちぐはぐであり、また渡瀬も、欲望を持て余しつつ、身についた一定の手管に従っておぬいを陥れようとする。心理と行動とは、恐らく本来は別物ではない[25]。だが、このテクストにおいては、彼・彼女の行動は心理と一体のものではなく、発生した意識の外化として描かれるのである。（3）そして、その行動が相手に作用し、相手の内面にいかなる影響を及ぼすかが、二章を総合することによって作用の経路とともに語り出される。この引用箇所はその代表例であり、涙をこぼしたおぬいの真意は不明ながらに、表情を媒介として渡瀬の琴線に触れる作用を起こし、とうとう彼の心を動かすことに成功したのである。ここには一種の謎解きの効果もある。

このように、第十五、十六章における異なる焦点による同一場面の叙述は、〈内的独白〉など心理描写の手法と連携して、人間相互の意識の断絶性を前提とし、しかしその意識が行動として外化され、それが相手の心理に影響を及ぼす様態を、あたかも如実に生成する機能を有している。この技巧は二人の意識の対比とともにその相互交流をも描き出すものであり、単に一人物にのみ関わるものではない。そして同じ事情は、この二章に限らず、テクスト全体における並列視座全般の効果、あるいは『星座』の文芸的（芸術的）技巧の本質的特徴として考えてもよいのではなかろうか。内田による人物配置と相互関係の図から明瞭に分かるように、ある章で意識の発生とその外化の様相を克明に描写された人物は、別の章では今度は他者に見られる対象となり、ここに対人関係における相互交流の成立が見届けられる。安川が指摘した、人物に応じた「柔軟な文体の変化」[26]も〈内的独白〉に伴い、各人の性格造形に寄与すると同時に、各人の共同体における位置をも暗示している。

一対一の人間関係は相互に連鎖し交錯して、登場人物群の共同体へと徐々に全体化され、その中に位置を占めるに至る。すべての人物は脇役ではなく、それぞれの個性を保持しつつ、テクスト世界の不可欠な構成員となっていき、異なる場所や時間における多様な場面が有機的に結合して、奥行きと広がりを持った全体として現れて来るのである。このような『星座』の文体と構成とを繋ぐ技巧の本質を、最大限に尊重された細部の集積を世界全体へと統合する、いわば〈全体化作用〉と名付けてもよいだろう。現代、サルトル、野間宏、中村真一郎、小田実らが唱えた「全体小説」の特徴と合致する要素を、『星座』ははるかに先取りしていたと言うことができる。有島を「日本の二十世紀文学の先端を行く作家」(27)と称したのは、山田昭夫である。これは、あながち過褒ではない。

4　群像の造形

『星座』に登場する人物群の造形に関する従来の論評を調べてみると、一方にはその十人十色の多様性を尊重し、徒らに安易な統一点を見出さない立場がある。例えば安川は、西山正一が人間の意志とその障害との相克に現れる「人間性の真実」、および「より積極的にそうした外部に対応すべき人間の創造」(28)という主題を看取したのに反論し、「さまざまな性格の人間がさまざまな条件のもとにどういう風に育ち、どういう運命を辿っていくかを多角的に追求し」た小説としてとらえた(29)。また山田昭夫も同様に、「多様な学生群の青春を同時平行的に造形し」(30)た作品であると述べる。しかし他方には、多様な中にも各人物の共通点を探り出し、作品全体の統一主題を確定しようとする評者もある。前記の西山のほか、江種満子は青年たちの「自己確立への出発という課題」および「青年たちの意識と行動の中での性の課題」(31)を二大テーマと見、また江頭太助は当時作者有島が懸念していたとされる「ローファー」思想からの脱却という観点から、登場人物群を俯瞰している(32)。「未来への行動・可能性を各自各様な条件を背負ってどうさばくかという問題」を主眼と考える紅野敏郎の説は、これら二大傾向の中間に位置すると言えようか(33)。

物語言説の精査から容易に類推できるように、この小説では作品全体の持つ志向性の理解が、必ずしも細部の多彩さの捨象を帰結しない。すなわち、この〈全体化作用〉を旨とする構造からは、その把握によって細部を一層深く玩味しうるような何らかの求心的な表意作用が予見されるのである。とすれば、物語言説における「多様における統一」と連動して、物語内容におけるそれをも吟味しなければなるまい。また、山田は各人物のモデルを紹介しつつ、「すべて有島の息のかかった人物である」(34)と述べ、内田もこれを詳細に実証して見せたが(35)、作者と作中人物との関係ではなく、何よりも小説の世界に占める彼らの位置の方が重要であることは言うまでもない。その際の着眼点は、文体と構成から読み取られた人物群の連鎖および交錯、対照あるいは批判に基づく関係性にほかならない。

(1) 西　山

最初に西山を取り上げるのは、紅野が看破した人物群に共通の「札幌から東京へ」[36]という志向性を、彼が自らの意志により最初に実行に移す男だからである。彼は信州の農家の長男で父母と弟があり、一旗揚げるべく父を説得して上京し、W専門学校に入学して経済学などを勉強し始める。農学校の演説会で「社会主義革命運動の急」を説き、カーライルの『仏国革命史』の愛読者でマラーに心酔し、かつて『ダントン小伝』を著したこともある彼の野心は、東京で社会改革に挺身することである。彼は豪放磊落でユーモアに富み、別離の際婆やに示した心遣いにも現れている通り根からの善人なのだが、こと革命志向に関する限り、単なる英雄主義（heroism）の域を出ていない。第五章の談笑の合間に突如彼が二度にわたって見るフランス革命の白日夢や、柿江に対する「高所大所」を見よという批判、あるいは「彼れを待つてゐる女性は一人よりゐない」などの女性観における矜持は、すべて彼の誇大な野望の産物である。

なるほど、「労働者になる積りで」努力せんとする決意や、自説を「凡ての階級の人間が多少づゝは持つてる」という自信は、彼自身にとっては虚心なものだったろう。しかし、渡瀬に「夢を見てる」とか「ブルヂョア臭い」と指摘され、柿江にも「哲学的背景が全く欠けてる」と非難されたのは、西山の革命志向が浪漫的な夢想に過ぎないことを彼らが見抜いていたからである。彼は哲学が実行の後に来るという自説のはらむ危険に気づいていない。すなわち現実と論理との繋がりには全く無頓着であるために、論理の空転のうちにそれを安易に実行に移してしまい、その結果妥当性を欠いた軽挙妄動に終始する恐れが、彼には常につきまとっている。これは彼の人生観が同じく上京志向を抱きながら病苦と貧困に苛まれる星野とは違って、未だ一度も現実の洗礼を受けたことがないためであり、恐らくは信州の家族の実情についても本気で考えてはいないだろう。快活で、作品世界にユーモアを醸し出す反面、現実から遊離した楽天家、それが西山である。

(2) 星　野

星野は千歳の零細な商店主の長男で、肺結核と貧苦に喘ぎながら学問に励み、西山同様天分を発揮しようと上京の機を窺っている男である。白官舎では指導的立場にあり、おぬい宛の手紙に見られるように、現代の女子教育や国家の実情を憂慮する慷慨の士でもあるが、病の昂進により思うに任せず、自宅で静養を余儀なくされている。彼の研究論文は「折焚く柴の記と新井白石」で、「一見平凡にも単調にも思へるけれども、自分の面目と生活から生れ出てゐないものは一つもない」い白石の思想の非凡さを証明することにより、「彼れ自身を主張」すると同時に、「西山、及び西山一派の青年に対する挑戦」をも果たそうと考える。立志の野望と問題意識において星野と西山は共通し、相互に相手をライヴァル視しているが、前記の西山の人物像から言って、これは正当な西山批判となり得るだろう。

しかし、星野は自分の病気治療と勉学のために、「低能」の弟純次や女中奉公をしている妹おせいら家族へかける過大な負担と、自己の向上心との矛盾に焦点を絞って描かれる。この事情はランプの油をめぐる純次との喧嘩や、借金のために高利貸しへ無理な妾入りを迫られるおせいの悲話によってこの上なく鮮明な表現を与えられるのである。純次は「無能」なりに学問を受けることを望んでおり、またおせいも奉公先の娘が「裕かに勉強して、一日々々と物識りにな」るのを羨んでいることから、子供に教育を受けさせる余裕のない星野家においては、清逸が我意を主張することが直接に弟妹の個性を侵害するのは明白である。むろん星野は彼らの困窮を間近に感じ、「おそくまで眠りを妨げられる」ような良心の呵責も覚えてはいるが、自分の「優れた天分」への絶対の自負によってその呵責は減殺され、労働者として就職することに「矛盾と滑稽」を感じるとまで言う。そして最終的に星野が自己伸張の正当化を試みるのは、「自然に近くありたい」という願望の下においてである。

兎に角彼れは彼れの道を何物にも妨げられることなく突き進まねばならない。小さな顧慮や思ひやりが結局何になる。木の葉がたつた一つ重い空気の中を群れから離れて漂つて行く。さうだ自然のやうに、あの大自然のやうに。

この間接内的独白に示されるように、「一個の榴弾を中央の学界に送るのだ」という青年らしい意気込みと野心を、星野は千歳川の河畔で「自然」の中に発見した孤高な自立の意志と同一視することによって正当化している。これは一種の自然法的思想にほかならない。それはその限りにおいては正しいだろう。しかし、物質的基盤を家族に完全に依存している状況下では、「小さな顧慮や思ひやり」を没却した「自然」を夢想する態度は、「自分の面目と生活」を思想の母胎とした白石に寄せる共感と矛盾すると言わなければならない。星野には、真の意味での「面目」も「生活」もないし、その端緒すら自ら放棄してしまったのである。これは思想の根拠を揺るがすに足る思想と実践との乖離にほかならない。事実、その動揺は引用箇所直後の、純次にランプの油を無理やり取りに行かせようとする傲慢な命令と、それによる兄弟喧嘩の場面として、明瞭に形象化される。山崎陽子は「星野をこのようにしか描き切れなかったところに、有島の行き詰りがあった」[37]と述べたが、テクスト内部に星野に対する批判的視点が確保されている以上、作者の危機と結び付けるのは性急に過ぎるだろう。

星野の思想と実践との分裂は、劣悪な経済的条件にのみ起因するものではない。むしろ、そのような悪条件下において、社会的な共同存在として以外には生きる方途を持たないはずの人間が、どこまでその共同性を蹂躙して我意を主張する権利を持つかという、人間の「自然」の本質の把握にも根差しているのである。言い換えれば、自然法的思想の限界を画定する問いである。その意味では、江種が、白石から星野が学び取った実践との相互関連における思想形成の必要性という原則が、他者との関係の中で応用される時には、「星野自身の思想の土台としての生活そのものをも喪失させる」[38]に至ると述べたのは適切だろう。しかし、翻って考えれば、星野の意図した「自然」の内実はそれほど単純ではない。この問題は後に全体との関係から再検討しよう。

(3) 柿 江

柿江は森村とともに貧しい子女のための夜学校の教師をしており、時折偏執狂的な能弁家となったり、頻繁に爪を噛んだりする奇癖に現れている通り、極度に鬱屈した性格の持ち主である。彼は夜学校への通勤途中に出会った日本服改良運動家の話を、「実行家とはあゝいふ人間のことをいふのだ」と生徒に半ば空想を交えて語る。その内心では、社会運動に関心を持ちながら田舎新聞に投書して悦に入っていたところを西山から「ひとりよがり」と非難され、「実行力の伴はない」男と揶揄された自分と、年格好も同じその青年との隔たりを痛感していたのである。彼は仕事の後、かつて渡瀬に誘われて行った薄野遊廓を、欲望と理性との激しい葛藤の末に再び訪れてしまう。彼は優柔不断な内面を巧言令色によって糊塗した男で、渡瀬の言うように「偽善者」であり、西山が「偽悪的」と評した渡瀬とは対照的である。江種はこうした柿江の性格に友人たちとは異なる「マイナス・イメージ」を看取し、登場人物群を「相対化し得る位置」にある「実在感の重さ」を感得している[39]。江種の指摘の通り、第十章の後半で内的独白を費やして繰り広げられる性欲と自制心との葛藤は、常人は誠実の機械ではないという見地からすれば、極めて人間的なものと言わなければなるまい。

彼は、「並外れた空想家」で「常識はづれの振舞ひをする男」である反面、「根が正直で生れながらの道徳家」でもあるという他人の自己評価を知っており、一旦それを崩せば「立つ瀬がなくなる」とその維持を自らに課している。R・D・レインの用語を借りれば(40)、柿江は社会生活の中で自分の信念に基づく言わば〈真の自己〉を見失い、能弁・空想・投書・多読等に粉飾され専ら他者に向けられた〈偽の自己〉に頼って自分を保持し、〈真の自己〉を錬成する契機を持たぬままに日々を送った結果、性欲を理性とのバランスにおいて統御しえない男となり果てたのである。柿江は他者との間に、彼自身の基準に照らしても正常とは言えない交渉しか結ぶことができず、共同体に十分に溶け込めないと感じている。その彼が、「札幌の自然」の前に一人で佇む時にのみ、「朋輩達の軽い軽侮から自由になつて、自分の評価をすることが出来る」のは、自らの虚飾を脱ぎ〈真の自己〉に向き合える場所が大自然のほかになかったからだろう。だが、その場合の自然は他者ではなく自己の鏡であるから、その行為は所詮、逃避に過ぎない。江種が学生たちのうち柿江にのみ「自立の拠点」(41)がないと評するように、星野などが思想と実践との乖離に苦しむのに対して、〈偽の自己〉に依拠して表面的な社会生活を送る彼の困難は、思想以前の自我の掌握にある。遊里敷波楼の暖簾をくぐる瞬間に日本服改良の旗が脳裏をかすめる描写に暗示されているとおり、彼は実践の端緒をつかみながら、意志脆弱のために挫折する男として造形されている。だが、それは必ずしも特殊な事例ではあるまい。なぜなら、他者の眼差しによって構成された〈偽の自己〉を自己として言わば〝着る〟行為は、関係性の帰結としての人間に通有の事態にほかならないからである。自我の掌握など、貫徹できる人間はいない。私たちは、多かれ少なかれ、皆、柿江なのである。

(4) 渡瀬

渡瀬は「ガンベ」(ガンベッタ)という愛称で呼ばれ、「博奕打ちの酒食らひ」の父と「梅毒(かさ)腐れ」の母の間の子で、卯三という弟がいるらしい。隻眼で容貌は醜く大酒飲みで、不幸な境遇のためか金銭的な打算主義を信条とし、遊廓通いをするなど経済的には一応安定しており、また女性に対しても肉体関係の意義しか認めようとしない。勤め人新井田の顧問をして学費をせしめ、その「女郎上り」の後妻と際どい駆け引きを演じ、柿江を遊廓に誘ったり、「女一疋に過ぎない」と言っておぬいまで誘惑しようとする。学問も処世のための「勘定づく」であり、社会運動も「余裕のある人間がすること」と言って理解しない。このように渡瀬は一見無法で奔放な無頼漢のごとき相貌を呈しているが、彼の真実の姿は決してそこにはないだろう。新井田から得た顧問料の中から母や卯三に送金することを、書物の購入や遊興費の前に考えている部分から窺われるのは、家族への温かな愛情のこもった心遣いであり、また数式計算に没頭し切っている場面からは、彼の学問への意欲が単なる「勘定づく」の域にとどまらない真摯なものを含むことが明瞭に読み取れる。

特に渡瀬の潜在的本性は、第十六章でおぬいの誘惑に失敗して後悔し、酩酊して白官舎へ乗り込む条りで端的に顕現する。伊藤は渡瀬の人物像を、ドストエフスキーの『罪と罰』のスヴィドリガイロフからヒントを得た「悪の衝動の極点で突然善を認識する」(42)男としてとらえた。先に引用した渡瀬の場面はまさにその転回点に当たり、彼はここで自分の所業の卑劣さに気づき、次いで白官舎への道々、あのソリロキー風の〈内的独白〉により、おぬいの不幸な境遇に同情し純潔に感激して自分の行為を恥じ、到着後彼女を委ねようとして園に酔った勢いで説きつける。つまり、彼の行動は確かに粗暴であるものの、自分で言うほど「勘定づく」のエゴイストであるわけではない。他人の哀歓を十分に理解し、同情を寄せる優しさを心の底に秘めているのだが、生い立ちと環境のために否応なく功利主義に頼らざるをえず、自分の奔放な性格も制御しえなかったのである。

彼はおぬいの純潔無垢な「善人」ぶりに接して感激し、「園、俺れは今日一つの真理を発見した。人生は俺れが思つてゐたより遙かに立派だつた」と告げる。江頭はこの点に触れて、「渡瀬は典型的な『ローファー』から、園とおぬいの世界を志向する兆しを見せている」(43)と解釈したが、有島の「ローファー」とは決して単純な粗暴を意味するものではなく、また渡瀬の「志向」はおぬいとの交渉を重要な契機とするものの、何よりも彼の本性の顕現したところに生じたものだろう。おぬいの「善人」性を「前からわかつてゐたんだ」という彼の言葉から、彼が「発見」した「真理」とは、実は己れ自身の深層にほかならないことを感じ取ることができるのである。

5 女性人物と物語世界の批判

ここで中間的に概括してみよう。以上の四人の登場人物に共通した造形上の焦点は、自己を成長させ確立しようとする野心・願望と、現実の生活との不調和であった。上京志向に象徴される青年らしい未来への野望を持つ彼らは、皆貧困に耐えて学ぶ苦学生であり、星野の病気、渡瀬の身体や出自、あるいは柿江の精神的畸型などがその困難を助長する。星野に対する弟妹、西山の父母、渡瀬のおぬい、柿江における日本服改良家は、彼らの性格や態度を対象化する役割を負っており、彼らの内面もそれぞれに病んでいた。すなわち、彼らの自己実現の念願は、外部では阻害要因と対決し、内部でも自己矛盾を抱いて、十全な実行を妨げられる状況に置かれているのである。『迷路』に典型的に現れる有島様式の構造原理は、ここでも明確に踏襲されているのである。

ところで、既述のように、江種は青年たちの「自己確立への出発」および「意識と行動の中での性」を物語内容の二本の中軸と見なしている(44)。これは卓見と言うべきだが、「自己確立」は「性の課題」をも包括する意味の広さを備えた言葉である。これまでの論旨の通り、より厳密には学生たちの自己確立の実現追求という一つの大きな課題の下に、一方では思想的および実践的営為による飛翔、他方では愛情あるいは性欲の解決という二つの問題があると見るべきだろう。またこれらは四人の学生に多かれ少なかれ共通であるとしても、自己主張をめぐって相互に相手をライヴァル視する西山と星野は前者、連れ立って遊廓を訪れた柿江と渡瀬は後者の問題を、それぞれ対として比較的重く担っている。すなわち、社会改革を説く西山や白石論で世に出ようと志す星野にとって、女性との関係は意識されてはいるものの主たる問題ではなく、むしろ理論と現実あるいは思想と実践との関係が問われ、特に他者との共同社会における経済的状況への直面という外部問題が重要な契機となる。一方、柿江や渡瀬も自分の思想を培ってはいるが、専ら集中的に描かれるのは性欲の統御や異性との交渉、すなわち自己の人格における内部理論の問題であって、端的に言えば自己の自己自身との関係の掌握にほかならない。前の二人が現実生活に足場を十分に築いていないのに対して、後の二人は裕福ではないにしろ現実生活とのつながりは確固としているために、差し当たり経済的困窮は免れている。そして星野と渡瀬は二つの問題各々の代表として、それぞれおせい、おぬいという二人の女性の存在によってその内実を対象化され、問題性を鮮明に剔抉される関係にあるのではないだろうか。このように、両女性人物の機能を、学生たちのアンチ・テーゼとしてとらえることができるのである。それは具体的にはどのような事柄だろうか。

(5) おせい

星野の妹おせいの存在については従来それほど重視されなかったが、彼女は星野の自己伸張の野望に経済的現実の側から批判を加える機能を帯びた人物である。また、星野が白官舎の指導者的立場にあり、造形上も学生たちの典型であることから、暗に全学生の対象化を引き受けているとさえ言えるだろう。それほど彼女の人生は悲惨で、読む者の心を打つ強い印象を与えるのである。彼女は星野家の貧窮のため十七歳のときに小樽へ女中奉公に出され、「光明も何もない、長い苦しみの一つらなり」の五年間を過ごした。田舎者ゆえの迫害を受け、学問や境遇において奉公先の娘へ激しい羨望を抱き、奥さんに意地悪くされ、旦那に淫らな行為を仕掛けられ、若様に心を寄せられて苦しみ、それらを耐え通してきた。そして現在も、父の六百円の借金のために抵当物件同然の形で、梶という醜悪な高利貸しへの妾入りを強く望まれている。不精な父、甲斐性なしの母、「低能」の弟、病気で傲慢な兄と、彼女にとっては家庭さえ針の筵であって、「今まで堪へに堪へて来たのは一体何の為め」と彼女が心の中で絶叫したのも無理はない。そして、登場人物中で最も無心であり、ただ一方的に周囲に虐待された彼女の、「人間つていふものは矢張りこんな離れ〴〵な心で生きてゆくものなのだ」と「底のないやうな孤独」に身を苛まれる姿が、一家を支えるべき柱とされた長男である清逸の「小さな顧慮や思ひやりが結局何になる」とする冷淡を告発して思想の矛盾を突き、ひいては学問の特権を享受しうる学生群全体への暗黙の批判となっているのは疑いを容れない。物語世界は彼女の救済を用意していないのだろうか。

(6) おぬい

三隅ぬいは銀行の重役であった父と十二歳のときに死別し、独学して産婆を始めた母と二人きりの寂しい生活を送る十九歳の女性であり、信仰に身を委ねる「清浄無垢」な娘とされる。江種が「ぬいは〝聖〟の内部に〝性〟を潜めている」[45]と看破した通り、星野に向ける無意識の慕情をたたえた眼差し、渡瀬を魅了した「滴り落ちるX」などの描写からは、彼女が女性としての「蠱惑」をも十二分に備えることが読み取れる。のみならずおぬいは学生を家庭教師として英語を学ぶ意欲と、「堅固な思慮分別」をも身につけており、文字通り知情意を兼ね備えた理想的女性として造形されているようである。江種が指摘したように[46]、星野・西山・渡瀬・園らは皆おぬいに程度の差はあっても惹かれており、その「清浄」な光によって自己の実体を照らし出されるのだが、その代表は彼女の誘惑に失敗して「一つの真理」を発見する渡瀬である。つまり、おせいが星野および学生たちを対象化する経済的現実の批判という役割を担うのに対して、おぬいは渡瀬を始めとする彼らの性的な意味での倫理的側面を検証する機能を負う人物である。彼女に「聖」と「性」とが同居しているからこそ、モラルの検証の用をなしうるのである。

だが、彼女の意味はそれだけではない。この聖女めいたおぬいの肖像に、「父がもう一度欲しい」という「力の不足」、すなわち生活上、精神上の心細さの現れとしての強い父性願望が暗い影を落としている。母が自分を否認する第八章の夢に示されるように、この父性願望は日常生活では言い知れぬ衝迫を伴った欠如感・孤独感として実感され、しかもそれはありし日の父を支えて歩いた時の、結婚したら「今日の心持ちを忘れないで良人と一緒に歩くんだぞ。忘れちゃいけないよ」という父の言葉によって、生涯の伴侶の必要性を自らに悟らせる方向に働きかけるのである。これが園が彼女に見出した「淋しさに似てもつと深いもの」の正体であった。つまり、おぬいの父性願望は無意識のうちに充足を要求する欠如感であり、これが彼女の性格に加わってその魅力をえも言われぬものにしているのである。彼女は学生たちのモラルの検証という機能のほかに、こうした新たな志向性を物語世界に付与する役割をも果たす人物なのである。その志向性を満たす役を割り振られるのが、園にほかならない。

6　相互扶助と自己省察

『星座』は星野の章に始まり園の章に終わる。また星野に無意識の思慕を寄せていたおぬいの欠如感を、最終的に充足する方向に向けるのも園であった。このことは単なる偶然の符合とは思われない。一見脈絡もなく配列されている『星座』の各章の集積の中から、次のような物語の中軸系列が浮き出して見え、その中軸系列の担う主要な問題こそ、この物語における最大の課題であると見なしうるのではなかろうか。すなわち、三隅家の家庭教師を引き受けていた星野が帰省のため後任を園に譲ろうとするが、園はこれを拒絶し、代わりに渡瀬が担当する。しかし渡瀬はおぬいの誘惑に失敗して気まずくなり、今度こそ園が三隅家に赴くようになって、最後に父の危篤電報を受け取った園が、おぬいに求婚して上京の途に就く。要するに、星野から渡瀬を経由して園に至り着く、おぬいの家庭教師受け渡しの系列である。直接この中軸系列に関与するのは、第一、三、五、八、十五、十六、十八の各章である。

中軸系列の成り立ちを考える際に、星野の問題性解決の方向性が重要な契機となると言わねばならない。それは第一に登場人物群における星野の代表性、第二に星野から園へという方向性の両面から説明しうる。既述のように、極貧の家族への過重な負担および肺結核の惨苦と、「自然」の把握に起因する理論と実践との矛盾を二つながらに負った星野の人物像は、自己伸張とその阻害要因との相克に苦しむ学生たちの一典型であった。彼らの中での指導者的人物というだけでなく、実際に最も多くの紙幅を費やして造形されてもいる。星野の問題性の解決は、少なからず人物群全体のそれにつながるはずであり、星野の批判者の位置を割り当てられている妹おせいにしても例外ではなかろう。

また引用文③で触れた冒頭第一章における星野の内的独白文は、それ自体作品全体の見取り図の意味を持つのだが、そこで園とおぬいとの結びつきは、「あの二人が恋し合ふのは見てゐても美しいだらう。二人の心が両方から自然に開けて行つて、遂に驚きながら喜びながら互に抱き合ふのはありさうなことであつて而していゝことだ」と既に完璧に予告されていたのである。家庭教師の後任依頼のみならず、園が星野の勧めで白官舎に住み書物を借りたことからも、星野が園を信頼し嘱望しているのは明らかである。そうであるとすれば、星野から園への継承の設定は、園に星野および星野に代表される学生たちの問題性解決を委ねるためのものであると言ってもよかろう。この場合、渡瀬の介在も決して無意味なものではなく、おぬいとの交渉により内なるモラルに目覚め、彼女を園に任せる渡瀬を関与させることにより、星野の問題とはまた異なる倫理的位相をも園に付与する意味を持つ。渡瀬に重きを置く伊藤が、「この渡瀬の心理的転換によって、園がぬいと近づく自然の道が準備される」(47)と述べたのは至言である。結局、中軸系列の成り立ちは前述の二つの問題の双方に何らかの解決を与える性質のものなのである。そこで、園の人物像を取り出してみよう。

(7) 園

園は東京郊外の浄土宗の寺の息子で、渡瀬に「聖人」と呼ばれる純真無垢な性格を持ち、人見に金を貸したりして信頼の度も厚く、反面、西山から「ブルヂヨア臭い所がある」と評されている。時計台の「真理は大能なり、真理は司配せん」という鐘銘を見て心を打たれ、以後好きな「文学」を捨てて科学研究に没頭せんと努め、初めおぬいの家庭教師を断ったのも表向きはそのためである。彼は、概して一癖ありげな学生群像中では唯一貴公子の風貌を分け与えられているが、御多分に洩れず傲然たる父と「喘息が嵩じて肺気腫の気味」の兄との間の「大きな亀裂（ひび）」や、「愛憎の烈しい」母ら家庭の波乱も描かれており、置かれた状況は他の学友たちと変わるところはない。

さて、酩酊した渡瀬に追及されたおぬいへの愛を、園は熟考の末自ら確信し、上京を機に三隅母子に伝えるに至るが、これは前述のおぬいの欠如感を十分に埋めうるものである。二人の結び付きは衝動的あるいは性的な要素が全くなく清浄そのものであるが、園はおぬいへの愛を「嘗て知らなかつた大きな事業」に喩えるほどの情熱を持ち、しかも彼女と結ばれるのは「自然に出来上つた決心」で「極めて自然ないゝこと」であると考える。純真無垢な性格の一致と伴侶の必要という点から見て、これが契合と言うべき当然の成り行きであるのは疑いがない。このような園の存在によって、中軸系列はいかにして完結するのだろうか。それは二つの側面から考えられる。

まず、第十三章で人見が園に借金を申し込みに来た時、園が星野から借りたピョートル・アレクセーヴィチ・クロポトキン（一八四二～一九二一）の『相互扶助論』（一九〇二）を耽読している場面がある(48)。人見が「それは露西亜の有名な無政府主義者だ」と言った後で、園はこう述べる。

「さうだつてね。僕にはその無政府主義のことはよく分からないけれども、この本の序文で見るとダーウヰン派の生物学者が極力主張する生存競争の外に、動物界にはこのmutual aid……何と訳すんだらう、兎に角この現象があつて、それはダーウヰンもいつてゐるのださうだ。……さうだ、いつてはゐるね。『種の起源』にも『旅行記』にも僕は書いてあつたと思ふが……。それがこの本の第一篇には可なり綿密に書いてあるやうだよ」

「科学的にも価値がありさうかい」

「随分ダータはよく集めてあるよ」

相互扶助に関して言及された箇所は他には見当たらないが、江頭の指摘通り[49]、『相互扶助論』の原著の発行は明治三十五年であるから、明治三十二年に時代設定された『星座』に名前が登場するのは、作者の間違いでなければ、相当の強力な必要性のためと言わざるをえない。有島がアメリカ留学中（明36～39）に社会主義思想に接触し、明治四十年二月にはロンドンに亡命中のクロポトキンを訪ね、書簡体評論「クローポトキン」（『新潮』大5・7）や談話「クロポトキンの印象と彼の主義及び思想に就て」（『読売新聞』大9・1・25付）でその会見の回想を語っているのは周知のことである。特に前者からは、「私が読みたる氏の著書殊に『相互扶助論』に対する質問に答ふる為め、氏は私を伴ひて二階なるその書斎に登られ候」とあり、有島が既に『相互扶助論』を読み、著者に質問するほどその内容を吟味していたことや、クロポトキンの方も「諄々と説明の労を取」ったことが分明に知られる。有島の社会主義思想との関係や、無政府主義者としてのクロポトキンのとらえ方などについては既に小玉晃一の綿密な論考があるが(50)、「クロポトキン諸作」から「正しき生活」を学んだという「余の愛読書と其れより受けたる感銘」の言葉に従い、日常生活におけるクロポトキン受容の意味を考えるならば、『星座』における『相互扶助論』の位置は特に注目に値すると言わなければならない。

『相互扶助論』の内容は引用した園の言葉にほぼ要約されているが、敢えて敷衍すれば、この書は自然界の進化における生存のための相互闘争による淘汰の原則よりも、愛や同情を超えた共同的あるいは社会的な相互扶助、相互支持の原理を重視し、この原理が無脊椎動物から脊椎動物、哺乳類、霊長類、さらには蒙昧人、野蛮人、中世都市、近代社会に至るまで、全ての動物と人類の歴史において一貫して進化発展の原動力となっていることを論証したものである(訳語は大杉栄訳による)。園の言葉どおり、動物学や進化論、あるいは民族学などの「ダータ」(データ)は豊富で、地理学者として出発したクロポトキンの博識が発揮されていると言うことができるだろう。園にとっての『相互扶助論』は、星野の『折焚く柴の記』や西山の『仏国革命史』と同様、一種の人格の表象と見なしうるのではないか。理論と実践の主体性を問い、労働者階級の解放を願った二人の友に対して、園は互いに協調し助け合う相互扶助の理念を、人間性の根源として認めたのだろう。またそれは温厚篤実な園の性格と一致している。『相互扶助論』についての会話が、人見の借金に応じる園の親切を描く場面の直前に置かれているのは偶然ではなく、園は極言すれば相互扶助の実践者、体現者なのであって、おぬいとの結婚も前述の内実からして一種の相互扶助と見られなくはない。従って、相互扶助は統一課題に関わる第一の契機としてとらえられるだろう。

相互扶助が他者との共同関係における原理であるのに対して、これと密接に結び付きながら自己自身に関わる園の属性として、第二に自己省察すなわち自己についての反省心を挙げねばならない。彼は研究室の帰り道に労働者の群れの間で、「それらの人の間を肩を張つて歩くことが出来」ず、「伏眼がちに益急い」で通り抜け、また頑固な父が横柄に与えた学費を受け取る時も、「自分でも解らぬやうな複雑した気持ちを味」わう。彼は自分が働かずに学問を享受できる特権階級である学生に属することを知っており、労働者に対する負い目や父との軋轢はそれに由来するのだが、こうしたことは他の学生たちには見られなかったことであり、園に固有の自己省察、すなわち他者の間で自分が占める位置についての認識力の結果である。これは言わば園における「sun-clear」の原理にほかならない。また好きな「文学」を離れて科学に専心しようと決意し、そのために一度はおぬいの家庭教師を断ったり、おぬいに求婚した後駅へ向かう途中でも「重い苦痛と疑惑」に襲われ、「貴様の科学は今何所に行つてしまつたのだ」と自問するのも、欲することとせねばならぬこととを心得て、倫理的な真理を選択しようとする反省心の現れである。彼の「感激した時の癖」である右手を強く振り下ろす動作は、自己の課題を遂行せんとする自己鞭撻の意味がこめられており、総じて彼には他の学生たちには欠落している倫理観、特に自己対象化による反省の性向がある。ちなみに作者有島の文脈から言っても、たとえば評論「イブセンの仕事振り」に力説されるイプセンの厳しい「自己省察の綱」に対する称賛や、未完に終わった小説「運命の訴へ」に描かれる、主人公の過去の自己反省による「確かな生に対する一路」の模索の姿など、この時期以降自己省察の傾向は強くなっており、決して唐突なものではない。

これら相互扶助と自己省察という二つの契機が、物語の中軸系列において星野の問題性の解決を提起するのである。星野の境涯に深く関わる「自然」に対する考え方を、もう一度検討してみよう。

「俺れは世話を焼くのも嫌ひだ。世話をやかれるのも嫌ひだ。……俺れはヱゴイストに違ひない。所が、俺れのヱゴイズムは、俺の頭が少し優れてゐるといふところから来てゐると誰れもが考へさうなことだが、そんな浅薄なものではないんだ。縦令頭は少しは優れてゐようとも、俺れは貧乏で而かも死病に取りつかれてゐるんだから、喜んで世話を焼いてもらふ資格は十分にあるんだ。それにもかゝはらず、俺れは世話を焼かれるのはいやだ。……俺れはもつと自然に近くありたいのだ。自然は俺れをこんなに生みつけた。こんなに病気にした。而かもそれは自然の知つたことぢやないんだ。自然というものは心憎い姿を持つてゐる」

この内的独白は必ずしも意味明瞭とは言えないが、およそのところは明らかである。弱者たる自分が「世話を焼いてもらふ資格は十分にある」と言うとき、星野は相互扶助の精神を一般論としては理解している。だが、自分自身の問題としてとらえ直す時には、例の独立自立の至上命題のために「世話を焼かれるのはいやだ」と言わざるを得ない。おぬい宛の手紙に見られる「我国女子の境遇」の憂慮や、おせいの妾入りを「是が非でも断われ」とする文句には、自然な感情としての相互扶助が現れて来るのだが、彼自身それを「自然」とは思っていない。むしろクロポトキンが批判した、生存競争と淘汰を帰結する自己肯定のみの「心憎い姿」こそが、「自然」の姿であると感じているのだ。星野が自分の「ヱゴイズム」を正当化するとき、「自然」そのものが、自らの帰結を「知つたことぢやない」と冷淡に観照する「ヱゴイズム」を本質とするという思考がその根拠となっている。そしてまた彼は、そのような自己の境涯を対象化して凝視する術を知らず、「世話を焼かれるのはいやだ」と言いながら過大な世話を掛けているために、思想と現実との隔たりはいよいよ大きくなり、悪循環を繰り返す以外にない。理念としては自覚的個人主義者であっても、実際の行動上は、彼が否定する選良意識に基づくエゴイストと何ら変わりはない。ここで星野の自然権思想は、実践上の破綻を露呈したのである。

この事情は彼の白石論と彼自身の生活との乖離と同質である。その思想と生活との距離は、畢竟、自己と他者との共同意識の全面的否定の結果にほかならない。それを真の解決に導くには、相互扶助と自己省察との緊密な連係の下における共同体全体の成長発展を期する必要があるだろう。またそれは物心両面にわたるものでなければならない。それは実現されれば全学生のみならず、「底のないやうな孤独」を痛感するおせいにも、有効な救済の手を差し伸べるはずだろう。それは容易ではなく、また実際に描かれてはいないのだが、園が他の学生やおぬいとの交渉の中で見せた属性において、その可能性のみは暗示されていると言えないだろうか。園が生来の資質と、ほかならぬ星野から借用した書物の思想を体現することにより、星野から園へ問題性の解決を託す中軸系列は完結するのである。従って『星座』は、困難な経済的状況における思想の実践、並びに倫理的に検証される性・愛の欲求の両面から、個々の青年の自己実現への苦闘を描く中に、その群像全体としての解決可能性たる相互扶助と自己省察の止揚を理想として呈示したテクストである。そしてその課題は、細部の尊重と全体の調和との同時的実現を図る〈全体化作用〉という、この小説の形式的特徴と二つながらに合流し、物語言説と物語内容とは、かくして緊密に連携するのである。

「第四階級的な労働者たることなしに、第四階級に何物をか寄与すると思つたら、それは明らかに僭上沙汰である」と評論「宣言一つ」に書いた有島にとって、もはや、かつてのような超階級的芸術の創作や階級間の相互扶助などは問題にならなかったに違いない。しかしこの評論と同時期に発表された談話「第四階級の芸術　其の芽生と伸展を期す」で、彼は「ブルジョア文学者」の労働者に対する関係として、「只我々は其の生活を沈潜させ、深く自然を省察し、人間性の本能に徹することによつてのみ、其処に彼等との融合点が見出される」と、その次代における可能性をも述べている。ここに言う「自然」や「人間性の本能」という言葉に相互扶助の意味合いが含まれていたと考えても奇矯ではなかろうし、この文全体にも「生活」の「省察」の必要性のニュアンスが感じ取れる。そして、もし彼が相互扶助の課題を追求しようとするなら、その場所は当面、表面上は階級性の比較的希薄な学生たちの共同体が最も適切だったはずである。

しかし、前に述べたように、『星座』の創作意図について云々することは重要ではない。最後に、『星座』の世界が夜の世界であることを付言しておこう。全十八章のうち、第一、二、七、十一章を除く各章がことごとく夕方から夜にかけての出来事を扱っているのは、昼間農学校に学び、夜に各自の生活を営む学生の行動時間帯に由来するものだだろう。だが、作品の舞台である札幌が「気づかれのした若い寡婦」の比喩で鳥瞰描写される第四章も、第八章のおぬいや第十七章のおせいの物語も、いずれも夜の情景である。この夜の底で人物群像は強い自己主張を闘わせながらも意外に調和を保ち、「自由意志」を尊重しつつ協調性を発揮し、全体として中軸系列の周りへ蝟集しながら未来を切り拓いて行く。あたかも巨大な共同意識の母体があり、それがうごめきながら各人の個性に分散し、再び相互に交響するかかのような夜の世界、『星座』はそのようなテクストなのである。そしてその共同意識は、未来という昼の時間へと超脱せんとする青春の希望なのだろう。「若い生命が如何に生れるか、如何に萎むか、如何に育つか、如何に実るかを作者は探らうとする」とは、広告文（『新潮』大11・6）に見る有島の言葉である。その企ては発端のみで挫折した。だが、成就されたものには相応の評価を与えなければならない。

13 言葉の三稜針

「或る施療患者」

1 攪乱的レトリック

けれども今の世は全く乱世だ。私のやうなものをも気違ひにしてしまふほどの乱世だ。私の生活とは何のかゝはりもない飛行機が、大空の青いガラス板に三稜針(さんりょうしん)でむごたらしい孔をあける。私の生活とは何のかゝはりもない自動車が、淫乱な暗闇を窓被の内部に満載して、白昼の大道をかまいたちと共に駈けぬける。私の生活とは何のかゝはりもない……そのとほりだ。私の時といふものはない。私の所といふものはない。子供が親に孝行をする世の中だ。妻が良人に貞節を尽す世の中だ。[…] 誰れでもが誰れかに何かしなければ生きてゐられないといふのだ。それが森羅万象に誓言として書かれてゐる。乱世でなくて何んだらう。

有島武郎の最後から数えて四番目の小説「或る施療患者」の開幕部分は、物語に登場する語り手を兼ねた主人公が、この後の物語内容においてたどることになる迫害と堕落の半生を予告するテクスト全体の導入部となっている。これは独特の文体である。第一に、「淫乱な暗闇」や「かまいたちと共に」などの語句が、読者の意表を突く非日常的な発想によって選択され、具体的な描写よりも、抽象的あるいは一種詩的な語感を印象づけるように配列されている。特に、それらの破格の擬人法や隠喩によって、今日の目から見ても大胆で斬新なレトリックの技法が際立っている。第二に、「飛行機」が「大空」に「三稜針」で「孔」をあけたり、「自動車」が「大道」を突進するなど、形象内容は穿孔・疾駆・自傷・焼尽などのいずれも過激で破壊的なイメージばかりである。ここには、例えば「カインの末裔」に認められたような、結局のところ調和的に統合する自然化隠喩は見られない。人間と対立するのは機械（メカニック）であり材料（マテリアル）である。しかも、再三反復される「私の生活とは何のかゝはりもない」という修飾句が、分離的・疎外的修辞としてこれらの語彙を節合する。そして第三に、その穿孔や疾走のイメージ、ないしは「ガラス板」や「三稜針」といった個々の語は、決して実在の対象として描写されたものではない。ここでは言語が現実の対象を指示する機能よりも、言語によって喚起される感情・感覚を表出する機能が主に働き、「三稜針」の硬度感・尖端感・凶器性や「淫乱な暗闇」の得体の知れない不気味さ、または穿孔や疾走のむごたらしさや高速度の感覚が響き合って、全体として「乱世」という心理内容を直接に呈示する隠喩となっている。レトリックは実在を〈異化〉するリアリズムを超え、言葉そのものを前景化して行く。以上、修辞技法の攪乱、機械的・無機質的・破壊的印象の喚起、それに心理内容の直接的表現の三つの手法が、この冒頭部分に見られる文体特徴なのである。

　これらがかりそめの意匠でないことは、テクスト全体を俯瞰すれば明らかである。攪乱的レトリック一つとっても、たとえば行商の「神輿は毎日私を引きずつて町中をとほる」という文からは、叔父の不当な虐待により重労働を強いられた主人公において、商売道具と自分との間に主客関係の逆転が生じていることが看取できる。「私の踵は道路と共にわれ裂け、樹木の喉と共に私は渴いた」の場合でも、自分の肉体が「道路」や「樹木」と同様の物象としてとらえられ、そしていずれも共々に断裂や枯渇のイメージで覆われる。擬人法の頻用や通常の因果関係の転倒により、人間の価値は彼の周囲の事物存在と同列ないしそれ以下のものと見做され、主人公の市民生活からの著しい疎外の感覚が表現されるのである。また擬人法以外でも、「……おゝ岡田夫人の眼が……」などの中止法、「あとは白紙。幼児。」などの省略形や体言終止、「茜を照りかへした、それでも寒い」など脈絡の意図的錯乱等々、構文論軸の破格は無数に散在している。この発想を極端にまで推し進めれば、初期横光利一らのいわゆる新感覚派文体へと接近するだろう。意味論的にも「孕み女の裸体」「蜘蛛の生殖」「小便色の畳」「自瀆」などの性的・生理現象的用語、「三稜針」「サーチライト」「連発される散弾」「声の釘」などの無機物的・金属的・尖端的な語感を持つ語彙の採用によって、先の破壊的印象と併せて彼の境囲の非人間性と彼自身の窮迫とが傍証される。さらに、「音なく天の玻璃天井が裂けて、粉砕した破片が私を目がけて冷たく落ちる日」などの感覚的・隠喩的表現も、結局その表現内容である彼のあるべき人生からの否応のない追放を、強烈かつ直接に泣訴するものと言わなければならない。従って「或る施療患者」の特異な文体は、一方では束縛と迫害を本質とする社会環境である「乱世」と、他方では本来の人生からの甚しい疎外を被る主人公像との、双方の造形に大きく資する効果を上げていると言えるだろう。

以上のような文体特徴は、概略、未来派（futurism）もしくは表現主義（expressionism）の様式に通じると言ってもよいだろう。未来派の様式については先行する章に譲るとして、広義の表現主義は、木幡瑞枝の解説に従えば、印象主義（impressionism）における客観的な印象の受容とは逆に、対象に主観的・能動的に働きかけ、自我や人格性の表出を旨とする芸術思潮である(1)。狭義には両大戦間のドイツ表現派として開花し、文芸・演劇・美術・映画などのジャンルにおいて多彩な業績を残した。文芸の表現形式としても在来の伝統を破り、文章構成や語句の用法などで新奇な手法を用いる。厳密に言えば「或る施療患者」は歴史的な様式としてのドイツ表現派などの作風と同一ではない。しかし、客体の描写によって本質を表現するリアリズムではなく、むしろ主観の直接的表出を主眼とした文体は、少なくとも広義の意味において、大きく表現主義的傾向を帯びたものと言えるだろう。特に、破壊的なイメージや機械・金属・尖端物のメタファーに鎧われたレトリックは、未来派的な表現としても定位できる。ところで、有島はリアリズムの作家と呼ばれていたのではなかっただろうか。このとき、「或る施療患者」において、何が起こったのだろうか。

2　強盗の論理

「或る施療患者」は、書簡などから推定して大正十一年の末から十二年の一月にかけて執筆され、雑誌『泉』の大正十二年二月号に掲載された。『泉』は、文壇ジャーナリズムに煩わされぬ固有の発表機関を持ち、少数の読者との友情を築きたいとする希望の下に、大正十一年十月に創刊された彼の個人雑誌である。だが、生前に計九冊出た『泉』は、図らずも彼の最終的境地の開陳の場となり、なかでも「或る施療患者」は、その特異な表現によって有島のテクスト様式の究極の収斂点とも言えるだろう。ここでは、この小説の表現の特性の分析から始めて、有島の創作史の全体像を展望するための指針をとらえよう。

さて、「或る施療患者」については既に鑓田研一(2)・高橋春雄(3)・内田満(4)・山田昭夫(5)などの評者が寸評を与えているが、独立した作品論は未だに著されていない。しかし、五十枚足らずのこの短編を異色あるものとしているのが、前節で検討を加えた、その奇抜な文章表現の技巧であるのは衆目の一致するところだろう。しかも、そのような物語言説の特徴は、むろん物語内容と緊密に連携しているのである。「或る施療患者」の物語は、「無害で平凡な良民」たる出自の主人公原亀吉が、両親が早世したためあらゆる辛酸をなめ、蹂躙されて放浪するという筋立てによっている。このテクストを、便宜上三部構成としてとらえておこう(6)。第一部では、出生時に母と、三年後に父と死別し、荒物屋の叔父の家で育った亀吉が、度重なる虐待に耐え切れず、十七歳の十二月二十七日に家出するまでの経過が、彼の年齢を追って辿られる。亀吉は就学も許されず荒物の行商を強いられ、要領の良い小僧佐太郎の幼女強姦の目撃や、養女おいくの性的刺激による眩惑を経験し、やがて叔父の迫害の目を盗んで金品の盗みを覚える。そして本店で運送業を始めた叔父の代わりに佐太郎が荒物屋を任せられ、しかもおいくと関係したのを知った時、家を継ぐ望みも断たれた亀吉は出奔してしまう。第一部で描き出されるのは、両親の死と叔父からの虐待により「生活の劣敗者」となる、主人公の家庭的幸福からの疎外である。

第二部では上京した亀吉が様々の職業と人間関係を遍歴した後、結核に罹り、結局叔父の家に戻るまでの五年間が物語られる。すなわち、まず撒水夫となった彼は、炎天下の仕事で卒倒して東電の岡田技師夫妻に助けられ、次には火夫となる。しかし群がる人々に次々と金を搾られまた女遊びを覚え、女に移された結核が発病して、社会主義者たちに頼ったり静養のため大島に渡ったりするが、万策尽きて「叔父の家で死なう」と考える。ここで初めて「有頂天」を味わった女との交際が結核をもたらし、富裕者や社会主義者に依存した結果が徒労に終わったように、第二部もまた、岡田に代表される「安穏な生活」からの主人公の疎外が中心的に描き出されている。従って、尋常な人生航路から追放される主人公の運命は、第一部では家庭からの疎外、第二部では社会からの疎外として描かれていることになる。

だが、このテクストは単に亀吉の無残な生きざまを叙述した悲惨小説ではない。その意味で重要な位置を占める結末の第三部では、叔父の家に帰った亀吉が、かつて父が叔父に託した二百円を要求して拒絶され、とうとう「踏み倒して生きる」生き方に目覚める。そして肺病の治療を希望し、「乱世にふさはしい立派な人間様に生れ代つて、やれるところまでやつてやらう」と決意を固めるところで終わる。彼はこの決意に従って岡田に東京在住の証明をさせ、貧民を対象とする公立の肺病療養所に入院したのである。望ましい人生が自分には「全く無関係」であり、自分自身には何の責任もないのに尋常ならぬ苦痛を背負わされ、しかもそれは「情け」や努力によっても決して解決できない。この不条理を体認した時、彼は「叔父のおかげで開いた尊い悟り」に従って反抗とも言えない反抗を開始する。それは「踏み倒して生きる」生き方、つまり略奪の肯定であり、強盗の論理にほかならない。なぜならそれこそが「乱世にふさはしい立派な人間様」の態度であり、社会全体もまた強盗の論理によって成立しているという認識がそれを正当化するのである。第一部と第二部に記述された疎外のミュートスは、家庭と社会から強盗の論理によって蹂躙される主人公に焦点を合わせ、また彼と同じく肺病で死んだ父と、その惨めな生涯の象徴である「三畳の畳」も、そのような社会の論理を象徴するのである。第三部の核心は、紛れもなく強盗・略奪の論理の自覚と肯定である。そして、テクスト全体の破壊的イメージが収斂する「一閃の火で全存在を空に帰する爆弾」の空想が最後に繰り返され、如何ともし難い不条理の解消としての、自己および現実社会の破砕の意志を示唆して幕が降ろされるのである。

以上のように、第一部と第二部はそれぞれ家庭と社会において虐待された主人公が、最低辺の生活にまで堕落していく過程を時間を追って綴る中に、彼と日常的・世間的幸福との埋め難い距離を描き出し、人間疎外という時代の状況を呈示する。続く第三部では、放浪生活の挙句に時代状況を理解し、いわば居直って強盗・略奪の論理に覚醒した主人公の、破壊的衝動の赴くままに生きんとする決意が描かれる。このように「或る施療患者」においては、極度の疎外状況に置かれ、生存のため、略奪の論理を必然的に選択せざるを得ない主人公の姿が高度に印象づけられるのである。ここに盛られているのは、一種の自発的・自然発生的な無政府主義の思想である。主人公の平穏な生活に対する距離はテクストの文体の伝統的文章構造に対する距離に対応し、抑圧的社会の暴力とそれに対する彼の破壊衝動は散見する語彙の破壊的印象の強度と一致すると、アナロジーを用いて言うことができるだろう。従ってこの小説は、物語内容における時間的展開や人物の造形によって提起される無政府主義的認識と、物語言説における文体や描写の技巧に示された表現主義的・未来主義的傾向とが一体となって、固有の文芸世界を形成しているテクストなのである。

3　アナーキスト三部作

大正十一年が訪れると、「運命の訴へ」の執筆中断以来、創作意欲の減退を託っていた有島は、評論「宣言一つ」を発表して、転機を迎えたことを自ら世間に告知するに至る。大正六年から九年までの彼の精力的な執筆活動は、自己を表現する主観的創作行為が、階級を越えそのまま人類全体の健全性に寄与しうるとする、いわば人類的・超階級的な創作理念への確信がその根源をなしていた。この創作意識は、他者を自己内部に摂取して自己を拡充する「愛」の普遍的妥当性によって保証されており、そのためこの時期の多くの作品は、他階級人民への同情を造形方法の基軸とし、しかもそれが作者自身の自己表現でもあるという構造を持っている。いわゆる「同情」の論理がこれである。しかし思索の深化に伴って、大正九年頃から「生活即芸術」の理念が徹底化され、自己の実生活と創作との関係が厳しく点検される中で、有島は出自階級たるブルジョワジーの不可能性を痛感し、その創作理念が急速に衰退して創作活動の困難な状態に陥る一方で、いわゆる「生活改造」への切迫した思いを深めて行く。既に「運命の訴へ」の構想が放棄されたと推定される大正九年九月頃から、有島は危機的状況の中で、自己の進むべき道を模索していたのである。

「宣言一つ」はそのような有島の現状認識と今後への決意を表明した論文であり、単なる絶望の吐露の書として読むことはできない。それは、(1) 労働者階級の抬頭に伴う階級運動や階級文化の建設は、労働者自身の意志と主体性の産物でなければならず、(2) 支配階級の一員である筆者自身はそれとは「無縁」の者であるから、専ら自己と同じ階級の人々に訴える作業を「仕事」とする以外にない、という二項目に要約できるだろう。これは短文でありながら、階級文化の主体性、前衛と大衆、組織と個人、政治と芸術など、当時盛んに提唱されていた「第四階級の文学」論に一石を投じ、「宣言一つ」論争なる大きな波紋を巻き起こすとともに、後の「アナ・ボル」論争や「政治と文学」論争など、昭和初期に行われた活発な論議の中にも、何度も形を変えて登場する多くの重大な問題をはるかに先取りする画期的な評論であった。他方、作家の内面に絞れば、山田昭夫の言うように「〈共感〉の原理の完全な自己否定」(7)として意味付けすることができるだろう。自己を他階級とは「無縁」の者として定位した時点から、彼は創作者たる自己の超階級性・人類性を否定し、それまでの創作理念を放棄せざるをえなかった。そしてこの転回が、ロシア革命の成功等の状況を背景としたプロレタリア文芸の昂揚という状況もさることながら、むしろ主体性を極度に重んじる彼の自我主義思想の先鋭な徹底化によって招来された点に、彼の思想史上の特異性が存するのである。

ただし、労働者階級以外に訴えるというその「仕事」の内実は、決して具体的には明らかではない。「想片」では、第三階級の崩壊を助長すれば第四階級に何らかの寄与となると言うが、「仕事」の受容者層やその効果は示されても、いかなる創作方法によって執筆するかについては不明なままである。ここで推測するに、晩年の有島の創作意識においても、「同情」の論理は瓦解したものの、「同情」の構図自体は保存されたのではないか。他者の摂取と自己の拡充との弁証法が本能を媒介して人類全体に資するという場合でも、もとより自己（ブルジョワジー）と他者（プロレタリアート）との異質性は前提とされ、「同情」による相互の一体化がそれを克服するとされていた。いま「同情」の論理が否定されたために、自己と他者との距離は無限に拡大し乗り越え不可能のものとなったのだが、にもかかわらず両者の二項関係はあくまでも保持され続け、相変わらず専ら他者が創作主体にとっての対象であるような形での創作が営まれたことには変わりがない。すなわち、（1）自階級以外の人々の姿を「憐憫、同情、好意」の下にではなく、突き放した状態、すなわち談話筆記の題名ともなっている、当時の有島の愛用語で言えば「即実」（『名古屋新聞』大11・10・31、11・2〜7付）的に描き出し、（2）しかも彼らと自己との間の階級的隔絶そのものを、決してその間を架橋することなく冷然と見据えて呈示し、（3）それらの内容を自らの属するブルジョアジーに向けての告発として造形する、という三項目にわたる手続きが、最晩年の有島が到達した創作理念の中身であったと考えられるのである。

その痕跡は、『泉』に発表された「酒狂」、「或る施療患者」、それに「骨」の、アナーキスト三部作と呼ぶべき小説群に共通して現れる事情である。これら三編の登場人物がいずれも社会の最下層に生きるヴァガボンド、あるいはルンペン・プロレタリアートであり、彼らの放恣な生態を赤裸々に描くことが、そのまま矛盾に満ちた当代社会の告発に通ずるのは言うまでもない。社会一般のいわゆる規範・常識・道徳を頭から無視し、孤立し、鬱積した衝動に任せて破壊活動を働く彼らの所業は、作者自身が培って来た永久革命的・生命論的無政府主義の信念とも合致するものであり、原亀吉の孤高な略奪の論理の淵源もここにある。だが、「酒狂」の無一物の人物Bと、「吝嗇なほど執着」している語り手の「私」との対比、また「或る施療患者」では末尾の括弧内の注記めいた文章に示された単なる「筆記」者に、さらに「骨」では敎凸の繰り広げる様々な天衣無縫の行為に対して徹底した脇役にまで後退した各々の「私」の役割からは、かつての「同情」の力学の痛烈な自己否定が滲み出しているのもまた事実である。これらの小説群と、労働者の連帯への語り手の共感が作品の芸術的統一をも達成した「かん〳〵虫」や、「同感といふもの丶力」の実証として漁夫画家の操業と生活のありさまを描き出した「生れ出づる悩み」など初期の労働者小説群とでは、創作意識の点で計り知れない隔たりがある。アナーキスト三部作では、野坂幸弘が自己「断罪」(8)と評し、内田満が「同化願望」(9)を読み取ったように、社会から脱落し頽廃の極を行く生活を続けながら、なおかつ、と言うよりも、むしろそれゆえに奔放自在なブラウン運動を止めぬ浮浪者たちの生命感と、自己および自階級の人間の不可能性との落差が、重く低音部として響いて来るのである。

4　表現主義的強度

ところで、いわゆるアナーキスト三部作のうち「或る施療患者」だけは、他の二編と比べて大きく異なる相貌と高い完成度を持ったテクストとして評価すべきだろう。その理由が、特にこの小説の文体に現れた表現主義・未来主義的技巧である。それより以前、有島は講義録「生活と文学」(『文化生活研究』大9・5~大10・4)で述べたように、芸術の「内在的傾向」としては現在の生活動向に価値を置く「リアリズム」を、また「表現的傾向」としては、「環境に対して個性の力を強調することから出発」した「後期ロマンティシズム」を称揚する芸術観を唱えていた。これはホイットマン、イプセン、トルストイの文芸や、ミレー、ロダンらの美術を評価する芸術観、ないしは「個性の力」を根幹に据えた創作意識とも同質の発想である。ところが創作理念の転回と時を同じくして、右の芸術観は些か趣を変える。「リアリズム」の尊重は彼の造語である「即実」の態度として維持され強化されたものの、「後期ロマンティシズム」への共鳴の方は、より新たな芸術思潮である「未来派」や「表現主義」芸術への同調へと力点の置き所を移動したのである。その萌芽は、既に論じた「惜みなく愛は奪ふ」における「未来派」への注視において兆していると言えるだろう。

従って、晩年の有島文芸の基調を理解するためには、創作理念の自己批判を告白した「宣言一つ」のみならず、「表現主義」への接近を自ら語った評論「芸術について思ふこと」をも、後者に記入された作者の希望通り、「併読」しなければなるまい。この評論で有島はまず、旧来の芸術思潮の総体を「印象主義」の名称で総括し、それが「科学的精神の芸術界へまでの延長」として、前代の「超自然主義」や「理想主義」を打破した点に功績を認める。しかし、「印象主義」は芸術家が自然の中に投影された自分自身を見出す「解剖」作業に終始するところとなり、「表現は印象を与へる為めの一つの手段」へと堕してしまい、その後に「表現がそれ自身に於て芸術を成す」様式である「表現主義」が到来したという。有島は「表現主義」の語を、「近代の科学的精神に反抗して、主題の深刻なる徹底によつて、物の生命を端的に捕捉しようと勉めること」を共通項とする「未来派」「立体派」「表現派」などの総称として用いている。そして、「在来のあらゆる軌範に対する個性の反逆」を旨とするこれらの担い手は、「新興の第四階級を予想する」と述べ、だが現在のところそれが未だ「学説宣伝時代の社会主義」の段階と同じく第四階級のものとなっていない点に、その限界をも指摘して論を閉じる。

注意すべきことに、創造主体に関する階級的視点を別とすれば、この「表現主義」観と以前の「芸術を生む胎」などの芸術観とは、「個性の反逆」を重んじる点でほとんど変わりがない。さらに以前の美術論「新しい画派からの暗示」でも、「マネからセザンヌとゴーガンをゴッホとに、又マチスとピカッソとウォスビアンスキーとに、又更にカリリとロッソロとボッチオニとに、やむ時もなく変り遷る生命の流れを覚悟せねばならぬ」と、印象派やポスト印象派とともに、フォーヴィスムやキュービスム、それに未来派の画家たちの名前が既に紹介されていた。有島の創作意識や芸術観は、「魂」や「個性」の直接的表現を重んじ、「常任の動揺、無終の躍進」を本質とするホイットマン的進化論を基盤としたために、当初から多分に、言葉の本来の意味で表現主義的要素を含んでいたと言うほかにない。それが労働文学やアヴァンギャルド芸術の興隆と歩調を同じくして、晩年になって侮り難い形で顕在化したのである。「私は『ダヽイズム』の気持ちに味到するヿが出来ます」という望月百合子宛書簡（大11・12・12付）の記述、「凡ての芸術は表現だ」と述べる序文「詩への逸脱」を付した小詩集「瞳なき眼」（『泉』大12・4）の言葉遣いなどからも、死の直前の有島が、ダダイズムを中心とする、印象主義と対比された広義の表現主義に強く惹かれていたのは疑いない。有島が壺井繁治・岡本潤・萩原恭次郎・川崎長太郎らの前衛的詩誌『赤と黒』の発刊資金を援助したことはよく知られており(10)、また高橋新吉の小説『ダダ』からは、彼と有島との交遊の跡が窺われる。もはや言うまでもなく、「或る施療患者」の文体は、このような有島の表現主義的動向への接近を契機として成立したものと考えられるのである。

だが、表現主義は有島によれば第四階級の芸術思潮であり、彼自身がこれを「醇化」するのは不可能かつ偽善だったはずである。そこで、先にも触れた「或る施療患者」の末尾の付記、「(これはその施療患者の手記ではない。彼れの話さうとするところを私が不完全ながら筆記したのだ)」という記述が再び問題となる。これは物語世界の真実らしさを高める点では、「運命の訴へ」と同様の額縁効果をもたらすが、そればかりではない。通常は作者と同一視されることの多い語り手が、自らの自己表現を否定し、純然たる媒介者として作中主人公の表現を代弁したという意味にも受け取れる。その場合には、あの不可能性・偽善性の認識に照らして、一種の弁明とも理解しうるだろう。媒介者性については、大正十一年六月三十日付けの日記に、「東京府下療養所にゐる斎藤氏」からの来信が引かれており、そこにテクスト末尾近くの「駄洒落」の文句、すなわち「かう見えても此雪の山の下にキンが二つ、タンもしこたまあるんだからね」とほぼ等しい一節が認められることから、この「斎藤氏」関係の事実に依拠して、いわばそれを媒介する形で創作されたものとも推測される。また「酒狂」と「骨」については、既にモデルの存在が確認されており、これらに基づいて内田満はアナーキスト三部作について、「この時期の有島は虚構化・典型化の方法をみずから放擲した」と述べ、「或る施療患者」をも「〈事実〉にしっかりつながっている」「聞き書き小説」と呼ぶほどである(11)。

確かに、主人公の被疎外者性と文体上の逸脱とがその強度を同じくするこの小説は、作者の考えから言えば内容と表現の双方にわたって第四階級的であり、先の付記によって作者は作品の現実からはるかに後退してそれを呈示する姿勢をとるのに甘んじているとも言えるだろう。だが、内田の言に反して、被疎外者的人物像やそのミュートスがモデルから自動的に出現するのではない以上、これもやはり紛れもなく一種の「虚構化・典型化」(アリストテレス『詩学』にいうミメーシス)の所産であり、決して単なる「聞き書き」と見なすことはできない。むしろ逆に、「運命の訴へ」における原稿発見の設定と同じく「聞き書き」の趣向を巡らせた瞬間に、テクストの「聞き書き」性はそれじたいテクストの虚構性の徴表となるのである。百歩譲って、「酒狂」や「骨」ならば、いわゆる身辺小説の手法を用い、作者自身の実生活における事実としての装いを凝らし、「宣言一つ」で主張された階級的な不可能性を描く小説と言えるだろう。しかし最晩年の有島の創作理念が、そのような「宣言一つ」の階級論的創作理念のみでなく、「芸術について思ふこと」の表現主義的芸術観との両局面の総合としてとらえられるとすれば、「或る施療患者」こそ、それを微妙な設定の下に実現しえたテクストなのである。

連帯の論理の印象派風の結実である「かん〳〵虫」と、連帯を否定し略奪に訴えるルンペン・プロレタリアの半生を表現主義的に綴った「或る施療患者」という好一対のテクストの間で、有島の表現史は、円環を閉じることなく螺旋を描いた。その螺旋は無限の階梯を派生し、その後、今日に至るまで、さざ波の域にとどまらぬ波及力を行使して止まない。

14 客

「酒狂」「骨」「独断者の会話」

——Dans ce vaste pays qu'il avait tant aimé, il était seul.

(Albert CAMUS, *L'HÔTE*)

1 〈客〉の出現

私は兎も角も寝床を出た。おびえたやうな女中を追ひ越して玄関に行つて見た。玄関の開戸の上部三分目程に切り明けてある連子窓にぴつたり顔を寄せて、濁つた声でわめいてゐるBの眼があからさまに光つてゐた。たうとう酔ひどれをこの深夜に相手にせねばならぬのか。と思ひながらもお人好しに出来上つた私は、裸足のまゝ三和土に降り立つて戸を開いた。立てかけてあつた重い荷物そのまゝに、Bは倒れかゝつて来た。私は肩と両手とで危ふくそれを受けとめた。がくりと膝頭を折つて転ろげかけた彼れは、やうやく立ち直つて私の首玉に噛りついた。酒ぼてりのする油ぎつた皮膚と、そこに疎らに生え延びた粗剛な頬髭とが、長く人膚に触れなかつた私の感覚におぞましい不快さを伝へた。菜食に慣れた鼻先きに血生臭い獣肉をつきつけられたやうな。

（「酒狂」）

作家最晩年の大正十二年、有島武郎個人雑誌『泉』（叢文閣）に掲載されたテクストのうち、「酒狂」（1月）、「或る施療患者」（2月）それに「骨」（4月）の三編の小説、いわゆるアナーキスト三部作は、対話編「独断者の会話」（6月）も併せて、有島の文芸様式の最終的な意義を、その鋭利な鋩により赤裸々なまでに剔り出している。ここでは、前章の「或る施療患者」に引き続き、特に「酒狂」と「骨」に注目し、そのテクスト様式論的な位置づけを試みよう。

あらゆるジャンルは、読者のフレームと相互的に見出されるテクストの言語的配置にほかならず、そのジャンル観が言説環境における淘汰を生き延びた場合にのみ、それは〝妥当な〟読み方として許容されることになる。逆に見れば、すべてのジャンルは慣習に過ぎない。従って、絶対的に正しい解釈や絶対的に誤った解釈などは存在しない。問題は、陳腐化した慣習を廃棄し、新たな切断面を開削することにより、対象そのものを変えることにある。なぜなら、様式の意義なるものは、あまねく、芸術の財産目録にいかなる項目を新たに書き加えたかにあるからである。

さて、「酒狂」と「骨」とは、共通に作家らしき語り手の「私」を与えられ、特に前者ではその名は「武郎」であり、この語り手が自らの位置する世界の出来事を語る、いわゆる一人称小説である。内田満がこの二作を評して、「いわば現在進行形の素材を扱った身辺小説」（傍点原文）と呼び、「この時期の有島は虚構化・典型化の方法をみずから放擲したもの」と見なし、それまでの作風から転じた『私小説』への逸脱」を看取したのは(1)、確かに極めて〝妥当な〟読み方と言えるだろう。しかるに、あるテクストが「身辺小説」や「私小説」のジャンルに属するものとして認知される理由は、そのテクスト自体の特性というよりは、むしろそこに作家の「身辺」や「私」に属する、あるいはそれらしき事実と同一の内容を見出そうとする読者側の操作にある。絓秀実はこの事態を、そもそもすべての『私』とは虚構である」という視点から、『私小説』作家と『私小説』読者との相補性によって決定されている」事情として論破してみせた(2)。すなわち、「私小説」としての先行了解が存在するからこそ、それは「私小説」なのである。

もちろん、それは決して誤った解釈なのではない。言うまでもなく、先行了解のない解釈など、一切存在しないのである。しかし、もはやこのフレームから離れてもよいのではなかろうか。なぜなら、テクストの表面を性急に透過して、作者なる幻を追い求める〈表象＝代行〉（representation）の病に、有島研究史は首まで浸かり続けてきたからである。必要なのはいつでも、テクストそのものへの回帰以外ではない。

（1）〈異物感〉のレトリック

まず、「酒狂」の読解において第一に印象付けられるのは、夜半に訪れた人物Bを「私の感覚におぞましい不快さを伝へた」ものとして描き出す、冒頭の引用文のようなスタイルである。Bは酔漢である。だが、「私」の感じる「不快さ」は、単にBの酔態にのみ由来するのではない。「立てかけてあつた重い荷物そのまゝ」に倒れ掛かり、「極度に肉感的に私にしなだれかゝ」るBは、「丸い石ころを不規則に積み重ねたやう」な肢体の持ち主であった。これら、身体の物体性・肉感性・物質性を強調する直喩を主体としたレトリックは、いずれもBの姿を一人の人格としてではなく、何よりも一個の〈異物〉として生成するスタイルである。Bの「不快さ」は、Bによって「私」が被る迷惑ではなく、むしろこの〈異物感〉そのものに起因しているのである。また同じ原理は「骨」においても、「敦凸の全身は鞘を払つた懐剣のやうに見えた」という人体の物質化、あるいは「敦凸はおんつぁんを流動体のやうに感じた」と語られるところの、人物相互の印象にまで拡張される。レトリックが単なる思想の容器ではなく、ほかならぬ文芸テクストにおいては、自立的な役割を果たす芸術的意匠であることには多言を要すまい。

「カインの末裔」に代表される有島最盛期のレトリックは、人間と自然とのカテゴリーを相互に越境させる擬人法（あるいはむしろ、いわば擬自然法）を用い、両者の表面上の対立を象徴的に統合せしめる効果を発揮していた。それに対してこれら晩年の小説においては、人体は自然ではなく無機物へと基礎づけられる傾向が強く、その典型として「或る施療患者」における金属的・生理的語感を前景化するダダイズム・未来派的な用語法を挙げることができる。これは有島のすぐ目の前に迫っていた横光利一らの、いわゆる新感覚派文体の先駆をなしている。また、この〈異物感〉のレトリックは、夏目漱石『道草』(『東京(大阪)朝日新聞』大4・6・3〜9・14付)八十二章で「彼の右手は忽ち一種異様の触覚をもつて、今迄経験した事のない或物に触れた。其或物は寒天のやうにぶり〳〵してゐた」云々と綴られる早産した嬰児の感触や、志賀直哉「山科の記憶」(『改造』大15・1)において、「部屋の隅に恰も投り出された繿褸布のやうに不規則な形をして、妻が掻巻に包まり、小さくなつて転がつてゐた」と見出された人体の印象などをも想起せしめるものだろう。

すなわち、Bや敦凸は、これらのテクストにおける人格以前の嬰児や浮気を犯した夫を拒絶する妻と同じく、「私」とはあい容れない異質な理法に基づき、異質な領域に属する身体として、絶大な〈異和〉に満ちた対象として立ち現れてくるのである。言語的コミュニケーションの不能な対象は、身体それ自体が言語と癒合した(merged)形において、意味の不明なメッセージと化してしまう。そのとき、それは人間ではない。それは物体なのである。ただし、当然ながらその物件は、単に「私」とは無関係な静物(nature morte＝死んだ自然)として安置されているのではない。

いた揚げ句に夜食まで用意してしまう。

（2）〈侵入者〉のミュートス

「酒狂」の「私」は、Bに対する違和感に苛まれながらも、結局Bを書斎に上げ、話を聞いた揚げ句に夜食まで用意してしまう。

玄関先きで思ひ切り彼れをなぐり付けてやらなかつたのが謬りの第一歩だつた。私は自分の性格のなまぬるさをつく〴〵腑甲斐なく思つた。さう思ひ出すと私の眼の前で、目あてもなく微笑みながらふら〳〵してゐるBが、又おほそれた侵入者のやうに見えた。

しかし、無論のこと「私」には、「彼れをなぐり付け」る行為などできはしない。なぜなら、Bを強く異物視しつつも、Bへの関心を断ち切れないところに、この「酒狂」という物語の、物語としての自己差異化は立脚しているからである。言い換えれば、Bを追い帰してしまえば、物語は読まれるに足る物語としては端的に成立しえない。「私」という中心の境界線内に入り込んだ訪問者は、周縁的な野蛮さを武器に、中心の秩序を撹乱する。その結果、それまで安泰であったはずの秩序は、その根拠のいかに脆弱であるかを白日の下に明かされることになる。この意味論的な自己差異化の運動こそ、この物語が読むことの誘惑となるための根源的な装置であり、ここに起動する誘惑の〈行為〉（action）は、いわば〈侵入者〉のミュートスにほかならない。

「私は、私を呼びに来た妻を書斎へ残したまま、急いで階下へ降りて行った。思いがけない闖入者に対して城をまもるとでもいうような意気込みである」。この「酒狂」の設定とよく似た書き出しは、椎名麟三「媒妁人」（『文学界』昭37・3）の文章である。「名目上の仲人」を務めたに過ぎない男が、田舎で面倒を起こし、突然家に居候を始め、妻までが男に同情し、「私」はあたかも彼らに追い出されるかのように温泉地へ向かう。「庇を貸して母屋を取られる」どころではない。「私」には、貸した覚えもないのである。この〈侵入者〉のミュートスは、名詮自性の安部公房「闖入者」（『新潮』昭26・11）に至っては、〈侵入者〉が完全にアパートの自室を占拠してしまい、世界に占めるべき正統的な位置を喪失した主人公が結末で自ら死を選ぶ、カフカ的な状況劇の様相すら呈している。

それまで自明の理と見えた自己の圏内に否応なく入り込む寄生主（parasite）――〈侵入者〉のミュートスは、物理的に生活を乱す以上に、そもそも自己という信念そのものを脅かし、その幻想性を暴き出す形而上的な意味を持っている。〈侵入者〉的人物は必然的に外部から到来した異人性を帯び、〈異物感〉のレトリックはこれと相互に強化し合う。しかも、椎名や安部の設定とは異なり、有島の場合、その〈侵入者〉は「私」を温泉地や死へと追放するだけの威力を備えておらず、むしろその弱さによってこそ〈異物〉たりえている。その結果、Bは最初から最後まで〈客〉として処遇されていながらも、「私」の理性による根本的な理解は決して及ばず、さりとて「私」がそれによって駆逐されて浄化を迎えることもない、いわば絶対的な緊張状態、アルベール・カミュ（Albert Camus, 1913–1960）の言う〈不条理〉（l'absurde）の拮抗を作り出すことになる(3)。

かくして〈異物感〉のレトリック、および〈侵入者〉のミュートスは、〈不条理〉の文芸的形象化の一様態にほかならない。

2 〈客〉のトポス

『迷路』の思想的構図によって最も明瞭に呈示される有島の文芸様式は、その構築原理そのものからしても、既に〈不条理〉の形象化と呼ぶに相応しい内実を伴っていた。ウォルト・ホイットマンから継承・発展せしめられた内的自然に基づく成長欲求の解放という理想は、内部的には倫理的な規範意識との葛藤、外部的には主として階級的な桎梏となる社会および自然環境との相克という、二重の障害によって厳しく妨害されることになる。この葛藤・相克の様態は、ストーリーとしては主人公の死・追放・破滅の運命を描き出す悲劇のミュートスを基調としながらも、それらの構築要素いずれかの決定的な真偽を主張して終わることはない。むしろ、反制度的な主人公と内外の阻害要因との間の拮抗を、拮抗として呈示することにより、悲劇のミュートスを読者のパースペクティヴにおいて理想追求の祈願へと転倒する、カタルシス的な効果をもたらすものとして評価すべきだろう。

(1)〈不条理〉的な対峙

この有島的な緊張・拮抗状態を、カミュ『シーシュポスの神話』(*Le Mythe de Sisyphe*, 1942)の次のような主張に接続することは、あながち無理な論法ではあるまい。

不条理という言葉のあてはまるのは、この世界が理性では割り切れず、しかも人間の奥底には明晰を求める死物狂いの願望が激しく鳴りひびいていて、この両者がともに相対峙(たいじ)したままである状態についてなのだ。不条理は人間と世界と、この両者から発するものなのだ。いまのところ、この両者を結ぶ唯一の絆(きずな)、不条理とはそれである。

(「不条理な壁」)

サルトルと袂を分かつ原因となった『反抗的人間』(*L'Homme révolté*, 1951)などに示されるように、キリスト教を厳しく否定し、マルクス主義をもそれに代わる一神教の哲学として拒絶したカミュの姿勢は、けれども一貫して「明晰」を求める求心的な理性の力を一方に据えていたことにおいて、明らかにキリスト=マルクス的な西欧合理主義の子孫と見なすことができる。カミュはあらゆる種類にわたる救済可能性の扉を閉ざしたが、しかし文芸様式においては、救済に代わる〈昇華〉(sublimation=崇高化)としてのカタルシスを廃棄したわけではなかった。それは人口に膾炙した『異邦人』(*L'Étranger*, 1942)や『転落』(*La Chute*, 1956)の結末を読むだけでも明らかとなるだろう。アラブ人を射殺して死刑を宣告された『異邦人』のムルソーは司祭の聴聞を拒絶し、「世界のやさしい無関心」に初めて心を開いて処刑の日を待ち望む。自分を判事＝改悛者（juge-pénitent）と名乗る『転落』の「私」は、セーヌ川に飛び込んだ若い娘を救わず、自分を偽善者として自己規定する長い物語の結末で、「おお、娘よ！　もう一度水に身を投げてくれ！」という叫びを洩らす。グノーシス派、プロティノス、アウグスティヌスなどを扱った「キリスト教形而上学とネオプラトニズム」（*Métaphysique chrétienne et Néoplatonisme*, 1936）をアルジェ大学の卒業論文として提出したカミュの文芸様式には、その現代的な意匠にもかかわらず、ギリシア的な均整の美を尊重する古典主義的伝統への憧れが色濃く認められる。これは「明晰」な理性への強烈な方向性とも軌を一にするものであり、むしろ、だからこその行く手に〈不条理〉の壁が、鋭い輪郭を伴って、視野のうちに登場しえたのである。

この事情は、有島の思想のみならず、テクスト様式の骨格ともほぼ相似形をなすものと言うことができる。もちろん、カミュはニーチェには傾倒していたふしがあるものの、ホイットマン流の宇宙進化観を根幹に据えた有島ほどには、生命主義に対して楽天的にはなれなかった。両者の間を、第一次および第二次世界大戦の体験が隔てている。しかし、有島が人性の自然として見出した成長本能とその障害に代えて、カミュによる理性と世界との対峙をあてはめれば、二つの様式は極めて近似した形として浮かび上がるだろう。理性と本能、アポロンとディオニュソスとの対立、「人は相対界に彷徨する動物である」と述べた有島の「二つの道」の思考と、「肯定と否定のあいだ」（*Entre oui et non*,『裏と表』所収、*Envers et endroit*, 1937）を書き、理性と世界との間の共約不可能な〈不条理〉を凝視したカミュの哲学とは通底する部分が大きい。

カミュはロシアのテロリストに取材した戯曲『正義の人びと』（*Les Justes*, 1949）やエッセー「心優しき殺人者たち」（*Les Meurtriers délicats*, 1948）を書き、『反抗的人間』でもそれを拡充してロシアのアナーキストを論じ、マルクス主義を批判した。有島とカミュはロシア型社会主義を批判しアナーキズムに親炙した点でも、また、返す刀で深刻な自己懐疑に赴いたことにおいても、その思想様式を共有する。「なんぴとにも絶対に弁解の余地がない、これがわたしの活動開始に当っての原則です」（『転落』）。カミュが『反抗的人間』の第二章に「カインの末裔たち」（«Les fils de Caïn»）の節を置いたのは、あながち偶然の符合とばかりは思えない。はやく吹田順助が、「有島は実存主義が欧洲の思想界においてもまだそう表面化した問題とならなかった時代において、すでに実存に目覚め、実存に立脚したのであって、彼はわが国における最初の実存主義者であるといっても、言い過ぎではないであろう」(4)と適切に評したところの「実存」、すなわちサルトルの言う本質に先立つ人間存在のあり方そのものへの凝視において、二人が共通の資質を有していたからにほかならない。

(2) 同一性の神話

この文脈において興味深いのは、〈不条理〉の様態を典型的に呈示したテクストの一つ、『追放と王国』(*L'Exile et le royaume*, 1957)に収められた「客」(*L'hôte*)と題する短編だろう。砂漠のフランス人教師ダリュは、憲兵から警察へ引き渡すよう委ねられたアラブ人の犯罪者に、食料と金を与えて逃がしてやる。だがアラブ人は自らの意志で牢獄への道を選び、ダリュはフランスの四大河が描かれた教室の黒板に、報復を宣告する文字を読み取る。——「お前は己の兄弟を引き渡した。必ず報いがあるぞ」。ダリュのユマニスム(humanisme)は、拒絶されている。アルジェリア独立戦争のコンテクストを重く引きずるこのテクストは、『転落』などと並んでカミュの脱ユマニスム(反ユマニスムではなく)の書と呼ぶべきである。〈客〉のトポスとは何だろうか。スタニスワフ・レムの『ソラリス』(一九六一)でも、人間と交信不能の生命体、惑星ソラリスの海が送り込んでくる擬態の身体は〈客〉と呼ばれていた。そして現代、いわゆる湾岸戦争(一九九一)の折に、人質は「ゲスト」(客)と呼ばれるだろう(5)。

フランス語 «hôte» は、〈客〉(guest)とともに〈主人〉(host)をも意味する。この世界に、本来、〈客〉と〈主人〉との別などあろうはずもない。従って自らを〈主人〉と見なす者が、その同一性の信念に基づいて相手を〈客〉として処遇し続けようとすれば、ある瞬間において両者は必ず反転してしまう。ダリュはアルジェリアに対して、人類はソラリスに対して、西欧はアラブに対して、いわゆるユマニスムはいわゆる野蛮に対して、決して最後まで

〈主人〉であることはできず、そのときそれまでの〈客〉は〈客〉でなくなり、逆に〈主人〉が〈客〉となったことが痛感されるのである。そのアクチュアルな典型例が植民地主義であり、西欧人にとってのアラブ、日本人にとっての東アジアが、常にそのような躓きの石であったと言えば通りはよいだろう。ムルソーが射殺するのもまた、アラブ人であった(6)。ただし、歴史への還元は、アリストテレスによれば可能性記述を本質とする文芸の、矮小化以外の何物でもない。

〈客〉のトポスが重要であるとすれば、それは個人から国家までのあらゆる水準にわたって、自己が自己の〈主人〉であること、それを起点とした自己と他者との同一性、および自己と他者との間のコミュニケーション可能性など日常的自明性を形作る信念が、いかに幻想に過ぎないかをこのうえなく鮮明化するからにほかならない。ただし、それは同一性（理性・本能）を前提としない限り、決して見えては来ない差異なのである。鳶と鷹とは、同一の範疇に属すると見なされるからこそ異なるのであり、鳶とアルファ・ケンタウリとが異なると言っても意味をなさない。あなたと私が異なるのは、あなたと私が同じだからである。『白樺』派によって代表されるとされる人類主義を、安易な人間性の普遍化として否定し去るのは容易である。だが、他者が他者として認識されるためには、このような概念枠がいったんは必要となる。つまり同一性の前提を通過してこそ、他者は初めてそれとして認知されるのである。問題とすべきなのは、それを通過しないで自明視する場合に絞られる。カミュと有島のテクストは、差異発見の前提となる求心力（理性・本能）の主張、およびそれに続くその自己内破（脱ユマニスム・脱人類主義）においても共通する。そして、差し当たりは、〈客〉のトポスの一つの実現として、「酒狂」における〈異物感〉のレトリック、ならびに〈侵入者〉のミュートトスを算入すればよい。

3　〈客〉的なテクスト――ドン・ジュアニスム

「酒狂」の「私」は、「Bは放埒といつていゝ程に捨てゝしまつた。私は吝嗇なほど執着してゐる」と彼我を対比し、「骨」の「私」も、酒席で芸者を自分に差し向けた「敦凸の作戦の巧妙なのに感心し」、それを「溢れてゆく彼れの性格の迸りである」と理解する。〈異物〉や〈侵入者〉がそれとして認知されるのは、それらが〈客〉のトポスに属している限りにおいて、自他の同一性意識に由来する相手への興味が介在するがゆえにであり、だからこそ「私」はそれを拒絶することができない。しかし同時にそれらの認知は、同一化の志向性が、決して乗り越えることのできない距離を伴うことをも含意している。「別れてしまふと、どうして不快な気持ちを見せてしまつたらうと心から悔いられる癖に、会ふとなると不快な心の陰影なしには会へない、それがBに対して持つ私の関係なのだ」と「酒狂」で綴られる所以である。この同一化＝距離化の緊張・拮抗は、多分に変形されてはいるものの、有島のテクスト様式における〈不条理〉の構築原理と地続きのものであろう。しかも、その構造は「私」のみならず、Bや敦凸・おんつぁんの側においても共有されている。

「[…]俺らはごまかしがうめえなあ。世の中の奴等よりもつとうめえなあ。からつ〳〵と皆んな皆んな投げてしまつて、独りぼつちになつて、略奪してゐるのだから……何といふ偽瞞だ……[…]」（「酒狂」）

「おい、凸敦、ごまかしを除いたら、あとに何が残るんだ。何んにも無えべ。だども俺れずるいよ。自分でもごまかして、他人のごまかしまで略奪して生きてゐるで無えか。俺れ一番駄目なんだなあ」（「骨」）

「黒表中の人間」すなわちブラックリストに載る危険人物たるBは、妻からさえも「略奪」を働き、子どもに対する「責任」も「偽瞞」に過ぎないと言うのだが、そのような自らの主張すら、所詮「ごまかし」「偽瞞」にほかならないことを言明する。敦凸も同様に、「自分でもごまかして、他人のごまかしまで略奪して生きてゐる」男として自らを表象して見せる。「責任」の側につくことは権力への迎合として否定されるが、だからと言って「責任」を無視する「略奪」の生活に光明があるわけでもない。Bも敦凸も、「略奪」の側に身を置きながらも、理論的には「責任」と「略奪」との間の二律背反を解決しえたわけではない。

大正アナーキストらの自堕落な「リャク」（略奪）の自己目的化や、中浜哲・古田大次郎らの無差別テロリズムが、いかに彼らの運動自体を窒息せしめたかの経緯については、例えば江口渙[7]や森山重雄[8]の文章によって明らかにされている。実際に江口は有島の許へ「リャク」に訪れており[9]、彼ら粗暴派の論理は、有島の「独断者の会話」においても批判の対象とされている。しかし、ここでもまたテクストを史料に還元しない道を歩むならば、問題はその題材ではなく構造的な側面にあると言わなければならない。

　すなわち、人物Bおよび教凸の論理は、語り手「私」の論理でもあり、ひいてはテクスト自体の論理とも重なるのである。それはいわば〈客〉の論理であり、主体と他者との間の、あるいは主体と主体自身との間の、つまり、主体と世界との間の同一化＝距離化の認識である。その二律背反は、それが〈不条理〉であるがゆえに、定義上決して解決されることがない。これが巨視的なストーリー展開においては、Bが泊まらずに家を出て「私」が「淋しい気分」で残され、また教凸が紛失した母の骨の代わりに、無縁の娼婦の名刺を押しいただく行為によって、すべてが離反したまま結末を迎える設定として実現されるのである。世界において〈主人〉となりえず、なる意志もない主体は、世界を手中にする目的、あるいはそもそもいかなる目的をも持たない。彼らは、徹底した現在、始まりもなく終わりもないような現在へと、拮抗関係の紐帯によって繋ぎ止められている。目的を持たない人物を描く小説には、合目的なストーリーはふさわしくない。正宗白鳥の「何処へ」（『早稲田文学』明41・1

〜4）や、横光利一の一連の〈純粋小説〉群を想起しよう(10)。

始め―中―終わりを区別し、初期条件から大団円までの流れとしてミュートス（プロット）を構築すること、いわば論理学における三段論法的な論証に準えうるような構文論的プロセスを捏造すること、これこそ、アリストテレスからロラン・バルトに至る、西洋流合理主義の伝統における物語のジャンル的規約であった(11)。これはまたノヴェルにおけるロマンス的要素とも言い換えることができ、その典型は教養小説・冒険小説である。『或る女』に代表される有島的な悲劇のミュートスを持つテクスト群が、この理法に大きく依拠していたことは、作者の教養の出所を考慮に入れるまでもなく明瞭だろう。しかし、「酒狂」「骨」は、むしろ〈不条理〉の意味論的構築を先鋭化せしめた結果、合理的なプロット構成とは故意に訣別したテクストと言わなければならない。そのような脱プロット的な作風が、内田が評したところの「身辺小説」「私小説」ジャンルへと回収されたことは無理もない。ただし、その処遇は、右の論旨から見て、テクスト様式論的には決して生産的ではないことを繰り返さなければなるまい。

〈主人〉としての目的を欠いた小説は、徹頭徹尾〈客〉的なテクストである。それは、有島的用語法に従えば、永遠の被迫害者たる永久革命者「ローファー」（「ホイットマンに就いて」）、カミュ的な言葉遣いによれば、王に刃向かうが王を殺して自ら王となることはない従属的反抗者「ダンディ」（『反抗的人間』）の人物像を描き出す。また、これらはキリスト教＝

マルクス主義的な「主義の人」に代表されるすべての超コード化的イデオロギーに対して、正面からぶつけられたアンチ・テーゼでもある。有島・カミュが異口同音に論じた通り、〈革命〉(révolution)はその後に再度、再々度の革命を必然的に招き寄せ、歴史に血糊の文字を刻み続ける。アルジェリア革命もその例外ではなかった。埴谷雄高をまつまでもなく、目的は手段を浄化しない(12)。それに対してローファー＝ダンディ的な〈反抗〉(révolte)の場合、手段(客)は決して目的(主人)を欲せず、無目的な対権力的破壊はそれ自体がいわば目的となる。そこにあるのは、未分化のままの永劫の現在でしかない。なぜなら、解決できない対峙そのものが、〈不条理〉の定義だからである。そして、〈反抗〉の属性を担った、有島・カミュに共通の典型(ideal Typus)を挙げるとすれば、その人物像とは、かの「ドン・ファン」にほかならない。

A——たうとうあなたは私の云はうとするつぼまで来てくれました。だから私はドン・ジュアンが崇高な勇者だといふのです。彼れは地上にないものを求めてゐるのです。それを薄々知つてゐながら決して失望しないのです。だから数多い女性に倦きても決して女性そのものには倦きないのです。

(「独断者の会話」)

飽きるまでむさぼる、——ドン・ファンは反対にそう命ずる。かれがひとりの女からはなれるのは、その女をもはや欲しないからでは断じてない。美しい女はつねに欲望をそそるものだ。かれがひとりの女からはなれるのは、もうひとりの女を欲しているからだ。そう、これはけっして同じことではない。

（「ドン・ファンの生き方」、『シーシュポスの神話』）

有島の描いた、「数多い女性」に「柳の枝に桜の花を咲かして梅の匂ひを添へて見たい」という倦くことなき欲望の対象を求めるドン・ファン的な行為は、「ドン・ファンの生き方」（Le Don juanisme）としてカミュの言う「量の倫理学」（une éthique de quantité）と根底を等しくする。未来における目的（質）の失格が、現在における量への徹底として表現されるのである。「ローファー」も「ダンディ」も、あらゆる目的論的なユートピアを否定するという意味では、ドン・ファンのヴァリエーションである。その意味でBや敦凸は、いずれも人生におけるドン・ファンにほかならない。ドン・ファンによって代表される〈反抗〉は、理性または本能を媒介項としたユマニスムと人類主義が、同一性の前提を通過した後に、〈不条理〉の認識において辛うじて取りえた唯一の戦略であった。その契機は、プロレタリアートに共感したブルジョワ有島にあっては、「宣言一つ」に吐露され、また〈ピエ・ノワール〉（pieds noirs、黒い足＝アフリカ生まれのフランス人）たるカミュの場合には、アルジェリア独立戦争によって顕在化された矛盾である。だがそれを、人間の営為における理想と現実との責めぎ合いの先鋭な形象化として集約しても、彼らの様式の過小評価には繋がらない。有島の晩期小説群は、生涯をかけてこの問題を追求した作家の様式が、苦難なしにではなく赴いた一つの到達点を示しているのである。

「これほど愛していたこの広い国に、彼はひとりぼっちでいた」と、本章のエピグラフに原文を引いたカミュ「客」の結末は語る。ダリュも、Bも敦凸も、また各々の「私」も、皆、「ひとりぼっち」の人物であった。畢竟、この世界において〈客〉でしかありえない人間は、誰もが孤独なのである。だが、他者による反復を本質とする言葉として残る限り、テクストは決して孤独ではない。それらのテクストは、彼らの意図を越えて、現在においてもなお鈍い光を放ち続けている。読者は、時の流れにおいても衰えることのない、その稀有な生産力への眼差しを忘れてはなるまい。

補論　反啓蒙の弁証法

「宣言一つ」および小林多喜二「党生活者」と表象の可能性

1　文化と野蛮の弁証法

私は第四階級以外の階級に生れ、育ち、教育を受けた。だから私は第四階級に対しては無縁の衆生の一人である。私は新興階級者になることが絶対に出来ないから、ならして貰はうとも思はない。第四階級の為めに弁解し、立論し、運動するそんな馬鹿げ切つた虚偽も出来ない。［…］世に労働文芸といふやうなものが主張されてゐる。又それを弁護し力説する評論家がゐる。彼等は第四階級以外の階級者が発明した文字と、構想と、表現法とを以つて、漫然と労働者の生活なるものを描く。彼等は第四階級以外の階級者が発明した論理と、思想と、検察法とを以て、文芸的作品に臨み、労働文芸と然らざるものとを選り分ける。私はさうした態度を採ることは断じて出来ない。［…］どんな偉い学者であれ、思想家であれ、運動家であれ、頭梁であれ、第四階級的な労働者たることなしに、第四階級に何物をか寄与すると思つたら、それは明らかに僭上沙汰である。第四階級はその人達の無駄な努力によつてかき乱されるの外はあるまい。

（「宣言一つ」）

自由を求めるたたかいは、決して自由にはなれない。解放の論理を求める時、その論理自体が自らに枷をはめ、自らを枷から解放させないようにする。従って自由も解放も、論述にあってはいつまでも、帰結ではなく、係争的な過程のうちにしか存在しない。

テオドール・W・アドルノは、「文化批判は、文化と野蛮の弁証法の最終段階に直面している。アウシュヴィッツ以後、詩を書くことは野蛮である」と述べた(1)。ナチスのホロコースト以後、詩を書くこと、つまり文化とは野蛮の別名でしかない。ファシズムは単なる野蛮として登場したのではなく、まさに理性の装いを凝らして登場した。啓蒙は神話へと頽廃する。二十世紀の戦争や虐殺の現実へと、一義的に的中するような詩の言葉は存在しない。それは、限界づけられた言葉の守備範囲を超越した事態である。現代の芸術には、そのような損なわれた生のあり方を、ずたずたに切り刻まれたテクストそれ自身として表象するような、モンタージュが要求される。アドルノにとっては、テクストにおいても社会においても、統一・調和・全体などは単に欺瞞的なユートピアでしかない。だからこそ、「全体は真ならざるものである」(2)。

全体とは、真ならざるものである。小林多喜二が「党生活者」(『中央公論』昭8・4~5)を書いた時、小林はよもや後世これが、女性蔑視・人間性軽視のテクストとして、厳しい批判の集中砲火を浴びるとは思いもしなかっただろう。全体の真に即いた作家として、小林には、全体論の欺瞞を考量する方途はなかった。アドルノの主たる動機がナチズムであるのは明白だが、それは全体論を共有するマルクス主義にも妥当する。しかし、アドルノが語ったのは、「文化と野蛮の弁証法」であった。いずれにせよ純粋無垢な理論などありえないのならば、文化を野蛮として糾弾するのみならず、そのような不毛な対立図式自体を超えなければなるまい。

この章が問題とするのは、前章までに論じた課題の延長線上に現れた、いわば祭りの後(ポスト・フェストゥム)の話題にほかならない。それは、マルクス主義を含む社会思想に対して有島武郎が「宣言一つ」などにおいて放った批判、その批判を特定の意味で受け継いだ平野謙の批評、さらにそれに続いた「政治と文学」論争などを、今日的な視点から再評価することである。それは、これらの論者が抱え込んだ課題を、現に生きている読者が読み、書き、語る現在へと接続すること、すなわち、いかに言葉を用いるかの現場に繋ぐことである。その帰結としての自由や解放を目標とするのではなく、それらを、実践の過程として変換することである。

2 目的論的、全体論的

平野が岡田嘉子・杉本良吉の亡命事件とともに取り上げたのは、「党生活者」における笠原という女性の描き方であった(3)。

「女郎にでもなります!」

笠原は何時も私について来ようとしていないところから、為すことのすべてが私の犠牲であるという風にしか考えられなかった。若しも犠牲というならば、私にしろ自分の殆んど全部の生涯を犠牲にしている。［…］然しながら、これらの犠牲と云っても、幾百万の労働者や貧農が日々の生活で行われている犠牲に比らべたら、それはものゝ数でもない。私はそれを二十何年間も水呑百姓をして苦しみ抜いてきた父や母の生活からもジカに知ることが出来る。だから私は自分の犠牲も、この幾百万という大きな犠牲を解放するための不可欠な犠牲であると考えている。

だが、笠原にはそのことが矢張り身に沁みて分らなかったし、それに悪いことには何もかも「私の犠牲」という風に考えていたのだ。［…］――個人生活しか知らない笠原は、だから他人(ひと)をも個人的尺度でしか理解出来ない。(4)

彼女は、地下に潜伏した語り手兼主人公の活動家「私」（佐々木）と同居し夫婦同然の生活を送る、いわゆるハウスキーパーであり、「私」は彼女から居場所や生活費を保証されながら厳しい犠牲を強い、ついにはカフェの女給にまで転落させる。これを平野は「不感症的な人間侮蔑」、「目的のために手段をえらばぬ人間蔑視」として批判し、それを「当時のマルクス主義芸術運動全体の責任」として断罪した。この〝笠原問題〟については、「政治と文学」論争における一つの重要な軸として烈しい応酬が交わされた。その過程を、中山和子は一連のジェンダー批評的な平野研究において、平野の個人史に根拠づけて克明に追究している(5)。〝笠原問題〟は「政治の優位性」の徴表とされ、前衛党知識人がプロレタリア大衆の生命や権利を守るどころか脅かす事態とされ、有島の「宣言一つ」が提唱した、知識人の守るべき倫理を没却した行為として、平野によって取り上げられたのである。

「『宣言一つ』はインテリゲンツィア敗北論を主体的に提出したエッセイにほかならぬ」、「『宣言一つ』の核心は、自己の肉体の不可変性を偏執せずにはゐられぬ文学者固有の問題に根ざしてゐた」と平野は述べている。もっとも、有島のマルクス主義に対する批判的言説は「宣言一つ」が最初ではなく、またそれは単純な知識人論でもなかった。「ホイットマンに就いて」で有島は、ラッセルの「露西亜訪問記」に対する感想として「レーニンの主張の最後には無制度といふことが予想されてゐるとしても、制度を肯定して無制度を予想するといふことは、理論的に考へられないではないとするも、実際には非常に多分の危険を含んでゐることだ。それをゴルキーは逸早く感付いてゐるやうにも見えます」と述べる。これはレーニンの『国家と革命』(一九一七)で表明された、社会主義社会におけるプロレタリアート独裁の後、国家は不要となり、死滅するとする理論に対する直接的な危惧の表明である。

プロレタリアート独裁国家の樹立は、マルクス主義に対してアナーキズムが最も厳しく追及した論点の一つにほかならない。二十世紀を代表するアナーキスト、アルベール・カミュは、サルトルと絶交する原因となったマルクス主義批判を含む著書『反抗的人間』において、プロレタリアート独裁と国家死滅論を、「遠い正義のために、教義は歴史のあらゆる時期にわたって不正を正当化し、レーニンがなによりも憎んでいた瞞着になる」と断定した[6]。この「教義」を「啓蒙」と置き換えれば、これはアドルノの論点とも響き合うとも言うことができ、有島・カミュ・アドルノの間を線でたどることもできる。その目で見れば、「ホイットマンに就いて」は、ホイットマンの「ローファー」論として書かれた、有島自身の無政府主義のマニフェストとして読むこともできる。

平野は、「目的のために手段をえらばぬ人間蔑視」を批判し、人間尊重という目的が、人間蔑視という手段を正当化することを問題視した。「政治と文学」論争の過程では、平野だけでなく、カミュを引用した埴谷雄高による「目的は手段を浄化しうるか」[7]の問い掛けのほか、『近代文学』派を中心として、同様に多くの批判が行われた。目的によってそれに先行するあらゆる事象を説明しようとする論法は、目的論（teleology）である。語り手の私が笠原を道具として酷使したとすれば、それは国家が死滅する日までは強力な権力を保持し、そのためにはあらゆる手段を厭わないとする、マルクス主義の目的論の帰結にほかならない。

右の「党生活者」の引用には、「私は自分の犠牲も、この幾百万という大きな犠牲を解放するための不可欠な犠牲であると考えている」、「個人生活しか知らない笠原は、だから他人をも個人的尺度でしか理解出来ない」という言葉が見られる。ここでは、全体の幸福が個人の幸福よりも常に優位に置かれる。全体は部分に優先するというこの思想は、全体論（holism）と呼ばれる。目的論がユートピア思想の時間的・因果論的表現であるとすれば、全体論は同じものの空間的・構造論的表現である。そして全体論は、全体主義（totalitarianism）とも密接な繋がりを持つことがある。〝笠原問題〟は、マルクス主義運動の全体主義的側面にも関わるからこそ、問題なのである。

このような「党生活者」の全体論的側面に対する手厳しい批判者として、吉本隆明を挙げることができる。吉本は、「私」がカフェから帰った笠原の足を気遣いながら、このつらさを乗りこえようと説得する場面をとらえ、それはいたわりでも何でもないと述べる。「個々のプロレタリアは『自分だけ』がつらさから逃れる環境をもったとき、一人でも多くそこから逃れなければならない。そういう論理によってしか個々の環境におかれたプロレタリアとプロレタリア全体とをつなぐ問題はでてこない」(8)。吉本によれば、人間と人間との関係を革命のための技術としてしか見ない私は、「歪んだでくの棒」でしかない。全体は部分に優先せず、逆に部分の積み重ねが全体を形作るという吉本の見方は、全体論否定の立場から、「党生活者」を批判したことになる。

「宣言一つ」を革命的知識人の大衆に対するモラルの問題としてとらえた平野の論調は、概ね誤りではない。けれども右のように、「宣言一つ」に至る以前に、既に有島はボルシェヴィキ的な革命および国家の理念について疑念を抱いており、それは無政府主義的なスタンスであった。有島のブルジョワ・インテリゲンツィア否定論は、このスタンスを抜きにしては語れない。平野・吉本らが「党生活者」を舞台として行った、目的論・全体論を標的とするプロレタリア文学批判は、基本的に有島のアナーキズムによって先取りされていた。知識人の絶望の宣言という以上に、そもそも、ロシア型革命一般について、有島は疑念を呈していたのである。

蓮實重彦は、有島はそれまでは人類皆同質と考えていた大正期の批評に、プロレタリアートという〈他者〉を初めて導入した、と述べている(9)。知識人と大衆との間の乖離は、両者を〈他者〉の関係に置くものであるから、これまでの「宣言一つ」論は、〈他者〉という言葉は使われていないとしても、既に〈他者〉論であった。さらに、その後の西欧マルクス主義は、プロレタリアートを他者として神格化しない方向性を追求した。それは、グラムシからアルチュセールに至るまで、貧困化論や階級分化の法則が容易に実証されない西欧型市民社会において、最も適切な運動の方法を模索する歴史であった。労働者大衆の圧倒的権力奪取によって政権を転覆するという機動戦的な戦法から、市民社会の様々なヘゲモニーの末端の改革を通じて理想を実現しようとする陣地戦へと、マルクス主義のスタイルは大きく変化したと言わなければならない。西欧マルクス主義は、目的論や全体論などの悪弊をいかに止揚するかの悪戦苦闘のプロセスをたどった。それは、アナーキズムからの批判を、結果的に、ある意味では受け容れつつ整備した格好となる。すなわち、西欧マルクス主義は、有島・平野の言説の跡を追っていることになる。しかし、ここでの問題は、そのような情勢論ではない。

3　啓蒙と自己否定性

「縦令クロポトキンの所説が労働者の覚醒と第四階級の世界的勃興とにどれ程の力があつたにせよ、クロポトキンが労働者そのものでない以上、彼れは労働者を活き、労働者を考へ、労働者を働くことは出来なかつたのだ。彼れが第四階級に与へたと思はれるものは第四階級が与へることなしに始めから持つてゐたものに過ぎなかつた。いつかは第四階級はそれを発揮すべきであつたのだ。それが未熟の中にクロポトキンによつて発揮せられたとすれば、それは却て悪い結果であるかも知れないのだ」（「宣言一つ」）。ここでは、無政府主義とマルクス主義とにかかわらず、あらゆるイデオロギーについて、一般に労働者階級が自らの行動規範を自主的に生み出さず、他の階級から与えられることが否定的に語られている。これは啓蒙という行為の否定である。個人の行動規範は自身の主観によって築かれなければならない、とする思想は、有島初期から一貫したものであった。その主体が個人から階級へと置き換えられたのが「宣言一つ」であり、その意味では何ら唐突な変化ではない。では啓蒙を否定したとして、いかにして知識を拡張し、それを思想にまで形作ればよいのか。

「宣言一つ」の前年に発表された講演「泉」において展開された、いわゆる「芸術的衝動」論は、それまでの有島の生命力論的無政府主義の集大成とも言うべきものである。ここでアックワ・アチェトーザの滾々と湧き出る泉は、人間の生命力のメタファーとされる。この生命力の衝動は「主観的なる個性」から発し、これが地上のあらゆる既成制度を破壊してそれを再構築してゆく様が、「芸術的」と言われるのであり、いわば破壊と構築の営為すべてが芸術となりうる可能性において認められる。さらに「この機運は、勢ひ私共の生活の根拠をなす生命そのものゝ検察にまで赴かねば止みません」と、生命力がそれ自身を「検察」する能力が注目されている。この「検察」もまた、生命力自体の一部をなす作業にほかならず、それは、主体が客体との照合のうちに自らを否定する力、否定性として理解できる。「泉」と「宣言一つ」の間には、一種のオプティミスムとペシミスムとの大きな断絶が差し挟まれるが、むしろその断絶ゆえに、啓蒙に代わりうる思想拡充の方法として、この自己否定性の契機を措定することができるだろう。

プロレタリアートの革命への要求は、プロレタリアート自身の本能的生命力に発する衝動的なものである。もしもそれを真に建設的なものとして構想しようとするならば、それ自身に対する否定性の契機を導入しなければならない。しかしその否定性の契機それ自身もまた、ブルジョワ・インテリゲンチャからの啓蒙によってなされるのではなく、生命力の表現としての自らの批判装置をくぐらせることによらなければならない。知識人による啓蒙や扇動は、このような否定性の契機としての自己検察を無にするものである。その場合、プロレタリアートは単なるドグマの信奉者、官僚主義的機械の歯車にしかならず、真に自分で考える術を忘れてしまう。啓蒙は大衆を蒙昧に陥れる。結局、知識人主導による革命実践は、その革命実践の本来の起源であったはずの本能的生命力の純粋性を損ね、生命力そのものを単なる暴力へと変質させてしまうだろう。それを防ぐための最終的な歯止めとなるのは、なんらかのイデオロギーや倫理ではなく、やはり自己の生命力以外にはないのである。

これは、ホルクハイマー、アドルノによる啓蒙批判の論調と響き合う要素を持つ。ナチスの暴虐に代表される現代の頽廃は、決して単純な狂気のなせるわざではなく、高度に発達した知的理性の帰結であったという反省から、彼らは啓蒙という作業それ自体に厳しく疑いの眼差しを向けた。「技術主義的に教育された大衆がいかなる専制主義の魔力にもすすんでのめりこんでいったという謎に充ちた事実のうちに、民族主義的な偏執狂への大衆の自己破壊的な雷同のうちに、またあらゆる不可解な不条理のうちに、現代の理論的知性の持つ薄弱さが明るみに出る」(10)。この言い回しを理解するためには、啓蒙家知識人を崇拝した結果、自分で考えることをしなくなった大衆が、結果的に大量殺戮を許したことを想起する必要がある。目的論・全体論と並び、「宣言一つ」が真に問題としていたのは、このような啓蒙の悪魔的側面であった。有島の思考は、いわば反啓蒙の弁証法なのである。

これは総体として実践的な理性の内部に、その理性自体の暴走を抑制する機能を否定性として確保するということであり、現代においても極めて高度の意義を帯びるものである。ただし、有島の思考態度は、常に極端から極端を志向した。顧みるならば、目的論・全体論・啓蒙を一切、拒絶する実践理性もまた、ほとんどありえない。「宣言一つ」は、いわば〝私の言うことはすべて虚偽である〃という嘘つきのパラドックスを呈しており、自説を相手に説得的に呈示する主張ではない。長期的な目的を持たない（非目的論的な）行動や、他者との連携を全く考慮しない（非全体論的な）独善が説得力を持つはずはない。また教育やメディアを介して知識を循環させる活動は、多かれ少なかれ啓蒙の性質を帯びている。だからこれらの啓蒙を、完全に廃することもできない。

しかし、いつの時代にもそれらは容易に自己目的化し、自己保存のみを突出させる傾向の強い思想である。自由を求める思想が自由でなく、解放を求める方法が解放されていない。今日的な意味でこの理性批判を生かす道は、啓蒙が常に野蛮と表裏をなすことを認識し、それを常に「検察」のフィルターを通した上で、その思想を真に各自の文体と化すことである。もちろん、そのような否定的主観は、「惜みなく愛は奪ふ」の言葉を借りれば、他者を奪う、つまり他者との交通の中で練り上げられるものでしかない。有島の主観主義は決して自己内部に自閉することはできず、必ず他者に対して自らを開いていかざるを得ない仕組みを持っている。これは逆説的にではあるが、〃自己を生かす〃主観主義の再評価にも繋がるだろう。

これは、アドルノによる否定弁証法の理念にも似ている(11)。世界を認識するとは、客観を主観化し、主観に客観を浸透させる概念化による以外にない。同一性の希求こそ、明晰を求める理性の本質である。だが、それに無条件に身を委ねることは、容易に全体論の中に回収されることを意味する。しかし、客観において決して明晰にならない、概念を欠いたもの、非同一的なものを意識し続けること以外に、アウシュヴィッツ以後の空間を生きるための生の方策はない。主観に対する客観の優位性において、両者の合一しえない部分を探ること。これがアドルノの言う否定弁証法である。これはまた、「犠牲者も否、死刑執行人も否」(*Ni victimes ni bourreaux*, 1946)や「肯定と否定のあいだ(ウイノン)」を書いたカミュの思想にも近づいている。有島・カミュ・アドルノを結ぶ線、それは、イデオロギーの死んだ時代において生き延びるための、自己否定性の契機への眼差しにほかならない。

4 表象は至るところに

ところで、「戦前の小林多喜二を頂点とするマルクス主義運動もまた、精神の運動形態からいうならば、思想への信仰によって自己を否定しつくす殉教精神を根幹にもつものであった」と、磯田光一は看破した(12)。それは赤穂浪士の討ち入りにも通じる「日本的な『美』と『悪』」の表現である。「スターリン主義とファッシズムとは、その大衆的、心情的基盤からみれば、まったく等価な建築物にすぎない」。啓蒙に基盤を置く組織への忠誠と個人の捨象が、『美』と『悪』」の感覚を生む、とする磯田の見方には汲むべきものがあるとしても、それを「日本的」とまで言うのは、観念化の程度が甚だし過ぎる。しかし、磯田の論述は、「政治と文学」論争における一連の言説を相対化して余りある。

平野にせよその論敵にせよ、あるいは吉本も含めて、旧来の論者らは過度に安直にも、小説テクストに正義または善を期待してはいないだろうか。「党生活者」の佐々木（「私」）が過ちを犯し、そこに描かれている「党」が過った政党であり、彼らが企てようとした運動が誤りであったとして、それがいったい何だと言うのだろうか。それをことさらに問題視するのは、要するに、正義や善などのいかにも明示的なイデオロギー・メッセージと、現実と一対一的に対応し、単純に適用できるような愚直な事実ばかりをテクストに見ようとした、読解のフレームの帰結ではないのか。

社会主義リアリズムを嫌悪したアドルノは、「芸術作品自体がとる政治的立場は、［…］付随現象であり、おおむね芸術作品の完成にとって重荷となるにすぎず、そのため結局は、芸術作品の社会的な真実内容にとっても重荷となる。政治的信念によって成し遂げられるものは無に等しいのだ」とまで述べている(13)。むしろ、「社会的闘争、つまり階級関係は芸術作品の構造のうちに痕跡をきざみこむ」のであり、いわばシニフィアンとしてのテクストそのものが政治的性質を帯びる。シニフィエとしての「政治と文学」という捧えられた対立の物語こそが、頗る政治的であると同時に文学的でもあった。だが、その物語はこれまで多方向から批判され、マルクス主義や社会思想や、文学一般に関わる極めて豊饒な思索を触発し続けている。テクストや人物の善悪正邪の基準を離れて見るならば、これほど生産的で奥深い小説は、そうざらにあるものではない。たぶんそれは、漱石の『こゝろ』にも匹敵するだろう。

前田角蔵は、このテクストの時間・空間・語り・メッセージ性などをつぶさに検討した上で、極限の生活を送る作中の「私」には自己を相対化する視点はないものの、『私』は自己のうちなるイデオロギー、意味の世界を構築することで、世界、社会、他者にかかわろうとしているのであり、自我解体の危機を乗りこえようとしている」と評価する⒁。これは恐らく、このテクストをテクストとして読もうとする最初の試みである。だがそれは、ある意味ではこれまでの勧善懲悪批評を完全に乗り超えてはいない。そこでは自我の統一が価値とされ、可能であればそれをテクストに読みとろうとするわけだが、そのような価値はことごとく、二十世紀思想によって潰されてきた。例えばカルチュラル・スタディーズの泰斗、スチュアート・ホールは、「一つの全体と中心をもち、安定し完結した自我（Ego）もしくは自立した合理的な『自己』（self）として個人（the individual）を捉えることは、もはや不可能である」と述べ、「自己」を断片性・複数性・過程性を伴って「生産される」ものとしてとらえている⒂。

否定性の契機を有する反啓蒙の意志は、統一的主体を揺るがし、自我に亀裂を入れる力である。自分自身に対して完全に透明な人間など、ありはしない。複数的な自我は、フロイトを嚆矢とし、バフチンの闘争的対話の理論や、それらを拡充させたクリステヴァによる「係争中の主体」の概念によっても論じられた⒃。結論的な単一の真理を呈示する単一の主体が、倫理的で責任感のある主体として長く信じられてきた。だから有島もプロレタリア文学も平野も、言行一致の徳目に囚われていた。しかし、真理の唯一性や統一的主体という観念は、いずれにせよ、目的論的全体論に寄与するものでしかない。ユートピアを否定し、調和主義や啓蒙に対して疑いの目を向ける主体は、結論ではなくそこに至るプロセスこそを尊重する。その過程において、真理は未確定であり、主体もまた統一されてはいない。幾つもの自我が覇権を競い合って争異を繰り返す、このような主体のあり方こそ、今日、イデオロギーの欺瞞に対抗する否定性を生み出す原基ではないか。

「有島武郎があまりに緊密に同一視した代表／表象の問題を、平野謙はあまりに思い切って分別し、そして一方を忘れているように見える。『代表』の論理を批判しているときに彼は他者を『表象』していた」(17)と述べる佐藤泉は、'to represent'の「代表（代弁）する」と「表象（再現）する」の二側面を切り出し、代表・再現関係に分裂や流動性を取り戻すことを主張する。この主張はこのうえなく魅力的である。しかし、現に、単にそれは可能なのではないのだろうか。なるほど、厳密な複写・転写の意味では、表象は常に不可能である。表象は対象を複写も転写もできない。だが、表象は一般に、アリストテレス的なミメーシスの意味での生成にほかならない(18)。その観点からは、いかなる表象も可能であり、いかなる代行もまた再現も可能である。どんな作家も、見かけ上、自分以外の人間（人物）を書くことができ、自分以外の「階級」の代行を行うことができる。事実、有島は前期にそれを行ったのであり、言語活動には、本来それを制約する要素は何一つとしてない。それを制約するものは、伝達に関わる発話の倫理と、表象を常に現実の実在物との対応関係の成立だけからしか見ようとしない「かくも平板な批評」（佐藤）[19]だけである。表象を代表・再現としてのみとらえる発想だけが、表象の不可能性を認める。だが、表象は常に可能である。自由な・可能な表象に枷をはめるのは、あるイデオロギーに対抗する、もう一つのイデオロギーのほかにはない。

「自己の肉体の不可変性を偏執せずにはゐられぬ文学者固有の問題」（平野）[20]という句は多義的である。この「文学者」は、〝有島のような文学者〟のことか、あるいは〝あらゆる文学者〟なのか曖昧である。有島や平野はそう考えたかも知れない。けれども、肉体そのものが文芸ではなく、文芸を作り出すのは想像力である限りにおいて、肉体の可変性・不可変性は文芸において問題ではない。「肉体の不可変性」は、代表・再現に凝り固まった表象観の所産であり、疑似問題に過ぎない。代表・再現の規律に照らして芳しくないから、作者に対しては自己規制が強いられ、読者はそれを批判攻略するだけである。リアリズムと反映論の軛の、いかに頑強なことか。だが「肉体の不可変性」など、本来、表象と何の関係もない。むしろ、「肉体の不可変性」があるからこそ、無限に可変的であるところの表象が、人間にとって意義を持ち得るのである。

「党生活者」は面白いテクストである。しかし第一にはむしろ、潜伏活動家たる佐々木

（「私」）の自我の分裂ぶり自体を評価すべきである。すなわち、工場労働者、下宿のかみさん、笠原、伊藤、活動家仲間の各々によって、対処する仕方が異なり、様々な顔を使い分け、それらの統一など考えられないところにこそ、この小説の面白さはある。また、「後代は、一九三〇年代のはじめ頃『日本共産党』という密教的な前期集団があり、小林多喜二という作家が、その集団の生活を、『党生活者』という作品にえがいたと記録するとおもう」と吉本は揶揄的に批判したが(21)、まさしくこのテクストの面白さは、その「密教的な前期集団」が暗躍するフィルム・ノワール的側面にこそ存する。

若き日に映画青年であり、「防雪林」（一九二七稿）から「不在地主」（『中央公論』一九二九・一二）への改作にモンタージュの手法を導入した作家の書いたこの小説には、まるでハードボイルド映画のように特高と活動家とのチェイス（追跡劇）が描かれ、スパイものを見るような謀略合戦や秘密のシンジケートの有様が語られている。さらには、それらが展開される都市空間の迷宮的な構造、迷宮でありながら常に追跡される監視空間、時々刻々場面と人物を変えていくモンタージュ映画的な手法、これらは、「党生活者」をプロレタリア文学という枠組みから外して、ミステリーや都市空間の中の文学、そして映画映像的テクストとして読む回路を、これでもかと言わんばかりに提供する。そしてその空間性には、「私にはちょんびりもの個人生活も残らなくなった。今では季節々々さえ、党生活のなかの一部でしかなくなった」という、自己監禁の地下生活の設定が基盤を与えている。

また、小林様式の根幹に位置する、身体・ハビトゥスへの注視がある。「どうもお前の肩にくせがある……」と心配して指摘する母親。「私」自身も、「夏が来れば着物が薄くなり、私の特徴のある身体つき」が露見すると危惧する。このテクストには、都市と身体との入れ子構造という、古典的な図式がものの見事に適合する。また、身体・ハビトゥスへの意味づけの水準は、「防雪林」の初期から一貫して受け継がれた原初的な生理感覚、生々しさを失っていない。

そして、男女関係に対する感覚。自分を愛しているらしい伊藤に向かって、「責任を持って、良い奴を世話してやることにしよう」などと言って「苦い顔」をされる「私」の（意図的な）鈍感さ、または一種の恋のさや当て。不器用ながら親身に世話をしてくれる笠原を「馬鹿なこと」を言う奴、「感情の浅い、粘力のない女」、「お前は気象台だ」などと罵倒する非情さ。「エンコ」（座り込み）で使った便器を「キリンの生だ！」と称する無神経。そして生きるか死ぬかのさなかに、伊藤がズロース中に入れて運んだビラ撒きに成功して喜び、「あのビラ少し匂いがしていたぞ！」などと本人に向かって下劣な冗談を言う不謹慎。これらのすべては、人物たちの置かれた状況を差し引いても、否それだからこそ、「党生活者」の悪漢（ピカレスク）的な要素なのであり、従って悪漢小説（ピカレスク・ロマン）が魅力的なのと同じように魅力的なのである。

小林は「不在地主」の扉に、「『荒木又右衛門』や『鳴門秘帖』でも読むような積りで、仕事の合間々々に寝ころびながら読んでほしい」と書いた。まさしく「党生活者」も、「寝ころびながら」読めばよい。どれほど批判されても、すぐれたテクストはその批判を越えて、別の次元で新たな意義を持ち続ける。文芸テクストは公共財産であり、そのテクストに一片でも魅力があるとしたら、それを特定のイデオロギーの陰に封印するのは、公共の損失でしかない。「党生活者」や小林のテクストを、〝ナップのメガネ〟(22)だけでなく、プロレタリア文学という歴史の眼鏡も外して読み直すべきなのである。そしてその方が結局は、アドルノの説によれば、その社会的な意義を、テクスト論的な水準で、また最も生産的な仕方で取り出しうるはずである。

統一された自我を追求し、あらゆるものを党へ、と考える「党生活者」そのものの思想を、このテクストのフィルム・ノワール的な表象は、それを散乱させ、非統一のままに置くことにおいて裏切っている。ここには、文芸テクストに通有の、思想と表象との乖離がある。そして「党生活者」の思想と表象との背馳は、有島が初期の人類皆同一という思想を、後期に至って自己否定した営為の流れと相同的なものとしても読みうる。それは目的論的全体論の自己否定にほかならない。有島が「宣言一つ」で行った自己批判に価値を認めるとすれば、同じ論法において、「党生活者」は、〝笠原問題〟の瑕疵があるからこそ、否むしろそのことによって、後続する読解の時間における係争的な価値を身に帯びることになったと言わなければならない。

否定的主観による反啓蒙の弁証法。言葉のアナーキズム。――それに対して、読み、書き、語る営為において統一された主体を表現すること、これが従来の言葉における倫理の基準であった。だが、それは近代的自我なるものの押し売りでしかなく、自ら統一されたと称する主体（知識人）が御託宣する啓蒙への、追従を生む態度であった。今や、自分自身で考え、対象と自分を見つめ直すためには、結論に至るプロセスを重んじ、その過程における複数の自我間の葛藤を尊重することへと視点を切り替えるべきではないか。むろん、アナーキズムもまた、政治理論としては、有島が「ホイットマンに就いて」で既に明言するように夢想的な域を出ないのは明白である。ただし、それを言葉の実践において生かす道は残されているだろう。

注

有島武郎のテクストの引用は、すべて筑摩書房版『有島武郎全集』全15巻別巻1（一九七九・一一～一九八八・六）により、旧漢字のみ新字体に改めた。

他の注を参照する場合の注番号は、原則として同じ章の注を示し、他の章の注を参照する場合はその章番号を付記した。

I

「色は遂に独立するに至つた」　有島武郎文芸の芸術史的位置

（1）テオドール・W・アドルノ『美の理論』（大久保健治訳、一九八五・一、河出書房新社）。

（2）本章中には、この文章も含め、中村三春「表象・文体」（有島武郎研究会編『有島武郎事典』、二〇一〇・一二、勉誠出版）の項目記述を利用している箇所がある。

（3）東珠樹『白樺派と近代美術』（一九八〇・七、東出版）。

（4）和田博文監修①『コレクション・モダン都市文化』（全3期60巻、二〇〇四・一二～二〇〇九・一〇、ゆまに書房）、および②日高昭二・五十殿利治監修『海外新興芸術論叢書』（刊本篇全12巻、二〇〇三・一一、新聞・雑誌篇全10巻、二〇〇五・一、同）など。特に、後者『海外新興芸術論叢書』は未来派と表現主義に重点を置いており、当時の紹介と論議がいかに盛んであったかが知られる。

（5）平野謙『昭和文学史』（一九六三・一二、筑摩叢書）。

（6）神谷忠孝『日本のダダ』（一九八七・九、響文社）。

（7）『観想録』第16巻（『有島武郎全集』12、「1916」の項）。

（8）平戸廉吉「私の未来主義と実行」（『日本詩人』一九二一・一、前掲書（4）―②『新聞・雑誌編』3）。

（9）中村三春『モダニスト久野豊彦と新興芸術派の研究』（山形大学・科研費報告書、二〇〇八・三）参照。

（10）①カタログ『未来派 1909–1944』（エンリコ・クリスポルティ構成・監修、一九九二、東京新聞）参照。また、②井上靖・高階秀爾編『キリコとデュシャン—未来派、形而上派とダダ』（カンヴァス世界の名画21、一九七五・三、中央公論社）参照。

（11）キャロライン・ティズダル、アンジェロ・ボッツォーラ『未来派』（松田嘉子訳、一九九二・四、PARCO出版）参照。

（12）①オルテガ・イ・ガセー『芸術の非人間化』（川口正秋訳、一九六八・六、荒地出版社）、②ハンス・ゼードルマイヤー『中心の喪失—危機に立つ近代芸術—』（石川公一・阿部公正訳、一九六五・一〇、美術出版社）、③国安洋『〈藝術〉の終焉』（一九九一・七、春秋社）。なお、現代前衛音楽の歴史についても、③を参照。

（13）小森陽一『文体としての物語』（一九八八・四、筑摩書房）。

（14）テオドール・W・アドルノ『新音楽の哲学』（龍村あや子訳、二〇〇七・七、平凡社）。

II　「魂に行く傾向」　有島武郎におけるウォルト・ホイットマンの閃光

（1）清水春雄「ホイットマン教説の構成」（『岐阜女子大学紀要』9、一九八〇・一二）。また、同『ライラックの歌—ホイットマンの教説』（一九八四・五、篠崎書林）も参照。

（2）“Sun Down Papers-［NO. 9］”, *Long Island Democrat*, 1840.11.28., Emory Holloway, *The Uncollected Poetry and Prose of Walt Whitman*, 1921. 訳文は杉木喬『ホイットマン』（一九三八・七、研究社）による。

（3）吉武好孝「W・ホイットマンと彷徨」（『ホイットマン受容の百年』、一九八〇・四、教育出版センター）。

（4）鈴木鎮平『有島武郎におけるホイットマンの相貌』（一九八二・六、明治書院）。

（5）ハロルド・ブルーム『カバラーと批評』（クラテール叢書2、島弘之訳、一九八六・一一、国書刊行会）。

（6）森山重雄「有島武郎における生の二律性認識」（『実行と芸術—大正期アナーキズムと文学—』、一九七四・六、塙書房）。

（7）亀井俊介「有島武郎とホイットマン」（『近代文学におけるホイットマンの運命』、一九七〇・三、研究社）。

（8）鈴木鎮平前掲書（4）。

III 係争する文化

「文化の末路」と有島武郎の後期評論

（1）小森陽一「〈知識人〉の論理と倫理」（『講座昭和文学史』1、一九八八・二、有精堂出版）。
（2）江種満子「有島武郎著作集第十五輯『芸術と生活』をめぐるノート―芸術家、労働者、女性―」（有島武郎研究叢書4『有島武郎の評論』、一九九六・六、右文書院）。
（3）佐藤泉「政治と文学、あるいは表象の不・可能性」（『戦後批評のメタヒストリー』、二〇〇五・八、岩波書店）。
（4）森山重雄前掲書（序論II章（6））。
（5）中村三春「フィクションとメタフィクション」（『係争中の主体　漱石・太宰・賢治』、二〇〇六・二、翰林書房）参照。
（6）山本芳明「有島武郎―〈市場社会〉の中の作家―」（『文学者はつくられる』、二〇〇〇・一二、ひつじ書房）。
（7）佐藤泉前掲書（3）。

1 過激な印象画　「かん〳〵虫」

（1）外山滋比古『修辞的残像』（一九六八・一〇、みすず書房）。
（2）上杉省和「『かん〳〵虫』論」（『有島武郎―人とその小説世界―』、一九八五・四、明治書院）。
（3）石川公一「印象主義（印象派）」（竹内敏雄監修『美学事典』、一九七四・六、弘文堂）。
（4）井上靖・高階秀爾編『モネと印象派』（一九七二・七、中央公論社）、および同書所収の乾由明「解説」参照。
（5）西垣勤「『カインの末裔』について」（『有島武郎論』、一九七八・六、有精堂）。
（6）山田昭夫「『かんかん虫』」（『有島武郎・姿勢と軌跡』、一九七九・七、右文書院）。
（7）山田俊治「『かんかん虫』の位相」（『有島武郎〈作家〉の生成』、一九九八・九、小沢書店）。
（8）田辺健二「明治四十三年の有島武郎―その文学的出発―」（『有島武郎試論』、一九九一・一、渓水社）。

（9）ヴォルフガング・カイザー『言語芸術作品』（柴田斎訳、一九七二・一一、法政大学出版局）。
（10）ジェラール・ジュネット『物語のディスクール』（花輪光・和泉涼一訳、一九八五・九、書肆風の薔薇）。
（11）松本忠司「『かんかん虫』について」（安川定男・上杉省和編『作品論有島武郎』、一九八一・六、双文社出版）。
（12）ミハイル・バフチン『小説の言葉』（ミハイル・バフチン著作集5、伊東一郎訳、一九七九・一、新時代社）。
（13）ロマーン・ヤーコブソン「言語学と詩学」（川本茂雄監修『一般言語学』、一九七三・三、みすず書房）。
（14）カイム・ペレルマン『説得の論理学―新しいレトリック―』（三輪正訳、一九八〇・五、理想社）。
（15）ヴォルフガング・イーザー『行為としての読書』（轡田収訳、一九八二・三、岩波現代選書）。
（16）ジェラール・ジュネット前掲書（10）。
（17）山田俊治前掲書（7）。
（18）①アリストテレス『詩学』（世界の名著8、藤沢令夫訳、一九七二・八、中央公論社）、および②エーミール・シュタイガー『詩学の根本概念』（高橋英夫訳、一九六九・四、法政大学出版局）参照。
（19）本多秋五「有島武郎論」（『「白樺」派の文学』、一九六〇・九、新潮文庫）。
（20）安川定男「有島武郎の世界―同情と共感の原理―」（『有島武郎論［増補版］』、一九七八・五、明治書院）。
（21）山田昭夫前掲書（6）。
（22）マックス・シェーラー『同情の本質と諸形式』（シェーラー著作集8、青木茂・小林茂訳、一九七七・一、白水社）。
（23）山田昭夫前掲書（6）。

2　生命力と経済　「お末の死」

（1）瀬沼茂樹「有島武郎集解説」（日本近代文学大系33、山田昭夫編注『有島武郎集』、一九七〇・三、角川書店）。
（2）アルベール・ティボーデ「小説の構成」（生島遼一訳、『小説の美学』、一九六七・一〇、人文書院）。

（3）佐々木靖章「有島武郎の作家としての自覚―『有島武郎著作集』を中心として―」（『日本文芸論稿』2、一九七七・七）。
（4）安川定男「『草の葉』『お末の死』」（前掲書、1章（20））。
（5）山田昭夫「『お末の死』」（前掲書、1章（6））。
（6）佐古純一郎「有島武郎における虚無への転落」（『近代日本文学の倫理的探求』、一九六六・七、審美社）。
（7）福本彰「『お末の死』の世界―有島の〈心情〉の位相を巡って―」（『日本文芸研究』24―1、一九七二・四）。
（8）フランツ・シュタンツェル『物語の構造』（前田彰一訳、一九八九・一、岩波書店）。
（9）本田和子『少女浮遊』（一九八六・三、青土社）。
（10）外尾登志美「『お末の死』」（『国文学解釈と鑑賞』一九八九・二）。
（11）福本彰前掲論文（7）。
（12）坂田憲子「『お末の死』―お末の『死』における自覚性をめぐって―」（前掲書、1章（11））。
（13）蓮實重彦『小説から遠く離れて』（一九八九・四、日本文芸社）。

3　不透明の罪状　『宣言』

（1）J・L・オースティン『言語と行為』（坂本百大訳、一九七八・七、大修館書店）。
（2）ジョン・R・サール『言語行為―言語哲学への試論―』（双書プロブレーマタ5、坂本百大・土屋俊訳、一九八六・四）。
（3）小林英夫『文体論の建設』（小林英夫著作集7、一九七五・一〇、みすず書房）。
（4）原子朗「有島武郎の文体」（『文体論考』、一九七五・一一、冬樹社）。
（5）ジャック・デリダ①「署名　出来事　コンテクスト」、および②「有限責任会社ａｂｃ…」（『有限責任会社』、高橋哲哉・増田一夫・宮﨑裕助訳、二〇〇二・一二、法政大学出版局）。
（6）本多秋五前掲書（1章（19））。
（7）小坂晋「『宣言』試論」（『有島武郎文学の心理的考察』、一九七九・九、桜楓社）。

(8) 山田昭夫「『宣言』の内部構造」（前掲書、1章（6））。

(9) 内田満「作家有島武郎の出発―『宣言』―」（『有島武郎　虚構と実像』、一九九六・五、有精堂出版）。

(10) 佐々木靖章「『宣言』における青春回復への祈り―有島武郎とキリスト教の一断面―」（『文芸研究』88、一九七八・六）。

(11) 石丸晶子「『宣言』論―『奇妙な日常』と『奇怪な姿』への出発―」（『有島武郎―作家作品研究―』、二〇〇三・四、明治書院）。

(12) 植栗彌「『宣言』論―ベルグソンの『時間と自由』からの受容を追いながら―」（『有島武郎研究―『或る女』まで―』、一九九〇・三、有精堂）。

(13) 安川定男「『宣言』『首途』」（前掲書、1章（20））。

(14) Frank Gees Black, *The Epistolary Novel in the Late Eighteenth century*, The Folcroft Press, 1940. これは主としてイギリス十八世紀後半の書簡体小説の概説書であり、巻末付録の一つとして、"Chronological List of Epistolary Fiction, 1740–1840"が付されている。

(15) 暉峻康隆『日本の書翰体小説』（一九四三・八、越後屋書房）。

(16) 赤瀬雅子「書簡体小説の対比的研究―『万の文反古』および"*Les Liaisons dangereuses*"を中心として―」（研究叢書1『比較文学の展開―新しい文学史のために―』、一九八三・一二、桃山学院大学総合研究所）。

(17) 小坂晋前掲書（7）。

(18) 小坂晋前掲書（7）。

(19) 安川定男前掲書（13）。

(20) 暉峻康隆前掲書（15）。

(21) Jean Rousset, «Le roman par lettres», *Forme et signification: essai sur les structures littéraires de Corneille à Claudel*, José Corti, 1964. なお、同書は未訳であるが、序文のみは邦訳がある。佐々木明訳「形式をよむために」（『パイディア』一九七〇・一二）参照。

(22) ツヴェタン・トドロフ『小説の記号学―文学と意味作用―』（菅野昭正・保刈瑞穂訳注、一九七四・一二、大修館書店）。一部の訳語を変更した。

(23)(24) ボリス・トマシェフスキー「テーマ論」(小平武訳、水野忠夫編『ロシア・フォルマリズム文学論集』2、一九八二・一一、せりか書房)。
(25) 石丸晶子前掲書(11)。
(26) 石丸晶子前掲書(11)。
(27) 植栗彌前掲書(12)。
(28) 山田昭夫前掲書(8)。
(29) Jean Rousset 前掲書(21)。
(30) ボリス・トマシェフスキー前掲書(23)。
(31) 石丸晶子前掲書(11)。
(32) 山田昭夫前掲書(8)。
(33) 石丸晶子前掲書(11)。
(34) 佐々木靖章前掲論文(10)。
(35) 山田昭夫前掲書(8)。
(36) Jean Rousset 前掲書(21)。
(37) 安川定男前掲書(13)。

4 **永遠回帰の神話**　「カインの末裔」

(1) 石丸晶子「『カインの末裔』—『王国』建設の夢とその挫折—」(前掲書、3章(11))。
(2) ジェラール・ジュネット前掲書(1章(10))。なお、上杉省和は後掲書(4)の注において、「事の真相を読者にまで明らかにしなかったのは、明らかに作者の落ち度であろう」と述べる。だが、真相不明であっても優れた小説など世の中に幾らでもある。テクストの表意作用としては、仁右衛門に嫌疑が掛かる設定自体が重要であると言うことで十分である。
(3) 山田昭夫前掲書頭注(2章(1))。

（4）上杉省和「『カインの末裔』論」（前掲書、1章（2））。
（5）ロマーン・ヤーコブソン前掲書（1章（13））。
（6）佐藤信夫『レトリック感覚』（一九七八・九、講談社）
（7）グループμ『一般修辞学』（佐々木健一・樋口桂子訳、一九八一・一二、大修館書店）。
（8）野口武彦『小説の日本語』（日本語の世界11、一九八〇・一二、中央公論社）。
（9）マックス・ブラック「隠喩」（尼ケ崎彬訳、佐々木健一編『創造のレトリック』、一九八六・二、勁草書房）。
（10）ドナルド・デイヴィッドソン「隠喩の意味するもの」（高橋要訳、『真理と解釈』、一九九一・五、勁草書房）。
（11）ロラン・バルト「記号学の原理」（『零度のエクリチュール』、渡辺淳・沢村昂一訳、一九七一・七、みすず書房）。
（12）上杉省和前掲書（4）。
（13）山田俊治「『カインの末裔』の方法」（前掲書、1章（7））。
（14）佐藤勝「『かんかん虫』から『カインの末裔』へ」（瀬沼茂樹・本多秋五編『有島武郎研究』、一九七二・一一、右文書院）。
（15）ウジェーヌ・ミンコスキー『生きられる時間』1（中江育生・清水誠訳、一九七二・三、みすず書房）。
（16）神谷美恵子『生きがいについて』（神谷美恵子著作集1、一九八〇・六、みすず書房）。
（17）佐々木靖章「有島武郎『カインの末裔』における改稿の意義」（『茨城大学教育学部紀要』2、一九七三・三）。
（18）佐々木靖章「『カインの末裔』試論」（『文芸研究』57、一九六七・一一）。
（19）ロジェ・カイヨワ「眩暈」（『本能―その社会学的考察―』、野村二郎・中原好文訳、一九七四・一、思索社）。
（20）佐藤勝前掲書（14）。
（21）江種満子「『カインの末裔』論」（『有島武郎論』、一九八四・一〇、桜楓社）。
（22）『創世記』（関根正雄訳、一九六七・八、岩波文庫）。
（23）佐藤泰正「『カインの末裔』論―有島武郎とキリスト教―」（『近代文学研究』1、一九七二・八）。
（24）三浦敏明「旧約聖書『カインとアベル』の『カインの末裔』に及ぼしたる影響―比較文学の方法に拠る―」

(『日本文学研究』3、一九六三・一一)。
(25) 長谷川泉「カインの末裔」(『近代名作鑑賞』、一九五八・六、至文堂)。
(26) 三浦敏明前掲論文(24)。
(27) ミルチャ・エリアーデ「聖なる時間と神話」(『聖と俗』、風間敏夫訳、一九六九・一〇、法政大学出版局)。
(28) カール・マルクス『経済学・哲学手稿』(藤野渉訳、一九六三・三、国民文庫)。
(29) 宮野光男『有島武郎の文学』(近代の文学5、一九七四・六、桜楓社)。
(30) 山田昭夫「『惜みなく愛は奪ふ』」(前掲書、1章(6))。
(31) 宮野光男前掲書(29)。
(32) 広岡吉次郎については、山田昭夫「『カインの末裔』」(前掲書、1章(6))参照。

5a 迷宮のミュートス 『迷路』

(1) 高津春繁『ギリシア・ローマ神話辞典』(一九六〇・二、岩波書店)。
(2) 植栗彌「『迷路』論—主人公の地獄遍歴的様相を中心に—」(前掲書、3章(12))。
(3) 江頭太助「有島武郎『迷路』論のためのノート(三)—日記『観想録』から序編『首途』への間で—」(『北九州大学文学部紀要』9、一九七三・九)、同「有島武郎『迷路』論のこころみ(一)—未定稿『首途』の構想—」(『北九州大学文学部紀要』11、一九七四・八)。
(4) 上杉省和「『迷路』論」(前掲書、1章(2))。
(5) ノースロップ・フライ『批評の解剖』(海老根宏ほか訳、一九八〇・六、法政大学出版局)。
(6) 山路龍天「〈探求者〉の二つの原型—オデュセウスとオイディプス—」(『物語の迷宮—ミステリーの詩学』、一九八六・六、有斐閣)。
(7) 前田愛『文学テクスト入門』(ちくまライブラリー9、一九八八・三、筑摩書房)。
(8) アルベール・カミュ『シーシュポスの神話』(カミュ全集2、清水徹訳、一九七二・一〇、新潮社)。
(9) ポール・アンドラ『異質の世界—有島武郎論—』(植松みどり・荒このみ訳、一九八二・一、冬樹社)。

(10) 竹腰幸夫「『迷路』試論」(『常葉国文』7、一九八二・九)。
(11) 植栗彌前掲書(2)。
(12) アリストテレス前掲書(1章(18))。
(13) 西垣勤「観念の青春―『迷路』論―」(前掲書、1章(5))。
(14)(15)(16) 山田昭夫「『迷路』」(前掲書、1章(6))。
(17) 西垣勤前掲書(13)。
(18) 竹腰幸夫前掲論文(10)。
(19) ポール・アンドラ前掲書(9)。
(20) 本多秋五前掲書(1章(19))。
(21) 大久保喬樹「『迷路』『或る女』」(『夢と成熟―文学的西欧像の変貌―』、一九七九・一二、講談社)。
(22) 山田昭夫「『宣言』」(前掲書、1章(6))。
(23) エーミール・シュタイガー前掲書(1章(18))。
(24) アリストテレス前掲書(1章(18))。

5b　楕円と迷宮　『迷路』

(1) ジャンルと様式については、竹内敏雄『美学総論』(一九七九・五、弘文堂)参照。
(2) フリードリッヒ・ヘーゲル『美学』3下(竹内敏雄訳、一九八一・二、岩波書店)。
(3) ジェルジ・ルカーチ『小説の理論』(大久保健治ほか訳、一九八六・一〇、白水社)。
(4) Lucian Goldmann, *Pour une sociologie du roman*, Gallimard, 1964. なお、山内昶『ロマンの誕生』(一九八四・三、論創社)参照。
(5) ミハイル・バフチン『叙事詩と小説』(ミハイル・バフチン著作集7、川端香男里ほか訳、一九八二・二、新時代社)。
(6) ノースロップ・フライ前掲書(5章a(5))。

（7）蓮實重彥『小説から遠く離れて』（一九八九・四、日本文芸社）。
（8）絓秀実『小説的強度』（一九九〇・八、福武書店）。
（9）アレグザンデル・ゴットリープ・バウムガルテン『美学』（松尾大訳、一九八七・一二、玉川大学出版部）。また同所所収の松尾大「バウムガルテンの美学概念」も参照。
（10）マーヴィン・ミンスキー『心の社会』（安西祐一郎訳、一九九〇・七、産業図書）。
（11）柄谷行人『日本近代文学の起源』（一九八〇・八、講談社）、ミッシェル・フーコー『言葉と物―人文科学の考古学―』（渡辺一民・佐々木明訳、一九七四・六、新潮社）、マイケル・ポラニー『暗黙知の次元』（高橋勇夫訳、二〇〇三・一二、ちくま学芸文庫）、蓮實重彥『小説論＝批評論』（一九八二・一、青土社）、グレゴリー・ベイトソン『精神の生態学』（佐伯泰樹ほか訳、一九八六・一、思索社）、トマス・S・クーン『科学革命の構造』（中山茂訳、一九七一・三、みすず書房）、W・V・O・クワイン『論理的観点から―論理と哲学をめぐる九章―』（飯田隆訳、一九九二・一〇、勁草書房）、ネルソン・グッドマン『世界制作の方法』（菅野楯樹・中村雅之訳、一九八七・一〇、みすず書房）。
（12）室井尚『文学理論のポリティーク―ポスト構造主義の戦略―』（一九八五・六、勁草書房）。
（13）ユーリー・ロトマン『文学理論と構造主義』（磯谷孝訳、一九七八・二、勁草書房）。
（14）ハンス・ロベルト・ヤウス『挑発としての文学史』（轡田収訳、一九七六・六、岩波書店）、ヴォルフガング・イーザー前掲書（1章（15））、Ross Chambers, *Story and Situation: Narrative Seduction and the Power of Fiction*, Minnesota U. P., 1984.
（15）花田清輝『復興期の精神』（一九八六・八、講談社学術文庫）。
（16）後藤明生『カフカの迷宮―悪夢の方法―』（一九八七・一〇、岩波書店）。
（17）前田愛前掲書（5章a（7））。
（18）山路龍天前掲書（5章a（6））。
（19）有島の手紙の文体については、遠藤好英「有島武郎の手紙文の文体―その種類と史的変遷―」（『日本文学ノート』14、一九七九・二）、および同「有島武郎の手紙文の文体―種類とその性格―」（『宮城学院女子大学研究論文集』50・51、一九七九・六、一九七九・一二）を参照。

(20) ロラン・バルト前掲書(4章(11))。
(21) 中村三春『修辞的モダニズム―テクスト様式論の試み―』(未発選書7、二〇〇六・五、ひつじ書房)参照。なお、「再魔術化」(reenchantment)は、モリス・バーマン『デカルトからベイトソンへ―世界の再魔術化―』(柴田元幸訳、一九八九・一一、国文社)の用語である。
(22) 澁澤龍彦「円環の渇き」(『思考の紋章学』、一九八五・一〇、河出文庫)。
(23) 植栗彌前掲書(5章a(2))。
(24) 出力側の情報を入力側に送るのがフィードバック、逆に入力側の情報を出力側に送るのがフィードフォワードである。読書現象において、テクスト受容を入力、テクスト理解を出力ととらえれば、この場合、語りの転調が受容の局面からあらかじめ理解の局面へと制御情報を送るという意味において、一種のフィードフォワードと見なしうる。結果的には読書現象一般において、入力と出力とは双方向的な循環構造をなすことになる。
(25) 小森陽一「『浮雲』における物語と文体」(前掲書、序論I章(13))。
(26) ポール・アンドラ前掲書(5章a(9))。
(27) 江種満子「『迷路』のなかの女性たち、および胎児」(『わたしの身体、わたしの言葉―ジェンダーで読む日本近代文学―』、二〇〇四・一〇、翰林書房)。

6 想像力のメタフィクション 「生れ出づる悩み」

(1) 山田昭夫「『生れ出づる悩み』―木田金次郎略伝―」(『有島武郎の世界』、一九七八・一一、北海道新聞社)。
(2) 紅野敏郎「生れ出づる悩み」(『現代日本文学講座・小説4』、一九六二・三、三省堂)。
(3) 山田昭夫「生れ出づる悩み」(前掲書、1章(6))。
(4) ジェラール・ジュネット前掲書(1章(10))。
(5) ページ・行は筑摩書房版『有島武郎全集』第3巻に従う。なお、この図は小沢勝美「有島武郎『生れ出づる悩み』」(『日本文学』一九六六・五)に挿入され、上杉省和「『生れ出づる悩み』論」(前掲書、1章(2))

で踏襲された表とは区分の基準が異なるので一致しない。
（6）新田博衞「小説の位置」（『詩学序説』、一九八〇・九、勁草書房）。
（7）「額縁構造」および「メタフィクション」については中村三春『フィクションの機構』（一九九四・五、ひつじ書房）参照。
（8）相原和邦「『生れ出づる悩み』」（前掲書、1章（11））。
（9）本多秋五「『小さき者へ・生れ出づる悩み』について」（『小さき者へ・生れ出づる悩み』、一九五五・一、新潮文庫）。
（10）山田昭夫前掲書（1）。
（11）福本彰「『生れ出づる悩み』への一視点—有島武郎の異常性の側面から—」（『樟蔭国文学』16、一九七八・一〇）。
（12）相原和邦前掲書（8）。
（13）青山孝行「君（木本）・私」（『國文學』一九六二・七）。
（14）小沢勝美前掲論文（5）。

7　悪魔の三角形　「石にひしがれた雑草」

（1）小坂晋「『石にひしがれた雑草』」（前掲書、3章（7））。
（2）暉峻康隆前掲書（3章（15））。
（3）ロラン・バルト「物語の構造分析序説」（『物語の構造分析』、花輪光訳、一九七九・一一、みすず書房）。
（4）小坂晋「有島武郎作『石にひしがれた雑草』の問題点」（前掲書、3章（7））。
（5）筑摩書房版『有島武郎全集』第3巻では、次の通りである。第一部……467ページ1行目～482ページ19行目、第二部……483ページ1行目～493ページ11行目、第三部……493ページ12行目～510ページ13行目、第四部……510ページ14行目～528ページ15行目。
（6）ジャック・デリダ前掲書（3章（5）—②）。

（7）加能作次郎「二三の作品について」（『文章世界』一九一八・五）。
（8）（9）大里恭三郎「『石にひしがれた雑草』—仮面の復讐—」（前掲書、1章（11））。
（10）菊池寛「四月の文壇に就ての感想」（『帝国文学』一九一八・五）。
（11）本多秋五「私小説的に見た『或る女』」（『「白樺」派の作家と作品』、一九六八・九、未来社）。
（12）小坂晋「『石にひしがれた雑草』と『或る女』」（前掲書、3章（7））。
（13）大里恭三郎前掲書（9）。
（14）小坂晋前掲書（4）。
（15）大里恭三郎前掲書（9）。
（16）（17）（18）ルネ・ジラール『欲望の現象学—ロマンティークの虚偽とロマネスクの真実—』（古田幸男訳、一九七一・一〇、法政大学出版局）。
（19）小坂晋前掲書（4）。
（20）ルネ・ジラール前掲書（16）。
（21）ジャンポール・サルトル『存在と無』第二分冊（サルトル全集19、松浪信三郎訳、一九五八・二、人文書院）。
（22）大里恭三郎前掲書（8）。
（23）R・D・レイン『経験の政治学』（笠原嘉・塚本嘉壽訳、一九七三・一一、みすず書房）。
（24）大里恭三郎前掲書（8）。

8a　コケットリーの運命　『或る女』

（1）ロラン・バルト「ディドロ、ブレヒト、エイゼンシュテイン」（『第三の意味』、沢崎浩平訳、一九八四・一一、みすず書房）。
（2）小林英夫「白樺派の文体について」（小林英夫著作集8、『文体論的作家作品論』、一九七六・一、みすず書房）。

(3)原子朗前掲書(3章(4))。
(4)瀬沼茂樹「有島武郎」(『日本近代文学大事典』、一九八四・一〇、講談社)。
(5)ジョン・バージャー「光景としての女性」(伊藤俊治訳、『イメージ― Ways of Seeing ―視覚とメディア』、一九八六・二、PARCO出版)。
(6)作田啓一『個人主義の運命―近代小説と社会学―』(一九八一・一〇、岩波新書)。
(7)オットー・ワイニンガー『性と性格』(竹内章訳、一九八五・五、村松書館)。
(8)ジル・ドゥルーズ、フェリックス・ガタリ「序―リゾーム」(『千のプラトー―資本主義と分裂病―』、宇野邦一ほか訳、一九九四・九、河出書房新社)。
(9)トニー・タナー『姦通の文学―契約と違犯―』(高橋和久・御輿哲也訳、一九八六・六、朝日出版社)。
(10)ジェラール・ジュネット前掲書(1章(10))。
(11)上野千鶴子『資本制と家事労働―マルクス主義フェミニズムの問題構制―』(モナド・ブックス35、一九八五・二、海鳴社)、および同『家父長制と資本制―マルクス主義フェミニズムの地平―』(一九九〇・一〇、岩波書店)。
(12)荒正人「葉子・伸子・允子―読書ノート―」(荒正人著作集3、『市民文学論』、一九八四・三、三一書房)。
(13)宮本百合子「『或る女』についてのノート」(『文芸』一九三六・一〇)。
(14)大石修平「『或る女』の形象組織」(『日本文学』一九五四・一一)。
(15)ルネ・ジラール前掲書(7章(16))。
(16)大久保喬樹前掲書(5章a(21))。
(17)篠田浩一郎「『暗夜行路』と『或る女』」(『小説はいかに書かれたか―「破戒」から「死霊」まで―』、一九八二・五、岩波新書)。
(18)ポール・アンドラ前掲書(5章a(9))。
(19)本多秋五前掲書(1章(19))。
(20)山田昭夫「或る女」(鑑賞日本現代文学10、『有島武郎』、一九八三・七、角川書店)。
(21)森山重雄「『或る女』・父性の欠如」(『文学アナキズムの潜流』、一九八七・九、土佐出版社)。

(22) 花田清輝「有島武郎」(『花田清輝全集』4、一九七七・一一、講談社)。
(23) 上野千鶴子『女は世界を救えるか』(一九八六・一、勁草書房)。
(24) 西山正一「有島武郎の女性論」(『国語と国文学』一九六三・九)。
(25) 奥野健男「解説」(日本文学全集24、『有島武郎集』、一九六一・一〇、河出書房新社)。

8b 無限の解釈項 『或る女』

(1) ロラン・バルト前掲書(7章(3))。
(2) 『日本国語大辞典』第二版(小学館)による。「嬪宮」は第11巻所収の項目。
(3) 諸橋轍次『大漢和辞典』(大修館書店)による。「嬪」は修訂版巻3所収の項目。
(4) この箇所は、初出では次のような文章であった。「香水や化粧品や酒の香を合せた暖いいきれが先づ古藤を包んだのである。ランプがほの暗いので、室の隅々は見えないが、光の照り渡る限りは、雑多に積みならべられたなまめかしい女の服地や、帽子や、造花や、鳥の羽や、小道具で足の立て場もないまでになつて居る。其一方に床の間を背にして、郡内の布団の上に、搔巻(かいまき)を脇の下から羽織つた田鶴子が、派手な長襦袢一つで東欧羅巴の嬪宮の人の様に、片臂をついたまゝ横になつて居た。」(「或る女のグリンプス」)。
(5) I・A・リチャーズ『新修辞学原論』(石橋幸太郎訳、一九六一・六、南雲堂)。
(6) ポール・アンドラ前掲書(5章a(9))。
(7) 中村三春前掲書(5章(21))。
(8) チャールズ・サンダース・パース『記号学』(内田種臣編訳、パース著作集2、一九八六・九、勁草書房)。
(9) ウンベルト・エーコ『記号論と言語哲学』(谷口勇訳、一九九六・一一、国文社)。
(10) ジョージ・レイコフ、マーク・ターナー『詩と認知』(大堀俊夫訳、一九九四・一〇、紀伊國屋書店)。
(11) 上野千鶴子「差異の政治学」(岩波講座　現代社会学11、『ジェンダーの社会学』、一九九五・一一、岩波書店)。

8c 〈考証〉『或る女』はいつ始まるか

（1）西垣勤「『或る女』論」（『白樺派作家論』、一九八一・四、有精堂出版）。
（2）山田昭夫前掲書（8章a（20））。

9 他者としての愛「惜みなく愛は奪ふ」

（1）久米博『隠喩論―思索と詩作のあいだ―』（一九九二・四、思潮社）。
（2）マルティン・ハイデッガー『形而上学入門』（ハイデッガー選集9、川原栄峰訳、一九六〇・一二、理想社）。
（3）ジャック・デリダ『カフカ論―「掟の門前」をめぐって―』（三浦信孝訳、一九八六・五、朝日出版社）。
（4）ジャック・デリダ『根源の彼方へ―グラマトロジーについて―』（足立和浩訳、一九八四・三、現代思潮社）。
（5）安川定男「有島武郎とベルグソン」（前掲書、1章（20））。
（6）絓秀実「リアリズム・技術・強度」（前掲書、5章b（8））。
（7）高階秀爾『近代絵画史―ゴヤからモンドリアンまで―』上（一九七五・二、中公新書）。
（8）キャロライン・ティズダル、アンジェロ・ボッツォーラ前掲書、（序論I章（11））。
（9）フィリッポ・トンマーゾ・マリネッティ「未来派宣言」（ドイツ表現主義5、幅武志訳、『表現主義の理論と運動』、一九七二・三、河出書房新社）。
（10）エンリコ・クリスポルティ構成・監修前掲書（序論I章（10）―①）。
（11）井上靖・高階秀爾編前掲書（序論I章（10）―②）参照。
（12）古俣裕介『〈前衛詩〉の時代―日本の一九二〇年代―』（一九九二・五、創成社）。
（13）カタログ『1920年代・日本展―都市と造形のモンタージュ―』（東京都美術館ほか編、一九八八、朝日新聞社）。東郷・尾形の作品も収録。
（14）秋山清「日本のダダについての感想」（『本の手帖』、一九六六・一〇）。
（15）ペーター・ビュルガー『アヴァンギャルドの理論』（浅井健二郎訳、一九八七・七、ありな書房）。

(16) ミシェル・フーコー『これはパイプではない』(豊崎光一・清水徹訳、一九八七・五、哲学書房)。
(17) 中村三春「横光利一の〈純粋小説〉および「立原道造のNachdichtung」(前掲書、6章(7))参照。
(18) 「美的静観性」(Ästhetische Kontemplation)の概要と限界については、中村三春「フィクションの理論」(前掲書、6章(7))を参照。またジャック・デリダ『エコノミメーシス』(湯浅博雄・小森謙一郎訳、二〇〇六・二、未来社)は、カント『判断力批判』について、「利益・関心のなさにおいて得られる利益・関心」という言葉で、このような美的判断力のディコンストラクションを試みている。

10 こどもに声はあるか 「一房の葡萄」

(1) 片岡良一「『一房の葡萄』」(片岡良一著作集10、一九八〇・三、中央公論社)。
(2) 山田昭夫「一房の葡萄」(前掲書、8章a(20))。
(3) 山田昭夫「有島武郎の童話」(前掲書、6章(1))。
(4) 川鎮郎「有島武郎『一房の葡萄』の読み方について—主に『大好きな先生』に焦点を合わせて—」(『有島武郎とキリスト教　並びにその周辺』、一九九八・四、笠間書院)。
(5) 別役実『別役実の犯罪症候群(シンドローム)』(一九八一・一〇、三省堂)。
(6) 山田昭夫前掲書(3)。
(7) 片岡良一前掲書(1)。
(8) 大田正紀「有島武郎児童文芸ノート」(『近代日本文芸試論—透谷・藤村・漱石・武郎—』、一九八九・五、桜楓社)。
(9) 筑摩書房版『有島武郎全集』第15巻所収の有島「[原年譜]」(『新潮』大7・3)に、明治「◎十五年[…]学校で絵具を盗み露見した恥しさ。泣きやむやうに好きな若い女教師から葡萄棚の一房をもぎつて与へられたエクスタシー」との記述がある。
(10) 長須正文「有島武郎の児童文学—『一房のぶどう』を中心に—」(『解釈』一九七一・三)。
(11) 前田愛「子どもたちの変容—近代文学史のなかで—」(『前田愛著作集』3、一九八九・九、筑摩書房)。

（12）ジグムント・フロイト『精神分析入門』（懸田克躬・高橋義孝訳、『フロイト著作集』1、一九七一・九、人文書院）参照。
（13）（9）参照。
（14）ヴォルフガング・イーザー前掲書（1章（15））。
（15）山住正己『日本教育小史―近・現代―』（一九八七・一、岩波新書）。
（16）鳥越信「童心の発見」（『日本文学の歴史』11、一九六八・三、角川書店）。
（17）関曠野「教育のニヒリズム」（あごら叢書、『野蛮としてのイエ社会』、一九八七・三、御茶の水書房）。
（18）福田準之輔「有島武郎の児童文学」（『國文學』一九七一・一一）。
（19）加藤尚武「教育ヒューマニズム批判」（『現代思想』一九八五・一二）。
（20）本田和子『フィクションとしての子ども』（一九八九・一二、新曜社）。

11

表現という障壁　「運命の訴へ」

（1）篠沢秀夫『文体学原理』（一九八四・一一、新曜社）。
（2）これについて本書旧版で、「回想部分は時間を追って叙述され、各農家の不幸はそれぞれ一章ずつを与えられて、整然と描き出されていると言うことができる」と述べたのに対し、内田満「有島武郎の作品構造―小説を支える『時間』の視座―」（前掲書、3章（9））によって、「この作品の構成はそのようにはなっていない」、「作中の時間の流れは切れ切れになって錯綜している」とする批判が寄せられた。時間を追う秩序と一章ずつのエピソード展開については、内田の批判を受け入れる。ただし、出来事の時間的秩序に従わないことは、物語的な秩序の構築と矛盾しない。語り手の随意と見える想起の連鎖は、物語言説としての効果を高める展開手法である。重要なのは、この小説の本体部分は自然的な手記（そのようなものがあるとしてではなく、虚構のテクストであるということにほかならない。
（3）内田満「『運命の訴へ』覚書―有島武郎・〈未完〉の周辺―」（前掲書、3章（9））。
（4）篠沢秀夫前掲書（1）。

（5）　筑摩書房版『有島武郎全集』第15巻所収の「〔『運命の訴へ』資料〕」には、信次を含め九人の登場人物の年齢対照表に、数項目にわたるエピソードのメモが付されているが、構想を窺わせるような完全なものではない。なお、これについての考察として、内田満前掲書（3章（9））がある。
（6）（7）　西垣勤「『運命の訴へ』『星座』ノート」（前掲書、8章c（1））。
（8）（9）　内田満前掲書（3）。
（10）　上杉省和「『運命の訴へ』論」（前掲書、1章（2））。
（11）　奥野健男前掲書（8章a（25））。

12　意識の流れの交響曲　『星座』

（1）　ジェラール・ジュネット前掲書（1章（10））。
（2）　佐々木靖章「有島武郎」（佐藤喜代治編『国語学研究事典』、一九七七・一一、明治書院）。
（3）　安川定男「『星座』について」（前掲書、1章（20））。
（4）　山田昭夫「星座」（前掲書、1章（6））。
（5）　内田満「『白官舎』から『星座』へ—作品と創作過程についてのノート—」（前掲書、3章（9））。
（6）　本多秋五「『星座』」（前掲書、7章（11））。
（7）　由良君美「内的独白」（『文芸用語の基礎知識』、一九八九・五、至文堂）。
（8）　平野謙前掲書（序論Ⅰ章（5））。
（9）　ロバート・ハンフリー『現代の小説と意識の流れ』（石田幸太郎訳、一九七〇・七、英宝社）。
（10）　Laurence Edward Bowling, "What is the Stream of Consciousness Technique?", *PMLA* vol. LXV, 1950.
（11）　藤平誠二「『内的独白』文体の内的構造」（『文体論研究』23・24、一九七七・一二）。
（12）　ロバート・ハンフリー前掲書（9）。
（13）　エーリッヒ・アウエルバッハ「茶色の靴下」（篠田一士・川村二郎訳、『ミメーシス—ヨーロッパ文学における現実描写—』下、一九六七・三、筑摩叢書）。

(14) 佐々木靖章前掲書（2）。
(15) アレグザンデル・ゴットリープ・バウムガルテン前掲書（5章b（9））。
(16) ルネ・M・アルベレース『小説の変貌』（豊崎光一訳、一九六八・三、紀伊國屋書店）。
(17) 安川定男前掲書（3）。
(18) 伊藤整「解説」（日本現代文学全集48、『有島武郎集』、一九六二・一〇、講談社）。
(19) 内田満前掲書（5）。
(20) 伊藤整前掲書（18）。
(21) 安川定男前掲書（3）。
(22) ロバート・ハンフリー前掲書（9）。
(23) 安川定男前掲書（3）。
(24) 伊藤整前掲書（18）。
(25) モーリス・メルロポンティ『行動の構造』（滝浦静雄・木田元訳、一九六四・一〇、みすず書房）によれば、心的生活と身体とを切り離して考えることはできない。
(26) 安川定男前掲前掲書（3）。
(27) 山田昭夫前掲書（4）。
(28) 西山正一「『星座』の中核的問題─有島文学崩壊の道標として─」（『国語と国文学』一九五五・一一）。
(29) 安川定男前掲書（3）。
(30) 山田昭夫前掲書（4）。
(31) 江種満子「『星座』論」（前掲書、4章（21））。
(32) 江頭太助「『星座』の構想と第一巻」（『有島武郎の研究』、一九九二・六、朝文社）。
(33) 紅野敏郎「有島武郎─『星座』覚書─」（『明治大正文学研究』、一九五六・一）。
(34) 山田昭夫前掲書（4）。
(35) 内田満前掲書（5）。
(36) 紅野敏郎前掲書（33）。

(37) 山崎陽子「有島武郎『星座』をめぐって」(『秋田語文』5、一九七五・一二)。
(38) 江種満子前掲書(31)。
(39) 江種満子「『星座』再論」(前掲書、4章(21))。
(40) R・D・レイン『ひき裂かれた自己—分裂病と分裂病質の実存的研究—』(阪本健二・志貴春彦・笠原嘉訳、一九七一・九、みすず書房)。
(41) 江種満子前掲書(31)。
(42) 伊藤整前掲書(18)。
(43) 江頭太助前掲論文(32)。
(44)(45)(46) 江種満子前掲書(31)。
(47) 伊藤整前掲書(18)。
(48) ピョートル・アレクセーヴィチ・クロポトキン『相互扶助論』(大杉栄訳、一九一七・一〇、春陽堂)。
(49) 江頭太助前掲論文(32)。
(50) 小玉晃一「有島武郎とクロポトキン」(『比較文学ノート』、一九七五・一、笠間選書19)。

13 言葉の三稜針「或る施療患者」

(1) 木幡瑞枝「表現主義」(前掲書、1章(3))。
(2) 鑓田研一「有島武郎」(『日本の文学者』、一九四六・九、全国書房)。
(3) 高橋春雄「有島武郎」(『国文学研究』8、一九五三・六)。
(4) 内田満「『酒狂』とその周辺—『私小説』への逸脱—」(前掲書、3章(9))。
(5) 山田昭夫「解題」(『有島武郎全集』5、一九八〇・一二、筑摩書房)。
(6) 筑摩書房版『有島武郎全集』第5巻によれば、次の通りである。第一部……405ページ1行目〜416ページ17行目、第二部……416ページ18行目〜424ページ9行目、第三部……424ページ10行目〜427ページ6行目。

（7）山田昭夫「宣言一つ」（前掲書、1章（6））。
（8）野坂幸弘「『酒狂』『骨』『独断者の会話』」（前掲書、4章（14））。
（9）内田満前掲書（4）。
（10）壺井繁治「『赤と黒』が創刊されるまで」（復刻版『赤と黒』別冊、一九六三・七、冬至書房）。
（11）内田満前掲書（4）。

14　客

「酒狂」「骨」「独裁者の会話」
（1）内田満前掲書（13章（4））。
（2）絓秀実「『私小説』をこえて―小林秀雄と安岡章太郎―」（『絓秀実メタクリティーク』、一九八三・一二、国文社）。
（3）アルベール・カミュの翻訳は、新潮社版『カミュ全集』全10巻によった。引用文の訳者と巻数は次の通りである。①『異邦人』（中村光夫訳、第2巻、『異邦人・シーシュポスの神話』、一九七二・一〇）、②『シーシュポスの神話』（清水徹訳、同）、③『反抗的人間』（佐藤朔・白井浩司訳、第6巻、一九七三・二）、④『転落』（佐藤朔訳、第8巻、『ある臨床例・転落』、一九七三・四）、⑤「客」（窪田啓作訳、第10巻、『追放と王国・悪霊』、一九七三・六）。また、カミュの事績については、⑥西永良成『評伝アルベール・カミュ』（一九七六・一二、白水社）、⑦白井浩司『アルベール・カミュ　その光と影』（一九七七・三、講談社）その他による。原文はプレイヤッド版を参照した。Albert Camus, *Théâtre, Récits, Nouvelles*, 1962, *Essais*, 1965, Bibliothèque de la Pléiade.
（4）吹田順助「解説」（『惜みなく愛は奪う』、一九五五・一、新潮文庫）。
（5）典拠資料として、剣持一巳・宮嶋信夫・山川暁夫編著『湾岸戦争と海外派兵［分析と資料］』（一九九一・二、緑風出版）。
（6）カミュのテクストを、オリエンタリズムの観点から厳しく批判したのはエドワード・W・サイードである。「したがってカミュの小説と短編が正確に抽出してみせたのは、フランスにおけるアルジェリア領有に関する伝統や用語法やディスクール戦略なのである」(「カミュとフランス帝国体験」、大橋洋一訳、『文化と帝国主義』1、一九九八・一二、みすず書房)。

(7) 江口渙「テロリズムの道」(『続わが文学半生記』、一九六八・八、青木文庫)。

(8) 森山重雄「大正テロリストの思想」(前掲書、2章(6))。

(9) 江口渙「有島武郎は何故心中したか」(『わが文学半生記』、一九六八・一、青木文庫)。

(10) 横光利一の〈純粋小説〉については、中村三春前掲書(5章b(21))。

(11) アリストテレス前掲書(1章(18)—①)、ロラン・バルト前掲書(7章(3))。

(12) 埴谷雄高「目的は手段を浄化しうるか—現代悪の中心的課題—」(『講座現代倫理』2、一九五八・一一、筑摩書房、『埴谷雄高作品集』3、一九七一・六、河出書房新社)。

補論　反啓蒙の弁証法　「宣言一つ」および小林多喜二「党生活者」と表象の可能性

(1) テオドール・W・アドルノ「文化批判と社会」(渡辺祐邦・三原弟平訳、『プリズメン』、一九九六・二、ちくま学芸文庫)。

(2) テオドール・W・アドルノ『ミニマ・モラリア』(三光長治訳、一九七九・一、法政大学出版局)。なお、この言葉は、「ヘーゲル『精神現象学』の『序論』に出てくるテーゼ、『真理は全体である』のもじり」とされる(同書注)。

(3) 平野謙「政治と文学(二)」(『新潮』一九四六・九、『島崎藤村・戦後文芸評論』、一九七九・一〇、冨山房百科文庫)。

(4) 小林多喜二のテクストの引用は、すべて新日本出版社版『小林多喜二全集』全7巻によった。

(5) 中山和子『平野謙論—文学における宿命と革命—』(一九八四・一一、筑摩書房)を含む、『平野謙と「戦後」批評』(中山和子コレクションⅢ、二〇〇五・五、翰林書房)。

(6) アルベール・カミュ前掲書(14章(3)—③)。

(7) 埴谷雄高前掲書(14章(12))。

（8）吉本隆明「『党生活者』」（『国文学解釈と鑑賞』一九六一・五、『吉本隆明全著作集』4、一九六九・四、勁草書房）。
（9）蓮實重彦「『大正的』言説と批評」（柄谷行人編『近代日本の批評―明治・大正篇―』、一九九二・一、福武書店）。
（10）マックス・ホルクハイマー、テオドール・W・アドルノ『啓蒙の弁証法』（徳永恂訳、一九九〇・二、岩波書店）。
（11）テオドール・W・アドルノ『否定弁証法』（木田元ほか訳、一九九六・六、作品社）。
（12）磯田光一「『日本』という〝美〟と〝悪〟―『林房雄論』と『喜びの琴』―」（『殉教の美学』、一九七九・六、冬樹社）。
（13）テオドール・W・アドルノ前掲書（序論Ⅰ章（1））。
（14）前田角蔵「異空間からのメッセージ―『党生活者』論―」（『虚構の中のアイデンティティ―日本プロレタリア文学研究序説―』、一九八九・九、法政大学出版局）。
（15）ステュアート・ホール「『新時代』の意味」（葛西弘隆訳、総特集「ステュアート・ホール　カルチュラル・スタディーズのフロント」、『現代思想』一九九八・三臨時増刊）。
（16）中村三春「係争中の主体―論述のためのミニマ・モラリア―」（前掲書、序論Ⅲ章（5））参照。
（17）佐藤泉前掲書（序論Ⅲ章（3））。
（18）中村三春「アリストテレス派の虚構行為論」（前掲書、6章（7））参照。
（19）佐藤泉「かくも平板な批評―批評の55年体制―」（前掲書、序論Ⅲ章（3））。
（20）平野謙前掲書（3）。
（21）吉本隆明前掲書（8）。
（22）小田切秀雄「解説」（『日本プロレタリア文学大系』1、一九五五・一、三一書房）。

初出一覧

I　「色は遂に独立するに至つた」―有島武郎文芸の芸術史的位置―
（『國語國文研究』第１３８号、北海道大学国語国文学会、二〇一〇年三月）

II　有島武郎の人生観とホイットマン
（『文芸研究』第１００集、日本文芸研究会、一九八二年五月）

III　反‐文化の先導者―有島武郎の後期評論―
（『國文學解釈と教材の研究』第48巻第7号、二〇〇三年六月）

1　「かん〳〵虫」の印象主義的造形
（『日本文芸論稿』第12・13合併号、東北大学文芸談話会、一九八三年七月）

2　「お末の死」における生命力と経済―有島武郎様式の造形方法―
（『文芸研究』第１０３集、日本文芸研究会、一九八三年五月）

3　書簡体小説としての『宣言』
（『文芸研究』第１０６集、日本文芸研究会、一九八四年五月）

4　「カインの末裔」における永遠回帰の構造
（『日本文芸論叢』第2号、東北大学文学部国文学研究室、一九八三年三月）
「カインの末裔」―沈黙と比喩―
（『国文学解釈と鑑賞』第54巻第2号、一九八九年二月）

5a　有島武郎『迷路』における相対化の原理
（『日本文芸論稿』第15号、東北大学文芸談話会、一九八六年一一月）
《迷宮》のミュートス―有島武郎『迷路』の神話比評的再論―
（『山形大学教育研究学内特別経費報告書』、一九八九年）

5b　楕円と迷宮―小説ジャンルとしての『迷路』―
（有島武郎研究会編『有島武郎研究叢書』第1集、右文書院、一九九五年五月）

6　「生れ出づる悩み」における想像力の飛翔
（『文芸研究』第111集、日本文芸研究会、一九八六年一月）

7　「石にひしがれた雑草」における三者関係の構図
（『日本文芸論叢』第3号、東北大学文学部国文学研究室、一九八四年三月）

8a　『或る女』の構造と早月葉子の機略
（『日本文化研究所研究報告』第21集、東北大学文学部附属日本文化研究施設、一九八五年三月）

8b　ジェンダーとレトリック―『或る女』というコンタクト―
（中山和子編『総力討論　ジェンダーで読む「或る女」』、翰林書房、一九九七年一〇月）

8c 『或る女』はいつ始まるか
(『有島武郎研究会会報』第5号、一九八九年一〇月)

9 〈他者〉としての「愛」—『惜みなく愛は奪ふ』から未来派へ—
(『山形大学紀要(人文科学)』第13巻第1号、一九九四年一月)

10 〈他者〉としてのこども—「一房の葡萄」の再審のために—
(『日本文学』第39巻第11号、日本文学協会、一九九〇年一一月)

11 有島武郎「運命の訴へ」の中絶
(『日本文芸論叢』創刊号、東北大学国文学研究室、一九八二年三月)

12 有島武郎『星座』における内的独白の技巧と群像の造形
(『日本文化研究所研究報告』第20集、東北大学文学部附属日本文化研究施設、一九八四年三月)

13 有島武郎「或る施療患者」と〈表現主義〉への接近
(『日本文芸論叢』第4号、東北大学国文学研究室、一九八五年三月)

14 客—有島武郎晩期小説論—
(有島武郎研究会編『有島武郎研究叢書』第3集、右文書院、一九九五年八月)

補論 反啓蒙の弁証法—表象の可能性について—
(『国語と国文学』第996号、東京大学国語国文学会、二〇〇六年一一月)

あとがき

起源を探るのは、何についても難しい。有島武郎と、いつ、どこで出会ったのだろうと記憶の底をさらってみても、これだという決定機を見出すことは容易ではない。有名作品を高校以前に読んでいたのは確かである。だが、私は理解力において後発組だったと思われるので、ようやく大学の教養部時代に、有島の作品を初めてそれとして認めたのだろう。カミュ、サルトル、ドストエフスキー、椎名、大江、福永、そういった名前の後に、有島が続いてくるというのが、私の記憶の深部にある地層である。それは、やたらと大きくて空漠とした、大学の附属図書館のイメージを伴っている。その頃、空調の音が低く響く図書館の開架を徘徊しては、見たこともない熟語を繋げたタイトルに惹かれて、埴谷雄高の著作を手に取り、それから平野謙、荒正人、本多秋五、佐々木基一ら『近代文学』派の論説に親しんでいった。だから、私の場合、有島武郎の名前が際だって印象深くなったのは、「政治と文学」論争の文脈においてであり、またいわゆる「リアリズム」論の系譜においてにほかならない。

その後、卒業論文と修士学位論文において有島武郎を取り上げた時期は、構造主義・記号学から、いわゆるニューアカデミズムと呼ばれる新傾向の学問スタイルが流行しようとしていた。私も、ロラン・バルトを皮切りに、新進の分析手法を用いて、いわば〝一作一理論〟とでも言うべき方法論の実験場として、有島のテクストを論じようとしたのである。レイン、ミンコフスキー、トドロフ、ジラール、ジュネット、エリアーデ、デリダ――それらは、本多、あるいは瀬沼、安川、山田昭夫、西垣といった先人たちが再構成して見せた有島像を、鑿（のみ）でついては自分の形に変えようとする触媒となるように思われた。より若い頃の実存主義かぶれ、あるいは政治理論好きの傾向は、その背景にとりあえず隠される形となった。もっとも、それらが全く消えたわけではなく、伏流水のように繋がってきたことは、むしろ長じてから、論述に再び有島におけるカミュ、平野の要素が現れ出したことからも分かるというものである。

　また、私の大学の恩師である菊田茂男先生は、上田敏・志賀直哉・武者小路実篤らとメーテルランクの文業との関連など、日本近代文学と西欧文学との間の比較文学的な研究を推進されていた。その関係で、有島武郎とホイットマンにも造詣が深く、両者の関わりについて考える契機を与えられた。比較文学という分野は、社会一般にも馴染みが薄いだろうが、当時私にとっても全く未知の領域であり、菊田先生の教室で教示を受けなかったなら、それに触れる機会はずっと後になったことだろう。例の広すぎる図書館の今度は閉架書庫に潜って、ホイットマンの原書全集を借り出したことも思い出される。それ以外にも、ベルクソン、エリス、クロポトキン、あるいは「意識の流れ」の系譜など、分析において比較文学の方法論が生きた場面は多い。もちろん、比較文学以外にも、大学で学んだ哲学・美学・芸術学を基礎学とする文芸学の方法論全般が、私の有島研究の基盤となったことは言うまでもない。

　しかし、有島武郎は、私にとって単なる研究対象と言うことはできない。私は右のような年月の間に、有島およびその関連テクスト、あるいは研究理論書などから多くの事柄を学び、それによって一般的な意味で成長した（つまり、年齢を重ねた）のである。だからそれは研究対象というよりも百科事典であり、またシソーラス（類語辞典）でもあって、私の知識や言葉の相当部分が有島に依拠している。しかも、有島をなかだちとして、学会・研究会において私は多くの友人知己、同好の士と出会うことができ、そこでコミュニケーションの可能性と不可能性について、知らなかった多くのことを知ることになった。それは研究の世界だけにとどまる話ではない。内気な引っ込み思案であった私は、それによって変わった、つまり、他者に自分を開くことができるようになったと思う。極端な言い方をすれば、私は有島によって社会と繋がることができたのである。私が有島と出会ったのは図書館であり、また有島は私にとっての図書館でもあったが、その図書館は、外の世界に出て行く通路でもあったということになる。

本書は、ほぼ三十年間にわたる私の有島武郎研究の集大成である。集大成とは言っても、大きく完成されたと言いたいわけではない。有島研究においてやるべきことは無限に残っており、研究において完成などということはありえない。しかも、右のような幾つもの地層の重なりの結果としてある本書は、理論的にもまた文体的にも、必ずしも全一体の論考として完成されてはいない。だが、独楽が常に心棒の周りを回り続けるのにも似て、どの章もそれなりに、あるいは異なった次元の見方から、有島のテクストという中心を凝視し続けてきた回転の航跡であるとは言うことができるだろう。もちろん、この航跡をここで途切れさせるつもりも私にはない。

「新編について」で詳述したように、本書は旧著（有精堂出版）の増補改訂版である。旧版は、私の初めての単著であり、若輩であった著者の気負った著作を世に出してくれた、当時の有精堂編集部の方々には、今でも感謝の気持ちを禁じえない。その後、書肆の失われた同著の帰趨を気遣ってくれたのが、ひつじ書房の松本功房主であった。旧版は、ひつじ書房の『フィクションの機構』と同じ年に刊行され、著者が同じだから当然だが、相互に参照し合う部分が多い。また、続いてひつじ書房から出版した『修辞的モダニズム―テクスト様式論の試み―』は、旧版などにおける方法論（テクスト様式論）の明文化という性質も帯びていた。そんなこんなの関わりで、かねてより再刊の相談があったのだが、松本さんが出された条件はただ一つ、「新編を出版するならば、旧版の読者も再び買って読んでくれるような内容にしてほしい」ということであった。この、鼓舞でもありプレッシャーでもある一言を胸に、再編と推敲を加えて成立させたのが本書である。松本さんは、優秀な新進の編集者である海老澤絵莉さんを担当として付けてくれた。お二人とひつじ書房のスタッフの方々には、ここで厚く御礼を申し上げたい。そして、自分としては松本さんの要望にかなう結果を出せたと思うのだが、さて、その判定は読者に一任するほかにない。

本書の刊行にあたっては、北海道大学大学院文学研究科の平成二十二年度一般図書刊行助成を受けた。

暑気消えやらぬ重陽の節句　二〇一〇年　札幌市にて

中　村　三　春

ろ

わ

ま

み

む

め

も

や

ゆ

よ

り

る

れ

に

の

は

ひ

ふ

へ

ほ

す

せ

そ

た

ち

て

と

な

き

く

け

こ

さ

し

言葉の意志
—有島武郎と芸術史的転回
索引

M

あ

い

う

え

お

か

【著者紹介】

中村三春（なかむら　みはる）

〈略歴〉1958年、岩手県に生まれる。東北大学大学院博士課程中退。北海道大学大学院文学研究科教授。日本近代文学・比較文学・表象文化論専攻。著書に、『フィクションの機構』（ひつじ書房、1994年）、『修辞的モダニズム―テクスト様式論の試み―』（ひつじ書房、2006年）、『係争中の主体―漱石・太宰・賢治―』（翰林書房、2006年）など。

【未発選書　第17巻】

新編　言葉の意志―有島武郎と芸術史的転回

発行	2011年2月25日　初版1刷
定価	4800円＋税
著者	© 中村三春
発行者	松本 功
装丁	Eber
印刷所	三美印刷株式会社
製本所	田中製本印刷株式会社
発行所	株式会社 ひつじ書房
	〒112-0011 東京都文京区千石2-1-2 大和ビル2F
	Tel.03-5319-4916　Fax.03-5319-4917
	郵便振替 00120-8-142852
	toiawase@hituzi.co.jp　http://www.hituzi.co.jp

ISBN978-4-89476-529-0